W0302207

KNAUR

Im Knaur Taschenbuch Verlag ist bereits folgendes Buch der Autorin erschienen:
Deine Seele in mir

Über die Autorin:
Susanna Ernst wurde durch ihren Überraschungserfolg »Deine Seele in mir« bekannt. Das Schreiben ist ihre Lieblingsbeschäftigung, wenn sie ihren zahlreichen Gedanken und Ideen freien Lauf lassen will. Sie lebt mit ihrem Mann und ihren beiden Kindern in Königswinter. »Das Leben in meinem Sinn« ist ihr zweiter Roman.

Susanna Ernst

Das Leben in meinem Sinn

Roman

KNAUR

Es handelt sich bei dieser Taschenbuchausgabe um eine leicht überarbeitete Fassung des eBooks »Das Leben in meinem Sinn«, erschienen im Knaur eBook 2012.

Besuchen Sie uns im Internet:
www.knaur.de

FSC
www.fsc.org
MIX
Papier aus verantwortungsvollen Quellen
FSC® C083411

Überarbeitete Taschenbuchausgabe Oktober 2014
Knaur Taschenbuch
© 2012 Knaur eBook
© 2014 Knaur Taschenbuch
Ein Unternehmen der Droemerschen Verlagsanstalt
Th. Knaur Nachf. GmbH & Co. KG, München.
Alle Rechte vorbehalten. Das Werk darf – auch teilweise – nur mit Genehmigung des Verlags wiedergegeben werden.
Redaktion: Julia von Natzmer
Umschlaggestaltung: ZERO Werbeagentur, München
Umschlagabbildung: FinePic®, München
Satz: Adobe InDesign im Verlag
Druck und Bindung: CPI books GmbH, Leck
ISBN 978-3-426-51555-6

2 4 5 3 1

Für Mariella und Giuliano
Liebt das Leben und vertraut auf die Chancen,
die es euch bietet. Jeden Tag.
Ich liebe euch.

Komm, begleite mich ein Stück …

Wie eine Feder, getragen vom sanften Wind, gleite ich hoch über den Köpfen der Menschen dahin. Unsichtbar, unbemerkt, schwerelos.

Es stimmt tatsächlich, sie sehen aus wie Ameisen. Genauso winzig, nur sehr viel unkoordinierter. Geschäftig rennen sie in alle Himmelsrichtungen. Die für London so charakteristischen Taxis und Busse kriechen zwischen anderen Fahrzeugen in langen Kolonnen dahin, dicht an dicht gedrängt, hupend. Sie verleihen den Adern dieser Stadt ihren eigenen metallenen Glanz. Der Berufsverkehr schimmert schwarz-rot.

Von oben betrachtet ist die Welt doch am schönsten.

Ich beobachte das hektische Treiben auf den Straßen, aber ich bin so weit davon entfernt, dass es mich nicht berührt, geschweige denn stresst.

Nein, ich lächele nur amüsiert angesichts dieses Bildes. Es sieht wirklich so aus, als habe man eine Schaufel voll Menschen wahllos irgendwo abgeladen, und diese Menge, ein jeder für sich, versucht jetzt kopflos, wieder in eine vertraute Struktur zurückzufinden.

Einige Kinder, ein dunkelblond gelocktes Mädchen und drei rothaarige Jungs, stehen auf einem großen Platz tief unter mir, lassen Luftballons aufsteigen und winken ihnen nach. Während sich die Jungs bald schon wieder abwenden und lautstark nach einem weiteren Eis vom nahegelegenen Stand verlangen, schaut das Mädchen mit dem wirren Lockenkopf noch lange hinter ihrem Ballon her. Als ahne die Kleine, dass seine Reise bedeu-

tungsvoll sein wird, starrt sie ihm aus weit aufgerissenen, hellgrünen Augen nach. Hoffnungsvoll.

Es ist ein süßer Anblick, der mich für einige Zeit fesselt.

Nun, ihren roten Ballon, der sich zwischen all den anderen in die Lüfte emporhebt, und besonders seine wertvolle Fracht – die Postkarte, die an der langen Schnur unter ihm im Wind trudelt –, habe ich tatsächlich bereits erwartet. Sie sind Teil meines Plans.

Mein Plan, richtig!

Also nehme ich meinen Weg wieder auf, rufe dem kleinen Mädchen unter mir ein lautloses »Bis bald!« zu und werde sanft weitergetragen. Über altehrwürdige Bauten hinweg, den breiten Fluss, der immer leicht trüb aussieht, die großen Parkanlagen und sich enger und enger verzweigende Straßen, bis zum Rande der Stadt. Dorthin, wo die Häuser flacher und die Dächer steiler werden. Schließlich kann man sogar einige Vorgärten erkennen. Auf einem Sportplatz spielen Halbwüchsige Fußball. Sie schreien und rufen, und ihre Energie und Unbekümmertheit tut so gut, dass ich für einen Moment verweile.

Aber bald geht meine Reise weiter. Immer dem roten, mit Heliumgas gefüllten Luftballon nach, so könnte man meinen. Was natürlich ein Trugschluss wäre, denn ich folge ihm nicht. Nein, ich leite *ihn.*

Mein Weg führt mich entlang einer breiten Allee bis zu einer gelben Vorstadt-Villa im viktorianischen Stil, über deren Dach mich mein Freund, der Wind, mühelos hinweghebt. Auf mein Kommando hin teilt er sich und lässt einen seiner unzähligen Arme geschickt kreisen. Der Ballon – und mit ihm auch die Karte – wird in den Luftstrudel gesogen und sinkt langsam herab. Die lange Schnur verheddert sich in einem Buchsbaum unmittelbar vor der Villa.

Punktlandung!

Von hier oben kann ich ihn zwar nicht sehen, aber ich weiß, wie traurig der kleine Junge ist, der im Obergeschoss dieses großen gelben Hauses auf seinem Bett liegt und aus tränengefluteten Augen die hohe Zimmerdecke anstarrt. Der Blick des Mädchens ging in den offenen Himmel – grenzenlos –, seiner hingegen scheint gefangen zu sein. Ich kenne die Verzweiflung und Ängste dieses Jungen nur allzu gut. Und ich habe durchaus vor, ihm zu zeigen, dass er nie so einsam war, wie er sich auch in diesem Moment wieder fühlt. Doch noch ist die Zeit nicht reif dafür.

Also lobe ich den Wind für seine Präzision und lasse den im Buchsbaum verfangenen Ballon zufrieden zurück, ohne mich ein weiteres Mal nach ihm umzudrehen. Denn die Weichen sind nun gestellt.

Schnell verlasse ich Raum und Zeit. Im Handumdrehen befinde ich mich in einem neuen Jahrzehnt, in einer viel jüngeren Stadt, auf der anderen Seite der Welt.

Hier liegt die vorläufige Bestimmung meiner Reise, hier lasse ich mich nieder. Lautlos schwebe ich über die breite Terrasse und durch den Spalt des angelehnten Fensters eines taubenblauen Hauses. Das Schlafzimmer bietet mir einen gewohnten Anblick: Der dunkle Parkettboden ist mit diversen Kleidungsstücken bedeckt, auf dem Nachttisch stapeln sich Bücher, und am Fußende des Doppelbettes lehnt eine alte Gitarre. Daneben, auf einer durchgewetzten Decke, liegt ein Hund und schnarcht leise vor sich hin.

Sicher und völlig unbemerkt gelange ich zu meinem Bestimmungsort und geselle mich zu dem schlafenden Mann, der mich vor langer Zeit schon lautlos rief.

Ich kenne ihn bereits sein Leben lang, er jedoch hat mich noch nicht kennengelernt und wird es auch nicht. Meine Anwesenheit wird nur eine leise Ahnung hinterlassen. Doch auch bis dahin ist es noch ein weiter Weg.

Lediglich ein sanfter, kaum wahrnehmbarer Windhauch verkündet dem Unwissenden mein Erscheinen und lässt ihn in genau diesem Moment einmal tief durchatmen.

Wer ich bin? Nun, das ist momentan noch nicht wichtig. Es geht um ihn. Um meinen Schützling, meinen Menschen. Ob ich ein Engel bin? Eine schöne Vorstellung, aber … nein!

Doch ich möchte dir etwas vorschlagen: Begleite ihn gemeinsam mit mir, dann wirst du auch mich kennenlernen.

Einverstanden? Na, dann los!

ER und das, was du von ihm wissen solltest: Er ist groß, sehr athletisch gebaut und fällt mit seinem wirren dunkelblonden Haar und den tiefblauen Augen definitiv in die Sparte »attraktiv«.

Er ist neunundzwanzig Jahre und zwei Monate alt, im Sternzeichen der Fische geboren und damit ziemlich schüchtern und nicht unbedingt der Entschlossenste.

Er ist der Sohn eines amerikanischen Diplomaten und einer deutschen Konzertpianistin. Seine ältere Schwester hätte er in frühen Kindheitstagen, ohne zu blinzeln, gegen einen eigenen Hund eingetauscht. Heute ist er froh, es damals nicht getan zu haben.

Er liebt chinesisches Essen, den leichten Wind an lauen Sommerabenden, gute Bücher, die frische Luft am Morgen, den Klang seiner alten Gitarre, das knarrende Geräusch von Schnee unter seinen Sohlen und seinen Hund Jack. Und – was er jedoch nur selten erzählt, weil er denkt, es ließe ihn spießig wirken – er wandert gerne in den Bergen, bleibt dann stundenlang auf dem Gipfel und beobachtet die untergehende Sonne.

Klamotten sind ihm völlig gleichgültig – nur bequem müssen sie sein.

Und was wohl am wichtigsten ist: Er hat ein gutes Herz … allerdings mit einem tiefen Riss.

Ich gebe nun das Wort an Schützling Nr. 583.745.233.069 alias Ben Anthony Todd …

Ben

Der leise, unverwechselbare Klang meiner Gitarre hallt durch den Raum. Behutsam zupft sie die Saiten.

Es dauert eine Weile, bis ich mich an die stechende Helligkeit gewöhnt habe, doch ich begnüge mich mit einem Blinzeln und balle meine Hände zu Fäusten, um mir nicht versehentlich über die Augen zu reiben.

Nicht bewegen!, befehle ich mir und lasse mich reglos von der tiefstehenden Novembersonne blenden.

Nein, die dünnen Vorhänge bieten dem Licht keine ernst zu nehmende Barriere. Beinahe ungebrochen flutet es meinen Schlafraum und lässt die in der Luft tanzenden Staubpartikel schimmern. Ein netter Nebeneffekt meiner grenzenlosen Unordentlichkeit.

Als sich in dem funkelnden Weiß endlich Konturen abzeichnen und zunehmend an Schärfe gewinnen, eröffnet sich mir das schönste Bild von allen: Sie sitzt auf der äußersten Kante meines Bettes, direkt zu meinen Füßen. Die langen Haare sind gewellt und über ihre Schulter nach vorn gelegt, das Laken locker um ihre schmale Taille geschlagen, sie ist ganz konzentriert. So sitzt sie da.

Nackt – und wunderschön.

Mit den Fingern ihrer linken Hand umfasst sie den Hals des Instruments. Zwischen ihren Augen bildet sich eine kleine, steile Falte, wann immer sie die Positionen ihrer Griffe überprüft und korrigiert. Sie knabbert auf ihrer Unterlippe herum, während sie die Akkorde anschlägt. Wieder und wieder, bis sich die Haltung ihrer Finger entspannt und fließende, harmonische Töne den Raum erfüllen.

Ein Lächeln bildet sich auf meinem Gesicht.

Das ist eine der Eigenschaften, die ich so sehr an ihr liebe – ihren Unwillen, auf halber Strecke aufzugeben. Irgendetwas aufzugeben, bis es nicht absolut richtig und gut ist.

Ewig könnte ich so daliegen, gebannt von ihrem Anblick und zu ängstlich, mich zu strecken oder auch nur zu gähnen – will ich sie doch auf keinen Fall darauf aufmerksam machen, dass ich bereits wach bin.

Nein, sie soll in ihrer Versunkenheit bleiben, solange ich ihr nur zusehen darf.

Mein Blick fällt von ihrem Profil auf die unansehnliche, alte Gitarre. Dieses glückliche Stück Holz, gegen dessen Rückseite sich ihre Brüste drücken. Könnte diese Gitarre sprechen, Gott weiß, sie wüsste mehr über mich zu berichten, als sonst jemand auf dieser Welt. Seit meiner Teenagerzeit hat sie mich durch alle Höhen und Tiefen begleitet. Und ja, einige dieser Tiefen waren verdammt tief.

Wie oft habe ich das verblichene Instrument, an dessen Oberfläche sogar schon die Lackschicht absplittert, in meinen Händen gehalten? Genauso, wie es jetzt in ihren liegt.

Doch meine Finger waren schwerer als ihre, so viel schwerer. Und ungeschickter, trotz der jahrelangen Übung, trotz der Routine, die ich hätte haben müssen.

Gemeinsam saßen wir damals auf der Veranda vor dem Haus meiner Schwester, während ich mit steifen Fingern versuchte, bedeutungsvolle kleine Botschaften – in zittrige Töne eingebettet – von meinem in ihr Herz zu schleusen. Vergeblich. Immer wieder vergeblich, wie es schien. Sie lauschte, lächelte wissend, stand auf … und ging.

Weg von mir. Zurück zu ihm.

Als sich mein Aufenthalt dem Ende neigte und der Abschied nahte, redete ich mir ein, es würde nicht halb so schlimm um mich stehen, wie ich damals annahm.

Ich hoffte, mich zu irren, und sagte mir immer wieder, es würde ein Leichtes werden, mich emotional und gedanklich von dieser jungen Frau zu lösen, wenn ich sie nur nicht mehr jeden Tag sehen müsste.

Aus den Augen, aus dem Sinn, so hieß es doch …

Es dauerte nicht lange, da fand ich mich in der Wohnung meines besten Freundes wieder, klimperte traurige Akkorde auf meiner geduldigen Gitarre und trank ein Bier nach dem anderen, in der Hoffnung, die Lösung meiner Probleme im Verlust meiner Selbstkontrolle zu finden.

Ich stürzte mich beinahe wahllos in Rollen, die ich unter anderen Umständen nie angenommen hätte, nur um nicht ich selbst sein zu müssen. Der Idiot, der sich wider besseren Wissens in ein bereits vergebenes Mädchen verliebt hatte.

Entgegen meiner Erwartungen hatte Randy mich nicht verspottet. Nicht ein einziges Mal. Ich frage mich bis heute, ob es wirklich möglich ist, dass ein Mensch einen anderen so gut kennt.

Was für ein Vollidiot du doch warst, Ben!, flüstere ich meinem vergangenen, wehmütigen Ich nun in Gedanken zu. *Dich stumm und reglos nach ihr zu sehnen, während sie zwei Tagesreisen entfernt mit jemand anderem zusammen war.*

Und dann gab es wieder diese Höhen: Allen voran der Moment, als ich die Tür öffnete – mein Textbuch in der Hand, bereit für die Probe – und sie plötzlich vor mir stand. Wie aus dem Nichts, ohne jede Ankündigung. Die vom Aprilwind zerzausten Haare, der seltsam unsichere Blick – jedes Detail ihres Anblicks ist bis heute abgespeichert und jederzeit abrufbar.

Die Magie einer Erinnerung.

Sie begleitete mich ins Theater, zu meiner Probe. Ständig vergaß ich den Text. Zu aufgeregt, um Konzentration auch nur heucheln zu können, bot ich ihr die miserabelste Darstellung aller Zeiten. Erst als das Saallicht anging und sie tatsächlich noch immer auf ihrem Platz in der fünften Reihe saß – ein nachsichtiges Lächeln im Gesicht –, beruhigte sich mein rasender Puls wieder.

An diesem Abend spielte ich ihr zum ersten Mal ihr Lied vor.

Meine Finger zitterten so heftig, dass lediglich die Hälfte der Noten richtig klang, während meine Stimme immer wieder wegbrach, als gehöre sie nicht mir selbst, sondern zu einem pubertierenden Jungen in seinen schlimmsten Stimmbruch-Zeiten.

Als der letzte Akkord verhallte und ich die Gitarre zur Seite stellte, konnte ich nur auf meine Hände hinabstarren.

Aber sie glitt auf meinen Schoß, plazierte meine Fingerspitzen auf ihren Hüften und umschloss mein Gesicht mit ihren Händen.

»Ich liebe dich, Ben!«, sagte sie. Schlicht und einfach.

Die Erinnerung bringt mein Herz erneut zum Rasen und holt mich endlich zurück.

Zögerlich strecke ich meine Hand aus. Sie bemerkt meine Regung nicht einmal. Ihre leicht geschürzten Lippen bewegen sich lautlos, sie singt. Gewisperte Songtexte – viel zu leise, als dass ich sie verstehen könnte.

»Lauter, bitte!«, murmele ich und lasse meine Fingerspitzen dabei über ihren Arm gleiten.

Sie zuckt leicht zusammen, erschreckt durch die Berührung oder vielleicht auch über meine vom Schlaf getränkte Stimme, die sogar in meinen eigenen Ohren rauh und viel zu tief klingt.

Dennoch verstreicht nur ein Herzschlag, bis ihre Mundwinkel zucken und ein süßes kleines Lächeln formen. »Keine Chance!«

Mit gerunzelter Stirn stütze ich mich auf die Ellbogen hoch. »Warum nicht?«

Sie bewegt sich langsam und gewohnt bedacht. Mit beinahe ehrfürchtiger Vorsicht lehnt sie die Gitarre gegen die Bettkante, wobei das Laken um ihre Hüften noch tiefer rutscht und meinen Blick mit sich nimmt. »Weil ich jetzt, wo du endlich wach bist, viel lieber das hier tun möchte …«, sagt sie, als sie über mich gleitet und meinen Körper mit ihrem bedeckt. Und dann sind ihre Lippen auf meinen, warm und weich. Wie immer, wenn wir uns so berühren, durchzuckt mich ein wohliger Stromschlag.

Es wird niemals selbstverständlich werden, sie so zu spüren, das weiß ich so sicher, wie nur irgendetwas sicher sein kann. Es wird immer etwas Wundervolles bleiben. Mein persönliches Wunder.

Ihre Lippen lösen sich zögerlich von meinen. Ehe ich protestieren kann, spüre ich sie dicht an meinem Ohr.

»Ich bin schwanger, Ben«, flüstert sie und weicht dann ein wenig zurück. Da ist er wieder, dieser unsichere Blick von damals.

Die Worte kommen bei mir an, doch die Erkenntnis bleibt aus. Sekundenlang starre ich sie ungläubig an. »Du … Wie … Seit wann? Und du bist ganz sicher?«

Sie bemerkt meine Freude wohl vor mir, denn sie kichert erleichtert und schmiegt sich zurück an meine Brust.

»Absolut, ja! Du wirst Daddy, Ben!«

Schrille Musik lässt mich aufschrecken, gefolgt von einem Bellen. Mit weit aufgerissenen Augen starre ich in tiefes Schwarz, dann erst schließt mein Bewusstsein zu mir auf. Gedankenfetzen durchzucken mich, fügen sich zusammen und entfesseln die Panik in dem Bruchteil einer Sekunde:

Die Musik? … Handy!

Dunkelheit? … Nacht!

Der Hund? ... Jack!

Nur ein Traum? ... Nein!!!

Ich greife neben mich und kralle meine Finger tief in das weiche Kopfkissen. Ein Kissen, auf dem schon lange niemand mehr lag.

Im selben Moment wird mir bewusst, es schon wieder getan zu haben. Vier unendlich lange Jahre ohne sie, und ich suche noch immer nach ihr. Die schrille Elektromusik wird lauter. Ich schüttele den Kopf und knipse mein Nachtlicht an. Reibe meine Augen, taste nach meinem Handy. Spare mir den Blick auf das Display, denn es gibt nur einen, der mich ohne Hemmungen zu jeder Tages- und Nachtzeit anruft.

»Randy!«, begrüße ich meinen besten Freund in mürrischem Ton.

»Wo bist du?« Er brüllt so laut, dass ich reflexartig den Kopf abwende und den Apparat weit weghalte. Der Lärm des Straßenverkehrs ist trotzdem nicht zu überhören. »Sag mir nicht, dass du schon schläfst!«, ruft Randy.

Mein Blick fällt auf die Anzeige meines Weckers. »Es ist halb zwei!«

»Nein!«, protestiert er lautstark. »Es ist halb zwei an einem Samstag!«

»Und?«, frage ich genervt und bringe das kleine Gerät nur zögerlich wieder in die Nähe meines Ohrs.

»Was und? Wo bist du, Ben? Die Stadt lebt. Du kannst sie atmen hören in Nächten wie diesen. Vor jedem halbwegs angesagten Club lungern die Paparazzi herum und warten auf den Shot ihres Lebens. Nur dich werden sie nie vor die Linse bekommen, wenn du weiterhin deine warme Milch trinkst und dann wie ein Schuljunge ins Bett gehst.«

»Steigert das nicht meinen Marktwert?«, halte ich dagegen und lasse mich zurückfallen. Als ob mich mein Berühmtheitsgrad je interessiert hätte. Entschuldigend kraule ich Jacks Fell, der mich von der Seite meines Bettes aus anstarrt, als wolle er fragen, ob ich noch alle Tassen im Schrank habe, ihn mitten in der Nacht aus dem Tiefschlaf zu reißen. Randys Lachen erzeugt ein lautes Rauschen in der Leitung.

»Deinen Marktwert? Ich wusste nicht einmal, dass du so etwas besitzt.«

»Ernsthaft, Randy, ist das der Grund deines Anrufs? Mir ohne jede Veranlassung auf die Nüsse zu gehen? Einfach so? Oder hast du etwas gegen Schlaf im Allgemeinen?«

»Nein, nicht generell! Aber du schuldest mir noch eine Antwort.«

Ich muss kurz nachdenken, doch dann fällt mir das neue Skript, das Randy mir gestern in die Hand gedrückt hatte, wieder ein. Er wollte meine Meinung hören. »Oh Mann, ich habe es noch gar nicht gelesen, sorry!«

»Hm«, brummt er nur, doch ich spüre seine Enttäuschung.

»Ich lese es gleich morgen früh, versprochen. Wir können ja gemeinsam zu Mittag essen, dann sage ich dir, was ich davon halte, in Ordnung?«

»Okay«, willigt er ein. »Nur schon mal so viel: Wenn du es liest, wird es dir anfangs so vorkommen, als wäre es eine weitere Serie über Gefahr und Tod. Das stimmt aber nicht. Stell es dir wie ein Märchen für Erwachsene vor. Wir werden die Stimmung der Aufnahmen mit Lichtspielereien und übersteuerten Farben immer fröhlich halten. Viele Weitwinkelaufnahmen, alles breiter und offener als in der Realität. Es gibt sogar einen Erzähler, der richtig sarkastisch ist. Und mit jeder weiteren Folge, mit jedem Bruchstück, das wir hinzufügen, werden wir eine Show erschaffen, die zeigt, wie wunderschön das Leben sein kann, wenn man sich nur darauf einlässt. Nichts Trübes. Wir zeigen die Welt, wie sie sein sollte. *Das Leben in meinem Sinn*, so wird die Serie heißen.«

Ungeachtet der Tatsache, dass wir telefonieren, nicke ich – wie immer, wenn Randy in einen Redeschwall verfällt und mich seine Euphorie packt. Niemand kann sich so ansteckend für etwas begeistern wie er.

»Also, dann morgen um eins?«, fragt er.

»Jepp!« Die Wahl des Restaurants ist bereits getroffen. Denn für uns gibt es nur eines. Seit Ewigkeiten sind wir eingefleischte Stammkunden des *Biaggio* und werden es vermutlich bis an unser Lebensende bleiben. Marios genialer Pizza sei Dank! Außerdem hat das winzige Restaurant rund um die Uhr geöffnet, was Randys Spontaneität und Nachtaktivität schon das eine oder andere Mal zugutegekommen ist.

»Na dann, träum süß weiter, Dornröschen«, flötet Randy.

»Idiot!«, gebe ich zurück. Ein kurzes Lachen, dann hat er das Gespräch beendet.

Ich lege das Handy aus der Hand, knipse das Licht aus und drehe mich auf die Seite. Versuche, mich zu entspannen, und scheitere erbärmlich daran. Vielleicht liegt es an dem Traum, aus dem Randy mich mit seinem Anruf gerissen hat: Sobald ich meine Augen schließe, sehe ich ihr Gesicht vor mir. *Shirley …*

An Schlaf ist so schnell nicht mehr zu denken, das wird mir schon bald bewusst. Wenn die Erinnerungen an sie so glasklar sind wie in dieser Nacht, dann höre ich tausend Geräusche, so still die Realität auch sein mag. Vergeblich versuche ich, mich auf Jacks regelmäßige Atmung zu konzentrieren. Der Glückliche wird schon bald wieder im Land der Träume ankommen. Mir hingegen bleibt dieser Zutritt verwehrt, denn die Töne in meinem Kopf sind zu laut, als dass ich zur Ruhe kommen könnte. Ihre Reihenfolge ist festgelegt, ebenso wie die damit einhergehenden Bilder. Erinnerungen, die mir auch dieses Mal wieder die Luft zum Atmen rauben werden und denen ich mich dennoch nicht entziehen kann.

Schon wird Shirleys ausgelassenes und glückliches Lachen durch ihr erstes leises Weinen überschattet. Es folgt der Streit, unsere sich überschlagenden Stimmen, das Quietschen der Bremsen, das Scheppern und ein Schrei, den ich damals viel zu spät als meinen eigenen erkannte …

Ja, es ist immer wieder dieselbe Abfolge. Ohne die Chance, sich dem schrecklichen Ende zu entziehen.

Noch schlimmer jedoch sind die fehlenden Töne. Laute, die ich erwartete, ja, herbeisehnte, die jedoch nie kamen: das tiefe Durchatmen nach dem schrecklich dumpfen Aufprall, ein erleichtertes Seufzen, ein weiteres »Ich liebe dich« aus ihrem Mund … und, vielleicht vor allem anderen, der erste Schrei des Babys. Unseres Babys.

Jack, der meine Unruhe wohl bemerkt, springt auf das Bett, rollt sich an meiner Seite zusammen und legt seinen Kopf auf meinen Bauch. »Ja, du hast recht, Junge«, murmele ich, atme tief durch, reibe mir den letzten Rest Verschlafenheit aus den Augenwinkeln und knipse das Licht wieder an. Dann nehme ich das Skript von meinem Nachttisch und setze mich auf.

Das Leben in meinem Sinn steht auf dem Cover.

Verdammter Randy. Mal sehen, was er nun schon wieder ausgebrütet hat.

Und so beginne ich, mitten in einer lauen Aprilnacht, im Drehbuch der ersten Folge einer neuen Serie zu lesen, die laut meines besten Freundes die Geschichte des Fernsehens revolutionieren wird.

Nein, er ist nicht überheblich. Randy ist schlichtweg größenwahnsinnig. Und ich kenne niemanden, der damit so gut fährt wie er.

Sicher, an seinen Ideen spalten sich die Meinungen der Kritiker. Seine Werke sind immer anders und einen Tick schräger als alle anderen. Viele lieben seinen Stil, manche hassen ihn aber auch. Er polarisiert – und findet das klasse.

»Lieber ein paar tausend Mal in die Kacke greifen und dann einmal Gold darin finden, als sein Leben lang nur immer und immer wieder Kartoffeln zu ernten.«

Das ist Randys Philosophie. Und die lebt er mit einer bewundernswerten Beharrlichkeit. Er schreibt Drehbücher und hat bereits auch unzählige Flops mit seinen Ideen erlebt.

»Junge, lass dich untersuchen, mit deinem Hirn stimmt etwas nicht«, war wohl eine der härtesten Absagen, die er kassierte. Schließlich wurde es ihm zu bunt. Als sein Vater vor einigen Jahren verstarb, nahm Randy sein gesamtes Erbe und investierte es, ohne zu zögern, in sich selbst, getrieben von der festen Überzeugung, eine gute Anlage getätigt zu haben. Und er sollte recht behalten, denn auf diese Art hat Randy Stiller die mit Abstand erfolgreichste Comedy-Serie des letzten Jahrzehnts produziert.

Seit dieser Zeit ist er nicht nur als Drehbuchautor tätig, denn er produziert seine Werke auch selbst und führt Regie bei den Dreharbeiten. Ein Workaholic sondergleichen und ein wahrer Glücksfall für mich. Denn Randy, mit dem ich schon seit meinem neunzehnten Lebensjahr befreundet bin, pflückte mich vor drei Jahren von der schäbigsten Bühne der Stadt. Genau zu der Zeit, als es mir am miserabelsten ging. Er setzte mich vor seine Kamera, hob mein Kinn an, klopfte mir den Staub von den Schultern und verpasste mir kurzerhand meine erste Hauptrolle in einem seiner unabhängigen Filme. Vielleicht die beste aller Therapien, denn seitdem bin ich zumindest beschäftigt genug, um nicht noch tiefer in meinem Loch zu versinken.

Meine Augen fliegen nur so über die Zeilen.

Das ist gut. Nein, das ist genial! Und ehe ich mich versehe, stehlen sich die ersten Sonnenstrahlen in mein Zimmer und machen das Licht der kleinen Lampe überflüssig. Als die Anzeige meines Weckers 07:30 Uhr zeigt, habe ich die ersten drei Folgen gelesen. Genug, um meine Begeisterung voll zu entfachen. Ich richte mich auf, lege das Skript aus den Händen und ersetze es durch meine Gitarre, die wie immer am Fußende meines Bettes lehnt und geduldig auf ihren nächsten Einsatz wartet. Die Gedanken an Shirley kehren zurück, doch mit dem Stoff, den Randy mir geboten hat, schaffe ich es dieses Mal schnell, sie zu verdrängen. Meine Finger umklammern den Hals meines Instruments, und nur einen Moment später hallt der leise, unverwechselbare Klang meiner alten Gitarre durch den Raum.

***

»Genial oder Müll? Wage es nicht, mich mit einem ›gut‹ abzufertigen, kapiert? *Gut* ist wie ein Genickschuss. Also?«

Auch eine Art, begrüßt zu werden. Aber schließlich kenne ich Randy schon ein wenig länger. Also verkneife ich mir den bissigen Kommentar, der bereits auf meiner Zungenspitze tanzt, und antworte stattdessen in aller Aufrichtigkeit mit einem: »Es ist genial!« Dann erst lege ich meine Jacke ab und nehme ihm gegenüber auf der Sitzbank Platz.

Randy grinst triumphierend. »Ich wusste, dass es dir gefällt. Und der Titel? Wie gefällt dir der Titel?«

»*Das Leben in meinem Sinn*?« Ich werde mit einer hektischen Handbewegung abgefertigt.

»Verstehst du die Doppeldeutigkeit?«, will Randy wissen.

In weiser Voraussicht habe ich meine Bestellung bereits im Hereinkommen aufgegeben. So macht Mario nun einen Bogen um unseren Tisch und lässt mir die Zeit, nachzudenken.

Das Leben in meinem Sinn erzählt die Geschichte von Ron

und Lea. Ron ist ein gefrusteter Florist, der seine Kindheit in diversen Waisenheimen verbracht hat, bevor er als junger Mann bei einem Autounfall ums Leben kommt. Durch den Engel Clark wird er zurück auf die Erde geschickt, um dort seine lange verschollene Sandkastenliebe Lea zu beschützen.

Die Story ist ziemlich abgedreht, doch sie wird funktionieren, das spüre ich. Die Dialoge sind spritzig, die Charaktere tiefgründig gezeichnet und perfekt aufeinander abgestimmt.

Randy sieht mich noch immer erwartungsvoll an.

Doppeldeutigkeit des Titels, erinnere ich mich und ernte mit meinem »Ähhm …« ein Augenrollen.

Randy schüttelt den Kopf. »Überleg doch mal, der Titel macht durchaus Sinn: Rons Wünsche, die er schon zu Lebzeiten hatte, erfüllen sich erst nach seinem Tod. Er ist wieder mit Lea vereint und die beiden verlieben sich ineinander, als sie lernt, ihn zu sehen. Alle Änderungen – außer der Tatsache, dass er ihre Berührungen nicht mehr fühlen kann, natürlich – sind in seinem Sinn. Und Lea nimmt ihn als Einzige wahr. Niemand außer ihr kann den Schutzengel sehen oder hören. Ron ist also das Leben in ihrem ganz speziellen Sinn.«

Es ist nichts Außergewöhnliches für mich, Randy euphorisch zu erleben, aber dieses Mal ist er wirklich total aus dem Häuschen. Das Projekt scheint ihm schwer am Herzen zu liegen.

»Und wie hast du vor, ihr Problem zu lösen? Dass sie sich gegenseitig nicht fühlen können, meine ich.«

Die Antwort meines Freundes kommt postwendend, wenn auch etwas undeutlich, da er bereits an einem Stück Pizza kaut.

»Ich denke nicht, dass ich dafür eine Lösung finden will. Das macht ihre Story doch gerade so einzigartig. Sie verlieben sich ineinander, sehnen sich nacheinander, haben aber das Problem, einander nicht fühlen zu können. Es gibt blinde und taube

Menschen, die wunderbar mit ihrer Behinderung leben können, weil ihre anderen Sinne umso geschärfter funktionieren. Vielleicht müssen sie einfach lernen, damit umzugehen. Die dabei auftretenden Probleme sind mir doch nur recht. Sie geben mir immer wieder neuen Stoff zum Schreiben.«

Ich nicke und beiße dann in ein Stück Weißbrot mit Kräuterbutter. Natürlich, Randy denkt mit dem Kopf eines Autors.

Nach einer Weile lehnt er sich in seinem Stuhl zurück, greift nach seinem Bier und wirft mir einen prüfenden Blick zu. »Sag mal, wie gefällt dir eigentlich Ron?«

»Gut«, sage ich schulterzuckend, verbessere mich jedoch auf Randys böses Zischen hin schnell. »Sehr gut sogar! Er ist zwar kompliziert und ziemlich zurückhaltend, doch das ist angesichts der schlechten Erfahrungen in seiner Vergangenheit wohl auch kein Wunder. Aber ich denke, er hat ein gutes Herz und sehnt sich tief in seinem Inneren sehr nach einem Menschen, der ihn endlich aus seinem Trott reißt. Und dann kommt Lea wieder. Zwar erst nach seinem Tod, aber wie du gesagt hast, sie lehrt ihn, das Leben auch im Nachhinein noch zu schätzen.«

Ja, es mag ein Schauspieler- und Autorending sein: Wir sprechen über imaginäre Charaktere, als seien sie reale Menschen.

»Es macht bestimmt Spaß, ihn zu spielen, mit seinem Trauma und all den Verklemmungen. Du wirst einen guten Typen für ihn brauchen«, stelle ich gedankenverloren fest.

Randy lacht laut auf und beugt sich mit einem verschmitzten Grinsen im Gesicht über den Tisch. »Ja, den bräuchte ich wohl. Kurioserweise habe ich jedoch an dich gedacht.«

»An mich?« Es ist nicht geheuchelt, ich bin wirklich überrascht. Denn für gewöhnlich ist es nicht Randys Art, mir ein Skript zum Probelesen in die Hand zu drücken und mir danach erst zu verkünden, dass er mich dafür als Hauptdarsteller ins

Auge gefasst hat. Normalerweise beginnen Gespräche über eine mögliche Zusammenarbeit mit charmanten Worten wie »Schwing deinen Arsch ins Studio, wir machen Probeaufnahmen. Ich hab einen Job für dich!«, oder so ähnlich.

»Ähm, danke!«, sage ich. »Ich … Ja, klar würde ich ihn gerne spielen. Hast du denn schon …«

Randy winkt ab. »Alles geregelt. Im Herbst wird die Serie starten. Und zwar zur Hauptsendezeit.« Der Stolz in seiner Stimme ist nicht zu überhören.

»Aber du hast doch noch nicht einmal Probeaufnahmen …«, entgegne ich verwundert.

Wieder winkt er ab. »Ich habe etwas viel Besseres als Probeaufnahmen, Ben. Ich habe nämlich mittlerweile einen Namen.«

Mario serviert mir meine Pizza persönlich und wünscht einen »Buon Appetito«.

Ich stecke mir das erste Stück in den Mund, verbrenne mir wie immer den Gaumen am geschmolzenen Käse und verfluche mich innerlich dafür, dass mir das jedes Mal wieder passiert. Schnell spüle ich den Bissen mit einem Schluck Bier hinunter.

»Und Lea? Wer soll sie spielen?«

Lea ist ein Charakter, der an Fröhlichkeit und Optimismus kaum zu überbieten ist. Ein ›Sonnenscheinkind‹, so hätte Shirley sie vermutlich bezeichnet. Ich schüttele den Gedanken an sie aus meinem Kopf und werfe Randy einen fragenden Blick zu. Er grinst noch immer sein typisch unerschütterliches Randy-Grinsen.

»Du hast doch schon jemanden im Visier«, stelle ich fest.

Er nickt. »Klaro! Und zwar eine Schauspielerin, die für die Rolle wie geschaffen ist.«

»Die da wäre?«, frage ich neugierig.

»Sarah Pace«, sagt er im Brustton der Überzeugung.

Der Name trifft mich fast wie ein Schlag.

»Sarah Pace?«, wiederhole ich ungläubig. Das kann er nicht

ernst meinen. So größenwahnsinnig ist nicht einmal Randy. *Oder doch?*

Das unangetastet breite Grinsen meines besten Freundes belehrt mich eines Besseren. *Und ob er es ernst meint.*

»Randy …«, beginne ich und kratze mich dabei am Hinterkopf. Sicher, Lea passt perfekt zu Sarah, da gebe ich ihm recht. Allerdings spielt sie seit Jahren nur noch in Filmen. In wirklich guten Kinofilmen, meistens sogar die Hauptrolle. Ich habe sie alle gesehen. Sie ist in meinen Augen eine der besten Schauspielerinnen derzeit, wenn auch nicht unbedingt eine der berühmtesten. Aber was hat das eine schon mit dem anderen zu tun?

Nein, mit Sarah verbindet man keine dubiosen Gerüchte oder schmutzigen Schlagzeilen. Sie scheint es auch nicht zu interessieren, dass diese Tatsache ihrer Berühmtheit einen Abbruch tun könnte. In regelmäßigen Abständen erscheinen ein paar hübsche Bilder von ihr in den seriöseren Magazinen. Kurze Interviews werden abgedruckt, und in den dazugehörigen Artikeln lobt man die Natürlichkeit der gebürtigen Engländerin immer wieder. Sie lebt seit Jahren in einer offenbar intakten Beziehung mit Daniel Johnson, seinerseits ebenfalls ein großartiger Schauspieler und der Vater ihrer kleinen Tochter. Sarah leistet sich keinerlei Skandale und ist für die Presse das berühmte nette Mädchen von nebenan. Eindeutig keine Seriendarstellerin, sondern ein gestandener Filmstar, der in einer komplett anderen Liga spielt als wir.

Zu denken, Sarah Pace würde das Skript zu Randys Serie auch nur durchblättern, geschweige denn die Rolle der Lea annehmen und sich somit auf Jahre an eine Fernsehproduktion binden, ist also absolut utopisch.

Jemand muss ihm das sagen.

»Randy …«, beginne ich erneut, noch immer nach den richtigen Worten suchend. Es ist nicht leicht, ihn von einem bereits gefassten Entschluss abzuhalten. Eigentlich ist das so gut wie unmöglich.

Sein Grinsen wird nur noch breiter, als er bemerkt, wie sehr ich mich winde. »Was?«, fragt er und funkelt mich durch seine runden Brillengläser an. »Willst du mir erzählen, dass sie ablehnen wird? Oder dass ich vermutlich nicht einmal eine Absage erhalten werde? Dass ›Lass dich bloß nicht auf Serien ein‹ das oberste Gebot für Schauspieler ist, die es einmal ins Filmgeschäft geschafft haben?« Er zieht wissend die Augenbrauen hoch.

Seine klare Sicht verwirrt mich. Ich erwidere den herausfordernden Blick mit zusammengekniffenen Augen. *Was …?*

Randy winkt Mario heran, steckt ihm einen Geldschein zu, der vermutlich drei unserer Rechnungen begleichen würde, und klopft unserem Lieblingsitaliener wohlwollend auf die Schulter, während der sich überschwenglich bedankt, schnell abräumt und dann in der Küche verschwindet. Als er außer Hörweite ist, beugt sich Randy verschwörerisch über den kleinen Tisch und zwinkert mir zu. »Ich sage dir was, Ben, du irrst dich! Ich habe Sarahs Zusage bereits.«

Meine Kinnlade klappt herab.

»Jepp, da kannst du schauen wie ein Goldfisch«, freut sich Randy. »Gestern Abend, als Marc und ich aus dem Club kamen, hatte ich ihre E-Mail. Deshalb auch mein Anruf. Hättest du das Skript gestern schon gelesen, hätte ich dich bereits wegen Ron gefragt und dir diese Neuigkeiten unterbreitet. Sarah ist begeistert und hat keinen Augenblick gezögert. Sie sagte, sie hätte alle drei Folgen am Stück durchgelesen.«

»Ich auch«, wispere ich wie in Trance.

»Gut!« Randy strahlt und erhebt sich mit einer der ruckartigen Bewegungen, die so typisch für ihn sind.

»*Gut* ist wie ein Genickschuss«, gebe ich – noch immer total verdutzt – seine Worte von zuvor wieder.

Er lacht und schüttelt den Kopf. »In diesem Fall nicht, Benny-Boy. Du wirst schon bald neben Sarah Pace vor meiner Kamera stehen. Und jetzt komm! In meinem Wagen liegt der Vertrag, und Marc erwartet mich zu Hause.«

Wie auf Kommando pfeife ich nach Jack, nehme seine Leine und trotte hinter Randy aus dem Restaurant.

Ich bin noch immer ziemlich benommen, als wir seinen Ford Mustang erreichen, auf dessen Dach ich den Vertrag ungelesen unterzeichne. Randy würde mich nie übers Ohr hauen. »Wie lange?«, frage ich lediglich.

»Zweimal dreizehn Folgen. Die erste Staffel fest, die zweite nur bei entsprechender Nachfrage, sprich Einschaltquote.«

Mit einer Wegwerfbewegung zeigt er mir, wie sehr ihn diese Klausel beeindruckt. Ich nicke und setze meinen Namen auf die letzte der achtundfünfzig Seiten.

»Warum hast du mich dieses Mal eigentlich so spät eingeweiht? Wie lange planst du das Ganze schon? Bin ich sonst nicht immer der Erste, den du mit neuen Ideen konfrontierst?«

Randy lacht. »Du hast recht, ich plane das bereits ziemlich lange. Im letzten Juni kam mir die Grundidee. Ende Dezember stand die erste Staffel. Danach ging ich auf die Suche nach Produzenten, denn dieses Ding kann ich nicht alleine stemmen, beim besten Willen nicht. Das wird eine der aufwendigsten Serien aller Zeiten. Ein Abnehmer war aber schnell gefunden. Ich hatte ehrlich gesagt sogar eine ziemliche Auswahl. Dann nahm ich Kontakt zu Sarahs Managern auf, die erwartungsgemäß erst mal abblockten. Ich ließ aber nicht locker, bis ich ihr das Manuskript für die ersten drei Folgen persönlich übergeben durfte. Das war vor drei Wochen. Ja, und dann standst du auf meiner To-do-Liste. Warum nur so spät?«

Er grinst, schmeißt den unterschriebenen Vertrag durch das offene Fenster auf den Beifahrersitz und klopft mir auf die

Schulter. »Weil ich wusste, du würdest einen Rückzieher machen, wenn ich dir die Zeit dazu ließe. Ich meine, Sarah Pace! Allein die Möglichkeit, sie könne die Rolle annehmen, hätte dich doch abgeschreckt.«

Bevor mir eine schlagfertige Antwort einfällt, sitzt er schon am Steuer und blickt durch das offene Seitenfenster zu mir auf. »Sarah hat übrigens gesagt, sie würde dich gerne kennenlernen. Sie hat auch schon einen Termin und Treffpunkt festgehalten. Ich leite dir ihre Mail weiter, sobald ich zu Hause bin. Vermassele es nicht, hörst du? Von ihr habe ich nämlich noch keinen unterschriebenen Vertrag.«

Damit fährt er die Scheibe des Fensters hoch und tritt das Gaspedal durch. Ich bleibe sprachlos zurück und stehe nach wie vor mit eingesunkenen Schultern und leicht geneigtem Kopf auf dem Bürgersteig.

Jack ist es, der mich endlich aus meinem Gedankenknäuel befreit und im wahrsten Sinne des Wortes zurück ins Hier und Jetzt zieht. Er hat wohl eine Katze gesehen, denn plötzlich höre ich ein kurzes Knurren, gefolgt von einem extremen Ruck an meinem Arm. Und schon sehe ich meinem Hund nach, der mit wehenden Ohren und hinter sich herschleifender Leine die Straße hinabprescht. Die Züchterin hatte mich gewarnt: »Ein Beagle, so knuffig er auch aussehen mag, ist und bleibt ein Jagdhund.«

Wie wahr!

Als ich ihn drei Blocks weiter endlich eingeholt habe, bin ich völlig außer Atem und spüre meine Beine kaum noch. Doch mein Verstand ist wieder voll da – und mit ihm die Erkenntnis: Ich werde neben Sarah Pace spielen. Und sie will mich in einem persönlichen Gespräch vorab kennenlernen.

Na toll, jetzt ist mir auch noch speiübel.

***

Zwei Monate später, an einem ungewöhnlich stürmischen Junitag, ist es so weit: Wir sitzen auf Barhockern am Tresen eines kleinen Cafés. Grüne und beige Fliesen säumen den Fußboden im Schachbrettmuster. An den wenigen Bistrotischen stehen Stühle, die fast zu grazil wirken, um ihrer Stabilität zu trauen. Der riesige Tresen, vor dem wir Platz genommen haben, bildet das Zentrum und den Blickfang des gemütlichen Raums. Es riecht nach frischem Gebäck und Kaffee.

Ich bin nervös. Mehr als nervös. Meine Hände schwitzen, und ich habe das Gefühl, über jeden meiner Sätze zu stolpern, auch wenn Sarah mir das nicht anzumerken scheint.

Mit einem Lachen beendet sie unser belangloses Geplänkel. Plötzlich sieht sie mir tief und sehr bedeutungsvoll in die Augen und lässt damit meine ohnehin nur mit viel Mühe vorgetäuschte Leichtigkeit binnen eines Wimpernschlages verpuffen. Und dieser Moment, so kurz er auch sein mag, birgt beinahe etwas Magisches in sich. Wie von selbst senkt sich mein Kopf.

»Ich hätte nie damit gerechnet, dass so etwas möglich ist«, gestehe ich vorsichtig. Ihre Hand berührt meine, federleicht.

»Ich doch auch nicht«, flüstert sie.

Warum sprechen wir so leise?

Ich räuspere mich, und auch sie scheint um Fassung zu ringen. Sie zieht ihre Finger wieder zurück und spielt gedankenverloren an dem Griff ihrer Tasse. »Natürlich ist es unglaublich schön, dich zu sehen. Das alles ist wie ein Traum. Ich wünschte bloß … du weißt schon …«

Ja, ich weiß. In diesem Moment weiß ich genau, was sie meint.

»… es wäre nicht erst jetzt«, beende ich ihren Satz. Dann hole ich tief Luft, lege einen Finger unter ihr Kinn und hebe es sanft an. Ich muss schmunzeln, als sie ihren Blick nur sehr zögerlich zurück in meine Augen lenkt. Sie wirkt so schüchtern.

»Ich mache dir einen Vorschlag: Genießen wir einfach, was wir haben. Einverstanden?«

Sie sieht mich lange an, bis sich ein schmerzliches Lächeln über ihr Gesicht zieht und ihre Finger erneut über meinen Handrücken gleiten.

»Ja. Genießen wir es …«, sagt sie leise.

»Uuund Schnitt!« Wie ein Pfeil schießt der Ruf durch die Halle und zerfetzt die romantische Stimmung, noch ehe er verhallt. »Kopiert die Aufnahme und checkt sie auf Fussel. Und wagt es nicht, welche zu finden, denn das war perfekt.«

Mit großen Schritten kommt Randy auf uns zu. Strahlend. »Meine Güte, ihr seid fantastisch! Ben, dein Blick, als du ihr Kinn angehoben hast – und Sarah, dein Augenaufschlag … Wow! Ich wusste, ihr würdet gut sein, aber das … Kommt, schauen wir uns den letzten Shot gemeinsam an. Ich will, dass ihr seht, was ich meine.«

Sarah lächelt mir zu und zuckt mit den Schultern.

Das ist unser erster Drehtag. Während Randy gewohnt hektisch auf uns einredet, löst Sarah ihre Hand aus meiner und macht mir damit erst bewusst, dass ich sie noch immer gehalten habe. Unter einem kurzen Blick zu ihr wische ich meine leicht feuchten Finger an meiner Jeans ab. Randys Schwärmerei bringt mich in Verlegenheit, merkt er das denn nicht? Sarah hingegen grinst breit und scheint sich einfach über sein Lob zu freuen. Sie macht Anstalten, von dem Barhocker herunterzurutschen, und lacht laut auf, als sie auf das eigenartige Bauwerk unter ihrem Stuhl hinabblickt. Um den Größenunterschied zwischen uns auszugleichen, steht er auf zwei miteinander vernagelten Holzkisten.

Ich brauche eine Sekunde, bis mir meine gute Erziehung wieder einfällt und ich Sarah die Hand reiche, um ihr beim Absteigen behilflich zu sein.

Schweigend marschieren wir hinter Randy zu dem Bildschirm, auf dem die Aufnahmen der gerade abgedrehten Szene laufen und geprüft werden.

»Und?«, fragt Randy angespannt.

»Alles bestens«, versichert der Mann mit dem kritischen Blick und den Kopfhörern.

Randy atmet auf. »Sehr gut. Dann zeig uns die komplette Szene, Pete!«

Sarah blickt konzentriert auf den Fernseher.

Ob es sich für sie auch so komisch anfühlt wie für mich, oder ist sie über diesen Punkt bereits hinaus? Für mich ist es immer wieder eigenartig, mich selbst in einer romantischen Szene mit einem Menschen zu sehen, den ich gerade erst kennengelernt habe.

Und *kennengelernt* ist in unserem Fall noch maßlos übertrieben.

Bei unserem ersten kurzen Treffen hatten ihre Manager das Gespräch fest im Griff. Ein hektischer dicker Mann mit Nickelbrille und eine aufgetakelte Blondine, die, einmal angefangen, eigentlich ohne Punkt und Komma gesprochen hat. Worüber, das kann ich im Nachhinein nicht einmal mehr wiedergeben. Absprachen vor gemeinsamen Interviews und generell das Auftreten in der Öffentlichkeit waren Themen gewesen, an die ich mich noch vage erinnere. Doch irgendwann verschwamm die monotone Stimme der blonden Agentin hinter Sarahs abwesendem Blick. Sie saß mir gegenüber, in einem der exklusiven Cafés der Stadt, und spielte an dem Griff ihrer Tasse. Erst als der Dicke mit der Nickelbrille – Nick, oder doch Rick? – erklärte, eigentlich wäre nun alles besprochen, erwachte Sarah zu neuem Leben. Sie bestand darauf, noch ein wenig mit mir zu plaudern, wie sie es nannte, und machte damit ziemlich deutlich klar, dass der offizielle Teil des Gesprächs nun beendet sei.

Barbie und Fat Ken verabschiedeten sich nur widerwillig, aber sie taten es.

Als die beiden das Café verlassen hatten, atmete Sarah auf und streckte mir ihre Hand erneut, wie schon zur Begrüßung, entgegen. »So, jetzt noch einmal. Es freut mich sehr, dich kennenzulernen, Ben. Und besonders freut es mich, dass du nach dieser Ansprache tatsächlich immer noch hiersitzt.«

Ich musste lachen. »Du hast Randy noch nicht so richtig kennengelernt, oder? Dagegen war das hier ein Zuckerschlecken, glaub mir.«

»So schlimm?«

Ich nickte. »Du wirst ihn noch erleben.«

In diesem Moment klingelte Sarahs Handy. Sie entschuldigte sich, nahm den Anruf an und legte nur wenige Sekunden später mit besorgter Miene auf. Entschuldigend wandte sie sich mir zu. »Ich muss nach Hause, Ben. Meine Tochter hat Fieber bekommen und fühlt sich nicht wohl.«

So viel zu unserer ersten Begegnung. Wir verabschiedeten uns und trafen uns erst heute – am ersten Drehtag – wieder.

Sarah war leicht verspätet in das Studio gestolpert. Das Klackern ihrer Stöckelschuhe, gefolgt von dem unverkennbaren Lachen, das ich bereits aus unzähligen Filmen kannte, verkündete ihre Ankunft. Abgesehen vom warmen Wind, der an diesem Morgen fast sturmartig über die Küste hinwegpeitschte, brachte sie eine bestimmte Aura mit sich in den Raum. Seit dem Moment ihrer Ankunft stand sie im Mittelpunkt des Geschehens, und alles und jeder schien sich nur noch um sie zu drehen.

Sie schüttelte allen Mitarbeitern, einschließlich der verdutzten Kabelträger, die Hände, stellte sich immer wieder mit ihrem vollständigen Namen vor und betonte mehrfach, wie sehr sie sich auf die gemeinsame Arbeit freue. Ich beobachtete ihre Ankunft eine Weile lang im Schutz einer Kulissenwand. Als ich endlich aus dem Schatten meines Verstecks trat, entdeckte mich Sarah sofort. »Ben, da bist du ja!«, rief sie und strahlte mich an, als würden wir uns schon ewig kennen. Noch ehe ich ihr die Hand zur Begrüßung reichen konnte, reckte sie sich auf die Zehenspitzen und umarmte mich.

Das ist die Art von Überschwenglichkeit, die für unser Business so typisch ist und mit der ich normalerweise nichts anfangen kann. Sarah allerdings nahm ich diese euphorische Geste beinahe ab.

Ein weiterer Beweis dafür, wie gut sie wirklich ist – und wie absolut fehlplaziert.

Das gesamte Team steht mittlerweile um den kleinen Bildschirm herum, auf dem gerade eine Großaufnahme unserer sich streichelnden Hände gezeigt wird. Ich muss mich zusammenreißen, den Blick nicht abzuwenden. Mich selbst zu sehen fällt mir wesentlich schwerer, als die Szene vor den Kameras zu spielen. Aber hey, mit ein wenig Abstand betrachtet sind die Aufnahmen wirklich gut. Richtig gut sogar.

Bei Randys Gespür für Schnitt, Licht und Musik könnte etwas Großartiges daraus entstehen. Zufrieden dreht sich Sarah zu mir um – vermutlich, um meine Reaktion zu beobachten.

»Alles klar?«, flüstert sie. Als ich nicke, bleibt ihr Blick noch eine Weile skeptisch und das zufriedene Lächeln kehrt nur langsam zurück. »Gut, nicht wahr?« Ich nicke weiter, und sie muss lachen.

Gemeinsam sehen wir uns jede Kameraperspektive der letzten Aufnahme an. Die Anspannung, die wenige Stunden zuvor noch das neue Set beherrschte, ist mittlerweile zufriedener Erleichterung gewichen. Sogar Randy wirkt ausnahmsweise mal entspannt.

»Perfekt! Sie harmonieren perfekt miteinander«, murmelt er immer wieder vor sich hin, als stünden wir nicht unmittelbar neben ihm. Dann wendet er sich Sarah und mir zu. »Gut, ich schätze, wir haben eine Nachtschicht vor uns. Mit all dem Stoff, den wir heute schon von euch abgedreht haben, schwimmen wir nun in Hausaufgaben. Vielen Dank auch!«

Er grinst breit und zwinkert Sarah, die ihm die Zunge herausstreckt, zu.

»Nein wirklich, das ist schon eine Menge Material zum Schneiden. Also los, Feierabend!« Randy lacht, als er in unsere ungläubigen Gesichter blickt. »Ich meine es ernst. Raus mit euch! Es werden gewiss noch andere Tage kommen, aber für heute sind wir fertig. Nun ja, ihr seid fertig. Du hingegen …«, er klopft Pete auf die Schultern und streift ihm die Kopfhörer von den Ohren, »… hast dir für einen frühen Feierabend definitiv den falschen Job ausgesucht. Aber tröste dich, ich ja auch. Verdammt noch mal, ich auch! Also, ich will ganz sanfte Übergänge. Oh, und kann mir bitte jemand eine große Thunfisch-Pizza bestellen? Maggie, würdest du das tun? Extra viel Käse! … Pete, lass uns direkt versuchen, wie die Aufnahmen mit den übersteuerten Farben wirken, ja?«

Schon sind die beiden Männer auf halbem Weg zum Schnittraum. Auch die Traube der anderen Crew-Mitglieder löst sich auf. Sarah und ich bleiben als Einzige vor dem Bildschirm zurück und blicken Randy hinterher. Sarah weiß scheinbar nicht so recht, was sie von dem aufgedrehten Typ halten soll, der nun auch ihr Regisseur ist. Manchmal wirkt er fast manisch.

»Das hat heute wirklich Spaß gemacht, aber ist der immer so?«, fragt sie, als Randy und Pete außer Hörweite sind.

»Ähm … ja«, erwidere ich und versuche mich an einem vorsichtigen Lächeln, das sich jedoch nach wie vor seltsam verkrampft anfühlt. »Okay«, erwidert Sarah und zuckt mit den Schultern. »Dann wird es wenigstens nicht langweilig.«

»Nein, bestimmt nicht. Ich kenne Randy schon ewig und er ist eigentlich ein toller Typ.«

»Das denke ich auch. Also dann, einen schönen Abend noch und bis morgen«, sagt sie und wendet sich ab.

Die Worte schlüpfen über meine Lippen, bevor ich ihnen einen bewussten Gedanken geschenkt habe: »Ihnen auch, Ms. Pace!«

Sarah wirbelt so schnell herum, dass ihre rötlichen Locken dabei zu hüpfen scheinen. »Ms. Pace?«, wiederholt sie mit gerunzelter Stirn.

Ms. Pace? Mann, Ben, du Idiot!

Mit verdutztem Gesichtsausdruck geht sie einige Schritte auf mich zu. Die in die Hüften gestemmten Hände unterstreichen ihre Empörung.

»Na, jetzt hör aber mal! So wie es aussieht, werde ich von nun an eine Menge Zeit mit dir verbringen. Bestimmt mehr als mit meinem Verlobten und meiner kleinen Tochter. Abgesehen von all den romantischen Szenen, die Randy für uns ausgebrütet hat. Meinst du nicht, wir sollten uns angesichts all dieser Tatsachen beim Vornamen nennen, Mr. Todd?«

Verschämt senke ich meinen Blick. »Ja, natürlich hast du recht! Es ist nur so … eigenartig.«

»Hm?«

Als ich wieder aufblicke, sehe ich nichts als Verständnislosigkeit in ihren Augen. Ich atme tief durch, denn die nun folgenden Worte fühlen sich an wie das unbeholfene Geständnis eines Teenagers – warum auch immer. »Nun, Sarah, ich habe dich schon auf der Leinwand gesehen, als ich noch zur Schauspielschule ging. Und jetzt spiele ich hier, zusammen mit dir. Neben *dir*.«

Ich schaffe es nicht, ihrem Blick standzuhalten. Das Gefühl, noch immer der Schauspielschüler von damals zu sein, dem seine Lehrer stets vorhersagten, aus ihm würde – trotz Begabung – wohl nie etwas werden, wenn es ihm nicht gelänge, diese verdammte Schüchternheit abzulegen, ist mir zuwider. Trotzdem schleicht es sich in diesen Sekunden wieder ein.

Ich höre die Stimme meines Rhetoriklehrers, als stünde der alte Hopkins leibhaftig neben mir: »In diesem Business musst du kämpfen und dich durchsetzen können, Junge. Mit roten Ohren und geflüsterten Sätzen wirst du es nicht weit bringen.«

Gott sei Dank haben sich seine Prophezeiungen bislang nicht bewahrheitet, aber natürlich ist mir bewusst, dass ich ohne Randys Freundschaft und Loyalität nach wie vor auf schäbigen Bühnen spielen würde. Doch egal, in welcher Form auch immer, Schauspiel ist mein Leben.

Neben Sarah Pace spielen zu dürfen, das ist eine fast schon surreale Chance.

Unmittelbar vor der Kamera, in den intimen Szenen, ist es mir vorhin problemlos gelungen, ihre Person auszublenden und sie tatsächlich nur als Lea wahrzunehmen. Und als die war sie wirklich hinreißend und sehr authentisch. Der Dreh mit Sarah fühlte sich ohnehin so natürlich an, dass ich mich nun, im Nachhinein, nicht daran erinnern kann, auch nur für eine Sekunde über meinen Text nachgedacht zu haben.

Sarah lässt währenddessen meine Worte sinken. Schließlich zucken ihre Mundwinkel und verziehen die vollen Lippen zu einem Lächeln, das fast schelmisch wirkt.

»Was?«, frage ich. Ihr Schweigen bringt mich in noch größere Verlegenheit. »Ich habe Respekt vor dir, das ist alles.« Warum nur habe ich überhaupt das Gefühl, mich verteidigen zu müssen? Fast schon trotzig sehe ich sie an.

Ihr Lächeln dehnt sich zu einem Grinsen, das meinen Blick automatisch auf die tiefen Grübchen in ihren Wangen lenkt.

»Ich hoffe, du respektierst mich auch jetzt noch, wo wir uns aufs Du geeinigt haben und ich dir etwas beichten werde.«

Mit bedeutsamer Miene beugt sie sich vor und reckt sich auf die Zehenspitzen zu mir hoch. Haltsuchend stützt sie sich auf meiner Schulter ab. Ihre Stimme ist nun kaum mehr als ein Flüstern. »Weißt du, mein Vater war nämlich nicht unerheblich daran beteiligt, dass ich bereits mit vier Jahren meine erste kleine Filmrolle spielen durfte. Du weißt ja, ein großer Name öffnet tausend Tore.«

Sie blinzelt mir zu, weicht wieder zurück und spricht dann in normaler Lautstärke weiter. »Du hingegen hast die Schlüssel für all diese Tore allein gefunden, nicht wahr?« Mit hochgezogenen Augenbrauen sieht sie mich an.

Noch bevor ich etwas erwidern kann, tippt sie mit ihrem Zeigefinger gegen meinen Brustkorb. »Ich habe mich im Vorfeld übrigens genau über dich informiert, Ben Todd. Man muss ja schließlich wissen, mit wem man es zu tun hat.«

Ich erwidere Sarahs Grinsen und beschließe im selben Moment, mich auf ihr Spiel einzulassen. »So? Und, hast du schmutzige Storys gefunden?« In Wahrheit hoffe ich nur, dass sie nicht auf die eine, wirklich wichtige Story gestoßen ist.

Zu meiner Erleichterung winkt sie jedoch schon ab. »Nein, privat bist du genauso langweilig wie ich. Aber Mr. Google hat mir erzählt, dass du schon in unglaublich interessanten Stücken gespielt hast. Und deine Kritiken sprechen für sich. Aber ich muss zugeben, ich war erstaunt. Ein Vergewaltiger, ein Transsexueller, ein hochbegabter Autist, ein nackter Maler. Du schreckst wirklich vor keiner Rolle zurück, oder?«

Ich erwidere nichts. Wie sollte ich ihr das auch erklären? Dass alle diese extremen Charaktere nur dem einen Zweck dienten, mich möglichst effektiv von meinem realen Leben abzuschirmen? Mich nur nicht damit beschäftigen zu müssen, dass so gut wie alles, was mein Leben einmal lebenswert gemacht hatte, nicht mehr existierte? Nun, das würde der neuen Leichtigkeit dieses Gesprächs vermutlich schnell jede Basis rauben. Also zucke ich nur mit den Schultern und halte an meinem Schweigen fest.

Sarah schüttelt den Kopf. »Nein, wirklich. Verkauf dich nicht unter deinem Wert, Ben. Du bist sehr gut. Und es gibt absolut keinen Grund für dich, vor mir schüchtern zu sein.«

»Okay«, sage ich gedämpft.

»Versprochen?«

»Versprochen!«

»Also dann, schönen Abend noch, Ben Todd. Und eine gute Nacht«, sagt sie erneut, greift nach meiner Hand und drückt sie kurz, bevor sie sich abwendet und geht.

***

Auf meinen Pfiff hin schießt Jack unter einem der Lorbeersträucher, die im hinteren Teil des Gartens wachsen, hervor und prescht mit flatternden Ohren auf mich zu.

»Jack! Da bist du ja, Junge. Und, wie war dein Tag?« Ich beuge mich zu ihm hinab und kraule ihn hinter den Schlappohren. Hechelnd, mit heraushängender Zunge, sieht er immer aus, als würde er lachen. Nach einer Weile taucht er unter meinem Arm hindurch und läuft in die Küche. Erwartungsvoll setzt er sich vor seinen Fressnapf und schaut zu mir auf. Ich nicke. »Recht hast du, jawohl!«

Im Kühlschrank steht noch eine angebrochene Dose Hundefutter, deren Inhalt ich in Jacks Napf fülle, während ich mit dem Ellbogen versuche, meinen ungeduldigen Hund vom sofortigen Sturm auf das Futter abzuhalten. »Lass das, so dauert es doch nur länger. So, es ist serviert. Guten Appetit.«

Eine Weile beobachte ich Jack beim Fressen, dann öffne ich den Kühlschrank ein weiteres Mal. Gähnende Leere starrt mir entgegen.

»Einkaufen, Ben, einkaufen«, ermahne ich mich. »Jeder andere schafft das doch auch.«

Wie automatisch greife ich nach meinem Telefon und wähle die Nummer meines Lieblings-Chinesen. Nachdem ich meine Bestellung aufgegeben habe, spüle ich Jacks Trinknapf aus und fülle frisches Wasser ein.

Mir bleiben fünfzehn Minuten, also streife ich mir schnell das T-Shirt ab und gehe ins Bad. Die Jeans fällt auf die Fliesen, Shorts und Socken landen in der Badewanne. Summend steige ich unter die Dusche und lasse meine Gedanken abschweifen, während das warme Wasser an mir herabläuft.

Ich habe in der vergangenen Nacht nicht gut geschlafen. Wieder und wieder bin ich meine Texte durchgegangen und habe mich dabei bestimmt hundertmal gefragt, ob ich sie auch noch wüsste, wenn ich später neben Sarah Pace vor der Kamera stehen würde.

Rückblickend muss ich nun lächeln. *Wozu die Aufregung?*

Ich stelle das Wasser ab und angele nach dem Handtuch, das ich wieder einmal außer Reichweite plaziert habe. Das Wasser perlt über meinen ausgestreckten Arm und tropft auf die Fliesen herab. Einen Moment lang blicke ich starr auf die sich bildende Pfütze, doch ehe sie sich vor meinem geistigen Auge rot färben kann, wende ich den Blick ab und atme tief durch.

Die Türschelle surrt. Lange und wohl nicht zum ersten Mal.

Mist, habe ich so lange geduscht?

In der Eile verheddere ich mich im Ärmel meines T-Shirts und rutsche um ein Haar auf dem nassen Fußboden aus. Mit triefenden Haaren laufe ich zur Tür, steige dabei irgendwie in meine Pyjamashorts und nehme von dem leicht entnervten Boten endlich mein Essen entgegen.

Wie üblich setze ich mich neben Jack auf die Couch und esse vor dem laufenden Fernseher. Mittlerweile kann ich sogar mit Stäbchen essen, der regelmäßigen Übung sei Dank.

Der leere Pappbehälter und die Bierdose landen anschließend im Mülleimer, dann widme ich mich dem Skript für den folgenden Tag. Spiele alle Szenen in Gedanken noch einige Male durch, bis mir mit einem Mal bewusst wird, wie sehr ich mich eigentlich auf die bevorstehenden Dreharbeiten freue.

Der Gedanke an meine berühmte Kollegin ängstigt mich nicht länger. Ich fasse den Entschluss, Sarah – wie versprochen – als das zu nehmen, was sie ist: meine Schauspielpartnerin.

Damit fällt auch der letzte Rest Anspannung der vorangegangenen Tage und Wochen von mir.

Zufrieden nicke ich mir selbst zu, lege das Skript zur Seite und erhebe mich von der Couch. Jack weiß sofort, was vor sich geht. Schon steht er schwanzwedelnd vor der Terrassentür, die ich nun öffne, um ihn noch einmal rauszulassen. Ich folge ihm in den Garten.

Die Nacht ist klar und frisch. Die salzgetränkte Luft riecht nach den Rosen, die am Rande der Terrasse wuchern und gerade in ihrer vollen Blüte stehen. Eine Mischung, die mich unwillkürlich an unsere lange zurückliegende Zeit in Italien erinnert. Wie von selbst schließen sich meine Lider; ich lege den Kopf in den Nacken und atme tief durch. Als ich die Augen wieder öffne und in den sternenübersäten Himmel hinaufblicke, fällt mir sofort der Mond auf, der breit und schief zwischen den unzähligen funkelnden Lichtpunkten hängt. Irgendwie sieht er blasser aus als sonst. Die Umrisse seiner Sichel sind unscharf, das Schwarz der Nacht verschwimmt zu einem nebligen Tintenblau, wo es mit dem silbrigen Schein in Berührung kommt.

Vielleicht ist es der Mond selbst – seine Form und diese seltsam fahle Farbe –, vielleicht auch die Faszination, die das Sternenmeer, in dem er zu schwimmen scheint, in mir auslöst. Doch mit Sicherheit ist es die plötzlich auflodernde Erinnerung, die mich hier draußen verharren lässt, obwohl Jack schon längst aus seiner Pinkelecke zurückgekehrt und in der Wohnung verschwunden ist. Vermutlich liegt er bereits auf seiner Decke und schnarcht, während ich in aller Ruhe meinen Gedanken nachhänge ...

»Silbermond!«, flüsterte sie.

»Ja, das stimmt. Er ist wirklich silbern.« Ich lächelte in ihr weiches Haar. Küsste ihren Hals und hielt sie eng umschlungen in meinen Armen.

Wir saßen auf den Klippen unserer Bucht; diese Januarnacht war klar, windig und sehr kühl. Die Erinnerung ist alles andere als das.

Wärme erfasst mein Herz. »Bist du glücklich?«, fragte ich leise.

Sie nickte, aber das reichte mir nicht. »Sieh mich an, Shirley!«

Sofort kam sie meiner Aufforderung nach und hielt meinem prüfenden Blick mühelos stand. Ihrer war offen und ehrlich, als sich ihre Hände um mein Gesicht schlossen und sie mich so behutsam küsste, dass ich unwillkürlich eine Gänsehaut bekam.

»Absolut glücklich«, flüsterte sie.

»Vermisst du denn nichts? Deine Familie, deine Freunde, dein ... Zuhause?«, wollte ich vorsichtig wissen. Ich war mir nicht sicher, ob ich die Antwort wirklich hören wollte, doch seit Monaten – seitdem Shirley ihren Ex-Freund und mit ihm auch alles andere zurückgelassen hatte, was ihr einmal lieb gewesen war, um mich in L.A. zu suchen – brannte diese Frage in mir.

Ich wollte sie ebenso glücklich wissen, wie ich es selbst war. Aber war das unter den gegebenen Umständen nicht völlig illusorisch?

Sie kannte hier nach wie vor niemanden außer mir und meinen wenigen Freunden, lebte nun weit weg von ihren Eltern und Geschwistern und war im sechsten Monat schwanger von einem Mann, der es nicht einmal schaffte, seinen Kühlschrank verlässlich zu füllen. Und trotzdem strahlte sie.

»Natürlich vermisse ich meine Eltern, Ben. Ich vermisse auch meine Freunde, aber ich vermisse mein Zuhause nicht. ... Zuhause fühlt man doch hier.« Sie legte unsere verschränkten Hände über mein Herz und sah mich noch tiefer an als zuvor. Ihr Gesicht war nur wenige Zentimeter von meinem entfernt, das sanfte Braun ihrer Augen trotz des fahlen Mondscheins erkennbar. Ihr Atem traf mich so süß und warm, dass ich unweigerlich die Augen schloss.

»Und mit meinem Herzen bin ich hier zu Hause«, fuhr sie fort. »Solange ich nur bei dir bin, Ben.«

Dann legten sich ihre Lippen erneut auf meine.

Ihre Worte hatten diese Nacht, die ohnehin schon wunderschön war, zu einer der perfektesten meines Lebens gemacht. Hätte ich damals nur gewusst, dass es unsere letzte sein sollte.

»Bring mich nach Hause, Ben«, forderte sie flüsternd, als sie mir ihren Mund entzog.

Zurück in unserer Wohnung verbrachten wir den Rest der Nacht damit, uns langsam und sehr bedächtig zu lieben. Nicht zum ersten Mal spielte ich mit dem Gedanken, sie zu bitten, meine Frau zu werden. Doch wieder einmal ließ ich den Moment verstreichen. Nicht, weil ich mir nicht sicher war, sondern weil ich fürchtete, es könne willkürlich wirken. Einmal in meinem Leben sollte etwas geplant und einfach perfekt laufen. *Hätte ich es doch getan.*

Gegen Morgen schliefen wir bei einem weiteren unserer unzähligen erfolglosen Versuche ein, mich die Bewegungen des Babys spüren zu lassen. Es rührte sich einfach nicht, solange meine Hand auf Shirleys Bauch lag.

Und dann, nach einer langen Nacht und viel zu wenig Schlaf, zerbröselte unser Glück in einem einzigen Streit …

Bilder, die mein Blut im Bruchteil einer Sekunde gefrieren lassen, durchzucken mich. Ich sehe Shirleys braune Augen aufblitzen, höre ihre Stimme, die sich vor Wut überschlägt, und plötzlich spüre ich, wie kühl der Wind ist, der mich hier draußen umweht. Eine dicke graublaue Wolke zieht so schnell vorbei, dass sie den Mond nur für einen kurzen Augenblick verhängt, bevor sie ihn und seinen seltsam silbrigen Schein wieder freigibt. Ein Schaudern durchfährt mich.

Schnell wende ich mich ab, betrete mein Wohnzimmer und ziehe die Terrassentür hinter mir zu.

Stille.

Dann ein Piepen, das mich zusammenschrecken lässt.

Ich brauche einen Moment, bis mir klarwird, dass ich eine SMS bekommen habe. Diesen Ton höre ich nur sehr selten. Randy macht sich die Mühe des Tippens nicht, und auch sonst schreibt mir eigentlich niemand. Überrascht nehme ich das Handy vom Klavier, lese die Nachricht und zucke erneut zusammen, als ich realisiere, von wem sie ist.

Hallo Kollege!

Schau doch mal aus Deinem Fenster, wenn Du noch wach bist. Sieht der Mond für Dich auch silbern aus, oder hatte ich zu viel Rotwein zum Abendessen? Ich freue mich auf morgen, Ben. Keine Schüchternheiten mehr, Du hast es versprochen. Träum süß! Sarah

Verdutzt starre ich auf das Display. Lese ihre Zeilen immer wieder, bis die Anspannung von mir fällt und ich mir meines Lächelns bewusst werde. Nur einen Moment später machen sich meine Finger selbständig.

Hallo Kollegin!

*Ja, ich bin noch wach. Ich freue mich auch auf morgen. Werde auf jeden Fall versuchen, mein Versprechen zu halten und mir keine weitere Blöße zu geben. Schlaf gut! *Ben**

PS: Ob Du zu viel Rotwein hattest, weiß ich nicht, aber das ist eindeutig ein Silbermond.

***

Als sich am nächsten Morgen das stählerne Tor zum Hinterhof des Aufnahmestudios öffnet und mir die Durchfahrt gewährt, ertönt ein Hupen hinter mir.

Ich schaue in den Rückspiegel und erkenne Sarah, die mir aus einem roten Cayenne zuwinkt. Das Auto wirkt zu mächtig für das zierliche Persönchen, das sie ist. Für einen kurzen Moment wundert es mich, dass sie überhaupt selbst fährt. Andererseits würde ein Chauffeur nicht zu ihr passen. Wir parken nebeneinander. Kaum habe ich die Tür meines Wagens geöffnet, schlägt mir die Hitze entgegen.

»Puh!«, ruft Sarah im selben Moment. »An Tagen wie diesen sehne ich mich nach dem milden Sommer Englands.« Sie lacht. »Guten Morgen, Ben.«

»Guten Morgen«, gebe ich zurück und schließe meinen alten Mercedes ab, während Sarah ihren Cayenne per Knopfdruck verriegelt.

»Hast du gut geschlafen?«, fragt sie.

»Ähm … ja. Bis der Wecker klingelte.«

Sarah lacht. »Ja, diese Wecker …«

So habe ich es nicht gemeint, aber ich lasse es dabei bewenden. Sie kann schließlich nicht wissen, wie schlecht ich schlafe. An diesem Morgen habe ich den Klang meines Weckers zum ersten Mal seit vier Jahren gehört. Aus einem tiefen, traumlosen Schlaf aufgeschreckt, versuchte ich einige Sekunden lang vergeblich, das fremde Geräusch zuzuordnen.

»Und du? Wie war dein Morgen bisher?«, frage ich vorsichtig, während wir nebeneinander den Parkplatz überqueren und auf die Eingangstür des Studios zusteuern. Sarah blickt zu mir auf und hakt ihren Arm unter meinen. Die Selbstverständlichkeit ihrer Geste überrumpelt mich, doch ich versuche, es mir nicht anmerken zu lassen.

Keine Schüchternheiten mehr, Ben.

Sarah schürzt die Lippen. »Hm, lass mal überlegen. Ich bin aufgestanden und habe mich fertig gemacht. Dann habe ich meine kleine Tochter geweckt und ihr beim Anziehen geholfen. Dabei musste ich mir die Highlights der gestrigen Geburtstagsparty anhören. Anschließend haben wir gemeinsam mit Alberta gefrühstückt, das ist unsere liebe Nanny. Danach musste ich Josie noch einmal komplett umziehen, weil ihr Erdnussbuttertoast mit der beschmierten Seite voraus auf ihr Kleid gefallen war. Dann haben wir ihren Daddy angerufen, um ihm einen schönen Abend in Paris zu wünschen. Kurz bevor wir das Haus verließen, wollte Josie noch etwas trinken, und danach musste ich mich selbst noch einmal umziehen, weil sie beim Trinken plötzlich niesen musste.«

Sarah lacht und zuckt mit den Schultern. »Also, du siehst: Mein Morgen war bisher perfekt. Der ganz normale Wahnsinn eben. Und wir haben einen Entschluss gefasst: Ab morgen frühstücken wir einfach im Pyjama und ziehen uns erst danach an.«

»Ja, klingt durchaus sinnvoll«, bestätige ich mit einem Schmunzeln und öffne die Tür zum Studio. Mit einer Geste, die so altmodisch und steif wirkt, dass ich sie sofort bereue, bedeute ich Sarah den Vortritt.

»Oh, ein Gentleman! Wie schön, dass es euch noch gibt«, freut sie sich und nickt mir zu, bevor sie sich vor mir durch den Eingang schiebt.

Mit dem Überschreiten der Türschwelle löst sich die Ruhe des Morgens schlagartig auf. In der Halle herrscht hektische Betriebsamkeit. Kabel werden verlegt und mit Klebeband fixiert. Dekorateure, mit Nägeln und Sicherheitsnadeln zwischen den Zähnen und Hämmern und Bohrern in den Händen, arbeiten fieberhaft daran, den Kulissen ihren letzten Schliff zu verpassen. Jemand ruft nach einem Akkubohrer. Auch die Lichttechniker experimentieren offenbar noch. Sie beleuchten das kleine Café und die angrenzende Kulisse eines Krankenhauszimmers in immer wieder wechselnden Farbstimmungen. Eine winzige Frau schiebt die Stange mit den Kostümen an uns vorbei und beginnt damit, die Kleiderbügel an die Türklinken der entsprechenden Garderoben zu hängen. Komparsen erhalten ihre Anweisungen und tuscheln aufgeregt, als sie Sarah erspähen.

Die Gerüche wechseln fast von Meter zu Meter, ähnlich wie in einer Messehalle. Hier riecht es nach Kaffee, dort nach Holzstaub, ein wenig weiter nach dem frisch geputzten Laminatboden.

Seite an Seite bahnen Sarah und ich uns den Weg zu unseren Garderoben und werden dabei immer wieder von dem einen oder anderen Mitglied der herumwirbelnden Crew begrüßt.

Plötzlich steht Randy vor uns und sieht Sarah verschmitzt an. »Hey, da seid ihr ja! Beide … und pünktlich …«

Die Anspielung auf ihre gestrige Verspätung bleibt Sarah

nicht verborgen. Mit gespielter Empörung stützt sie die Hände in die Hüften. »Randy! Ich habe dir doch gesagt, dass ich normalerweise immer pünktlich bin. Ich bin schließlich Engländerin, schon vergessen?«

Randy schiebt seine runde Brille zurück an die Nasenwurzel und legt lachend einen Arm um sie. »Keineswegs. Punkt fünf Uhr Teatime, nicht wahr?«

Sie knufft ihn in die Seite. »Überleg dir, ob du dich ernsthaft mit mir anlegen willst. Du weißt, ich habe drei Brüder. Und *die* legen sich mittlerweile nicht mehr mit mir an.«

Randy lässt von Sarah ab, als habe er sich die Finger an ihrem Rücken verbrannt. Es wäre schön, so unbefangen sein zu können wie er. Leider bin ich es immer noch nicht wirklich.

»Und, was steht heute an?«

Sofort wird der Gesichtsausdruck meines Freundes wieder professionell. »Also, passt auf! Wir machen erst einmal die Fotos, die der Sender haben will. Für eure Autogrammkarten und die anstehende Publicity brauchen die diese Aufnahmen wohl ziemlich dringend. Das wird zwar einige Stunden in Anspruch nehmen, aber ich hoffe, wir kommen heute trotzdem schon dazu, die ersten Szenen mit John zu drehen. Für den Nachmittag ist er fest eingeplant, und unser Zeitplan ist ganz schön straff. Die erste Szene, die ich mit euch beiden drehen will, ist die, in der Ron seine Lea wiederfindet und sie als Schützling auserwählt. Leas Krankenhauszimmer erhält gerade den letzten Schliff.«

»Hm«, mache ich. »Klingt zwar nicht gerade nach einem Spaziergang im Park, aber ich denke, das ist zu schaffen.«

»Denke ich auch«, erwidert Sarah und schenkt Randy ein Lächeln.

Filmaufnahmen können so schrecklich zeitaufwendig sein. Jede Kleinigkeit muss bedacht werden, und oftmals verbringen wir Schauspieler Stunden neben diskutierenden Regisseuren, ohne auch nur einen Satz unseres Textes zum Besten geben zu dürfen.

Außerdem ist Randy ein Perfektionist sondergleichen. Er duldet keine Lichtstimmung, keine Kameraperspektive, keine einzige Farbe in den Dekorationen, Bühnenbildern oder Kostümen, wenn sie damit nicht exakt den Bildern in seinem Kopf entsprechen.

Seine exzentrische Art ist bei den Crew-Mitgliedern gleichermaßen geschätzt wie gefürchtet, aber ich mag seine Arbeit und habe kein Problem damit, das Set als Randys uneingeschränktes Territorium anzuerkennen – mit allem, was dazugehört.

»Also los, ab in die Garderoben mit euch!«, befiehlt er nun. Der Wandel in seiner Stimme ist nicht zu überhören.

Adieu Kumpel, hallo Chef!

Noch einmal rückt Randy seine Brille zurecht und greift dann zu dem Megafon, das an seinem Regiestuhl lehnt.

»Hallo Team, hier Boss! In einer halben Stunde beginnen wir mit dem Fotoshooting. Kate und Mike bitte wegen der weiteren Planung zu mir!«

Während sich die beiden Fotografen von der anderen Seite der Halle eilig in Bewegung setzen, legt Randy das Megafon wieder ab.

»Verdammt, ich liebe diesen Job«, murmelt er und blickt dann zu Sarah und mir auf. »Hey, was macht ihr noch hier? Eure Garderoben sind da hinten.«

Mit einem Lachen wendet sich Sarah ab, doch Randy fällt noch etwas ein: »Wenn wir heute gut durchkommen, zeige ich euch später das Ergebnis unserer gestrigen Nachtschicht. Bis drei Uhr morgens haben wir geschnitten, verdammt.«

Wir nicken ihm anerkennend zu und verschwinden dann

gleichzeitig in unseren Garderoben, deren Türen sich gegenüberliegen.

Ich werde bereits erwartet.

Maggie fliegt mir um den Hals, drückt mir einen Kuss auf die Wange und presst mich dabei schon in den Schminksessel. Der schadenfrohe Glanz in ihren Augen lässt mich Böses ahnen. Nichts bereitet Mag größere Freude als die Schmerzen eines Mannes. Selbst wenn dieser Mann ich bin.

»So, jetzt krall dich mal schön an deinen Armlehnen fest!«, flüstert sie und drückt mir im selben Atemzug – wie zur Warnung – ihr Knie in den Schritt.

Maggie ist winzig und schlank. Mit ihren hellblonden Locken und den wasserblauen Augen sieht sie wie ein Engel aus, doch der Schein trügt. Sie hat es – in wirklich jeder Hinsicht – faustdick hinter den Ohren. Als Stylistin und Make-up-Beraterin ist sie seit Jahren ein festes Mitglied von Randys Crew. Und seitdem sie mich für meine erste Filmrolle geschminkt hat, ist Mag so was wie meine beste Freundin.

Genau in diesem Moment hasse ich sie jedoch ein klein wenig. Denn Maggie beugt sich über mich und beginnt, meine Augenbrauen mit einer Pinzette zu bearbeiten. Dass ich unter ihrer gnadenlosen Hand immer wieder zusammenzucke, interessiert sie dabei nicht im Geringsten. Im Gegenteil – sie grinst.

»Aaach, komm schon, Benny, sei nicht so empfindlich. Hast du dich mal gefragt, was wir Frauen erleiden müssen, damit sich unsere Körper so glatt und geschmeidig anfühlen, wie ihr Kerle es liebt? Das hier ist nur der leise Hauch einer Vorahnung, glaub mir! Ich sage nur Bikinizone. Und bitte, vergiss nicht, mein Schatz: Ich will nur dein Bestes. Du spielst neben einer der hübschesten Frauen Hollywoods. Es ist quasi meine Pflicht, dich nicht völlig glanzlos neben ihr erscheinen zu lassen. Dafür werde ich schließlich bezahlt.«

Weise Worte aus deinem ungehobelten Schandmaul. ... Mist!

Ein einziges Mal tanzt eine schlagfertige Antwort auf meiner Zungenspitze, und nun bringe ich die Worte nicht hervor, weil ich zu sehr damit beschäftigt bin, meine Zähne aufeinanderzupressen, um nicht laut loszuschreien.

»So, fertig!«, ruft Maggie nach einer unerträglichen Ewigkeit. Sie beendet ihre Folter, nimmt ihr Knie aus meinem Schoß und pinselt die entfernten Härchen aus meinem Gesicht. Dabei ignoriert sie meinen bitterbösen Blick mit einer Beharrlichkeit, die ich im Grunde zutiefst bewundernswert finde. Behutsam tupft sie mir eine kühlende Lotion auf die Stirn, die meine gereizte Haut schnell wieder beruhigen wird, wie sie mir erklärt. Dann beginnt sie, mich zu schminken. Dabei betrachtet sie mein Gesicht so konzentriert, als wäre es eine weiße Leinwand, die sie in ein Kunstwerk verwandeln müsse.

Irgendwann verliert die Falte auf Maggies Stirn an Tiefe und verschwindet schließlich vollständig. Zufrieden nickt sie meinem Spiegelbild zu.

»Grrr! Du siehst heiß aus, Ben Todd«, knurrt sie mir ins Ohr. »Und jetzt geh da raus und zeig's ihnen, Tiger! Tu's für mich.«

Ich schüttele den Kopf und verdrehe die Augen. »Du bist total durchgeknallt, Mag.«

Wenn sie so ist – und ich weiß, dass diese Seite genauso zu Maggie gehört wie die andere auch –, kann ich mir kaum vorstellen, dass ich ausgerechnet mit ihr über all die Dinge sprechen kann, von denen sonst kaum jemand weiß. Denn ich kenne sie auch anders: einfühlsam und verletzlich, mit einer tiefen Sehnsucht nach der großen, wahren Liebe ihres Lebens, nach der sie bisher vergeblich gesucht hat. Mag – wie nur ich sie nennen darf – knabbert bis heute schwer an dem Vorfall vor anderthalb Jahren, als sie ihren Verlobten zwei Wochen vor der Hochzeit mit einer anderen Frau erwischt hat. Jedes Mal, wenn ich an ihre bitteren Tränen denke und daran, dass Maggie für beinahe ein Jahr nur ein Schatten ihrer selbst war, verzeihe ich ihr sofort jede Frechheit. Und so erhebe ich mich auch jetzt wieder mit einem Seufzen, werfe einen letzten Blick in den Spiegel und hauche der zierlichen Frau vor mir einen Kuss auf die Wange.

»Manchmal mag ich dich nicht besonders, Mag.«

»Ach Quatsch, du liebst mich«, antwortet sie grinsend und öffnet die Tür für mich.

Kopfschüttelnd trete ich auf den Gang hinaus und stehe direkt vor Sarah, die im selben Moment aus ihrer Garderobe gekommen ist. Ich bemerke zu spät, dass sich mein Blick an ihrem Körper herabhangelt. Diese Kostüme sind wirklich umwerfend. Heute trägt Sarah ein gelbgeblümtes Kleid im Fünfziger-Jahre-Stil und eine passende Kunstblüte im kupferfarbenen Haar. Kitschig, klar, aber irgendwie auch sehr weiblich.

»Nimmst du mich so mit?«, fragt sie zaghaft.

»Du bist wunderschön.« Die Worte sind raus. Erschreckt höre ich sie und erstarre dabei in meinen Bewegungen. Als hätten wir die Rollen des Vortages getauscht, senkt nun Sarah ihren Blick und errötet. Doch im Gegensatz zu mir fasst sie sich wesentlich schneller.

»Ich werte das mal als ein Ja«, sagt sie leise.

»Ja«, sage ich und bedeute ihr, sich erneut bei mir unterzuhaken.

Souverän bringen wir das Fotoshooting hinter uns. Ein Part, den ich wirklich nicht sonderlich liebe, aber er gehört eben dazu.

Kate und Mike schießen zunächst die Einzelaufnahmen. Dann stehen Sarah und ich gemeinsam vor den Kameras. Um zu verdeutlichen, dass sich Lea und ihr Engel nicht fühlen können, und um ihrer Sehnsucht bildlich Ausdruck zu verleihen, lässt Randy uns auf riesigen Styropor-Wolken Platz nehmen und liegend – mit weit ausgestreckten Armen und wehmütigem Blick – posieren. Er richtet die Wolken persönlich so aus, dass sich unsere Fingerspitzen gerade eben nicht berühren. Die Szene erinnert an *Die Erschaffung des Adam*, das berühmte Gemälde von Michelangelo.

Randy weicht den armen Fotografen keine Sekunde von der Seite und wird dabei nicht müde zu betonen, dass etwas Zauberhaftes von den Bildern ausgehen müsse, etwas Magisches. Ja, er ist nicht nur perfektionistisch, er ist auch ein unglaublicher Kontrollfreak.

Erst als mir vor Hunger schon laut der Magen knurrt und Sarah um eine Kopfschmerztablette bittet, gibt sich Randy zufrieden. Erleichtert richten wir uns auf, schütteln unsere verkrampften Glieder und steuern dann zielstrebig auf Mikes Laptop zu. Sobald die ersten Bilder erscheinen, bin ich versöhnt. Die Quälerei hat sich gelohnt.

»Wow, die wirken tatsächlich wie Bilder aus einem Märchenbuch.« Sarah flüstert fast, so beeindruckt ist sie. Randy hingegen lacht laut auf. Wie immer nach der geglückten Umsetzung einer seiner Ideen ist er bester Laune.

»Warte erst, bis du unseren Zusammenschnitt siehst.«

Kurze Zeit später dürfen wir endlich etwas essen.

Wir nehmen an einem der Bistrotische des Cafés Platz und halten brav still, als Maggie uns riesige Tücher umbindet, die unsere Kleidung vor möglichen Kleckereien bewahren sollen.

Rosalie, eine rundliche Frau der Catering-Crew, kommt an unseren Tisch und setzt mir strahlend einen großen Teller mit Rollbraten, Gemüse und Pommes vor, während Sarah höflich abwinkt und sich mit einem Apfel und einer Banane begnügt.

Auf meinen verständnislosen Blick hin erklärt sie: »Oh, du hast keine Ahnung, was mich am Abend noch erwartet. Unsere italienische Nanny kocht in rauhen Mengen, die jeglicher Logik entbehren, glaub mir.« Krachend beißt sie in ihren Apfel.

Da Randy noch immer mit den Fotos beschäftigt ist und danach sofort in die Planung des Nachmittagsprogramms übergeht, bietet uns dieses gemeinsame Essen die erste Gelegenheit, ein wenig mehr voneinander zu erfahren.

»Erzähl mir von dir!«, befiehlt Sarah auch prompt.

»Was willst du denn wissen?«

Sie zuckt mit den Schultern. »Alles, was dich so ausmacht eben.«

Na, das nenne ich klein anfangen.

Als ich – schlagfertig, wie ich bin – nichts erwidere, hilft sie mir auf die Sprünge.

»Hast du Geschwister? Was machen deine Eltern? Wo bist du aufgewachsen?«

»So viele Fragen auf einmal?«

»Ich habe noch gar nicht richtig angefangen«, antwortet sie lachend.

Also schön. Ich hole tief Luft, lege mein Besteck zur Seite und beschließe, mich auf die kleine Fragerunde einzulassen – solange Sarah dabei nicht zu sehr in die Tiefe geht.

»Ich habe eine Schwester. Caro ist fünf Jahre älter als ich und hat zwei Kinder. Sie hat einen Kanadier geheiratet, den sie nur mit Mühe und Not auf amerikanischen Boden geschleift hat. Sie leben im nördlichsten Zipfel Idahos, direkt an der kanadischen Grenze. Meine Eltern leben derzeit in Sydney.«

»Montana?«, fragt Sarah.

»Nein, Australien«, gebe ich grinsend zurück.

Sarahs Augen weiten sich.

»Mein Dad ist Diplomat, meine Mom Pianistin. Sydney bot sich an. Sie sind schon ungewöhnlich lange dort. Seit sieben Jahren, um genau zu sein.«

Erst als ich es Sarah erzähle, fällt mir auf, dass es stimmt. Meine Eltern haben vielleicht noch nie zuvor so lange an einem Ort gelebt.

»Sieben Jahre sind lang?«, fragt Sarah mit geneigtem Kopf.

»Für meine Eltern auf jeden Fall. Ich hätte auch in einem Wanderzirkus geboren werden können, das hätte vermutlich keinen großen Unterschied gemacht. Wir haben nie länger als vier Jahre irgendwo gelebt. Was die Beantwortung deiner letzten Frage übrigens nicht gerade leichtmacht.«

»Wo du aufgewachsen bist?«, hakt sie nach. Ich nicke. »Fang doch einfach von vorne an«, schlägt sie vor.

»Okay!« Ich atme tief durch. »Also, geboren bin ich in Südafrika, in Johannesburg. Als ich zwei Jahre alt war, sind wir nach Süditalien gezogen, an die Amalfiküste. Mein Vater hat damals in Neapel gearbeitet. An die Zeit kann ich mich sogar noch ein wenig erinnern. Als ich fünf Jahre alt war, zogen wir nach London.«

»London?«, wiederholt sie. Es ist ihre Heimatstadt, das weiß ich, doch so fröhlich mir Sarah bisher immer erschien, hätte ich nicht mit der Wehmut gerechnet, die sich nun schlagartig in ihren Augen widerspiegelt. Sie vermisst ihre Heimat, das ist mit nur einem Blick erkennbar.

»Ja, nach Barnes«, sage ich.

»Schöne Gegend. Mein Elternhaus liegt etwa eine Dreiviertelstunde südwestlich von London entfernt. Ausflüge in die Stadt waren für uns Kinder immer etwas Besonderes«, schwärmt sie. Ihr Blick driftet leicht ab, und wir schweigen. Nur wenige Sekunden, dann schüttelt sie kaum merklich den Kopf, verbannt Sehnsucht und Erinnerungen und beißt erneut in ihren Apfel. »Entschuldige. Wo waren wir? Ach ja! … Wie lange habt ihr in England gelebt?«

»Knapp drei Jahre«, erwidere ich. »Dann ging es weiter nach

China, wo wir vier Jahre lang blieben. Von dort aus zogen wir weiter nach Indien und dann in die USA. Hier blieben wir, bis ich achtzehn war und den Platz an der Schauspielschule bekam. Im selben Jahr sah Randy mich in einem meiner ersten Theaterstücke, und wir wurden Freunde.«

»Wow!« Sarah seufzt. »Was für ein aufregendes Leben!«

Ich verkneife mir meinen Kommentar und senke den Kopf. Die Zweifel und Verlustängste, die ich aufgrund der ständigen Umzüge in meiner Kindheit entwickelt habe, lasse ich unerwähnt. Belassen wir es einfach bei ›aufregend‹, das klingt so positiv.

»Welche Schauspielschule hast du besucht?«, fragt Sarah.

»Lee Strasberg, hier in L.A.«

»Julia Roberts' Schule«, gibt sie bewundernd zurück.

»Und Robert de Niros«, ergänze ich um meinen Lieblingsschauspieler.

Sarah nickt anerkennend, bevor sich ihre Stirn erneut in Falten legt. »Wie bist du überhaupt zum Schauspiel gekommen?«

»Ein Verkupplungsversuch meines Vaters«, erkläre ich verlegen.

Die Falten auf ihrer Stirn werden tiefer und der Blick skeptisch, als wisse sie nicht so recht, ob sie meine Antwort ernst nehmen soll oder nicht.

»Nein, wirklich!«, beteuere ich. »Als ich gerade fünfzehn war, besuchte mein Dad eines Abends nach der Arbeit ein Café in Neu-Delhi. Dort saßen ein paar Mädchen zusammen und amüsierten sich. Ich weiß nicht genau, aus welchem Grund mein Dad beschloss, sie anzusprechen. Aber er tat es. Sie erzählten ihm, dass sie gerade von den Proben des *Jungen Theaters* kamen. Mein Dad ließ nicht locker, bis ich dort ebenfalls vorsprach.«

Sarah sieht mich ungläubig, mit weit aufgerissenen Augen an. »Er wollte dich tatsächlich verkuppeln?«

»Ich bin mir ziemlich sicher, dass das seine Absicht war, ja.«

»Und? Hast du ein Date bekommen?«, fragt sie verschmitzt.

Ich schüttele den Kopf. »Natürlich nicht. Aber meine erste Hauptrolle. Die wohl klassischste von allen.«

»Romeo.« Sarah seufzt den Namen von Shakespeares Held und rollt verträumt mit den Augen. »Bingo!«, rufe ich.

Als ihr fröhliches Glucksen verebbt, fasse ich mir ein Herz. »Darf ich dich auch etwas fragen?«, sage ich und versuche dabei, meiner Stimme einen tiefen, bedeutungsvollen Klang zu verleihen. Auch mein Blick wird viel intensiver als zuvor. Es funktioniert.

Sarah sieht mir in die Augen und schluckt. »Klar!«, presst sie hervor. Es klingt erfreulich unsicher.

Langsam und geheimnisvoll beuge ich mich über den Tisch. Sie kommt mir zögerlich entgegen, bis unsere Gesichter nur noch wenige Zentimeter voneinander entfernt sind. Ich kann nicht sagen, was mich geritten hat, aber eine lange entbehrte Freude erfasst mich, als ich ihren stockenden Atem spüre. »Was …?«, haucht sie.

»Gibt es in England immer noch diese widerlichen, mit Fisch gefüllten Pasteten?«

Ein, zwei stille Sekunden verstreichen, in denen Sarah zunächst verwirrt blinzelt, bis sie plötzlich losprustet und ihre Bananenschale nach mir wirft. »Ich dachte, du würdest sonst was fragen, bei deinem Blick!«, ruft sie. »Und außerdem liebe ich diese Pasteten.«

Angewidert verziehe ich mein Gesicht. »Ernsthaft? Wie kann man so etwas essen? Das ist einfach abartig.«

Sarah kichert noch eine Weile, bis ich sie erneut aus der Fassung bringe. Dieses Mal allerdings völlig unbeabsichtigt. »Du hast Heimweh, nicht wahr?«, höre ich mich fragen und könnte mich im selben Moment dafür ohrfeigen.

Ihr Lachen verstummt schlagartig, lange sieht sie mich reglos an. Schließlich senkt sie den Kopf und blinzelt wieder einige Male, bevor sie nickt. »Ab und zu schon«, gesteht sie mit einem Schulterzucken, das alles andere als lässig wirkt.

Ich bereue meine Feststellung, seitdem sie über meine Lippen geschlüpft ist, und suche fieberhaft nach einem Wechsel des Gesprächsthemas. »Was denkst du, wie die Serie anläuft?«, frage ich schließlich.

Sarah mustert mich eindringlich, dann schüttelt sie den Kopf. »Entweder wird es ein Megahit oder aber ein totaler Flop. Dazwischen kann ich mir beim besten Willen nichts vorstellen.« Der Aussage zum Trotz klingen ihre Worte absolut unbeschwert.

»Ist das denn nicht ein sehr großes Risiko für dich?«, frage ich vorsichtig.

»Sicher. Meine Agenten haben mir geschlossen davon abgeraten, in einer Serie mitzuspielen.« Sie schmunzelt. »Aber weißt du, für gewöhnlich folge ich meinem Herzen.«

»Ja, das kann ich sehr gut nachvollziehen.«

Ein Scheppern donnert durch die Halle und lässt uns zusammenschrecken. Schnell wenden wir uns der Lärmquelle zu. Einer der großen Strahler ist beim Versuch, ihn umzuhängen, von der Traverse gefallen.

Randy tobt, und der arme Lichttechniker kommt gar nicht erst dazu, sich zu entschuldigen.

In diesem Moment wird mir bewusst, dass ich mich in dem Gespräch mit Sarah total verloren habe. Für wenige Minuten waren das wirre Treiben und der Lärm um uns herum völlig verschwunden. Ich habe tatsächlich kurz vergessen, wo wir uns befinden.

Gerade frage ich mich, ob es ihr wohl genauso ergangen ist, als sich Sarah mir wieder zuwendet, mich anlächelt und mit den Schultern zuckt.

Die vage Bewegung wirbelt den Duft ihrer Haare auf.

So anders.

Der Gedanke an Shirley durchfährt mich, bevor mich Schuldgefühle erfassen, weil ich den Vergleich überhaupt erst zugelassen habe. Dennoch kreisen meine Gedanken weiter um Sarahs Geruch. Sie riecht wie der Sommer in Italien. Frisch und blumig, nach Jasmin und Orangenblüten. Auf einmal sehe ich nur noch ihre grünen Augen und die vollen Lippen. Als mir endlich bewusst wird, wie intensiv ich sie anstarre, wende ich erschrocken den Blick ab.

Die Stille zwischen uns hat mit einem Mal eine unangenehme Schwere.

Wie ein rettender Engel kommt Randy auf uns zu.

Nun ja, vielleicht doch eher wie ein Racheengel, denn sein Blick ist düster, und unter seinen wütenden Schritten scheint der Boden zu beben. »Habt ihr das gesehen? Dieser Irre! Maggie stand nur einen halben Meter neben der Aufschlagstelle.«

Mein Gesichtsausdruck entgleist. »Mag? Ist ihr …« Schon bin ich aufgesprungen. Randy drückt mich zurück auf meinen Stuhl. »Alles in Ordnung, Ben. Sie hat sich erschrocken, aber es geht ihr gut.« Er grinst. »Hab' sie noch nie so schnell rennen sehen.«

Ich werfe ihm einen tadelnden Blick zu. In diesem Moment erscheint ein riesiger Mann hinter Randy. Er ist dunkelhäutig, hat kein einziges Haar mehr auf dem Kopf, und seine Glatze glänzt wie ein geölter Baby-Popo. Als er grinst, sehe ich nur noch Zähne. Randy bemerkt meinen entgeisterten Gesichtsausdruck und dreht sich um. »Oh, hallo John!«

Er streckt dem Riesen seine Hand entgegen, zieht ihn an sich heran und umarmt ihn, wobei sein Arm nicht einmal Johns Rücken erreicht.

»Darf ich vorstellen, unser Chefengel Clark, alias John Mac Knight.«

»Hi zusammen«, sagt John mit der tiefsten Stimme, die ich je gehört habe. »Schätze, wir haben ab jetzt öfter das Vergnügen.«

»Habt ihr gegessen?«, fragt Randy. Da ist er wieder, der Wandel seines Tons. Nickend schiebe ich mir den letzten Löffel Reis in den Mund. Randy gibt uns eine halbe Stunde. Auf sein Kommando hin preschen wir in alle Richtungen auseinander, wie eine Herde aufgeschreckter Gnus.

»Also, Lea liegt nach dem Mordanschlag im Koma. Wir drehen die Sequenz, in der unser frischgebackener Schutzengel Ron sie als Schützling erwählt und damit vor dem sicheren Tod bewahrt«, erläutert Randy, als wir uns nachgeschminkt und umgezogen zum Dreh der Krankenhausszene eingefunden haben. Sarah sieht erschreckend blass aus; Maggie und Co. haben ganze Arbeit an ihr geleistet.

Sarah legt sich in das Krankenhausbett und lässt sich geduldig in die Komapatientin verwandeln, die Randys Skript verlangt.

Anfangs beobachte ich das Prozedere neugierig, doch irgendwann verändert sich meine Wahrnehmung. Plötzlich sehe ich nur noch eine Frau, die schrecklich blass, mit geschlossenen Augen und all diesen Schläuchen nur wenige Meter vor mir liegt und dem Tod bereits näher als dem Leben zu sein scheint …

Erst als ich Randys Hand auf meinem Arm spüre, merke ich, wie schnell und flach mein Atem geht. »Scheiße!«, flüstert Randy und wendet sich dabei unauffällig mit mir ab. »Daran habe ich nicht gedacht. Diese Szene … Ben, es tut mir leid, das …«

»Schon okay«, falle ich ihm ins Wort, als mich die Realität wieder hat. »Gib mir nur eine Minute!«

»Klar!« Er nutzt die Zeit, um John die letzten Anweisungen zu geben. Als ich meinen Puls wieder unter Kontrolle gebracht habe, wende ich mich um und blicke vorsichtig zu Sarah hinüber. Sie sieht mich grinsend an. Gott sei Dank hat sie nichts bemerkt. »Wirke ich überzeugend?«, fragt sie und legt sich mit erstarrtem Gesichtsausdruck zurück.

»Absolut«, presse ich mühsam hervor.

Bis auf diesen schwierigen Einstieg verstreicht der Nachmittag erfreulich produktiv. Die komplette Crew arbeitet konzentriert, der Dreh verläuft nahezu reibungslos und entspannt. Sogar die zahlreichen Statisten sind bestens vorbereitet, kennen ihre Positionen, Einsätze und Bewegungsabläufe und leisten tolle Arbeit.

Für die Szenen, in denen sich die Schwestern und Ärzte durch meinen beziehungsweise Rons Körper hindurchbewegen, müssen zeitaufwendige Doppelaufnahmen gedreht werden. Sarah liegt währenddessen reglos auf dem Krankenbett und übt sich in Geduld. Zwei Stunden lang. Dann fordert sie, sich endlich bewegen zu dürfen. »... Sonst kann Ben mich gleich wirklich zu neuem Leben erwecken, Randy«, nörgelt sie und erntet damit allgemeines Gelächter. »Ehrlich, Leute, ich schlafe hier fast ein.«

Ihr Blick ist so mitleiderregend, dass ich es nicht schaffe, mich zusammenzureißen, und laut lospruste. Bevor ihr Schlag auf meinen Oberarm treffen kann, reiche ich ihr die Hand und helfe ihr auf. Mit einem Satz hüpft Sarah von der Bettkante und fegt sich die langen Haare aus dem Gesicht. Dabei verheddert sie sich mit den Fingern ihrer linken Hand so stark in ihren Locken, dass sie Maggies Hilfe benötigt, um sich wieder zu befreien.

»Vielleicht streifst du mal das Gold von deinem hübschen Fingerchen«, gibt John in nüchternem Ton zu bedenken und deutet mit der Nasenspitze auf ihre Hand. Sarahs Augen weiten sich im Schock. Sie hat vergessen, ihren Verlobungsring abzulegen. Allgemeine Erkenntnis erstickt die heitere Stimmung mit einem Schlag, plötzlich herrscht Totenstille.

Randy fixiert Sarahs Hand mit regelrechter Panik im Blick. Das ist genau die Art von Regiefehler, die er nicht gebrauchen kann – die ledige Lea mit einem Verlobungsring zu verewigen.

Ich gehe kopfschüttelnd auf ihn zu, die Hände beschwichtigend von mir gestreckt, denn sein Schweigen ist kein guter Vorbote. Entweder brüllt er gleich los, oder er beginnt zu hyperventilieren. Und beides wäre vollkommen unnötig.

»Nein, Randy! Vorhin, bei dem Fotoshooting, hatte sie definitiv keinen Ring an ihrem Finger. Sarah muss ihn in der Garderobe übergestreift haben. Und bei den letzten Aufnahmen steckten ihre Hände unter dem weißen Laken. Definitiv.«

Sarah nickt. »Ich glaube, Ben hat recht, Randy. Ich muss den Ring in Gedanken angelegt haben, als wir uns vorhin umgezogen haben.«

»Du kannst es checken, aber ich bin mir absolut sicher«, sage ich, nach wie vor an Randy gewandt.

Der verharrt noch einen Moment in stummer Anspannung, bevor er erleichtert die Augen schließt, tief durchatmet und dann auch schon wieder lacht. Als wäre es ein Signal, geht nun ein Raunen durch die gesamte Crew, und die Leichtigkeit von zuvor kehrt zurück.

Nur Maggie, die hinter Randy steht, wirft mir einen kritischen Blick zu. Vielleicht wundert sie sich, dass ich Sarah so genau beobachtet habe, aber das bringt meine Rolle nun einmal mit sich.

Ich zucke mit den Schultern, drehe mich um und begegne Sarahs dankbarem Lächeln. Verlegen wende ich den Blick ab und breche damit mein Versprechen vom Vortag.

Eine Stunde später erklärt Randy den Drehtag für beendet. Die Gruppe der Crew-Mitglieder zerstreut sich in der großen Halle, sofort herrscht Aufbruchsstimmung. Randy selbst gesellt sich zu Maggie, Sarah, John und mir und setzt eine bedeutungsvolle Miene auf. »Kommt mit, es dauert nur zehn Minuten«, sagt er und deutet dabei auf den Schnittraum über uns.

Gespannt folgen wir ihm und nehmen hinter dem breiten Pult vor der Fernsehwand Platz. Randy aktiviert alle Bildschirme, und so flackern uns die Aufnahmen des gestrigen Drehs gleich zwölfmal entgegen. Es ist nicht sehr viel, denn es bleiben immer nur wenige erwählte Sequenzen von einem kompletten Drehtag übrig. Doch die Aufnahmen übersteigen meine Erwartungen bei weitem. Sie wirken tatsächlich märchenhaft und lebensfroh. Die Dialoge sprühen vor Witz und Sarkasmus, das Tempo ist schnell und die Stimmung, die uns aus dem Bildschirm entgegenspringt, ist so erfrischend anders als alles, was man bisher gesehen hat, dass Sarah neben mir hörbar scharf die Luft einzieht und ich einmal mehr nur den Kopf schütteln kann.

Wie macht Randy das nur immer wieder?

Keiner von uns zweifelt wohl nun noch daran, dass diese Serie ein bahnbrechender Erfolg werden wird. Jetzt wissen wir, woran wir arbeiten. Das gemeinsame Ziel liegt klar und deutlich vor uns.

In diesen wenigen Minuten, die wir gemeinsam vor den Bildschirmen verbringen, überkommt uns auf einmal ein warmes Wir-Gefühl. Es durchflutet den kleinen Raum und umschließt alle Anwesenden.

Von diesem Moment an, das ist auch unausgesprochen spürbar, sind wir das Team, das sich Randy für seine Serie gewünscht hat.

Richtig …

… ich bin es wieder. Warum ich die Geschichte unterbreche, fragst du? Nun, weil ich Ben an dieser Stelle gern erst einmal verlassen würde.

Komm doch einfach mit und vertrau mir, wenn ich dir sage, dass es sehr hilfreich sein kann, hin und wieder die Sicht anderer Personen zu beleuchten.

Unsere Reise ist auch nur sehr kurz. Wir bleiben in Los Angeles und drehen lediglich ein wenig an der Zeit. Eine halbe Stunde vorwärts – und schon folgen wir dem roten Cayenne, der in vollem Tempo über die Küstenstraße braust und nur etwa siebeneinhalb Meilen nordöstlich des Studios das breite Tor zu einer langen Einfahrt passiert. Langsam rollt der Wagen auf eine schneeweiße Villa zu.

Du weißt bereits, wer die Fahrerin ist, nicht wahr? Dennoch gibt es ein paar Dinge, die ich dir noch gerne mit auf den Weg geben möchte.

SIE und das, was du von ihr wissen solltest:

Sie ist nicht besonders groß, sehr schlank, aber dennoch weiblich gerundet. Lange, rotbraune Locken umrahmen das ovale Gesicht mit den auffallend hellgrünen Augen.

Sie steht einen knappen Monat vor ihrem siebenundzwanzigsten Geburtstag, ist im Tierkreiszeichen des Löwen geboren – und damit alles andere als schüchtern und unentschlossen.

Sie ist die einzige Tochter einer gebürtigen Irin und eines britischen Schauspielers und Regisseurs. Ihre Brüder haben ihr von klein auf beigebracht, sich durchzusetzen, und dafür liebt sie die drei bis heute.

Außerdem liebt sie Pasta, Schuhe, romantische Filme, Partys am Wochenende und Tanzen in guten Clubs. Des Weiteren

Schuhe, romantische Filme, Schuhe und … Schuhe. Und – was sie jedem gerne erzählt, ob sie dadurch nun spießig wirkt oder nicht – am meisten liebt sie ihre Tochter Josie und deren Vater, der ihr vor wenigen Monaten endlich einen Heiratsantrag gemacht hat.

Sie legt großen Wert auf schöne Garderobe. Momentan trägt sie ein tiefrotes Kleid und passende Schuhe, die sie sich in diesem Augenblick jedoch von den schmerzenden Füßen zieht.

Und, was wohl am wichtigsten ist: Im Grunde ihres Herzens weiß sie schon lange, dass sie sich einer Illusion hingibt.

Ich gebe das Wort an Schützling Nr. 784.798.354.216
alias Sarah Christine Pace …

Sarah

Hallo! Ich bin wieder da!« Kaum hat sich die Haustür einen Spaltbreit geöffnet, schallt meine Stimme durch die Eingangshalle. Ich schmeiße den Autoschlüssel auf die Anrichte neben der Garderobe und bündele meine langen Haare im Nacken zu einem Zopf.

»Hallo? Wo seid ihr denn?«, rufe ich noch einmal in die Stille des riesigen Hauses. Die Frage hallt von den Wänden wider – so kommt es mir zumindest vor. Ein vertrautes Schlurfen ertönt und eine kleine rundliche Frau erscheint, deren Anblick mich immer wieder zum Schmunzeln bringt.

»Pssst, Sarah, sie schläfte schon.« Alberta, die italienische Nanny meiner kleinen Tochter und gute Seele unseres Hauses.

Enttäuscht lasse ich die Arme fallen.

»Wir waren auf diese Geburtstage von die kleine Allie«, erklärt Alberta. »Sarah, du kannste nischt glauben, wase fur eine Tamtame. Madonna mia!«

Theatralisch reckt sie ihre Hände in die Luft, den Blick gen Himmel gerichtet. Die überzeichneten Gesten entlocken mir auch dieses Mal ein Lächeln, trotz meiner Enttäuschung. Wieder einer dieser Tage, an dem ich es nicht einmal geschafft habe, meine Kleine selbst ins Bett zu bringen.

Meiner Gefühle nicht gewahr, fährt Alberta fort: »Fru'er, wenn wir 'abe gefeiert Geburtstage, wir 'abe drei Kerze auf eine Torta angemackte. Auspuste, klatsche, jeder eine Stucke Torta verteile, kleine Geschenke – e basta! Aber 'eute, Clown auf die lange Beine … wie 'eißte das … Stelze, ja?«

Ich komme kaum zum Nicken. Alberta ist in Rage.

»… Zaubere, Upfeburg, viel zu viele Geschenke e Luftebalone, uberalle Luftebalone. Sinde immer geplatzte, Kinder 'abe geweint. So! Und Josie 'eute Abend ware kapute. Ische sage, Sarah, ka-pute!«

Als Alberta ihren leidenschaftlichen Monolog beendet, sieht sie mich endlich an. Sofort bemerkt sie meine Enttäuschung, und ihre Miene überzogener Empörung weicht einem sanften, ja, fast mütterlichen Blick. »Sarah, bella, 'ate geschlafene die Kleine. Musste sie trage die Treppe 'ock. Alora, sage mir, mia cara, wie ware die Tag 'eute an die neue Set, eh? Wirde gut werde? Komm, mangiare, isch 'abe Essen fur dich. Pasta, Fleische … 'abe alles!«

Davon bin ich überzeugt, ja. Ich kenne Albertas Angewohnheit, für eine komplette Kompanie zu kochen, und habe jegliche Bekehrungsversuche schon vor langer Zeit aufgegeben. Noch einmal massiere ich den schmerzenden Ballen meines Fußes und schüttele dabei den Kopf. Ich kann der Versuchung, sie ein wenig zu ärgern, nicht widerstehen.

»Nein, Alberta, danke, aber ich habe bereits gegessen. Sie haben am Set unglaublich viel Obst, Gemüse und … Ach, die Auswahl ist …« Weiter komme ich erwartungsgemäß nicht.

»Was … Obste, Gemuse? Biste du keine Kaninsche, oder? Musste du auck esse Fleische und andere Sacke. Arbeiteste du die ganze Tage, musste du auck essene, Sarah. Iste wischtig. Sehr wischtig! Biste du viel zu dunnes 'Emd. Komme, bella, isste du wenigstens eine bisschen Pasta mit mir. Isch erzähle dir von unsere Tag, und du erzählste mir, wase passiert iste bei dir. Sinde dock nur wir beide da. Konnene wir essene und rede und macke gemutliche Abend, ja?«

Ich seufze, verdrehe die Augen … und nicke. Genieße das breite, triumphale Grinsen, das sich auf Albertas Gesicht bildet.

»Ja, du hast gewonnen, wie immer«, sage ich gönnerhaft. »Wer kann auch deiner Pasta widerstehen? Ich sage Josie nur schnell gute Nacht, Berta, dann komme ich.«

Alberta zupft das grüne Hängekleid über ihrem Bauch zurecht und winkt zufrieden ab. »Bene, bene. Certo! Gehe zu deine Tockter. Arme, kleine Mädsche. Vollig uberfordert mit die Geburtstage 'eute …«

Schon wendet sie sich ab und murmelt weiter vor sich hin, während sie in ihren ausgelatschten Sandalen zurück in die Küche schlurft. Ich blicke ihr kopfschüttelnd nach und lasse meine Gedanken zu dem Tag unserer ersten Begegnung zurückschweifen.

Alberta war die siebzehnte Kinderfrau, die sich bei Daniel und mir vorstellte. Streng genommen nur bei mir, denn Daniel war zu dieser Zeit mit Drehaufnahmen in Vancouver beschäftigt.

Sosehr mir die Vorstellung damals zuwider war, mein Baby in die Hände einer fremden Frau zu geben, so wusste ich auch, dass es keine Alternative gab. Die Schauspielerei an den Haken zu hängen oder auch nur auf Eis zu legen war keine Option, und meine Eltern und Brüder lebten nach wie vor in England. Ich hatte Daniel bei gemeinsamen Dreharbeiten in L. A. kennengelernt und war danach bei ihm geblieben.

Ben hat recht: Bis zum heutigen Tag fühle ich mich nicht so recht daheim in diesem Land, bis heute plagt mich hin und wieder das Heimweh. Aber in den letzten Wochen meiner Schwangerschaft nahm die Sehnsucht nach England und meiner Familie fast unerträgliche Ausmaße an.

Schweren Herzens machte ich mich auf die Suche nach einer Nanny.

Als Alberta die Klingel an unserem Tor betätigte, hatte ich den sechzehn Bewerberinnen vor ihr bereits eine Absage erteilt. Nein, keiner dieser Frauen hätte ich meine kleine Tochter überlassen. Gefühlssache eben.

Als die Schelle ertönte, erhob ich mich schwerfällig aus meinem Sessel und watschelte der Haustür entgegen. Kaum hatte ich die Klinke herabgedrückt, schlüpfte Tilly – unsere fette Katze, die Daniel mit in die Beziehung gebracht hatte – direkt zwischen meinen Beinen hindurch und entwischte durch den schmalen Türspalt.

Nur einen Moment später galt die Suche nach der geeigneten Nanny in meinen Augen als erfolgreich beendet.

»Mamma mia!«, schrie Alberta erschrocken auf. »Iste dasse Ihre Katze, Signora? Wissene Sie, es kanne gefährliche seine, Katze mitte die kleine Baby. Mussene wir genau beobackte, wenne Kindsche da ist. Katze sinde manchemal eifersucktig aufe die neue Baby. Lege sich aufe Gesichte, isse gefährliche. Molto pericoloso!«

Alberta spazierte herein und verhielt sich von der ersten Sekunde an so, als wäre sie schon immer genau hier zu Hause gewesen. Und ich spürte erst durch die Anwesenheit dieser herzlichen kleinen Frau, was mir so lange gefehlt hatte. Alberta könnte die Oma-Figur sein, die meiner Kleinen hier sonst fehlen würde, das wurde mir schlagartig bewusst.

Die grauhaarige Frau mit den haselnussbrauen Augen war der fehlende Teil unserer Familie und offenbar der Grund dafür, dass dieses Haus über eine Einliegerwohnung verfügte, die bislang leer gestanden hatte.

Die gebürtige Italienerin war unverheiratet und hatte nie eigene Kinder gehabt. Sie hatte ihr Leben damit verbracht, die Kinder anderer Menschen großzuziehen, und zeigte voller Stolz die Fotos ihrer Schützlinge, als wären es ihre eigenen.

Ich liebte das kleine Temperamentsbündel vom ersten Augenblick an. Gebannt lauschte ich Albertas Erzählung und bemerkte fasziniert, wie ansteckend das schallende Lachen der pummeligen Frau war. Jedes ›Madonna‹ oder ›Mamma mia‹ und jedes gerollte ›R‹ sog ich tief in mich auf und spürte dabei, wie mir das Herz aufging. In wenigen Monaten würde sich Babygebrabbel mit den Melodien neapolitanischer Folklorelieder mischen und dieses Haus endlich beseelen. Und plötzlich sehnte ich diese Zeit herbei.

Kurzum: Alberta war perfekt!

Erst am Schluss unseres Gesprächs, als Alberta bereits meine Zusage erhalten hatte, löschte sie auch die letzten Zweifel aus, indem sie sagte: »Ms. Pace, inne die Filme mit diese kleine Junge inne die Wuste ... wie ware gleich die Titel? *Nomade*, ja? Sie ware fantastische. 'Abe ische ge'eulte die 'albe Nackt!«

Dabei tätschelte sie meine Wange und wandte sich dann zum Gehen.

Sie wusste also genau, mit wem sie dieses Gespräch geführt hatte. Ich war begeistert. Daniel leider eher weniger.

»Sarah, bitte, das ist deine Wahl?« So lautete die Reaktion meines Verlobten nach seiner ersten Zusammenkunft mit unserer neuen Nanny. Alberta war noch während seiner Abwesenheit eingezogen und hatte ihn bereits freudig an der Eingangstür empfangen. »Das ist sie!«, erwiderte ich in einem Ton, der so unumstößlich war, dass Daniel keinen weiteren Protest wagte. Begeistert war er jedoch nicht, und das spürte Alberta immer wieder. Zwischen ihr und Daniel war in all den Jahren keine Spur von Herzlichkeit aufgekommen. Josie hingegen liebt ihre Nana heiß und innig.

Als unsere Kleine mit zwei Jahren begann, manchen Worten einen italienischen Akzent zu verpassen, sah sich Daniel in seinen Zweifeln bestätigt.

Doch ich gewann auch diesen Streit. »Meine Großmutter war Irin, Dan. Sie lebte auch bei uns im Haus und betreute meine Brüder und mich jeden Tag. Sie redete mit einem Akzent, bei dem du kein Wort verstanden hättest. Und, klinge ich vielleicht irgendwie irisch für dich? Das legt sich schon wieder!«

Gott sei Dank hatte ich recht behalten. Josie spricht mittlerweile klarer als die meisten ihrer Freundinnen. Und ihr Wortschatz ist teilweise erschreckend umfangreich.

Ein warmes Gefühl überkommt mich bei dem Gedanken an die Diskussionen mit Daniel. Ich liebe ihn, auch wenn wir als Paar nicht immer reibungslos funktionieren. Allerdings kann ich unsere unterschiedlichen Auffassungen sehr gut nachvollziehen. Sie sind in unseren Wurzeln verankert: Er ist als Einzelkind einer sehr vornehmen und auf Etikette bedachten Familie aufgewachsen, ich hingegen mitten auf dem Land, in einem Drei-Generationen-Haushalt mit drei Brüdern und zwei Dutzend Tieren.

Daniel ist wunderbar. Seine korrekte Art, die Ruhe, die er ausstrahlt, die Sicherheit, die er mir vom ersten Tag an vermittelt hat. Als ich nach nur vier Monaten Beziehung mit ihm herausfand, dass ich schwanger war, flippte ich aus. Wirklich, ich stand am Rande eines Nervenzusammenbruchs. Endlich hatte ich es nach Amerika geschafft, endlich spielte ich die Rollen, nach denen ich mich mein Leben lang gesehnt hatte – und nun das. Daniel hingegen behielt die Fassung und versicherte mir, bedingungslos hinter meiner Entscheidung zu stehen, wie auch immer diese ausfallen würde. »Du bist nicht allein. Wir packen das gemeinsam, hörst du? So oder so.«

Ich höre seine Worte bis heute, spüre, wie tief sein Blick ging, wie sanft seine Finger über meine Wangen schwebten. Und er hielt, was er versprach. Bedingungslos.

Daniel liebt Josie über alles. Nur leider ist er nicht allzu oft zu Hause. Wenn er weg ist, fehlt er mir sehr – ist er da, wünsche ich mir manchmal mehr Freiheit. Ein Dilemma, das wohl die meisten Paare kennen.

Auf Zehenspitzen tippele ich zu der angelehnten Tür des Kinderzimmers und öffne sie vorsichtig. Im schwachen Licht der Nachtlampe muss ich die Augen zusammenkneifen, um die Silhouette meiner schlafenden Tochter zu erkennen. Eine Weile blicke ich einfach auf das kleine Bett hinab, bevor ich mich danebenknie, um Josies entspannte Gesichtszüge zu betrachten. Ein Plan, der vermutlich aufgegangen wäre, würden meine Kniegelenke beim Beugen nicht immer so schrecklich knacken.

»Mommy, bist du wieder da?« Verschlafen blinzelt Josie und streckt ihre kleinen Arme nach mir aus. Nichts geht über dieses eine, ganz bestimmte Gefühl in meiner Brust, das sich immer dann einstellt, wenn sie nach mir verlangt.

»Ja, mein Schatz, ich bin wieder da.«

»Daddy auch?«, erkundigt sich Josie schlaftrunken.

»Nein, Süße, Daddy muss noch ein paar Tage in Paris arbeiten. Aber er kommt bald wieder zu dir nach Hause, okay? Schlaf jetzt, kleine Prinzessin, schlaf weiter.«

»Mein Gedicht, Mommy«, fordert Josie, als ich ihr über den Wuschelkopf fahre. *Diese Locken!* Über wie viele Generationen werden wir unsere Gene wohl noch mischen müssen, um sie endlich loszuwerden? Obwohl … bei Josie finde ich sie unheimlich süß, nur meine eigenen wäre ich gerne los.

»Na schön, aber dann musst du wirklich weiterschlafen«, willige ich ein. Wir beginnen gemeinsam, das lässt sich Josie nie nehmen, ganz egal, wie müde sie ist.

»Ausgestreckt und zugedeckt,
warm und weich, so schläfst du gleich.
Bis ein neuer Tag erwacht und die Sonne wieder lacht.
Ein Strahl von ihr dein Näschen neckt
und dich damit zärtlich weckt.
Dann beginnt ein neuer Tag. Was er uns wohl bringen mag?«

Es ist das Gedicht meiner Mutter. Sie sprach es mit uns Kindern jeden Abend, an jedem Bett. Viermal pro Tag, 1.460 Mal im Jahr und ungefähr 15.000 Mal insgesamt, bis wir uns selbst zu alt dafür fanden. Irgendwann habe ich es einmal nachgerechnet. Ein süßes Ritual, das bis heute ein Stück Heimat und Kindheit für mich darstellt und das ich für alle Zeiten in meinem Herzen tragen werde. Etwas, das ich an meine Tochter weitergeben möchte. Die letzten Sätze spreche ich allein; Josie ist wieder eingeschlafen. Ich beuge mich hinab und drücke ihr einen behutsamen Kuss auf die schlafwarme Wange.

In der Küche wartet Alberta. Ich schließe sie in die Arme und auch sie bekommt einen dicken Kuss auf die Stirn. Dann nehme ich neben ihr Platz und beginne zu essen. Dabei erzähle ich von den Besonderheiten meines Tages. Von John, dessen Erscheinung mich an den verstorbenen Michael C. Duncan, den Riesen aus *The Green Mile*, erinnert, von der wunderschönen Garderobe, die man meinem Charakter Lea zugedacht hat, von den verrückten Dialogen, deren Tempo mich extrem fordert, und von Randy, dem flippigen Regisseur und Autor der Serie. Alberta findet meine Imitation seiner Person sehr amüsant und hält sich vor Lachen den Bauch, als ich nach der Küchenrolle greife und in gebieterischem Tonfall Anweisungen in mein ›Megafon‹ rufe. Sie ahnt nicht, wie wenig ich übertreibe. Randy ist wirklich ganz schön schräg.

Am ausgiebigsten berichte ich jedoch von Ben Todd, meinem neuen Schauspielpartner. Von seiner tiefen Stimme, die mich an den Erzähler meiner Schneewittchen-Schallplatte aus Kindheitstagen erinnert, von seinen ausdrucksstarken silberblauen Augen und davon, wie groß er in natura wirklich ist. Auch seine Beklemmungen mir gegenüber erwähne ich amüsiert.

Dass ich seine leicht verstockte Art irgendwie richtig süß fand, lasse ich allerdings aus. Ehrlich gesagt fällt mir diese Tatsache auch erst auf, als ich Alberta von seiner Schüchternheit berichte.

Sie sitzt mir mit großen Augen gegenüber und scheint meine

Erzählungen förmlich in sich aufzusaugen. Da ich am Vorabend ein Treffen mit meinen Agenten hatte und außer Haus gegessen habe, ist dies die erste Möglichkeit, ihr von dem neuen Set zu erzählen.

Für sie – die Frau, die ihr Leben damit verbracht hat, Kinder großzuziehen und ab und zu aushilfsweise Pizza im Restaurant ihres Cousins zu backen – sind es die Schilderungen einer völlig anderen, faszinierenden Welt.

»Und dieser Ben isse gut zu dir, bella?«, hakt sie skeptisch nach.

Ich nicke. »Sehr nett, ja. Bei Gelegenheit wirst du ihn sicher kennenlernen. Aber nur, wenn du versprichst, ihn nicht sofort abzufüttern. Er ist nämlich wirklich schlank, weißt du?« Alberta lacht laut auf.

Ich erinnere mich an meine erste Begegnung mit Ben. Wie wir in dem kleinen überteuerten Café am Rande der Stadt einander gegenübersaßen – zwischen meine Agenten gequetscht – und er es in anderthalb Stunden kaum schaffte, mich anzusehen. Zum Glück kein Vergleich zu dem heutigen Drehtag, doch Ben hat nach wie vor etwas Unergründliches an sich. Irgendetwas verbirgt er. Manchmal verändert sich sein Blick von einer Sekunde auf die andere. Wirkte er zuvor noch nahezu unbeschwert, scheint er nur einen Augenblick später befangen oder mit seinen Gedanken weit weg zu sein.

In diesem Moment erinnere ich mich an einen Online-Bericht über ihn, auf den ich im Zuge meiner Recherchen gestoßen bin und in dem etwas von einem persönlichen Schicksalsschlag stand. An Details kann ich mich nicht erinnern.

Gemeinsam mit Alberta räume ich das Geschirr ab und höre mir an, wie der Tag meiner Tochter abgelaufen ist. Die Entscheidung, mich für eine Serie zu verpflichten, beruhte nicht zuletzt auf der Überlegung, dann mehr Zeit für Josie zu haben.

Nun hoffe ich inständig, dass sich diese Erwartung erfüllt, damit das gemeinsame Frühstück, heimliche Gute-Nacht-Küsse und Albertas Berichte zukünftig nicht alles sein werden, was ich von der Entwicklung meiner Tochter mitbekomme.

Als ich den letzten Topf an seinen Platz zurückgestellt habe, wende ich mich Alberta zu und drücke ihr einen weiteren Kuss auf die Stirn. »Ich bin oben, Berta. Ich fühle mich total ausgelaugt und gehe heute früh schlafen.«

»Bene, bene. Buona notte, träume süß!«, verabschiedet sie mich mit einer ihrer vielen Gesten.

Schnell springe ich unter die Dusche, putze meine Zähne und streife mir mein Nachthemd über. Im Gegensatz zu gestern ist diese Nacht schwül und der Himmel so wolkenverhangen, dass ich weder den Mond noch einen einzigen Stern sehen kann, als ich noch einmal kurz auf den Balkon hinausschlüpfe. Ich atme tief die salzige Luft ein, die der Wind vom Ozean zu mir trägt, und schließe die Augen. Als Bens Gesicht vor meinen geschlossenen Lidern aufflackert, öffne ich sie erschrocken wieder.

Daniel! Du musst Daniel anrufen!

»Sarah!«, begrüßt mich mein Verlobter nur wenige Minuten später.

»Guten Morgen!«, rufe ich lachend. Es ist immer wieder eine eigenartige Vorstellung: Ich habe mich gerade zum Schlafen fertiggemacht, während er am Frühstückstisch in seinem Wohnwagen sitzt und sein Müsli löffelt.

»Wie geht es dir? War der Dreh gut?«, erkundigt er sich.

»Ja, alles läuft sehr gut an. Es macht Spaß. Und bei dir?« Ich höre, wie er schluckt, und weiß, dass er auch in Frankreich nicht auf seinen heißgeliebten Orangensaft verzichtet.

»Bei uns stocken die Dreharbeiten momentan etwas. Das Wetter spielt leider nicht so mit, wie wir es gerne hätten. Hier regnet es seit Tagen Bindfäden, dabei verlangt das Skript nach einem ungetrübten Himmel und gleißendem Sonnenschein.« Er schmunzelt hörbar. »Ich habe Jacques geraten, alles einzupacken und mit mir nach L. A. zu kommen, aber das fand er nicht so lustig. Überhaupt haben diese Franzosen einen eigenen Humor. Da muss man echt aufpassen, was man sagt. Dabei war es nur gut gemeint. Ich wette, ihr habt unseren perfekten Sonnenschein, nicht wahr?«

»Ja, stimmt. Hier ist es unerträglich heiß. Wie läuft es denn mit Madelaine?« Daniel dreht derzeit an der Seite einer meiner engsten Freundinnen.

Er räuspert sich. »Sie ist nett. Also privat, nicht im Film … aber das weißt du ja. Alles läuft sehr gut. Sarah, ich …«

»Du musst los!«, beende ich seinen Satz.

»Ja, die Maske ruft«, fügt er entschuldigend hinzu.

»Schon gut. Ich wünsche euch einen schönen Tag. Und viel Sonne.«

»Vielen Dank!«

»Daniel!«, rufe ich noch, bevor er auflegen kann.

»Hm?«, brummt er von der anderen Seite der Welt.

»Wir müssen bald einmal über die Hochzeit sprechen. Der Planer war da und hat die ersten Rahmenpunkte mit mir besprochen. Er hat uns Muster für die Einladungen …«

»Schick sie mir per E-Mail, wenn es geht, ja? Ich muss wirklich los, es tut mir leid, Schatz.«

»Natürlich, kein Problem. Wir hören morgen früh voneinander … also, für dich heute Abend.«

»Alles klar! Bis dann, Sarah. Ich liebe dich!« Bevor ich seine Bekundung erwidern kann, hat er schon aufgelegt.

Mit einem Seufzen lege ich das Telefon zur Seite und nehme den Laptop vom Nachttisch, um mein Postfach zu checken. Heute ist es nicht allzu viel. Ohne Ende Werbung, einige Mails von Rick, meinem Agenten, und eine von meinem Dad. Ich liebe ihn für seine kleinen Nachrichten, die er mir von Zeit zu Zeit schreibt.

Wie immer ist auch die heutige überaus höflich und korrekt verfasst. Dennoch strotzt sie nur so von Liebe und Anteilnahme. Ebenfalls wie immer beantworte ich seine wenigen Zeilen mit einem halben Roman und sende die Nachricht zufrieden ab. Gerade will ich den Laptop zuklappen und zur Seite legen, als mir noch etwas einfällt. Schnell rufe ich meine Lieblingssuchmaschine auf. ›Ben Todd‹ und ›Schicksalsschlag‹ lauten die Suchbegriffe, die ich eingebe.

Mal sehen, ob ich seinem Geheimnis auf die Spur komme.

Einen Monat und drei Wochen später, an einem sonnigen Morgen Mitte August

Ben

Sie kommt!«, zischt Maggie verschwörerisch und klettert neben mich hinter unsere hastig errichtete Barrikade aus Kartons, Tischen und Stühlen. Gemeinsam mit dem Rest der Crew erwarten wir Sarahs Ankunft am Set. Heute ist ihr Geburtstag, und wir haben vor, sie mit einem etwas anderen Sektempfang zu überraschen. Mir ist die Aktion nicht ganz geheuer, aber für Randy, Mag und vor allem John bin ich der ›Partykiller‹. Die drei sind sich absolut sicher, dass Sarah die unverhoffte Dusche mit britischem Humor wegsteckt, weshalb ich nun auch tatsächlich zwischen ihnen hocke und auf Randys Kommando hin meine Sektflasche schüttele.

Kaum dass sich die Studiotür hinter Sarah geschlossen hat und sie verdutzt in der abgedunkelten Halle stehenbleibt, knallen schon die ersten Korken und wir preschen aus unserem Versteck hervor auf sie zu.

Bei unserem Gejohle und durch die plötzlich wieder aufflackernde Deckenbeleuchtung realisiert sie sofort, was hier vor sich geht. Sie kreischt laut auf und schlägt die Arme schützend vor ihr Gesicht, als ihr klarwird, dass keine Chance zur Flucht besteht.

Die anderen hatten recht. Sarah besitzt genug Klasse und Größe, sich der prickelnden Begrüßung mit Humor zu stellen. Und genug Elan, sich derart zu wehren, dass Randy, John und ich nach ihrer Rache ebenfalls neue Klamotten benötigen.

Patschnass und lachend umarmen wir sie schließlich der Reihe nach, um ihr zu gratulieren.

Mein durchnässtes Hemd und ihre Bluse bleiben dabei aneinander haften und trennen sich beim Zurückweichen mit einem schmatzenden Geräusch, das uns erneut auflachen lässt. »Von wegen Schutzengel, du Verräter!«, schimpft Sarah mit gespielter Empörung und versetzt mir einen Klaps gegen den Brustkorb. »Von dir hätte ich das nie im Leben erwartet.«

»War auch nicht meine Idee«, gestehe ich entschuldigend. »Alles Gute, Sarah! Auf dass dieses Jahr ein ganz besonderes für dich wird.«

»Für uns«, ergänzt sie, lächelt mich noch einen Moment an und wendet sich dann John zu, der sich den Weg zu ihr bahnt, indem er mich unsanft zur Seite schiebt.

Mit einer Verspätung von fast einer Stunde starten wir schließlich in einen völlig normalen Drehtag.

Am Ende desselben sitzt Sarah gerade vor dem großen Schminktisch in ihrer Garderobe und reibt die offenbar schmerzenden Ballen ihrer Füße, als ich an ihre offen stehende Tür klopfe.

»Hey! Komm rein!« Sie geht barfuß auf mich zu, den Blick abwechselnd auf meine Hände gerichtet. In der einen halte ich einen Teller mit einem Stück Kuchen, auf dem eine Wunderkerze brennt, in der anderen eine Sonnenblume.

»Was ist denn bitte ein Geburtstag ohne Kuchen?«, frage ich ein wenig verlegen, als sie mir ein ungläubiges Lächeln zuwirft.

»Kein Geburtstag!«, antwortet sie, nimmt die Sonnenblume an sich und versenkt ihre Nase darin. Mit halb geschlossenen Augen sieht sie mich an. Schelmisch. »Du hast immer noch ein schlechtes Gewissen wegen der Sektdusche, nicht wahr?«

»Ein wenig, ja.«

Kichernd legt sie die Blume neben einen riesigen Strauß roter Rosen, der mit einer Karte von Daniel gespickt vor ihrem Spiegel steht. Bei dem Anblick meiner einzelnen gewöhnlichen Blume unter diesem kunstvoll gesteckten Meisterwerk überkommt mich ein eigenartiges Gefühl, das ich sofort verbanne, bevor es sich zu sehr ausbreiten kann.

In stummer Zufriedenheit beobachtete ich, wie Sarah von dem Kuchen kostet und die Augen genießerisch verdreht. »Hm, Apfel-Zimt. Woher wusstest du …?«

»Ich wusste es gar nicht, aber es ist typisch englisch.«

Sie lächelt nur und steckt sich einen weiteren Bissen in den Mund. »Komm doch zum Abendessen zu mir nach Hause«, schlägt sie schließlich vor, als sie auch die letzten Krumen zusammengekratzt und verputzt hat. »Ich würde mich wirklich freuen.«

Tausend Gedanken wirbeln durch meinen Kopf. Zweifel, aufblinkende Warnsignale, schlechte Ausreden. Ich schüttele sie ab, bevor sie zu laut gegen meine Schläfen hämmern können. Wir sind schließlich Kollegen und inzwischen sogar Freunde. »Sehr gerne, danke für die Einladung.«

Kaum hat Sarah ihre Haustür aufgesperrt, da schallt ihr schon ein »Happy Birthday, Mommy!« entgegen. Josie stürzt in die Arme ihrer Mom und lässt sich von ihr durch die Luft wirbeln. Am Morgen hatte Sarah das Haus so früh verlassen, dass die Kleine noch schlief. Als Josie mich entdeckt, wird ihr Blick skeptisch.

»Bist du Mommys Freund, der komische Engel?«

Ich hocke mich vor sie hin und betrachte das Mädchen mit den wilden Locken, den grasgrünen Augen und der sommersprossigen Stubsnase, dem ich bisher nur einmal für wenige Minuten am Set begegnet bin. Das war kurz vor ihrem eigenen Geburtstag vor zwei Wochen, als Daniel Sarah am Set überraschte. Damals war Josie offenbar zu aufgeregt, ihre Eltern wieder vereint zu sehen, um mir auch nur den Hauch einer Beachtung zu schenken. Jetzt hingegen mustert sie mich regelrecht, den komischen Engel … Ich muss schmunzeln.

»Hallo Josie! Ja, genau der bin ich. Aber eigentlich heiße ich Ben.«

»Magst du Pferde?« Ich nicke, und sie wirkt zufrieden.

»Mamma mia, Sarah! Bringste du Besuke mit und sagste du nischt eine Worte zu mir.«

Eine kleine untersetzte Frau mit silbergrauen Locken und großen haselnussbraunen Augen erscheint in der Küchentür und ringt theatralisch ihre Hände.

»'Abe ich jetzte nicht genug Esse fur euch alle.«

»Das würde mich aber sehr wundern, Berta.« Sarah drückt die stämmige Frau fest an sich und gibt ihr einen Kuss auf die Stirn. »Und jetzt sei nicht böse auf mich. Heute ist mein Geburtstag, da musst du lieb zu mir sein. Außerdem habe ich Ben spontan mitgebracht.« Sarah ergreift meine Hand und zieht mich heran. »Ben, das ist Alberta, unser Sternchen im Haus.«

Ich strecke meine Hand aus, doch Alberta hat andere Pläne. Sie reißt mich an sich und drückt mir links und rechts feuchte Küsse auf die Wangen. Hinter dem schmatzenden Geräusch höre ich Sarahs leises Kichern, bis auf einmal Albertas Stimme in meinen Ohren dröhnt.

»Ah, Sternche! 'Ören Sie das, Signore Todde? Sternche! Bin isch alte, fette Stern in schmutzige Kittel und Schurze und ohne genug Esse fur euch. Und nur, weil du 'aste mir nischt gesagte, dasse wir bekomme Besuke, Sarah. Unmoglich!«

Der Geruch, der mir bereits beim Hereinkommen in die Nase gestiegen ist, erzählt etwas anderes. Schon im Eingangsbereich des riesigen Hauses duftet es wie auf einem süditalienischen Campingplatz zur Mittagszeit. Albertas Sorge ist völlig unbegründet, denn sie hat mehr als genug vorbereitet, wie mir ein erster Blick auf die übervolle Tafel im offenen Wohnraum beweist. Genug Melone, Schinken, Bruschetta, Pasta, Brot, gebratenen Fisch, frittiertes Gemüse und Torte für uns alle. Und wahrscheinlich für ungefähr dreizehn weitere Personen.

Sarah versetzt mir einen kleinen Rempler in die Seite, der mich daran erinnert, meinen Mund wieder zu schließen. »Verstehst du jetzt, warum ich mich am Set von Rohkost und Tee ernähre?«, raunt sie mir amüsiert zu.

Wir setzen uns gemeinsam um den festlich gedeckten Tisch. Sarah weist mir den Platz direkt neben Josie zu; sie selbst sitzt ihrer Tochter gegenüber und strahlt mich an. Ich erwidere ihr Lächeln nur zögerlich und frage mich noch im selben Augenblick, ob Daniel normalerweise auf diesem Stuhl sitzt, wenn er zu Hause ist.

Schnell vertreibe ich den Gedanken wieder und wende mich stattdessen dem kleinen Lockenkopf an meiner Seite zu. Neugierig schaut Josie mich an.

»Du hast ja sogar schon ein Messer«, stelle ich anerkennend fest.

»Klar! Ich kann ja auch schon köpfen!« Stolz schwingt in ihrer hohen Stimme.

Mein Gesichtsausdruck muss wohl für einen Moment entgleist sein, denn schon prusten Sarah und Alberta gleichzeitig los.

»Du kannst schon … köpfen?«, frage ich verwirrt, aber Josie nickt nur euphorisch. »Ja, mit einem Schlag. Zack und ab!«

Die italienische Nanny hält sich den wackelnden Bauch, so sehr lacht sie. Sarah findet ihre Sprache zuerst wieder und klärt mich gnädigerweise auf. »Ihr Frühstücksei, Ben. Sie kann ihr Frühstücksei schon selbst aufschlagen.«

Josie streikt bereits nach der Pasta (»Ich bin pappsatt!«) und kommt erst zur Torte zurück an den Tisch (»Dafür ist noch Platz!«).

Feierlich überreicht sie ihrer Mom das selbstgemalte Bild einer rosaroten Prinzessin auf einem pinken Einhorn vor lilafarbenen Bergen. Sarah freut sich darüber, als wäre es ein wertvolles Kunstwerk. Und als sie anschließend auch Albertas Geschenk auspackt – ein gerahmtes Foto von Josie – und sich herzlich dafür bedankt, wird mir mit einem Mal bewusst, was ich so lange erfolgreich verdrängt habe: Ich sitze am Esstisch einer der berühmtesten Schauspielerinnen Hollywoods. Und ausgerechnet sie ist eine der natürlichsten Frauen, die ich je kennengelernt habe.

Nicht zuletzt durch Randy weiß ich aus erster Hand von den diversen und absurdesten Allüren der Stars. Oft werden im Vorfeld zu Dreharbeiten seitenlange Catering-Listen mit gewünschten Speisen durch die Manager eingereicht. Bei Hotelübernachtungen gibt es spezielle Anforderungen an die Ausstattungen der Zimmer, und teilweise dürfen die Stars nur in bestimmten Automodellen herumchauffiert werden.

Ich hasse diesen Zirkus, empfinde ihn als lächerlich, überflüssig und irgendwie beschämend. Entgegen sämtlicher Empfehlungen habe ich bislang nicht mal einen Manager. Maggie, Randy und meine Schwester beraten mich, wenn es um berufliche Entscheidungen geht. Ihnen kann ich wenigstens uneingeschränkt vertrauen. Sie wollen wirklich mein Bestes – und das ist in ihren Augen nicht mein Geld. Sarah hingegen hat zwar ihre Agenten, aber wie sehr sie deren Urteil vertraut und danach handelt, weiß ich ja, seitdem sie die Rolle der Lea in unserer Serie akzeptiert hat. Nein, Starallüren kennt Sarah nicht.

Sie legt ihre neuen Geschenke zu dem Rosenstrauß ihres Mannes und meiner Sonnenblume auf die Anrichte. Sarah bemerkt nicht, wie genau ich sie dabei beobachte. Ich sehe, dass sie über den langen Stil meiner Blume streicht und Albertas Bilderrahmen so zurechtrückt, dass Josies Bild dahinter stehen und man es sehen kann. Sarah legt Hand an jedes einzelne Geschenk – nur Daniels Rosen bleiben unberührt. Kein Wunder, denn sein Strauß ist perfekt. Ihn muss sie nicht drapieren oder zurechtzupfen.

Nach dem Abendessen entführt mich Josie in ihr Kinderzimmer. »Hast du auch Kinder?«, fragt sie unbekümmert und versetzt meinem Herzen damit einen Stich.

»Nein«, erwidere ich gepresst und schlucke hart, während Josie weiter fröhlich ihr Zimmer präsentiert. Kurz darauf wünsche ich der Kleinen eine »Gute Nacht« und warte dann im Wohnzimmer, bis Sarah ihre Tochter zu Bett gebracht hat.

Neugierig sehe ich mich um. Der Raum ist sehr groß, wie scheinbar alles in diesem Haus. Helle Farben dominieren die Einrichtung, und als ich mich räuspere, hallt meine Stimme von den Wänden wider. Unter dem noch übrigen Essensduft riecht es nach Leder und frisch geputzten Fliesen. Der Raum wirkt kühl, beinahe steril. Ich kenne Daniel kaum, habe ihn nur dieses eine Mal vor zwei Wochen kurz erlebt, aber das muss sein Stil sein. Zu Sarah passt er jedenfalls nicht.

Den Blickfänger des Raums bildet ein schwarzer Flügel, antik und ein wahres Schmuckstück. Dennoch reicht der Charme des riesigen Instruments nicht mal im Ansatz aus, das enorme Wohnzimmer zu beseelen.

Nur eine Ecke des großen Raums strahlt eine gewisse Gemütlichkeit aus. Dort steht ein brauner Lehnsessel vor einer modernen Stehlampe. Daneben, auf dem kleinen Beistelltisch, liegen eine Lesebrille und ein aufgeschlagenes Buch. Ich betrachte die tiefen Falten in der Sitzfläche des Sessels sowie das Buch mit dem Titel *La primavera dell'amore* und komme schnell zu dem Schluss, dass dies wohl Albertas Stammplatz sein muss. Größtenteils vergeblich versuche ich, mich an die wenigen Brocken Italienisch zu erinnern, die ich während unserer Zeit in Italien als kleiner Junge aufgeschnappt habe. Für einen Moment denke ich an das große gelbe Haus auf der Klippe zurück, an den Ausblick über Küste und Meer und an die knorrigen Bäume, die schon im Winter die herrlichsten Mandarinen trugen.

Ohne Halt schweifen meine Gedanken weiter zu unserem Umzug nach England und lassen die Erinnerungen daran aufleben, wie schwer mir diese Umstellung damals fiel. Auf der Suche nach etwas, das mich auf andere Gedanken bringt, wandere ich weiter durch den Raum.

Auf der geradlinigen Anrichte, neben Sarahs Geschenken, stehen zahlreiche Fotos der Familie. Ein Bild sticht mir darunter besonders ins Auge. Es ist das Hochzeitsfoto eines jungen Paares. Die Frau schaut ein wenig schüchtern, doch der Mann strahlt und wirkt so stolz, dass ich beim Betrachten unwillkürlich lächeln muss. Die markanten Gesichtszüge von Sarahs Vater Jonathan Pace sind unverkennbar.

Seltsam, so ein persönliches Bild von ihm zu sehen.

Ich stelle es wieder zu den anderen. Jonathan Pace gehört definitiv in die Riege meiner Lieblingsschauspieler. Ihn so privat wie auf dieser Aufnahme zu sehen, ist nicht nur eigenartig, es erinnert mich auch wieder daran, in wessen Haus ich mich befinde. Wenn ich bewusst darüber nachdenke, fühlt sich die Freundschaft zu Sarah nach wie vor fast surreal an.

Das Klackern ihrer Absätze erklingt, und als ich mich umdrehe, steht Sarah bereits im Türrahmen.

»Wie dumm von mir.« Sie wirkt amüsiert. »Natürlich *stehst* du hier unten. Ich habe ja schließlich nicht ausdrücklich gesagt: ›Geh doch schon mal runter und setz – dich – hin!‹«

»Ich habe mir nur die Bilder angesehen«, verteidige ich mich. »Das bist doch du, oder?« Ich deute auf die Schwarzweißaufnahme eines kleinen Mädchens mit wild gelocktem Haar.

Sarah nickt. »Ja, da war ich etwa in Josies Alter.«

»Die Ähnlichkeit ist wirklich verblüffend. Sie sieht genauso aus wie du. … Bildhübsch.« Das Kompliment kommt zwar nur als Flüstern über meine Lippen, aber das reicht aus, mir sofort das Blut in die Wangen zu treiben. Auch Sarah wirkt verlegen. Sie hält meinem Blick eine Weile stand, bis sie sich auf einmal losreißt, mit einer kurzen Entschuldigung in der Küche verschwindet und wenig später mit zwei gefüllten Sektgläsern zurückkehrt. Nachdem wir uns zugeprostet und an unseren Gläsern genippt haben, deute ich auf den Flügel. »Spielst du?«

Sie lacht. »Ziemlich schrecklich, ja. Und nur den *Flohwalzer*. Ich würde es gern können, bin aber nie dazugekommen, Stunden zu nehmen. Daniel fand das Piano schick, nur deshalb steht es hier. Josie klimpert ab und zu darauf herum und treibt Alberta damit an den Rand des Wahnsinns. Vielleicht bekommt sie ja später Unterricht, dann würde es endlich wieder zu seiner Bestimmung finden.«

Noch während sie spricht, stelle ich mein Sektglas auf dem Deckel des schönen Instruments ab und beginne, meine Hände zu kneten. Schweigend nehme ich auf dem kleinen Drehhocker Platz und lege meine Finger auf die Tasten. Mit meinen Gedanken bei der schlafenden Josie, spiele ich leise *Kiss the rain* von Yiruma an.

Sarah neigt verwundert den Kopf, stellt sich neben mich und sieht auf meine Finger herab. »Du spielst Klavier, Ben?«

»Seit meinem fünften Lebensjahr. Meine Mutter hat es mir beigebracht.«

Sie lehnt sich gegen den Flügel und wird auf einmal sehr still. Als ich nach einer Weile von meinen Händen zu ihr aufblicke, glitzern Tränen in ihren Augen.

»Was ist?« Erschrocken breche ich mein Spiel ab, doch sie schüttelt nur den Kopf. »Gar nichts … Es ist nur … Würdest du einfach weiterspielen? Bitte?«

Nur zögerlich finden meine Finger ihren Weg zurück auf die Tasten.

»Das ist … so wunderschön«, sagt Sarah. »Ich verstehe wirklich nicht viel von Musik, aber das hier berührt mich sehr.«

Für einen Moment ist sie ganz ruhig, dann erkennt sie das neue Lied, in das ich Yirumas Song behutsam überleite. Etwas Heiteres. Passender für einen Geburtstag. Sarah lächelt. »Ah, der Klassiker. Da sehe ich sofort Doris Day vor mir.«

»Ja, genauso geht es mir auch.«

Sarah beginnt, mein Spiel mit einem kaum vernehmbaren Summen zu begleiten. Dieses wächst langsam, bis sie mit ihrer klaren, hellen Stimme die zweite Strophe singt. Als wir den Refrain erreichen, stimme ich mit ihr ein:

Que sera, sera
Whatever will be, will be
The future's not ours, to see
Que sera, sera

Den Schlussakkord halte ich extra lang, wir trällern den letzten Ton und lassen ihn in ein gemeinsames Lachen übergehen. Die kurzfristige Wehmut von zuvor ist nicht mehr zu spüren.

Später machen wir es uns auf der Couchlandschaft bequem. Einige Schüsseln mit Knabbereien stehen zwischen uns, und unsere Hände berühren sich beim Zugreifen immer wieder versehentlich. Sarah streift die hochhackigen Schuhe von ihren Füßen und erklärt dabei den gemütlichen Teil des Abends für eröffnet. Was mich wundert, denn für mich hat dieser Part längst begonnen.

Ich verfolge ihre Bewegung, als sie ihr Kleid ein wenig hochzupft, die Beine anwinkelt und zu sich auf die Sitzfläche zieht. Mein Blick verweilt dabei auf ihren nackten Oberschenkeln.

Als ich das bemerke und schnell zurück in ihre Augen sehe, sind ihre Wangen bereits leicht gerötet. Sie schaut mich lange an, bis mein Gesicht bedeutend stärker glüht als ihres.

Dann lächelt sie sanft.

Selten zuvor in meinem Leben wollte ich eine Frau so sehr küssen, wie in diesem Moment Sarah. Das Bedürfnis setzt so prompt und gewaltig ein, dass es mich zutiefst erschreckt. Ich bin dabei, mich zu verlieben, das wird mir in diesem Moment schmerzlich bewusst. Das erste Mal seit Shirleys Tod. Und in wen? In eine verlobte Frau … eine Kollegin noch dazu.

Du bist tatsächlich ein hoffnungsloser Fall, Ben Todd!

Beschämt wende ich meinen Blick ab. Warte, bis Sarah hüstelt und das Gespräch wieder aufnimmt. Wir unterhalten uns lange, über Gott und die Welt, über unsere Familien, vergangene Rollen und die Engagements, die wir bereuen. Über unsere gemeinsame Arbeit.

Sarah kommt immer wieder zurück auf ein Thema, das sie offenbar stark beschäftigt. Sie weiß, dass ich in einem meiner Theaterstücke einen Maler gespielt habe, der sich nur nackt seiner Leinwand näherte.

Nun, da sie mich – mitsamt meiner Schüchternheit – mittlerweile gut kennt, fällt es ihr offenbar ziemlich schwer, sich das vorzustellen.

»Niemals hätte ich mich *das* getraut«, gesteht sie. »Ich bin ja auch kein unbeschriebenes Blatt, aber vor der Kamera ist das doch etwas anderes.«

Ich spüre erneut die aufsteigende Hitze und nehme schnell einen Schluck Sekt, um meine Verlegenheit hinunterzuspülen. Wie oft habe ich mir diese Szene, auf die Sarah gerade anspielt, angesehen? Sie ist Teil eines älteren Films. Sarah war damals gerade siebzehn Jahre alt und die Liebesszene in ihrer Heimat ein kleiner Skandal – der bislang einzige ihres Lebens. Ich sehe sie als blutjunges Mädchen vor meinem geistigen Auge. Splitternackt …

Räuspernd stelle ich mein Sektglas ab und rutsche unbehaglich auf meinem Platz hin und her. Sarah fährt währenddessen fort: »Ich meine, live und vor einem ausverkauften Theatersaal voll fremder Menschen? Nein danke! Wie hast du das bloß geschafft?«, bohrt sie weiter nach.

Ich überlege eine Weile. Diese Rolle ist der schlimmsten Zeit meines Lebens zuzuordnen. Einer Zeit, die für mich in tiefem Nebel liegt, der meine Erinnerungen derart verschleiert hat, dass ich Sarah letztlich nur eine ausweichende Antwort geben kann.

»Ganz ehrlich? Ich kann mich gar nicht mehr so genau erinnern. Ich weiß nur noch, dass ich die Proben peinlicher fand als die Aufführungen. Vor der Premiere wurde mir noch mal eingetrichtert, dass alles ganz natürlich wirken sollte. Dass ich mich überhaupt ganz ausgezogen habe, diente ja schließlich einem besonderen Zweck. Der Maler brauchte die Nacktheit für seine Inspiration. Außerdem sollte es dem Mädchen, das für ihn Akt stand, helfen, seine Hemmungen fallenzulassen.«

Sarahs Hände vergraben sich tief in der Chips-Schüssel. »So, das Mädchen war also auch nackt, das wird ja immer spannender.«

Ich grinse. »Diese Szene sollte jedenfalls relativ emotionslos gespielt werden. Sie sollte nichts Sexuelles darstellen, denn dieser Maler, den ich spielte, wollte ja eigentlich nur weiterarbeiten. Er war besessen von seiner Kunst, die Malerei war seine einzige Passion.«

Und dann, plötzlich, lüftet sich der Nebel ein wenig und gibt ein winziges Stück meiner Erinnerung preis. »Ich dachte währenddessen an die Sommer in China, als ich noch klein war. Wir wohnten selten in den Städten, in denen mein Vater arbeitete.

Meistens lebten wir in der Nähe auf dem Land. Damals an einem großen See. Meine Schwester und ich schlichen uns in der Abenddämmerung oft davon, um heimlich baden zu gehen. So versuchte ich es zu spielen. Unschuldig und zweckgebunden, ohne Hintergedanken. So, wie du dich auch abends im Bad ausziehst, wenn du allein mit dir bist.« Nun glühen meine Ohren wirklich, denn das Bild einer sich entkleidenden Sarah baut sich in meinem Kopf auf und lässt sich nicht mehr so leicht abschütteln.

»Und du warst wirklich vollkommen nackt?«, hakt Sarah neugierig nach, während sie sich erneut ein paar Chips in den Mund schiebt. Ich spüre ihren Blick, der sich bei ihren Worten über die Konturen meines Oberkörpers herabhangelt, und schlucke.

»Ja, absolut. Ich musste sogar eine Zeitlang frontal zum Publikum stehen, wenn du es ganz genau wissen willst. Im Nachhinein betrachtet war das echt verdammt peinlich. Damals war es mir aber völlig egal.«

In diesem Moment frage ich mich, ob Sarah bereits weiß, was mir widerfahren ist. *Ob Randy ihr von dem Unfall erzählt hat? Von Shirley … und dem Baby?*

Wir schweigen eine Weile, bis ich zum Thema zurückfinde. »Weißt du, ich empfinde das ganz anders als du. Für mich ist so etwas nur beim Theater möglich. Dort kannst du doch alles ausblenden, findest du nicht? Im wahrsten Sinne des Wortes, denn die Scheinwerfer blenden ohnehin viel zu sehr und die Zuschauer verschwimmen zu einer dunklen, nicht greifbaren Masse. Wenn man aber gefilmt wird, permanent dreißig Crew-Mitglieder um dich herumstehen, mit Kameras, die teilweise kaum zehn Zentimeter entfernt sind und förmlich an dir kleben … Wenn ständig in deinem Gesicht herumgepudert und an dir herumgezupft wird … Nein, das kann ich mir überhaupt nicht vorstellen.«

Sarah betrachtet mich mit einem undefinierbaren Gesichtsausdruck. »Vermisst du das Theater, Ben?«

»Ja, schon irgendwie, aber … momentan nicht sonderlich!«

Sie erwidert mein Lächeln, doch plötzlich blitzt etwas in ihrem Blick auf.

»Was?«, frage ich argwöhnisch.

»Ich habe nur noch eine Frage.«

»Ach!«

»War es die Nacktszene, in der Randy dich entdeckt hat?«

Meine Kinnlade klappt herab. Ich kann nicht glauben, dass sie so frech auf Randys Homosexualität anspielt. Lachend werfe ich ein Kissen nach ihr, und Sarah quietscht laut auf.

»Nein, war es nicht!«, rufe ich. »Randy und ich sind schon viel länger miteinander befreundet, das habe ich dir doch erzählt. Seine … ähm … sexuellen Neigungen waren nie ein Thema zwischen uns. Er behauptet zwar gerne, dass er mich entdeckt hat, aber eigentlich hat er mich nur von der Bühne weggeschleift und wieder zurechtgerückt.«

»Du musstest zurechtgerückt werden?«, fragt Sarah neugierig und wischt sich mit dem Handrücken ein paar lange Haarsträhnen aus dem Gesicht.

Ich nicke und wundere mich dann, weil sie dieses Mal nicht nachhakt. Ein Teil von mir will ihr alles erzählen, aber gleichzeitig fürchte ich diese Offenheit und die möglichen Konsequenzen. Also schweige ich weiterhin über den traurigsten Part meiner Vergangenheit.

Als Sarah mich später zur Haustür begleitet, drückt sie sanft ihre Lippen auf meine Wange. »Danke für den schönen Geburtstag, Ben. Schlaf gut!«, flüstert sie.

Doch daraus wird nichts.

Den Rest der Nacht liege ich grübelnd in meinem Bett. Früh morgens stehe ich auf, gehe auf meine Terrasse hinaus, atme tief durch und beschließe, mit Jack zur Abwechslung mal wieder ans Meer zu fahren, um über den menschenleeren Strand zu spazieren.

Später in meiner Umkleide benötigt Mag Unmengen an Make-up, um die dunklen Ringe unter meinen Augen abzudecken.

»Mach keine Dummheiten, Ben!«, befiehlt sie mir in ihrem strengsten Tonfall und dreht mich dabei so weit mit meinem Schminksessel, dass mir keine andere Wahl bleibt, als sie anzusehen.

»Du bist doch nicht etwa dabei, dich in sie zu verlieben, oder?«

Als ich ihr erneut ausweiche, den Blick auf meine Schuhspitzen richte und einfach schweige, lässt sich Mag vor mir auf dem Fußboden nieder.

»Mann, Ben!«

Ich sehe fest in ihre hellblauen Augen. »Sarah wird es nicht erfahren, Mag. Sie ist glücklich verlobt, hat eine zuckersüße Tochter. Was in mir vorgeht, ist alleine mein Problem. Das soll sie, und vor allem auch unsere Arbeit, auf keinen Fall belasten. Versprich mir, dass du es für dich behältst.«

Maggie schimpft und tadelt, gibt mir letztendlich aber doch ihr Versprechen.

***

»Seid ihr bereit?« Randy grinst uns an – seine Fantastischen Drei, wie er uns nur noch nennt – und erhält ein einstimmiges Nicken. Man merkt ihm an, wie stolz er ist und wie sehr er Events wie dieses hier genießt.

»Das wird ein großer Abend«, sagt er feierlich. »Ihr werdet sehen.«

Sarah steht unmittelbar hinter mir. Sie lächelt. Auch sie ist aufgeregt, allerdings freudig. Ich hingegen …

»Also los!«, ruft Randy, unmittelbar bevor sich die zweiflügelige Tür vor ihm öffnet. Der Klang von tosendem Applaus und Jubelrufen dringt für einen Moment zu uns durch. Randy verlässt das Halbdunkel des Gangs und betritt mit hochgerissenen Armen den Saal. Dann verschwindet er aus unserem Sichtfeld, und der Jubel nimmt abrupt ab, als die Tür mit einem metallenen ›Klack‹ zurück ins Schloss fällt. Stille!

Wir stehen hintereinander: Ich, Sarah, John.

In dieser Reihenfolge sollen wir Randy in wenigen Minuten folgen.

Diese Tür, so hat er uns kurz zuvor noch erklärt, wird uns alle zu einem immensen Erfolg führen.

Ich reibe meine feuchten Hände und räuspere mich, da ich befürchte, meine Stimme könne kläglich versagen. Dumm ist auch die Tatsache, dass ich mir kurz zuvor noch einen Kaugummi in den Mund geschoben habe. Nun spiele ich mit dem Gedanken, ihn einfach hinunterzuschlucken, weil ich nicht weiß, wohin damit.

Sarah bemerkt meine Aufregung. Im Halbdunkel des Gangs sucht sie meinen Blick, schenkt mir ein mitfühlendes Lächeln und streckt sich dann auf die Zehenspitzen hoch, um mir einen Kuss auf die Wange zu hauchen.

»Alles wird gut, Schatz.«

»Wenn du es sagst.«

Seit ihrem Geburtstag vor über einem Monat hat sich Sarahs und meine Freundschaft merklich vertieft. Wir gehen inzwischen sehr vertrauensvoll miteinander um.

Bereitwillig reiche ich ihr meine Hand, als ich spüre, dass sie danach tastet. Und wirklich, nun geht es mir besser. Als hätte Sarah mit ihrer Berührung eine Last von mir genommen. Sie lehnt ihren Kopf an meine Schulter, und ich atme tief durch. Inhaliere dankbar ihren frischen Duft, der den stickig gummiartigen Geruch des Gangs verdrängt.

»Ich hasse Interviews, weißt du? Und Pressekonferenzen besonders«, vertraue ich ihr an.

»Ach, wirklich? Merkt man gar nicht«, erwidert eine Bassstimme hinter uns. John hat sich bisher so still verhalten, dass ich seine Anwesenheit beinahe vergessen habe. Nun haut er mir über Sarahs Kopf hinweg mit seiner riesigen Pranke zwischen die Schulterblätter und lacht. Als ich mich zu ihm umdrehe, wundert es mich nicht im Geringsten, dass seine Zähne selbst in diesen miserablen Lichtverhältnissen noch weiß aufblitzen.

»Keine Sorge, Kleiner! Wird schon werden. Überlass das Reden einfach einem von uns. Hauptsache, du bist still!«

»John!«, empört sich Sarah. »Lass ihn in Ruhe, er hat einfach Lampenfieber!«

Ich schweige. Im Grunde habe ich nichts gegen Johns Vorschlag einzuwenden. Sollen Sarah und er doch die Fragen des Publikums und der Presse beantworten. Mit Sarahs Charme und Johns trockenem Humor kann ich sowieso nicht mithalten. Wie gerne würde ich erst nach der öffentlichen Pressekonferenz hinzustoßen, wenn die erste Folge der Serie auf der großen Leinwand gezeigt wird.

»Du schaffst das schon«, flüstert Sarah und sieht mir dabei fest in die Augen. Nur einen tiefen Atemzug später öffnet sich erneut die Tür. Sarah löst ihre Hand aus meinem Griff, nickt mir noch einmal aufmunternd zu und gibt mir dann einen sanften Schubs.

Ich stolpere durch die geöffnete Tür, winke dem tosenden Publikum zu und schreite mit steifen Schritten zu meinem Platz.

»Meine Damen und Herren, in der Rolle der Lea die überaus bezaubernde Sarah Pace!«, ruft Randy in sein Mikro. Wieder öffnet sich die Tür, und eine strahlende, wirklich überaus bezaubernde Sarah Pace betritt den großen Saal. Gemeinsam mit dem Publikum sehe nun auch ich sie zum ersten Mal an diesem Abend im Glanz des Scheinwerfers, den sie förmlich auf sich zu ziehen scheint.

Sie trägt ihre Haare hochgesteckt, dabei unterstreichen lange, silberne Ohrringe und ein passendes Collier die Eleganz ihres weinroten Kleides. Sarah hebt es ein wenig an und erklimmt trotz ihrer enormen Absätze leichten Fußes die Stufen zu ihrem Platz. Sie ist eindeutig die Diva des Abends, wirft dem jubelnden Publikum Kusshände zu und winkt mit einem gewinnenden Lächeln in das Blitzlichtgewitter der Fotokameras. Sarah ist ein absoluter Profi. Bei ihrem Anblick fühle ich mich schlagartig völlig überflüssig.

Noch bevor sie ihren Platz erreicht hat, fällt diese Starre von mir. Schnell erhebe ich mich und ziehe ihren Stuhl zurück. Sarah lächelt mich an und sucht unter dem Tisch nach meiner Hand, sobald ich mich wieder hingesetzt habe.

›Ich bin hier!‹

Die Botschaft ihrer Geste kommt so klar bei mir an, als hätte sie die Worte tatsächlich ausgesprochen. Ja, sie sitzt direkt neben mir. Routiniert, schlagfertig und wortgewandt. Selbst wenn ich ins Schwanken komme – mit Sarah an meiner Seite kann mir nichts passieren.

Mittlerweile hat sich auch John zu uns gesellt. Randy beginnt, einzelne Reporter, die sich per Handzeichen melden, aufzurufen. Ein stämmiger Mann mit geschäftiger Miene bekommt das Mikrofon als Erster. Er räuspert sich.

»Martin Smith, vom Magazin *Time to talk*, hallo. In der Serie entwickelt sich eine Liebesromanze zwischen einem Engel und einer Normalsterblichen. Können Sie uns mehr darüber erzählen?«

Randy wendet sich uns zu und sieht ausgerechnet mich herausfordernd an. Wir sind im Vorfeld einige Fragen durchgegangen und diese gehörte dazu. Ich nicke, fühle mich aber alles andere als bereit.

»Ähm, ja. Also, guten Abend erst einmal. Ich freue mich sehr, hier zu sein.«

Gott, du bist so ein mieser Lügner, Ben!

»... Und ich bin wirklich gespannt, wie die Show auf der großen Leinwand wirkt.«

Komm zum Punkt, verdammt!

»Aber, um auf Ihre Frage zu antworten: Diese Serie handelt tatsächlich von einer etwas anderen Liebe.«

Zögerlich sehe ich Sarah an, die meinen Blick mit einem Lächeln erwidert. »Ich spiele Ron, der stirbt und als Schutzengel zurück auf die Erde geschickt wird ...«

Ich beschreibe die Idee der Serie und wundere mich irgendwann, wie flüssig die Sätze mit einem Mal über meine Lippen kommen. Während ich von Rons Jugendliebe erzähle, hält Sarah meinen Blick und lässt ihren Daumen im Schutze des verhangenen Tisches über meinen Handrücken kreisen.

Und genau in diesem Moment, als wir dort sitzen, vor den Augen Hunderter fremder Menschen, rückt die Welt plötzlich in den Hintergrund. Das Geflüster im Publikum, die Zwischenrufe, das Blitzen der Kameras – all das verschwindet hinter Sarahs Lächeln. Ich denke nicht mehr über meine Worte nach. Als würde ich zu ihr sprechen, rede ich einfach immer weiter.

»... Es ist also eine Liebesbeziehung mit deutlich erhöhtem Schwierigkeitsgrad, könnte man sagen«, beende ich meinen Monolog. Vereinzelte Lacher hallen durch den Saal und reißen mich aus meiner Versunkenheit – weg von Sarahs grünen Augen.

»Ja.« Sie nickt zustimmend. »Ron und Lea sind ständig zusammen, können einander jedoch nicht fühlen. Und als ihren Schutzengel kann Lea ihn auch nach einem Streit nicht einfach so in die Wüste schicken.«

Mit hochgezogenen Augenbrauen grinst sie mich an. So keck, dass ich verlegen den Kopf neige und dann selbst schmunzeln muss.

Der Rest der Pressekonferenz verstreicht ebenso locker. Als Randy zum Höhepunkt des Abends überleitet und die große Vorpremiere ankündigt, werfe ich einen verstohlenen Blick auf meine Armbanduhr. Ist die Stunde wirklich schon vorüber?

Tatsächlich.

Der letzte Funke Anspannung fällt von mir. Die Erleichterung lässt mich ein wenig tiefer in den gepolsterten Stuhl sacken; entspannt lausche ich Randys Worten: »Sehr verehrte Gäste, was ich jetzt sage, ist wirklich wörtlich gemeint: Mit großem Stolz präsentiere ich Ihnen *Das Leben in meinem Sinn*!«

Er tippt an seine Schläfe und unterstreicht damit die Doppeldeutigkeit des Titels. Einen Moment lang wirken seine Worte nach, dann schallt noch einmal Applaus durch den Saal, bevor der Lärm abrupt abbricht und das Publikum in erwartungsvoller Stille verharrt.

Eine zarte Spieluhr-Melodie erklingt. Die Titelmusik der Serie ist eine wunderschöne Komposition von Marc, Randys Freund. Er hat schon einige Musicals geschrieben, die bislang jedoch auf geeignete Abnehmer warten. Durch die neue Serie seines Freundes erhofft sich Marc nun den Durchbruch. Ich finde, er hätte ihn auch wirklich verdient, denn diese Melodie ergreift mein Herz auch dieses Mal vom ersten Ton an, obwohl ich sie schon so oft gehört habe.

Der Raum verdunkelt sich allmählich, der schwere Vorhang

öffnet sich und enthüllt schließlich die riesige Leinwand. Ein magischer Moment, immer wieder.

Ein Piano übernimmt die Melodie der Spieluhr und steigert sie in ihrer Intensität und Leidenschaft zu einem absoluten ›Gänsehaut-Stück‹, wie Sarah es treffend bezeichnet hat.

Randy nickt uns zu. Leise erheben wir uns von unseren Stühlen, verlassen das Podest und setzen uns auf die reservierten Plätze in der ersten Reihe.

Die Melodie, die mittlerweile von einem kompletten Streichorchester gespielt wird, nähert sich ihrem Ende. Die Spieluhr übernimmt wieder, verlangsamt das Tempo, wird leiser und verstummt schließlich.

Die Spannung liegt nun fast greifbar in der Luft.

Dann flackern die ersten Bilder von mir als Ron über die Leinwand, begleitet von der prägnanten Stimme des Erzählers, der von dem trostlosen Leben des eigenbrötlerischen Floristen berichtet. Die Aufnahmen zeigen einen Rückblick: Rons Kindheit im Heim und seine Freundschaft zu Lea, die später adoptiert wurde und auf Nimmerwiedersehen aus seinem Leben verschwand. Dann wieder die Überblendung zum erwachsenen Ron und seinem monotonen Alltagstrott als einsamer Florist.

Sarah starrt neben mir gebannt auf die Leinwand. Als sie meinen Blick bemerkt, lächelt sie mir zu und drückt noch einmal kurz meine Hand. »Siehst du, wir haben es geschafft«, flüstert sie.

Ich nicke nur.

Mit starrem Gesicht und ausdruckslosen Augen stellt Ron seine Blumen zusammen. Manchmal frage ich mich, wie sehr ich wirklich wie er bin. Dann würde ich gerne in Randys Kopf schauen, um zu erfahren, wie sehr ich als Inspiration für diesen verstockten Charakter gedient habe.

Ich bin mir nicht sicher, ob mir die Antwort wirklich gefallen würde.

Hinter uns unterhalten sich zwei Reporter. »Tolles Bild!«, oder »Die Farben sind echt irre!«, sind nur einige der Wortfetzen, die ich aufschnappe. Dann wird es mucksmäuschenstill, als Ron von einem Auto erfasst wird und stirbt. Die Ruhe währt nicht lange. Nur Sekunden später kommt Ron im Himmel an und wird von ›seinem‹ Hauptengel empfangen. Clark erobert das Bild, bringt den ersten Joke und erntet schallendes Gelächter.

Der Bann ist gebrochen.

Erleichtert blicke ich zu Sarah, die ihren Arm – wie so oft – unter meinen gehakt hat. Doch dieses Mal scheint sie nicht zu spüren, dass ich sie ansehe. Ich frage mich, ob sie Daniel vermisst. Wie sehr sie sich wohl wünscht, er möge statt meiner neben ihr sitzen?

Aber Daniel ist noch immer in Paris.

An Josies Geburtstag kam er nach Hause, doch das liegt jetzt schon anderthalb Monate zurück. Ein Überraschungsbesuch, bei dem auch ich ihn kurz kennengelernt habe.

»Hallo Mommy!«, hallte es durch das Studio, und Sarah, die gerade mitten in einer unserer gemeinsamen Szenen steckte, erschrak so sehr, dass ihr die Tasse aus der Hand rutschte und auf den Fliesen des Cafés zerschellte. Es war das erste Mal, dass ich Josie sah.

Kaum größer als Jack, wenn er auf seinen Hinterbeinen steht, stürmte sie mit ihren wippenden Locken auf Sarah zu.

Als die ihren Verlobten hinter ihrer heranbrausenden Tochter entdeckte, schrie sie auf, rannte los und flog Daniel regelrecht um den Hals. Jeder in der großen Halle konnte spüren, wie groß Sarahs Freude war.

Die Szene katapultierte mich gedanklich prompt und recht unsanft zu dem Tag vor etlichen Jahren zurück, als ich so ahnungslos meine Tür öffnete und Shirley plötzlich vor mir stand.

Damals hätte ich nie damit gerechnet, dass sie alles aufgibt und ihr Leben völlig neu ausrichtet. Nach mir. Ich hätte sie auf meine Arme heben und herumwirbeln sollen, so wie Daniel es in diesem Moment am Set mit Sarah tat. Doch ich starrte Shirley nur mit offenem Mund an, wie ein Vollidiot. Sie blieb trotzdem. Immer wieder war sie nachsichtig mit mir gewesen. Und ich hatte es trotzdem geschafft, alles zu vermasseln.

Daniel setzte Sarah schließlich ab und entschuldigte sich bei Randy für die Unterbrechung. Dann kam er auf mich zu, schüttelte mir höflich die Hand und betonte nicht nur einmal, wie gut ihm mein letzter Film gefallen habe. Ich bedankte mich für das Kompliment und beteiligte mich mit abgedroschenen Floskeln an dem folgenden Gespräch. Doch als sich Daniel nur wenige Minuten später wieder verabschiedete, hatte sich meine gute Laune von zuvor vollkommen gelegt.

Mit großer Mühe versuchte ich, mir nichts anmerken zu lassen, aber zumindest Maggie bekam meinen Stimmungswandel dennoch mit, was mir einen tadelnden Blick von ihr einhandelte. Den ersten von inzwischen vielen.

Später, als ich allein in meiner Wohnung saß und gedankenverloren Jacks Kopf kraulte, gestand ich mir ein, Daniel während des bisherigen Drehs mit Sarah erfolgreich ausgeblendet zu haben.

Doch seit diesem Tag sehe ich das Bild des glücklichen Paares immer wieder vor mir, wie sie sich inmitten des Filmstudios küssten und Sarah dabei ihre Arme um den Hals ihres Verlobten schlang.

Daniel kam, um mit seiner Tochter ihren vierten Geburtstag zu feiern, und flog nur drei Tage nach seiner Ankunft schon wieder zurück nach Europa.

Zwei Wochen danach feierte Sarah ihren Geburtstag. Ohne Daniel. *Mit mir.*

Brüllendes Lachen holt mich zurück ins Hier und Jetzt.

Es ist Clark, der das Publikum mit einem seiner trockenen Sprüche begeistert hat.

Ich schrecke aus meinen Gedanken auf, doch niemand – nicht einmal Sarah – scheint es zu bemerken. Ich zwinge mich zur Aufmerksamkeit und konzentriere mich auf die Szenen auf der Leinwand.

Erst als Sarah leise neben mir kichert, bemerke ich ihren Blick.

»Hm?«

Sie schüttelt den Kopf und lehnt sich zu mir herüber.

»Du bewegst die Lippen zu deinem Text«, flüstert sie dicht an meinem Ohr. »Das machst du am Set auch immer, wenn wir uns die Aufnahmen anschauen.«

Sarah lehnt ihren Kopf leicht gegen meine Schulter.

Auf der Leinwand läuft währenddessen die Abschlussszene der ersten Folge. Die Szene, die wir an unserem ersten Drehtag gespielt haben.

Ron und Lea sehen sich tief in die Augen. »Ja, genießen wir es …«, sagt Lea leise.

Die Kamera fährt zurück. Durch das Fenster des kleinen Cafés sieht man die beiden am Tresen sitzen; seine Hand schwebt mit einem leichten Flirren über ihrer. Langsam blendet das Bild aus und die Titelmusik setzt in einer leicht abgeänderten Variante ein.

Ende.

Einen kurzen Moment lang passiert gar nichts. Absolute Stille.

Dann beginnt das Publikum begeistert zu applaudieren. Randy steht auf. Wir folgen ihm auf seine Geste hin, winken dem Publikum zu und geben beim Verlassen des Saals bereits die ersten Autogramme.

***

Als ich nach dem Wochenende der Vorpremiere am Set ankomme, herrscht dort eine ausgelassene Stimmung. Alle sitzen bereits um einen großen Tisch herum, auf dem diverse Laptops zwischen verstreuten Magazinen und aufgeschlagenen Zeitungen stehen. Sarah entdeckt mich zuerst.

»Ben, komm her und schau dir das an!« Sie deutet überschwenglich auf die Zeitschrift in ihren Händen. Ich grüße in die Runde und stelle mich hinter Sarahs Stuhl, um ihr über die Schulter zu sehen. Sie tippt auf die große Schlagzeile.

»Hier, schau: ›Randy Stiller erweckt eine neue Generation der Fernsehunterhaltung zum Leben. Ganz in unserem Sinn. Mit der märchenhaften Story, brüllend komischen Dialogen und wunderschönen Kulissen wird seine neue Show auch Ihr Herz im Sturm erobern. *Das Leben in meinem Sinn* ist eine erfrischend andere Serie, in der auch die Romantik nicht zu kurz kommt.‹ … Bla, bla, kurze Beschreibung der Story … Hier: ›Stiller leistet sich einen hervorragenden Cast, besonders die beiden Hauptdarsteller harmonieren perfekt miteinander. Sarah Pace als lebenshungrige Lea und Ben Todd in der Rolle des zurückhaltenden Ron werden Ihnen eine besondere Liebesgeschichte mit dem Charme der großen Romantik-Klassiker ins Wohnzimmer bringen. Niemand sollte auch nur eine Minute dieser Serie verpassen. *Das Leben in meinem Sinn*, Datum, Zeit und Sender.‹«

Sie klappt das Magazin zu und strahlt mich an. »So ähnlich sehen alle anderen Berichte auch aus. Ich habe noch nicht ein negatives Wort gelesen.«

Über mir schwappt eine Welle des Glücks zusammen, als sie mich so anlacht, doch ich bezweifele stark, dass die positive Resonanz der Medien der Grund dafür ist. Ich beuge mich zu Sarah hinab und drücke einen Kuss auf ihren Haaransatz. »Fantastisch.«

Als ich mich wieder aufrichte, fange ich Maggies kritischen Blick ein, die diese Szene offenbar vom gegenüberliegenden Ende des langen Tisches beobachtet hat. Unwillkürlich senke ich den Kopf und versuche ihr auszuweichen.

Vermutlich wundert sich Mag maßlos über mich. Und, mal ehrlich, ich kann es ihr nicht verübeln.

In den folgenden Tagen füllen sich Sarahs und mein Kalender mit Terminen für Interviews und Auftritten in großen Kaufhäusern, wir unterschreiben unzählige Autogrammkarten, und die Promotion der Serie läuft auf Hochtouren.

Ich erschrecke fast zu Tode, als ich eines Morgens zum Set fahre und mir an einer Kreuzung mein eigenes Gesicht von einer riesigen Werbetafel entgegengrinst. Erst das Hupen des Fahrers hinter mir bewegt mich dazu, meinen Blick zurück auf die mittlerweile grüne Ampel zu lenken.

Der September geht so hektisch zu Ende, dass Sarah und ich kaum noch zu Atem kommen. Es gibt Tage, an denen sie Josie überhaupt nicht zu Gesicht bekommt.

In der dritten Woche, nach einem weiteren Interview bei einem der großen Radiosender, plumpst Sarah erschöpft neben mir auf die Rückbank der Limousine, mit der wir von Termin zu Termin chauffiert werden.

»Puh, ich kann nicht mehr!« Sie setzt beide Hände über ihren Augen an, um sie zu reiben. In letzter Sekunde umfasse ich ihre Gelenke und erinnere sie mit einem Kopfschütteln an ihre geschminkten Lider. »Nur noch ein Interview. Danach darfst du reiben, so viel du willst, okay?«

Unter anderen Umständen würde sie sicher lachen, doch heute seufzt Sarah nur und lässt hilflos die Arme fallen.

»Josie hat Fieber«, erklärt sie und gähnt hinter vorgehaltener Hand. »Es ist nichts Schlimmes, aber letzte Nacht war an Schlaf nicht zu denken.«

Nun, ich weiß nur allzu gut, wie man sich nach einer unfreiwillig durchwachten Nacht fühlt. »Was ist mit Alberta? Könnte sie nicht …«

Sarah schüttelt entschlossen den Kopf, bevor ich meinen Satz überhaupt beenden kann. »Nein! Berta ist Josies Nanny, aber ich bin ihre Mutter. Natürlich hat sie mir angeboten aufzustehen, aber ich meine, andere müssen das doch auch irgendwie schaffen. Es gibt so viele alleinerziehende Mütter, die trotzdem arbeiten gehen. Die haben nachts auch niemanden für ihre Kinder, oder?«

Ihre Worte lassen eine sonderbare Wut in mir aufsteigen. Ja, in diesem Moment hasse ich Daniel ein wenig. Kein Wunder, dass sich Sarah mit einer alleinerziehenden Mutter vergleicht, denn seit Josies Geburtstag war Daniel kein einziges Mal zu Hause. Alles bleibt allein an Sarah hängen, die in diesem Moment erneut gähnt und völlig erschöpft wirkt.

»Gott, all diese Termine und Interviews schlauchen mich mehr als der eigentliche Dreh«, murmelt sie, schlüpft mal wieder aus ihren High Heels und zieht die Beine an. Die Geste wirkt schon so vertraut. Ich strecke meinen Arm nach ihr aus und ziehe sie leicht an mich.

»Komm doch her und leg dich hin. Die Fahrt dauert bestimmt eine Dreiviertelstunde, bei dem Verkehr vermutlich noch länger. In der Zeit kannst du die Augen schließen und dich ein bisschen ausruhen.«

Sarah zögert keine Sekunde und bettet ihren Kopf auf meinem Schoß. Ich greife an den Haken über meiner Tür, hänge meine Jeansjacke ab und breite sie über Sarah aus. Dank der Klimaanlage, die bei der herrschenden Hitze auf Hochtouren läuft, ist es im Inneren des Wagens recht kühl. Sarah umfasst meinen Oberschenkel mit einem Arm und drückt ihn an sich, als wäre mein Bein ihr Kissen. Der Schlaf überfällt sie sofort, und bald schon wird ihre Atmung tiefer und ihr Kopf ein wenig schwerer. Ich kann meine Augen nicht von ihr abwenden.

Still beobachte ich das ruhige Heben und Senken ihrer Brust und das Zucken ihrer Mundwinkel.

Doch hier läuft etwas komplett falsch. Sarah ist verlobt … und Mutter. Nicht nur einmal habe ich mich gefragt, ob ich mich wirklich in sie verliebt habe oder nur in die Illusion, die sie mir momentan bietet. Die junge Mutter eines vierjährigen Mädchens. Genauso alt wäre mein Kind nun auch. Und Shirley wäre nur ein Jahr jünger als Sarah. Sofort packt mich das schlechte Gewissen bei dem Gedanken an meine erste große Liebe, denn natürlich könnte ich sie niemals ersetzen. Doch auch wenn ich Sarah nur heimlich liebe, ist dennoch sie die Frau, deren Kopf gerade auf meinem Schoß liegt.

Als ich meine Hand von ihrem Arm löse, um eine Haarsträhne aus ihrem Gesicht zu streichen, seufzt sie leise und schmiegt sich noch enger an mich.

Ich denke an das letzte Interview zurück. Ist es wirklich erst eine halbe Stunde her, dass diese erschöpfte Frau so enthusiastisch und voller Elan über die gemeinsamen Dreharbeiten berichtet hat? Die riesigen Kopfhörer auf den Ohren und das Mikro direkt vor ihren Lippen, hatte sie auf dem Drehstuhl gesessen und Fragen beantwortet. Die Beine wippend übereinandergeschlagen, erzählte sie, dass Lea im Grunde genommen Rons Gegenstück sei. »Sie ist offen, positiv und völlig furchtlos.«

Genau wie du.

Ich beobachte weiter ihr Gesicht, streichele ihren Arm und beschließe, dass es in Ordnung ist, Sarah im Stillen zu lieben, weil es ohnehin keine Hoffnung für uns gibt.

Nur die romantischen Liebesszenen zwischen Lea und Ron bieten mir die Möglichkeit, Sarah für die Dauer des Drehs meine Gefühle zu offenbaren. Ohne schlechtes Gewissen. Meine Rolle verlangt es schließlich, dass ich Sarah – okay, *Lea* – von ganzem Herzen liebe.

Und so ist Ron zu meinem perfekten Alibi geworden. In der Realität sind es Situationen wie diese – freundschaftliches Händchenhalten, tiefe Blicke, ein unschuldiger Kuss auf die Wange und eben der Kopf einer schlafenden Sarah auf meinem Schoß –, die ausreichen müssen. Ich fasse den Entschluss, mich dankbar damit zufriedenzugeben. Mir meine wahren Gefühle anmerken zu lassen, würde bedeuten, Sarah in Verlegenheit zu bringen, die Freundschaft zwischen uns aufs Spiel zu setzen und die gemeinsame Arbeit erheblich zu erschweren.

Nein, ich schweige. Das kann ich, da ich es von klein auf gelernt habe. Es war nicht immer leicht, zurückzustecken und das Wohl anderer vor mein eigenes zu stellen. Aber bei dem Leben, das meine Familie führte, war genau das oft nötig.

Als ich noch ein Kind war, zogen wir immer dann weiter, wenn ich glaubte, endlich angekommen zu sein. Ein trügerisches Gefühl und eigentlich immer ein Indikator dafür, dass der Tag nahte, an dem mein Vater nach Hause kam und verkündete, er sei wieder versetzt worden. Kurz nach dieser Meldung ging es bereits los: Meine Eltern begannen, alles einzupacken – all die kleinen und großen Schätze, die eine gewisse Vertrautheit boten, weil sie immer wieder ein- und ausgepackt wurden, egal, wohin es ging. Gemeinsam begaben wir uns auf eine neue Reise ins Ungewisse. Wir kamen irgendwo an, in einem fremden Land, mit fremder Sprache und Kultur und waren wieder einmal die Neuen.

Ich war schon immer sehr schüchtern, daher hatte ich überall enorme Schwierigkeiten, Freunde zu finden. Meist gelang mir das erst, wenn der nächste Abschied bereits in greifbare Nähe rückte.

Später dann, als Teenager, unterdrückte ich manch eine aufkeimende Jugendliebe aus Furcht vor der unausweichlichen Trennung, die mir früher oder später ja doch wieder bevorstand. Wenn der Moment gekommen war, litt ich auf die gleiche Art, wie ich liebte. Still und unbemerkt.

Nur ein einziges Mal war es anders.

Mit Shirley.

Bei ihr traf mich die Liebe wie ein Blitzschlag, so dass ich ihr schließlich einen langen Abschiedsbrief schrieb, in dem ich ihr meine Gefühle gestand. Sogar, dass ich mich bereits am ersten Abend in sie verliebt hatte. Bis heute habe ich das nicht bereut, denn Shirley war jedes Wagnis wert.

Bei Sarah verlief es ganz anders. Zu ihr habe ich Gefühle entwickelt, die so leise und klammheimlich begannen, dass ich anfangs nicht einmal bemerkte, wie ich mich mehr und mehr in ihnen verlor. Sonst hätte ich sie vermutlich sofort im Keim erstickt.

Zwar habe ich Sarah schon lange vor unserer ersten Begegnung aus der Ferne bewundert, doch rückblickend kann ich den genauen Zeitpunkt, zu dem aus meiner stillen Achtung und unserer anfänglichen Freundschaft bei mir Liebe wurde, nicht mehr ausmachen.

Nur eines steht für mich fest: Mit ihr wird es keine weitere Ausnahme geben. Ich kann der brüderliche Freund sein, mit dem sie scherzt und den sie sehr mag, aber nicht mehr. Das sind die alten Regeln, die es angesichts der Tatsache, das Sarah und Daniel bald heiraten werden, strenger zu beachten gilt als jemals zuvor.

Sie hat den Mann an ihrer Seite bereits gewählt. Und ich bin es nicht.

Ein Surren ertönt. Die Scheibe zur Fahrerkabine fährt langsam herab. »Wir sind in fünf Minuten da«, erklärt Charlie, der

Chauffeur, und lässt die Scheibe auf mein Nicken hin wieder hochfahren.

»Sarah!« Behutsam streiche ich über ihre Wange.

»Hmmm …« Sie räkelt sich auf meinem Schoß, setzt sich langsam auf und reibt nun doch kurz über ihre Augen.

»Danke«, ist das erste verständliche Wort, das sie hervorbringt. »Das tat gut.« Sie sieht mich an. Auch als ich mich abwende und die Jacke zurück an ihren Haken hänge, spüre ich ihren Blick auf mir. Ihre Stirn liegt in tiefen Falten; sie grübelt.

»Ben?«

»Ja?«

Ihr Mund öffnet sich ein paarmal und schließt sich wieder, ohne dass sie etwas gesagt hat. Sprachlosigkeit ist sonst nicht gerade typisch für Sarah, was mich umso skeptischer macht.

»Was ist los?«

Sie lacht und zuckt mit den Schultern. »Wie soll ich dich das jetzt fragen? Mir ist nämlich gerade ein Gedanke gekommen. Du musst nicht antworten, wenn dir das zu privat ist, aber … ich finde es irgendwie eigenartig: Du bist so nett, attraktiv, talentiert, erfolgreich und gut erzogen. Warum, um alles in der Welt, hat ein Mann wie du eigentlich keine Freundin?«

Ich bin gleichzeitig geschockt und amüsiert. Der Wagen hält an. Wir sind da.

Sarah beißt sich auf die Unterlippe, offensichtlich verlegen. Ich drücke auf einen Knopf in der Tür. Wieder ertönt das Surren, und die Scheibe fährt herunter. »Wie viel Zeit bleibt uns noch bis zum Interview, Charlie?«

»Zwanzig Minuten, Mr. Todd.«

»Danke!« Erneutes Surren. Noch ehe ich Sarah antworten kann, winkt sie ab. »Weißt du, es ist eigentlich albern, aber ich habe mich gefragt, ob du vielleicht auch …« Sie lässt den Satz unvollendet und sieht mich nur mit großen Augen an.

Ich verstehe nicht. Nicht direkt zumindest. Einige Sekunden später macht es mit einem Mal ›klick‹, und meine Augen weiten sich im Schock. »Was, du denkst, ich bin schwul?«

Als ihre Antwort ausbleibt, schüttele ich den Kopf. Einmal begonnen, ist es gar nicht so leicht, wieder damit aufzuhören. Nicht bei diesem Fehlschluss. »Nein, Sarah, bin ich nicht. Definitiv nicht. Ich habe nichts gegen Schwule, aber ich … ähm … mag Frauen.« Und da ist sie wieder, die altbekannte Hitze, die durch meine Adern fließt und mein Blut in einen Lavastrom verwandelt.

Sarahs Lächeln wirkt erleichtert. Oder bilde ich mir das nur ein? »Entschuldige. Nur … weißt du … Eine Freundin hat mal zu mir gesagt: ›Wenn du einen Mann triffst, der kultiviert, höflich und charmant ist und dabei noch toll aussieht, dann vergiss ihn am besten sofort, denn er liebt seinen Freund.‹ Daran musste ich gerade denken.«

Ich versuche, das Zucken meiner Mundwinkel zu unterbinden, doch das Grinsen dehnt sich unaufhaltsam über mein Gesicht aus. »Du findest, ich sehe toll aus, Sarah Pace?« Hey, einmal nicht derjenige zu sein, der sich um Kopf und Kragen redet, muss ausgekostet werden.

Empört schlägt sie mit ihrem Schuh auf meinen Oberschenkel. »Steig aus! Sofort! Dieses Gespräch hat nie stattgefunden.«

Ich grinse weiter in mich hinein, löse meinen Anschnallgurt und mache Anstalten, ihrer Aufforderung zu folgen, doch Sarah zupft an dem Ärmel meines Hemdes und zieht mich noch einmal zurück. Als ich sie ansehe, ist ihr Blick liebevoller als jemals zuvor. »Das Mädchen, das dich einmal bekommt, kann sich sehr glücklich schätzen, Ben Todd«, sagt sie leise und streicht mir sanft über die Wange, bevor sie sich umdreht und aus dem Wagen steigt.

***

»Wo verbringst du den heutigen Abend, Schutzengel?«

Johns Bassstimme erklingt so plötzlich hinter mir, dass ich erschrocken zusammenzucke. Ich ziehe die Tür meiner Garderobe hinter Maggie ins Schloss und wende mich meinem riesigen Kollegen zu.

»Keine Ahnung. Zu Hause, schätze ich.«

»Allein?«, fragt Mag mit unverhohlener Neugier.

»Mit Jack!«, erwidere ich bestimmt. Sie grinst.

John zuckt mit den Schultern. »Also, wenn du Lust hast mit uns zu feiern, wir treffen uns nach der Ausstrahlung der Pilotfolge im *Pure*. So gegen elf.«

Ich sage weder zu noch ab, sondern murmele etwas Unverbindliches und drücke Mag zum Abschied an mich. Als ich auf den Ausgang zusteuere, ertönt ein unverkennbares Klackern hinter mir.

»Hey, Ben, warte doch auf mich!«, ruft Sarah. Es klingt fast empört – was mich lächeln lässt. Ihr obligatorisches »Bis morgen, ich freue mich!« schallt durch die Halle. Schon ist sie bei mir und hakt sich unter.

»Komm zum Abendessen!«, fordert sie ohne Umschweife. »Dann können wir spontan entscheiden, wonach uns zumute ist. Vielleicht haben wir Lust auf einen gemütlichen Abend, vielleicht treffen wir uns aber auch mit den anderen und feiern mit ihnen. Was meinst du?«

»Ich komme sehr gern«, erwidere ich nach einer kurzen Denkpause.

Sarah drückt meinen Arm, bevor sie sich losmacht. »Super! Tu mir nur einen Gefallen, ja?«

»Jeden!«

»Bring Jack mit! Das wäre eine Riesenüberraschung für Josie.«

Der Geruch von frischem Popcorn steigt mir in die Nase, sobald ich aus meinem Wagen steige. Der Abend ist lau, und der Wind streicht sanft über meine Haut. Ich schließe die Augen und atme tief durch.

Was tust du hier eigentlich?

Mit einem Kopfschütteln stelle ich mir diese Frage nicht zum ersten Mal. Maggie hat recht. Natürlich hat sie das. Ich sollte es nicht noch schlimmer machen, als die Situation ohnehin schon ist. Mit jeder Begegnung, jedem Lächeln und jedem ihrer Augenaufschläge verliere ich mich tiefer in Sarah, das merke ich deutlich. Ich falle, schneller und schneller …

Und doch – um nichts in der Welt möchte ich in diesem Moment irgendwo anders sein als genau hier, bei ihr.

Weißt du nicht mehr, wohin dich dein Egoismus das letzte Mal geführt hat?, ächzt die ketzerische Stimme in mir. Ich ignoriere sie – ebenfalls nicht zum ersten Mal.

Als ich die Beifahrertür öffne, springt Jack heraus und schüttelt sich. Vermutlich folgt er seiner Nase, denn er steuert zielstrebig auf den riesigen Eingang zu und schnuppert am unteren Rand der Haustür. Ich betrachte das Haus. Oder besser, die Villa – denn zum ersten Mal realisiere ich die vollen Ausmaße des schneeweißen Gebäudes vor mir. Nein, dieses Haus passt definitiv nicht zu Sarah. Es ist zwar wunderschön, aber es wirkt irgendwie protzig und zu geradlinig. *So ist sie nicht.*

Jack bellt einmal, schon fliegt die Tür auf.

»Signore Todde, punkteliche, wie immer. Josie hate schon gefragte nack Ihne. Komme ’erein! Macke die ’Und Wasser in Schale, ja?«

Ich stutze kurz, bis ich begreife, dass Alberta mit ›die ’Und‹ Jack meint. Die temperamentvolle Italienerin wartet sowieso nicht auf mein Nicken. In ihren ausgelatschten Sandalen schlurft sie bereits über den Korridor, verschwindet in der Küche und kommt nur wenig später mit einer riesigen Schüssel voll Wasser zurück. Ich pfeife nach Jack, der mittlerweile ins Wohnzimmer gelaufen ist und gar nicht daran denkt, zurückzukommen.

Entschuldigend zucke ich mit den Schultern und erinnere mich dabei an die Blumen in meiner Hand. Ziehe eine langstielige weiße Rose aus dem schmalen Bündel und strecke sie in einer furchtbar steifen Geste Alberta entgegen.

»Fure Sarah, ja? Wunderschone!« Die mollige Frau versenkt ihre Nase in der Blüte und schließt die Augen.

»Nein, die ist für Sie, Alberta«, erwidere ich mit einem Schmunzeln.

Ihre Augen weiten sich. »Danke schon. Sie 'abene keine Ahnunge, wann ische die letzte Male gekriegt 'abe eine Blume.«

Sie schenkt mir ein dankbares Lächeln, bevor ihr Blick knapp an mir vorbeigleitet und sich verändert. Ehe ich begreife, legen sich von hinten zwei Arme um meine Taille. Sarah sagt kein Wort, sie drückt mich nur fest an sich. Die Geste verwirrt mich. Manchmal spüre ich etwas, das ich nicht verstehe. Es ist wie eine Reflektion meiner eigenen Gefühle – wie etwas, das von ihr abstrahlt und an das ich doch nicht zu glauben wage. Genau in diesem Moment ist es wieder so weit.

Dennoch genieße ich Sarahs Umarmung. Mit flatternden Lidern kämpfe ich gegen das Bedürfnis an, meine Augen zu schließen. Dann löse ich ihren Griff, drehe mich um und schaue auf sie hinab. »Hi!«

Ihr Blick ist offen, sie lächelt. Doch irgendetwas an diesem Lächeln stimmt nicht, es wirkt irgendwie sehnsüchtig.

»Hi!«, erwidert sie und löst sich dann vollständig von mir. Im selben Moment fällt die seltsame Melancholie von ihr ab. Aufgeregt reibt sie nun ihre Hände.

»Und, schon nervös? Ich bin vor der ersten Ausstrahlung

immer ganz hibbelig. Dabei ist es jetzt ja sowieso zu spät.« Ihr Blick wandert zu den Rosen in meiner Hand.

»Echt?«, frage ich. »Jetzt bist du nervös?« Ich denke an die Pressekonferenz zurück und daran, dass ich fast einen Nervenzusammenbruch erlitten hätte, während Sarah die Ruhe in Person war. Ich muss unwillkürlich an ihre Hand denken, die meine unter dem Tisch drückte, sowie an ihr selbstsicheres Lachen.

Und nun steht sie vor mir, beißt auf ihrer Unterlippe herum und reibt sich die Oberarme, weil sie nicht weiß, wohin vor lauter Nervosität. Diese Frau ist mir manchmal ein Rätsel.

Ich reiche ihr die zweite weiße Rose. »Was ist denn bitte eine Premiere ohne Blumen?«

Sarah lächelt. »Keine Premiere!«, sagt sie und schnuppert an der Blüte. »Danke!«

Auf Zehenspitzen plaziert sie einen sanften Kuss auf meiner Wange und wendet sich dann der breiten Marmortreppe zu.

»Josie! Komm runter, Süße, Ben ist da!«

Nur Sekunden später wird im Obergeschoss eine Tür aufgerissen. »Beeen!«

Ich beobachte halb amüsiert, halb besorgt, in welchem Tempo Josie die Stufen herabstürzt und dann auf mich zurast. Sarah hat mir bereits erzählt, dass ihre Tochter einen Narren an mir gefressen hat, doch so recht konnte ich ihr das bisher nicht glauben. Schnell gehe ich in die Knie und umarme die Kleine zur Begrüßung. Dann reiche ich ihr die dritte Rose, die zwar etwas kürzer, dafür aber dornenlos und rosarot ist.

»Für die jüngste Dame des Hauses.«

»Ohhh, eine Prinzessinnen-Blume«, staunt Josie.

Und während sie an der Blüte schnuppert, frage ich mich, ob es eine evolutionäre Begründung für diese einheitliche Reaktion von Frauen auf Blumen gibt. Blume da – Nase rein. Das scheint ein angeborener weiblicher Reflex zu sein.

Josie niest. »Riecht gut, aber kitzelt«, erklärt sie nüchtern und entlockt uns damit ein Lachen.

»Ich bin heute übrigens nicht alleine hier«, sage ich und pfeife dreimal hintereinander. Dieses Mal klappt es. Wie ein Pfeil schießt Jack um die Ecke, direkt auf Josie zu und wirft sie vor lauter Freude um. Mein Hund steht schwanzwedelnd vor ihr. Ich beuge mich hinab, um ihn zu tadeln, doch in diesem Moment ertönt ein schrilles Quietschen.

»Oooh, ist der süß!«, ruft Josie entzückt und streichelt Jacks fleckiges Fell. Sekunden später beginnen die beiden zu spielen.

»Siehst du, genau das meinte ich«, flüstert Sarah mir mit einem Augenzwinkern zu.

Gemeinsam essen wir zu Abend. Sarah verschwindet noch einmal mit Alberta in der Küche und kommt wenig später mit zwei Schüsseln Popcorn zurück, von denen sie eine neben Josie und die andere zwischen uns auf der Couch abstellt.

»Nur noch zehn Minuten«, stellt sie mit einem bangen Gesichtsausdruck fest, der so gar nicht zu ihr passt. Nur mühsam unterdrücke ich mein Lachen. »Du bist tatsächlich nervös.«

»Machst du dich etwa über mich lustig?« Empört wirft Sarah eine Hand Popcorn nach mir.

Gott, ich will sie küssen! So sehr.

Vielleicht ist es nur Albertas Schlurfen zu verdanken, dass ich meine Lippen in diesem Moment nicht auf Sarahs presse. Die pummelige Nanny lässt sich in ihrem großen Lehnsessel nieder. Josie liegt bereits neben Jack auf dem Teppich vor dem Fernseher. Alle haben ihren Platz gefunden.

»Ich darf heute gaaanz lange wach bleiben, weil meine Mommy und Ben gleich im Fernsehen kommen«, erklärt Josie meinem Hund, der sie ansieht, als würde er jedes Wort verstehen, vermutlich aber nur voller Sehnsucht das Popcorn beobachtet, das sich bei ihren Worten im vollgestopften Mund der Kleinen bewegt.

Dann ist es so weit. Die Titelmusik der Serie erklingt, und die Bilder der verschiedenen Charaktere flimmern über den Bildschirm. Josie springt auf, und Jack, der hinter ihrer plötzlichen Bewegung ein Spiel wittert, tut es ihr gleich. Beide hüpfen auf und ab wie Bälle.

»Da ist Ben, guckt mal! Und da bist du, Mommy. Da bist duhuhuuu!«, jubelt Josie in heller Aufregung.

Alberta lacht lauthals und jagt mir mit ihrem Stimmvolumen wieder einmal einen Mordsschrecken ein. Sarah bemerkt mein Zucken, stellt die Schüssel mit dem Popcorn auf den Couchtisch und rückt noch näher an mich heran. Schweigend sehen wir uns an. Sarahs Blick wandert langsam zu meinem Mund. Lächelnd wischt sie mir ein winziges Stück Popcorn von der Unterlippe.

»Bist du immer noch so aufgeregt?«, flüstere ich, als ich meine Sprache endlich wiederfinde.

Sie schüttelt den Kopf. »Nein, jetzt nicht mehr.«

Josie versucht angestrengt, der Handlung zu folgen, doch das Tempo ist wohl etwas zu schnell für sie, und so verliert sie – nachdem sie sich daran gewöhnt hat, ihre Mommy und mich im Fernsehen zu sehen – bald das Interesse und widmet sich wieder Jack.

In der zweiten Werbeunterbrechung entdecke ich, dass die Kleine eingeschlafen ist.

Sarah steht auf und will sie auf ihre Arme heben, doch ich bin schneller. »Lass mich das machen.«

Sie nickt.

Ich trage Josie die Treppe hoch in ihr Zimmer und lege sie behutsam auf ihr Bett. Sarah deckt ihre Tochter zu und gibt ihr noch einen Kuss, aber Josie schläft schon so tief, dass sie nichts mehr davon mitbekommt.

Vorsichtig ziehe ich die Tür zu. Sarahs Hand legt sich auf meine und stoppt meine Bewegung. »Lass sie angelehnt«, flüstert sie. Im selben Moment schallt Albertas Lachen durch das Haus. »Die Werbung scheint vorbei zu sein«, sagt Sarah mit einem Schmunzeln.

»Ja, klingt nach Clark.«

Gemeinsam gesellen wir uns wieder zu Alberta, die sich prächtig amüsiert. Als der Abspann der Serie läuft, erhebt sie sich aus ihrem Sessel, beglückwünscht uns in gewohnt theatralischer Art und geht dann in die Küche. Nur Sekunden später ertönt das Rauschen des Wasserstrahls neben dem metallenen Scheppern von Töpfen und Pfannen. Alberta pfeift fröhliche Melodien, während sie abspült.

Sarah und ich bleiben allein zurück. Etwas schwer Greifbares liegt an diesem Abend in der Luft und lässt sie fast spürbar flimmern. Plötzlich – die Stille ist schon lange peinlich – springt Sarah auf. »Gehen wir feiern!«

Sie bringt mir noch etwas zu trinken und erklärt dabei, sie müsse sich nur kurz umziehen.

Eine halbe Stunde später schallt das Klackern ihrer Stöckelschuhe durch die Eingangshalle. Sarah trägt ein kurzes goldenes, paillettenbesticktes Kleid und dazupassende Schuhe mit Zehn-Zentimeter-Absätzen, auf denen ich nicht mal einen Bierdeckel balancieren könnte. Ich schlucke bei ihrem Anblick und überlege krampfhaft, wie das mit dem Atmen noch mal ging.

Mein Blick wandert zurück zu Sarahs Gesicht, zu ihren grünen Augen. Sie strahlen noch schöner als sonst. Die langen Haare hat sie zu einem Pferdeschwanz hochgebunden und irgendwie kompliziert festgesteckt. Nur einzelne, großgelockte Strähnen fallen noch in ihr hübsches Gesicht.

»Bist du so weit?«, fragt sie mit einem umwerfenden Augenaufschlag. Wortlos gehe ich auf sie zu und halte ihr meinen Arm hin. Warum auch immer – Sarah kann meinem Blick nicht standhalten. Sie senkt ihre Augen und hakt sich bei mir unter.

Jack bleibt bei Alberta, die ungefähr hundertmal erklärt, dass das kein Problem wäre, bis ich endlich nachgebe.

Wir nehmen meinen Wagen. Sarah kennt den Weg und leitet mich mitten in die Stadt. Randy hat recht, die Straßen sind voll und alles ist hell erleuchtet, denn die Stadt lebt in Nächten wie diesen.

Von außen wirkt das *Pure* wie ein gewöhnlicher Club. Doch dieser Eindruck täuscht, wie ich bald schon feststelle. Denn hier bleiben sogar Stars wie Sarah unbehelligt. Hin und wieder begleiten sie zwar verstohlene Blicke, und das Blitzlichtgewitter der lauernden Paparazzi blendet uns, bis wir den Eingang passiert haben, aber das gehört zum Job.

Sobald wir unsere Jacken abgegeben und den großen Vorraum betreten haben, entspanne ich mich wieder. Schnell wird klar, dass unter den Angestellten des *Pure* das ungeschriebene Gesetz gilt, Prominente genauso zu behandeln wie alle anderen Gäste auch. Da die Preise immens hoch sind, findet eine gewisse Auslese bereits am Eingang statt. Normalerweise mag ich solche Nobelclubs nicht besonders, doch an diesem Abend werfe ich meine Prinzipien über Bord.

Im Hauptraum des Clubs angelangt, sehe ich mich neugierig um und muss schnell zugeben, dass es mir hier durchaus gefällt.

Barkeeper in schwarzen Anzügen und knalligen Hemden stehen hinter einer langen Theke, mixen Cocktails und servieren sie elegant. Die Räumlichkeiten sind stilvoll eingerichtet und längst nicht so überfüllt wie die, in die Maggie mich schon das eine oder andere Mal geschleift hat. Es gibt eine große Tanzfläche im Siebziger-Jahre-Stil, die von gemütlichen Relax-Oasen begrenzt wird. In einer Ecke des Hauptraums steht eine riesige weinrote Couchgarnitur vor einem flackernden Gaskamin.

Kurz nach unserer Ankunft entdeckt Sarah die anderen. John, Maggie, Randy und Marc stehen gemeinsam an der Bar und haben offensichtlich nicht mit unserem Kommen gerechnet. Umso größer sind ihr Erstaunen und ihre Freude. Nur Maggies Miene bleibt kritisch. Mit zusammengekniffenen Augen blickt sie zwischen Sarah und mir hin und her. Sie kennt mich einfach zu gut. Vermutlich ahnt sie bereits, dass ich dabei bin, mir große Schwierigkeiten einzuhandeln.

Nach dem ersten gemeinsamen Cocktail legt sich Mags Skepsis. Nun wird sie unruhig, wippt von einem Bein auf das andere und lässt ihren Blick suchend durch den Raum schweifen. Ich beobachte, wie ein Latino am anderen Ende der Bar auf sie aufmerksam wird und ihren Blick einfängt. Als sich die beiden zulächeln, verspüre ich den Drang, den weiteren Verlauf von Maggies Abend aufzuschreiben, so vorprogrammiert ist er. Sie ist einfach unverbesserlich, genau wie ich. Seitdem sie den Fehltritt ihres Ex-Freundes Serge so unmittelbar vor der Hochzeit einigermaßen verarbeitet hat, geht Maggie an nahezu jedem Wochenende auf die Jagd nach leichter Beute. Sie ist die Queen des One-Night-Stands, dabei sehnt sie sich im Grunde ihres Herzens so sehr nach einer echten, liebevollen Beziehung.

Nun stellt sie ihr leeres Cocktailglas auf der Theke ab und zerrt an Sarahs Arm. »Tanzen. Jetzt!«, befiehlt sie, ohne den Latino dabei aus den Augen zu lassen.

Prompt stellt Sarah ihr Glas zur Seite und folgt Maggie. »Ich dachte schon, du fragst nie«, erwiderte sie mit einem Lachen.

Gemeinsam tippeln die beiden auf die noch nahezu leere Tanzfläche und beginnen zu tanzen. Nur wenige Sekunden später sieht keiner der Gäste mehr woanders hin. Wie ein Magnet ziehen die Frauen die Blicke sämtlicher Anwesenden auf sich.

Der Latino schluckt den Köder, den Maggie für ihn ausgeworfen hat. Er gesellt sich zu ihr auf die Tanzfläche, legt – in einer Art, die mir so dreist vorkommt, so dass ich mich aus der Ferne fast für ihn schäme – einen Arm um Mags Taille, festigt seinen Griff und tanzt sie von hinten an. Bei diesem Anblick weiß ich nicht so recht, ob ich nun loslachen oder doch eher Mitleid für meine beste Freundin empfinden soll. Die Bewegungen des Latinos wirken derart ungelenk und albern, dass er die perfekte Illusion des heißblütigen Südländers damit unwiderruflich zerplatzen lässt. Es sieht einfach lächerlich aus.

Maggie schaut mich hilfesuchend an, doch ich greife genüsslich nach meinem Cocktailglas und lehne mich betont gelassen an die Theke. Grinsend proste ich ihr zu.

Mit dem Strohhalm zwischen den Lippen lasse ich meinen Blick zurück zu Sarah wandern. Ihr umwerfender Anblick zerstört die Leichtigkeit von zuvor binnen eines Herzschlages. Auf einmal drückt etwas auf meinen Brustkorb und erschwert mir das Atmen.

Ich will das doch überhaupt nicht, verdammt!

Aber Himmel, wie sie aussieht!

Mit angehobenen Armen und geschlossenen Augen wiegt sie sich im Rhythmus der Musik und sieht dabei absolut hinreißend aus. Und dazu wirklich heiß! Ihr Anblick ist so fesselnd, dass ich nicht mal von Maggies geglücktem Fluchtversuch Notiz nehme. Erst als sie plötzlich vor mir steht, mir einen schmerzhaften Hieb in die Rippen versetzt und sich dann lautstark einen *Sex on the Beach* bestellt, erwache ich aus meiner Versunkenheit.

»Vielen Dank, du Penner!« Argwöhnisch beobachtet sie den Latino. »Hoffentlich ist der Typ im Bett besser als auf der Tanzfläche.«

Ich folge ihrem Blick, bleibe aber erneut an Sarah hängen. Maggie entgeht auch das nicht. Sie verdreht die Augen. »Gott, Ben! Reiß dich echt mal am Riemen! Du sabberst ja schon.«

Noch bevor mir etwas Schlagfertiges einfällt, legt mir Mag ihren Zeigfinger auf den Mund. »Du weißt, dass es stimmt! Dein Glas ist jetzt voller als vorhin.«

Ich senke den Blick und grinse verlegen. Zu ertappt, um es abzustreiten.

»Was glaubst du eigentlich, wie das enden soll?«, brüllt Maggie über die Musik in mein Ohr.

Ich zucke hilflos mit den Schultern. Mags Blick bekommt einen nachgiebigen Schimmer. »Ich würde es dir so sehr gönnen, Ben. Es ist weiß Gott an der Zeit, dass du dich wieder verliebst. Aber wieso ausgerechnet in Sarah?!«

Ich nicke, denn schließlich kenne ich Maggies Bedenken. Es sind dieselben, die auch ich habe.

Randy kommt zu uns und deutet grinsend auf die Tanzfläche. »Oh Mann, die arme Sarah!«, ruft er. »Andererseits sollte ich die Inspiration nutzen. Dieser Typ ist eine humoristische Goldmine.«

Mein Kopf schießt zur Seite. Der talentfreie Latino steht nun hinter Sarah und lässt sein Becken direkt an ihrem Po kreisen. Sarahs Gesicht wirkt seltsam verzerrt, als wisse sie nicht so recht, ob sie nun lachen oder besser schreien sollte. Sie sieht mich an, und ihr hilfesuchender Blick lässt mich nicht für eine Sekunde zögern. Ich drücke Randy mein Glas in die Hand und schreite mit festen Schritten zu ihr. Dabei verlieren Sarah und ich unseren Blickkontakt nicht für eine Sekunde.

Unter dem Bass der Musik höre ich Mags vorwurfsvolles »Natürlich hilfst du ihr …« nur noch am Rande. Mit jedem meiner Schritte scheinen sich Sarahs Gesichtszüge mehr zu entspannen. Als ich vor ihr stehe, lächeln wir beide. Nur der Latino schaut verdutzt.

»Nun würde *ich* gerne mit meiner Freundin tanzen«, lasse ich ihn wissen. Vermutlich fällt mein Blick ziemlich hart aus, denn er hebt sofort die Hände in einer entschuldigenden Geste und zieht sich zappelnd zurück.

In dem Moment, als ich die Arme nach Sarah ausstrecke, waltet der DJ seines Amtes und leitet den schnellen Song ausgerechnet in *The closest thing to crazy* von Katie Melua über. Bei diesem Lied, das von all dem erzählt, was gerade mit mir geschieht, verschränken sich ihre Hände wie selbstverständlich hinter meinem Hals, und als ich ihre Taille umschlinge, kann ich mich des Gedankens nicht verwehren, wie unglaublich perfekt sie in meine Arme passt.

»Mit deiner Freundin?«, fragt sie und sieht mich unter hochgezogenen Augenbrauen amüsiert an. Schnell wende ich den Kopf ab.

»Manche Notsituationen erfordern eben Notlügen.«

Sarah bemerkt meine Verlegenheit. Sie legt ihre Hände an mein Gesicht und lenkt meinen Blick zurück in ihre Augen. Dabei streicheln ihre Daumen liebevoll über meine Wangen. »Du überraschst mich immer wieder, Ben Todd. Langsam, aber sicher glaube ich an die Wahrheit der Redewendung.«

»Welcher Redewendung?«, bringe ich hervor, bevor meine Stimme wegzubrechen droht. Sarah sieht mich lange an, viel tiefer als je zuvor, bis in dem hellen Grün ihrer Augen etwas aufschimmert. Etwas, dessen Andeutung ich schon einige Male gesehen habe. Etwas, von dem ich mir immer wieder eingeredet habe, ich würde es mir nur einbilden.

Doch jetzt ist es so klar erkennbar, dass ich es nicht mehr leugnen kann: Sarah spürt es. Sie spürt, was ich für sie empfinde … und sie scheint nicht abgeneigt.

Hör auf zu spinnen, Ben! Sie ist verlobt und vermisst Daniel, das ist alles. Sie sehnt sich nach Zuneigung, und du bist gerade da, also reiß dich zusammen!

Sarah lässt ihre Hände, die noch immer mein Gesicht umfassen, sehr langsam an meinem Hals entlanggleiten und verschränkt ihre Finger schließlich erneut hinter meinem Nacken. Mit sanfter Bestimmtheit zieht sie mich zu sich herab, schmiegt ihren Kopf an meine Schulter und legt ihre Lippen dicht an mein Ohr. Ein warmer Schauder durchfährt mich, bevor ihre Worte mein Bewusstsein fluten. »Stille Wasser sind tief«, flüstert sie.

***

Drei Stunden später sitzen wir in meinem Wagen. Die Uhr am Armaturenbrett des Mercedes zeigt zwanzig nach drei, und Sarah ist ungewöhnlich still.

Im Club war sie bis zuletzt gut gelaunt und bestand jedes Mal, wenn ich zaghaft vorschlug, nach Hause zu fahren, darauf, »nur noch eine Runde« ausgeben zu dürfen. Zusammen mit Randys, Johns, Marcs und meinen Runden hatten wir insgesamt sieben. Da ich nach einem Cocktail nur noch Cola getrunken habe, bin ich nun total überzuckert, hellwach, und meine Blase ist kurz vorm Platzen, aber ansonsten geht es mir blendend. Sarah hingegen hat seit dem Verlassen des Clubs kein einziges Wort mehr gesprochen.

»Worüber denkst du nach?«, erkundige ich mich vorsichtig, als ich den Mercedes in ihrer Einfahrt parke und den Motor abstelle.

Sie lächelt und schenkt mir einen kurzen Seitenblick. »Sieh mal!«, sagt sie schließlich und streckt mir ihre rechte Hand entgegen.

»Was denn?« Ihre Hand in meiner, drehe ich ihre Finger hin und her und kann doch nichts Auffälliges entdecken, außer dass sie lang und sehr grazil sind. Sarah hat ausgesprochen schöne Hände. Behutsam streiche ich über die Innenfläche.

»Die Fingerkuppe meines Ringfingers«, sagt sie schließlich auf meinen fragenden Blick hin.

Ich betrachte diese genauer und entdecke nun, dass sie oben nicht ganz so rund zuläuft wie die Kuppen der anderen Finger. Sarahs manikürte Fingernägel verdecken den kleinen Makel mühelos. »Oh!« Ich fahre mit meinem Daumen über die abgeflachte Stelle.

Sarah nickt. »Ich war so alt wie Josie«, beginnt sie. »Georgie, mein zweitältester Bruder, hat mich in einer Schubkarre über den Hof geschoben. Wir waren wahnsinnig schnell und hatten einen Mordsspaß. Ich hielt mich an beiden Seiten fest, und als die Schubkarre kippte, quetschte ich mir zwischen dem Rand und den Pflastersteinen einen Teil der Kuppe ab.«

Bei der Vorstellung ziehe ich scharf die Luft zwischen meinen Zähnen ein. Die Versuchung, ihren Finger zu küssen, ist groß; ich widerstehe nur knapp.

»Jetzt du!«, befiehlt Sarah.

»Hm?«

»Eine Narbe. Zeig sie mir, und erzähl mir die Geschichte dazu.«

Ich muss nicht lange überlegen. Meine Schwester und ich waren als Kinder ständig im Freien, egal, wo wir gerade lebten. Auf Bäume zu klettern, Klippen zu erklimmen, uns aus Seilen seltsame Schaukelkonstruktionen zu bauen – das waren die Highlights unserer Kindheit. Verletzungen blieben da natürlich nicht aus, und wir waren nicht gerade zimperlich. Ich lifte mein Hemd ein kleines Stück und offenbare eine längliche Narbe unterhalb meines linken Rippenbogens. »Angelhaken«, erkläre ich, als sich Sarah zu mir herüberbeugt und im fahlen Licht der Innenbeleuchtung meines Wagens die Narbe in Augenschein nimmt. »Caro und ich haben oft geangelt, als ich noch klein war. In Italien lebten wir direkt am Meer, auf einem Berg, von dem aus viele Stufen zu einer kleinen Bucht herabführten. An diesem Morgen holte sie mit der Angel aus … und hatte mich am Haken. Was sie nicht davon abgehalten hat, wie eine Irre an der Rute zu ziehen.«

»Autsch!« Sarahs Gesicht verzieht sich bei der Vorstellung.

»Jepp!«, erwidere ich mit einem Lachen, das nur Sekunden später gefriert, als ich ihre Fingerspitzen an meinem Bauch spüre. Die Berührung trifft mich wie ein kleiner Stromschlag – aber sehr angenehm. Ich halte die Luft an, bis sie sich wieder aufrichtet, das Hemd zurück über meinen Bauch zieht und mir tief in die Augen schaut. Wie beiläufig legt sie ihre Hand dabei über meinem wild hämmernden Herzen ab.

»Das ist aber nicht die tiefste Narbe von allen, oder?«, fragt sie.

Ich schlucke. Warum habe ich nicht vorher schon bemerkt, in welche Richtung dieses Spiel abdriftet?

Mein Blick senkt sich, bis Sarah ihre Stirn gegen meine lehnt und somit verhindert, dass ich noch weiter in mir zusammensacke.

»Ich habe im Internet über deinen Schicksalsschlag gelesen. Aber sie schrieben nichts Genaues, so dass ich Maggie und Randy danach gefragt habe. Beide waren der Meinung, du müsstest es mir selbst erzählen«, erläutert Sarah. »Bitte, Ben! Ich möchte dich kennen. Mit allem, was dazugehört.«

Ich schließe die Augen und lasse meinen Kopf ergeben in den Nacken zurückfallen. Als ich die angehaltene Luft ausstoße, klingt es stockend und zittrig. »Ich … war bislang nur in einer einzigen festen Beziehung«, beginne ich zögerlich.

Meine Stimme vibriert verdächtig, also lasse ich einige Sekunden verstreichen, bis ich mich wieder gefasst habe. »Ich lernte Shirley vor knapp sechs Jahren bei einem Besuch bei meiner Schwester kennen. Sie war die Babysitterin meines kleinen

Neffen. Es war … ja, Liebe auf den ersten Blick, könnte man wohl sagen. Zumindest bei mir. Ich wusste sofort, dass ich mit diesem Mädchen zusammen sein wollte. Aber Shirley hatte einen festen Freund, mit dem sie schon seit Jahren zusammen war. Ich versuchte also, mich zurückzuhalten, und beschränkte mich darauf, ihr kleine Botschaften zu übermitteln, die sie zwar zu verstehen schien, auf die sie aber nie reagierte. Als sich meine Winterferien ihrem Ende zuneigten und ich abreisen musste, schrieb ich ihr einen langen Brief, in dem ich meine Gefühle offenlegte. Es vergingen drei Monate ohne ein einziges Wort von ihr. Und dann, mitten im April, stand sie plötzlich vor meiner Tür. Sie hatte sich entschieden, mit mir in L. A. zu leben, und dafür alles andere aufgegeben.«

»Wow!«, haucht Sarah.

Ja, wäre das doch nur der Ausgang unserer Geschichte.

Und so lebten sie glücklich bis ans Ende ihrer Tage …

Ich atme tief durch. »Gut ein halbes Jahr später war Shirley schwanger. Es war nicht geplant, wir waren einfach unvorsichtig. Die Nachricht ihrer Schwangerschaft hätte ein Schock sein müssen, denn wir kannten uns ja erst kurz und lebten ausschließlich von den paar Kröten, die ich mit meinen Theaterengagements und ein paar Gitarren- und Klavierstunden verdiente. Eigenartigerweise freuten wir uns jedoch von der ersten Minute an sehr auf das Baby. Alles lief perfekt, bis ich … es ruinierte.«

Sarah drückt meine Hand. »Was ist passiert?«

»Der Klassiker«, erwidere ich verbittert. »Sie hatte einen wichtigen Termin für eine Ultraschalluntersuchung, bei der man das Baby in 3D hätte sehen können. Shirley war im sechsten Monat schwanger, und bis zu diesem Zeitpunkt war es ihrem Frauenarzt nicht gelungen, das Geschlecht unseres Kindes zu erkennen. Shirley war überzeugt, bei diesem 3D-Ultraschall endlich zu erfahren, ob wir ein Mädchen oder einen Jungen erwarteten. Und dann kam der Anruf. Randy hatte von einem Casting für eine Fernsehserie erfahren. Damals hatte er selbst noch keinen wirklichen Fuß im Filmbusiness gefasst und wollte mir einen guten Tipp geben. Er wusste, wie sehr ich mir wünschte, in einer Fernsehserie oder einem kleineren Film mitspielen zu dürfen. Ich bekam seinen Anruf genau am Morgen des Untersuchungstermins. Shirley war natürlich wahnsinnig enttäuscht, dass ich sie nicht begleiten wollte, aber ich blieb stur und erklärte ihr immer wieder, ich täte das alles nur für uns als Familie. Fernsehproduktionen würden schließlich wesentlich besser bezahlt als Theaterengagements. Aber das war Blödsinn. Ich war schlichtweg ein egoistischer Idiot und wollte den großen Durchbruch, wie vermutlich jeder Jungschauspieler. So sehr, dass ich meinen Wunsch vor Shirleys stellte. Ich fuhr sie zu dem Ultraschalltermin, und es war furchtbar, denn sie weinte die ganze Fahrt über. Zum ersten Mal stritten wir uns so richtig heftig. Und dann …«

Ich muss schlucken, als die schrecklichsten Bilder meines Lebens vor mir aufblitzen. Der Lkw, Shirleys angstgeweitete Augen, ihr schwerer, schlaffer Körper in meinen Armen und das Blut, das aus der großen Wunde an ihrem Kopf strömte, über meinen Arm lief und eine große Pfütze auf der Straße bildete …

»Dann rasten wir über eine rote Ampel und wurden von einem Lkw gerammt, weil ich nicht auf die Straße sah, sondern damit beschäftigt war, Shirley anzuschreien.«

Lange verdrängte Wut kocht in mir auf und lässt mich meine zur Faust geballte Hand mit voller Wucht gegen das Lenkrad schmettern.

»Ben!«, ruft Sarah erschrocken. Sie verschränkt meine Finger mit ihren und knetet sie behutsam mit der anderen Hand. »Es war ein Unfall«, flüstert sie dabei mit tränenerstickter Stimme. »Unfälle passieren einfach.«

»Nein, Sarah!«, halte ich in aller Entschlossenheit dagegen. »Das war kein Unfall! Das war ... der dümmste Fehler meines Lebens. An diesem Tag verlor ich alles. Wirklich *alles.*« Sie schmiegt meine Hand an ihre Wange und küsst meine Fingerknöchel. »Shirley wurde aus dem Wagen geschleudert. Sie ... verlor das Baby. Sie selbst lag noch einen Tag lang im Koma, bis die Ärzte den Hirntod feststellten und die Maschinen abgeschaltet wurden.«

»Und du?«, flüstert Sarah.

Ich schüttele den Kopf. »Nicht mal einen Kratzer. Ein leichtes Schleudertrauma, das war alles. Shirley hatte sich nicht angeschnallt. Sie sagte, sie könne den Gurt über dem Bauch nicht vertragen.«

»Ben ...«, setzt Sarah an, doch ich winke ab, bevor sie sich wiederholen kann.

»Du hast mich gefragt, ich habe es dir erzählt. Aber bitte versuche nicht, mir einzureden, mich träfe keine Schuld. Denn ohne mich würde Shirley noch leben. Wären wir uns nicht begegnet, wäre sie inzwischen wahrscheinlich verlobt oder vielleicht sogar verheiratet. Bestimmt hätte sie Kinder. Nur durch mich ...« Ich lasse den Satz unvollendet.

Sarahs Hand zittert. Ich spüre ihre Finger auf meiner Wange; sie streicheln mich. Wie von selbst schließen sich meine Augen unter ihren Berührungen, die ich im Grunde meines Herzens so ersehne. Auf einmal spüre ich Sarahs Atem auf meinen Lippen und schiebe sie entsetzt von mir.

»Was tust du?«

Sie blickt zu mir auf. Unsicher, verletzt, beschämt. »Ich dachte ...«

Ich lege einen Finger über ihre Lippen und bringe sie damit zum Schweigen. Dann nehme ich ihre zierlichen Hände und umschließe sie mit meinen Fingern. Sehe ihr so tief in die Augen, dass sie den Blick wieder senkt.

»Wenn du mich so anschaust, scheinst du bis in mein Inneres zu blicken«, flüstert sie. »Und ich bin mir nicht sicher, dass ich dich sehen lassen will, was dort gerade geschieht.«

Ich atme tief durch und beuge mich zu ihrem Ohr hinab. »Sarah, ich spüre, dass etwas zwischen uns ist. Das erste Mal seit Shirleys Tod empfinde ich wieder etwas für jemanden. Für dich. Aber bitte mach jetzt keinen Fehler. Du hast eine wunderbare Tochter und einen Mann an deiner Seite, der dich sehr liebt. So sehr, dass er dich sogar heiraten will. Und ich ... werde dich nicht aus deinem Leben reißen, um es anschließend wieder zu zerstören, hörst du?«

Nun sieht sie mich an; Tränen schimmern in ihren Augen und lassen das sanfte Grün zerfließen. Plötzlich fällt sie mir um den Hals und schluchzt leise. Ich schließe meine Arme um ihren zierlichen Körper und halte sie. Eine kleine Ewigkeit verstreicht, bis wir uns voneinander lösen und uns noch einmal ansehen. Ich wische die Tränen von ihren Wangen, versuche mich an einem vorsichtigen Lächeln, das sie wie ein Spiegel erwidert, und nicke ihr zu. Gemeinsam verlassen wir mein Auto. Mit in die Hosentaschen gepferchten Händen folge ich Sarah zum Hauseingang. Jack kommt sofort hechelnd angerannt, als sie die Tür öffnet. Zielstrebig steuert er auf meinen Mercedes zu und blickt sich nach mir um, als wolle er fragen, wo ich bleibe.

»Er hat recht, wir müssen nach Hause.«

»Schlaf gut«, flüstert Sarah und drückt sich noch einmal an mich. »Und keine Schüchternheiten!«

Ich grinse. »Versprochen?«

»Versprochen!«

Dann steige ich in den Wagen.

Du fühlst mit Ben und Sarah …

… nicht wahr? Glaub mir, ich auch. Hier sitzen sie nun – er in seinem Wagen, sie im Eingangsbereich ihres Hauses. Beide kämpfen mit ihren Tränen. Er wischt seine weg, bevor sie seine Sicht trüben können, sie hingegen lässt ihren freien Lauf. Zusammengekauert lehnt sie vor der Haustür und schluchzt. Leise, damit niemand sie hört.

Wir drehen ein wenig an der Zeit, beobachten im Schnelldurchlauf der kommenden Wochen, wie angestrengt Sarah und Ben versuchen, ihre Beziehung auf ein freundschaftlich lockeres Niveau zu lenken und ihre Gefühle zu verdrängen.

Nicht nur Maggie beobachtet die beiden mit skeptischen Augen. Auch Randy bemerkt, dass die Leichtigkeit vom Beginn ihrer Zusammenarbeit mit einem Mal verschwunden ist.

Ungeachtet der Tatsache, dass sich das Verhältnis zwischen seinen Hauptdarstellern seit dem Abend im Pure *vor vier Wochen verändert zu haben scheint, ist die erste Staffel seiner Serie hervorragend angelaufen. Vielleicht ist das der Grund dafür, dass Randy auch nach der Ausstrahlung der fünften Folge von* Das Leben in meinem Sinn *noch ganz euphorisch ist.*

Begleiten wir ihn für einen Abend, einverstanden?

Du kennst ihn bereits, glaubst du? Den flippigen, hyperaktiven Regisseur und Drehbuchautor. Nun, ich möchte dir dennoch ein paar Details mehr mit auf den Weg geben.

ER und das, was du von ihm wissen solltest: Er ist mittelgroß, schlank, aber nicht muskulös, hat dunkelblonde Haare und blaue, zu seinem Leidwesen stark weitsichtige Augen. Daher trägt er eine auffällige, schwarze Brille mit dickem Rahmen.

Er ist neunundzwanzig Jahre und vier Monate alt, und damit im Zeichen des Krebses geboren – wie viele kreative Köpfe.

Er liebt Pommes mit Ketchup, wilde Partys, Männer im Allgemeinen und seinen Freund Marc im Besonderen, die Farbe Rot, das Element Wasser und das Wort ›verdammt‹. Vor allem aber liebt er verrückte Storys. Egal, ob als Film, Buch oder im Alltag.

Sein Kleidungsstil ist sehr exzentrisch. Heute Abend trägt er eine braune, leicht ausgestellte Cordhose, ein weißes Hemd und einen großkarierten Pullunder in den knalligsten Farben.

Und, was wohl am wichtigsten ist: Er erfährt schon bald eine Neuigkeit, die nicht nur ihn aus der Bahn wirft.

Ich gebe das Wort an Schützling Nr. 532.986.454.620
alias Randolph William Stiller …

An einem ungewöhnlich kühlen Abend im Oktober.

Randy

Marc sitzt wieder einmal an meinem Klavier. Mit konzentrierter Miene kritzelt er in seinen Notizen herum, murmelt kritisch vor sich hin, summt einige Töne, spielt sie nach, radiert hektisch und beginnt wieder neu.

Er arbeitet zu viel. Zwar wirft er mir immer vor, ich würde es übertreiben, aber er selbst ist kein bisschen besser.

Leise trete ich hinter ihn und lege ihm meine Hände auf die Schultern. Ich liebe diesen besessenen Mann. Keiner hat es je so lange mit mir ausgehalten wie er.

»Lass uns rausgehen, die Stadt ruft«, flüstere ich in sein Ohr. Er drückt meine Hand für einen Moment, schüttelt dann aber den Kopf. »Es ist Sonntag, Randy! Wir waren gestern aus … und vorgestern.«

»Eben!«, erwidere ich lachend. »Wir dürfen jetzt nicht nachlassen.«

»Nein, ich will das auf jeden Fall fertig bekommen!«, beharrt Marc. »Das ist meine erste große Chance.«

Ich ziehe die Brauen hoch. Er sieht zu mir auf und verdreht die Augen. »Du weißt, was ich meine. Die erste Chance, die nichts mit *dir* zu tun hat.«

Marc hat den Auftrag bekommen, die Musik zu einem neuen Theaterstück zu schreiben.

»An welchem Lied arbeitest du denn?«

»An der Anfangsmelodie. Ein reines Klavierstück.«

»Passend, zumal es doch um einen Pianisten geht, nicht wahr?«

Er schmunzelt. »Ja, Schlaumeier. Aber bei den späteren Stücken kommt noch eine Sopransängerin dazu.«

»Für die Liebe?«, mutmaße ich.

Marc blickt zu mir auf und schenkt mir ein schelmisches Lächeln. »Geht es nicht immer nur darum?«

»Definitiv.« Ich küsse seinen Kopf. Und damit habe ich ihn da, wo ich ihn haben wollte. Mit einem Seufzen legt er den Bleistift zur Seite und erhebt sich. »Also los, gehen wir aus! Die Stadt ruft!«

Wir besuchen eine kleine, neu eröffnete Bar im Zentrum von L. A., essen eine Kleinigkeit und probieren die Cocktails. Gegen ein Uhr brechen Marc und ich auf und schlendern Hand in Hand über den breiten, nur mäßig beleuchteten Gehweg einer Seitenstraße, an deren Ende mein Wagen steht.

Die Hand meines Freundes öffentlich zu halten ist ein Luxus, der mir nur selten zuteilwird. Zu Beginn unserer Beziehung war ich pikiert, wann immer mir Marc seine Finger entzog, bis er mir erzählte, er habe sich erst ein Jahr zuvor geoutet. Für mich ist das bis jetzt nur schwer vorstellbar, da ich bereits seit meinem siebzehnten Lebensjahr öffentlich zu meiner Homosexualität stehe. Mittlerweile ist auch Marc wesentlich offener, nicht zuletzt durch die Akzeptanz, die er durch unsere heterosexuellen Freunde erfahren hat.

Ich genieße die Nacht, auch wenn es die erste kühle dieses Herbstes ist, und die stille Selbstverständlichkeit, mit der wir nebeneinander gehen.

Wie von selbst driften meine Gedanken auf einmal zu Ben. Wann ist er das letzte Mal im Gleichschritt neben einem Menschen hergelaufen, der ihm so nahe stand wie Marc mir? In diesem Moment vibriert mein Handy und reißt mich damit aus meinen Gedanken.

Beinahe trotzig halte ich Marcs Hand weiterhin fest, fummele unbeholfen mit meiner linken herum und versuche so, die

Innentasche meiner Jacke zu öffnen. Als ich mein Handy herausziehe, ist es bereits zu spät.

»Verdammt!« Ich schaue auf das Display. Es zeigt nicht nur einen, sondern gleich neunzehn Anrufe in Abwesenheit.

»Hier stimmt was nicht.« Die Anrufe stammen allesamt von derselben Nummer. Einer Nummer, die ich eigentlich schon lange aus dem Register meines Handys gelöscht habe, die in meinem Kopf aber nach wie vor präsent ist.

»Wer war das?«, fragt Marc. Ich zögere die Antwort hinaus. »Ähm ... Chris«, gestehe ich schließlich, als sich seine Augenbrauen besorgt zusammenziehen.

»Dein Ex?« Marc legt den Kopf schief. »Was ...?«

Ich zucke mit den Schultern. »Keine Ahnung, aber er hat anscheinend vorher schon achtzehn Mal angerufen, was ich nur nicht gehört habe.«

»Ruf zurück!«, befiehlt Marc prompt. Ich selbst überlege noch kurz, aktiviere dann aber den Rückruf. Das Freizeichen erklingt nur ein Mal und schon höre ich die Stimme des Mannes, mit dem ich vor Marc für ein Jahr zusammen war. Eine schreckliche Beziehung, die überhaupt nicht funktionierte. Bei der man sich im Nachhinein noch fragt, warum man sie überhaupt so lange aufrechterhalten hat. Und vor allem, warum man dem anderen letztendlich den finalen Zug überließ.

»Ah, der Herr Regisseur!«, ruft Chris zur Begrüßung.

»Du hast angerufen?«

»Ja«, sagt er. Es folgt eine Pause ... dann ein Seufzen. »Es könnte mir egal sein, aber ich wollte dich vorwarnen, Randy.«

»Rede bitte Klartext, Chris!«, fordere ich schroff.

»Okay! Also, falls du dich fragst, warum deine Hauptdarstellerin morgen nicht zu den Dreharbeiten erscheint ... Dann ist das wohl meine Schuld.«

Was zum Teufel ...?

Ben

»Ben, verdammte Scheiße, wir haben ein Problem!«

Mein Wecker zeigt 01:27 Uhr. Das Klingeln des Telefons hat mich aus dem Tiefschlaf gerissen. Mit zerzaustem Haar sitze ich nun in meinem Bett und reibe mir über Stirn und Augen.

Ich habe wieder einmal geträumt. Von einer tanzenden Sarah, die sich an meine Brust schmiegte und sich von mir im Rhythmus der Musik wiegen ließ.

Für einen Moment hasse ich Randy dafür, dass er diesen Traum zerfetzt hat, wo doch die süße Erinnerung das Einzige ist, was mir von dieser besonderen Nacht im *Pure* vor einigen Wochen geblieben ist. »Randy? Um Himmels willen, was ist denn passiert? Haben wir etwas übersehen? Einen Fehler im Skript, oder was?«

»Scheiße, Ben, Fehler im Skript … Nein, viel schlimmer! Es geht um Sarah!«

Mit diesem Satz bin ich hellwach. *Sarah!*

Randy lässt mir keine Zeit für eine Reaktion. »Können wir uns bitte irgendwo treffen? Ich weiß, du bist schon im Bett. Aber morgen werden wir sowieso nicht zum Drehen kommen. Also steh noch mal auf, ja?«

»Was ist los, Randy? Ist ihr etwas passiert? Sag schon!« Meine Stimme überschlägt sich fast, so schnell steigt die Panik in mir hoch. Ein Hupen am anderen Ende der Leitung deutet an, dass Randy noch unterwegs ist.

»Nein, keine Angst, Ben! *Noch* ist gar nichts passiert. Weder Sarah noch sonst jemandem.«

Ich atme tief durch.

Es geht ihr gut, es geht ihr gut, es geht ihr gut …

Der Gedanke durchläuft mich in einer Endlosschleife, wie ein beruhigendes Mantra.

»Komm zum *Biaggio*! Wir müssen uns überlegen, was wir jetzt tun.« Noch bevor Randy seinen Satz ganz beendet, bin ich bereits aufgesprungen und aus dem Schlafzimmer gestürmt. Im Korridor stolpere ich über einen Schuh und fasse nach dem Griff der Badezimmertür, um nicht zu fallen.

»Ich bin in zwanzig Minuten da«, verkünde ich knapp und beende das Gespräch.

Einige Sekunden brauche ich noch, um die Gedanken in meinem Kopf zu ordnen, dann greife ich nach Zahnbürste und -creme und beginne, wie wild meine Zähne zu schrubben.

Einer von Randys Sätzen geht mir dabei nicht aus dem Kopf. Der mit der eigenartigen Betonung. »Noch *ist gar nichts passiert.*«

Heißt das, es wird noch etwas passieren, oder was meint er damit?

Ich schmeiße die Zahnbürste ins Waschbecken und schaufele kaltes Wasser in mein Gesicht, um einen klaren Kopf zu bekommen. Schnell schlüpfe ich in meine durchgewetzte Lieblingsjeans, ein T-Shirt und meine braune Lederjacke. Die Chucks streife ich über meine nackten Füße und verplempere wertvolle Minuten auf der Suche nach meinem Autoschlüssel.

Jack, der mit mir aufgewacht ist und seitdem neben mir herläuft, holt freudig seine Leine und legt sie vor meinen Füßen ab.

»Nein, Jack. Jetzt nicht, Junge! Wir gehen später spazieren, versprochen. Komm schon, leg dich wieder hin und schlaf! Wenigstens einer von uns sollte das tun.«

Doch mein Hund denkt gar nicht daran, sich wieder hinzulegen. Er ist hellwach. Mit traurigen Augen schaut er zu mir auf. Der herzzerreißende Blick verfehlt seine Wirkung auch dieses Mal nicht. Sofort packt mich das schlechte Gewissen.

Ja, der kleine Kerl war verdammt oft allein in letzter Zeit.

»Also los, dann komm!«, rufe ich, als ich meinen Autoschlüssel endlich in der Obstschale finde.

Zehn Minuten später betreten wir das kleine italienische Restaurant am Rande der Stadt.

Mario begrüßt mich auch in dieser Nacht überschwenglich und gratuliert mir zu dem großen Erfolg von *Das Leben in meinem Sinn*.

Die Serie ist derzeit in aller Munde. Doch nichts von alledem ist in diesem Moment von Bedeutung.

Ich höre kaum, was der kleine Mann mit dem pausbäckigen Gesicht zu mir sagt. Nicke nur höflich und beantworte Marios Fragen nach Befinden und Karriere wie ferngesteuert.

Wo bleibt Randy?

Gedankenlos bestelle ich eine Pizza Margherita und eine Cola. Das ist seit Ewigkeiten meine Standardbestellung. Kaum ist Mario hinter der Schwingtür seiner Küche verschwunden, frage ich mich allerdings schon, wie ich in dieser Nacht überhaupt etwas runterkriegen will.

Es vergehen weitere fünf Minuten, bis die Eingangstür endlich auffliegt und Randy vor Marc das Restaurant betritt.

Passend zu den Mienen der beiden fegt ein kühler Windstoß durch den Raum. Ich schlucke. Was auch immer Randys Blick zu bedeuten hat, er verheißt nichts Gutes.

Mario eilt herbei und begrüßt die Neuankömmlinge ebenso herzlich wie mich zuvor. Randy bestellt noch im Stehen eine Pizza Tonno und ein Bier, Marc nur ein Bier. Als sich Mario abgewandt hat, begrüßen sie mich per Handschlag und setzen sich mir gegenüber an den kleinen Tisch. Jack liegt bereits zu meinen Füßen und kaut genüsslich an einem großen Knochen. Mario wird nie verstehen, dass Jack diese Knochen nicht fressen sollte, aber momentan fehlt mir der Elan, zu protestieren.

Randy kommt wie immer sofort zum Punkt. »So ein verdammtes Arschloch!«

»Wer?«, frage ich gereizt. Die Anspannung ist kaum noch auszuhalten.

»Daniel! Er betrügt Sarah.«

Ich traue meinen Ohren nicht, brauche Sekunden, um meine Sprache wiederzufinden, und auch dann bringe ich nichts als Gestammel hervor. »Was? … Woher? … Wie? Ich verstehe gerade überhaupt nichts!«

»Marc und ich kamen vorhin aus einer Bar. Mein Handy klingelte, ich ging zu spät dran und sah, dass ich schon neunzehn Anrufe in Abwesenheit erhalten hatte. Alle von demselben Anrufer … Christopher Tale.« Randy sieht mich erwartungsvoll an.

»Dein Ex?«, frage ich verwirrt.

Marc nickt. »Jepp, genau der!«

Ich mag Christopher nicht besonders, aber das tut nichts zur Sache.

Was hat der Typ denn mit Sarah zu tun?

»Jedenfalls hat mich das ziemlich gewundert«, fährt Randy fort. »Neunzehn Anrufe? Ich habe seit Jahren nichts mehr von ihm gehört. Also rief ich sofort zurück.« Die Augen meines Freundes verengen sich und seine Stimme wird leiser, als er sich über den Tisch zu mir herüberbeugt. »So, und jetzt pass gut auf. Chris ist doch Fotograf. Er war die letzten beiden Wochen in Europa, hat in Paris Urlaub gemacht. Dreimal darfst du raten, wen er da getroffen hat?«

Diese Frage ist nicht sonderlich schwer zu beantworten. »Daniel?«

»Genau!«, bestätigt Marc. Selbst er, der sonst die Ruhe in Person und somit Randys perfekter Gegenpol ist, wirkt aufgebracht. »Und zwar mit dieser englischen Schauspielerin, Madelaine Pearson. In Europa ist die ziemlich bekannt. Sie spielt die weibliche Hauptrolle in seinem neuen Streifen«, erklärt er, bevor Randy wieder das Wort ergreift.

Plötzlich verschwindet alles um mich herum. Der gemütliche Raum, Marios Gebrabbel, der Duft seiner göttlichen Pizza, der mir direkt in die Nase steigt, als er den riesigen Teller vor mir plaziert, und sogar Jack, der in seiner Gier den Knochen von Zeit zu Zeit mit meiner Schuhspitze verwechselt.

All das versinkt unter Randys Stimme und den Bildern, die sein Bericht in meinem Kopf entstehen lässt.

Christopher saß auf einer Mauer am Ufer der Seine. Obwohl es noch nicht allzu spät war, dämmerte es bereits. Etwas von ihm entfernt, direkt am Wasser, entdeckte er ein offensichtlich frisch verliebtes Paar und beobachtete die beiden eine Weile. Die Frau balancierte über die großen Steine, der Mann hielt dabei ihre Hand. Als sie das Gleichgewicht verlor, fing er sie auf und schloss sie fest in seine Arme. Dann küssten sie sich. Christopher, ganz Fotograf, war fasziniert von dem wunderbaren Motiv. Er zog sich leise zurück, um weiterhin unbemerkt zu bleiben und die Romantik des Augenblicks nicht zu zerstören.

Hinter einem Busch zückte er seine Kamera und fotografierte die Turteltäubchen vor dem rotglühenden Fluss. Die beiden bemerkten ihn nicht und fühlten sich in ihrer kleinen Ausbuchtung weiterhin so unbeobachtet, dass Christopher ziemlich eindeutige Szenen vor die Linse bekam. Als sich die beiden schließlich voneinander lösten und zurück in Richtung Straße schlenderten, kamen sie direkt an Christopher vorbei. Der traute seinen Augen kaum, als er Daniel Johnson erkannte. Mit einer Frau, die der Fotograf zwar nie zuvor gesehen hatte, die aber gewiss nicht Sarah Pace, Daniels Verlobte, war.

Durch blanken Zufall und in völliger Ahnungslosigkeit hatte

Randys Ex-Freund die wohl wertvollsten Paparazzi-Bilder des Jahres geschossen.

Randy rupft ein Stück Brot in winzig kleine Stücke und schmeißt die einzelnen Bröckchen zurück in den Korb mit der rotkarierten Serviette, während er weiterberichtet. »Ich weiß nicht, ob Chris Mitleid mit Sarah hat oder einfach nur entzückt ist von der Tatsache, solch einen Coup gelandet zu haben. Auf jeden Fall rief er mich sofort an.«

Marc schnaubt. »Na, Edelmut hat ihn sicher nicht zu seinem Anruf bewogen!«

Ich für meinen Teil bin völlig fassungslos. Ist die Welt denn wirklich so klein?

»Mistkerl!«, ist das Einzige, was ich nach einer Weile hervorbringe.

»Christopher?«, fragt Marc.

»Na, Daniel natürlich!«

Randy schmeißt das letzte Stück Brot zurück in den Korb. »Verdammt Ben, in weniger als drei Stunden sind die Kioske und Läden voll von Magazinen, die von *der* neuen Story berichten. Überleg doch mal! Ausgerechnet Sarah und Daniel, *das* Saubermann-Pärchen Hollywoods! Ich befürchte ernsthaft, dass Sarah einen Nervenzusammenbruch erleidet, wenn sie nachher ihre Morgenzeitung aufschlägt. Denn so oder ähnlich wird sie davon erfahren. Also, was können wir tun?«

Seine Augenbrauen sind kaum noch als zwei einzelne erkennbar, so tief hat er sie nach unten gezogen.

Ich raufe meine Haare. *Ja, was können wir tun?*

Die Hände wie zum Beten flach aneinandergelegt, streiche ich mit dem Mund über die Kuppen meiner Zeigefinger. Hin und her.

Etwas an der Story macht mich stutzig.

»Warum sind die Bilder nicht schon längst im Internet erschienen?«

»Ja, das habe ich ihn auch gefragt«, sagt Randy und schickt die Erklärung direkt hinterher: »Es sieht wohl so aus, dass Chris zwar ein perfektes Skandalbild geschossen hat, de facto aber nun mal kein Paparazzo ist, sondern ein stinknormaler, sauberer Fotograf. Geschwisterbilder und Hochzeitsfotos sind sonst mehr sein Ding. Er hatte also erst einmal keine Ahnung, an welche Magazine er sich wenden soll. Und es hat ihn wohl auch ein wenig Zeit gekostet, das herauszufinden. Allerdings ist es ihm mittlerweile offenbar gelungen.«

»Scheiße!«, fluche ich laut und überlege angestrengt, was uns zu tun bleibt. Was kann Sarah vor der bitteren Erkenntnis des bald schon anbrechenden Morgens bewahren?

Nichts, wird mir schnell klar. Resignierend lasse ich die Arme fallen; meine Hände knallen flach auf die Tischplatte.

»Wir haben keine Chance, das noch irgendwie zu stoppen«, erkläre ich leise und blicke zwischen Randy und Marc hin und her. »Und, mal ehrlich, was würde das auch bringen? Selbst wenn wir in einer heroischen Aktion den Druck dieser Bilder aufhalten könnten, selbst wenn es weder Schlagzeilen noch Beweisfotos gäbe – würde das doch nichts an der eigentlichen Tatsache ändern, dass dieser Vollidiot Sarah betrügt.«

Josies kleines Gesicht flimmert durch meinen Kopf. Ich sehe sie vor mir, wie sie zwischen ihren Eltern stand, als die sich am Set so stürmisch begrüßten.

Böse, trügerische Harmonie!

»Die Vorstellung, dass Sarah sich ahnungslos an den gedeckten Frühstückstisch setzt und aus der Zeitung von Daniels Fehltritt erfährt, finde ich einfach nur grausam. Vor allem, wenn wir es bereits wissen«, befindet Randy und schüttelt seinen Kopf dabei. So hart er bei der Arbeit am Set auch manchmal sein kann, er hat ein großes Herz. Und das schlägt gerade voller Mitleid für eine liebe Freundin. Keine Spur mehr von einem hyperaktiven und zeitweise sogar schrecklich aufbrausenden Randy. Vor mir sitzt ein wahrer Freund, geknickt und still.

»Du kennst sie besser als wir, Ben. Was schlägst du vor?«, fragt er, und wirkt dabei so hilflos wie nur selten zuvor.

Ich denke eine Weile krampfhaft nach, bis ich mir absolut sicher bin.

»Was wäre, wenn ich zu ihr fahre und sie abhole?«, schlage ich vor. »Ich könnte sie für den Tag aus der Stadt bringen, an einen ruhigen Platz, ein bisschen außerhalb. Dann kann ich ihr zunächst erzählen, was in dieser Nacht passiert ist, und Sarah kann sich die Bilder erst dann ansehen, wenn sie wirklich dazu bereit ist.«

Ist das wirklich die schonendste Methode?

»Du solltest die Bilder gar nicht erst mitnehmen«, befindet Marc.

»Nein, warte!« Randy greift nach der Hand seines Freundes und drückt sie zärtlich. »Erzähl weiter, Ben!«, ermutigt er mich.

Ich atme tief durch und sehe Marc an. »Ich verstehe dich gut, glaub mir, aber an diesem Punkt wird sie die Fotos sehen wollen. Und sie *muss* sie ja auch sehen, denn das wird sie ohnehin früher oder später. Wenn es mir jedoch gelingt, Sarah abzufangen, noch bevor sie etwas aus der Presse mitbekommt, dann kann ich wenigstens sicherstellen, dass Josie nicht unmittelbar dabei ist, wenn Sarah es erfährt. Dann kann sie auch in Ruhe darüber nachdenken, was sie ihrer Tochter später sagt.«

Die erwartungsvollen Blicke meiner Freunde bleiben weiterhin auf mir haften. Resignierend zucke ich mit den Schultern. Mein Plan ist weder außergewöhnlich noch genial, das ist mir durchaus bewusst. Aber immerhin – es ist ein Plan. Und etwas Besseres fällt mir gerade nicht ein.

Eine Weile lang bleiben wir noch an unserem Tisch sitzen und schauen uns gegenseitig an. Stumm suchen wir nach einer anderen, einer besseren Lösung. Ergebnislos. Mein Vorschlag bleibt am Ende der einzige.

Endlich, langsam und bedächtig, nickt Randy. »Ja, du musst versuchen, sie abzufangen. Ich werfe die Drehpläne um, ziehe andere Szenen vor und verschaffe euch beiden ein paar Tage Auszeit. Ohne Sarah brauche ich auch dich nicht.«

Das stimmt. Ron ist Leas Schatten.

»Okay«, sage ich ... und gebe damit das Stichwort zum Aufbruch.

Ohne ein weiteres Wort winkt Randy Mario zu, der meine beinahe unangetastete Pizza abräumt und dabei besorgt nachfragt, ob es denn dieses Mal nicht geschmeckt habe. Wir versichern ihm gemeinsam, dass die Pizza wie immer fantastisch war, und Randy, der wie fast immer auch meine Rechnung begleicht, versöhnt Mario mit einem großzügig bemessenen Trinkgeld und dem Versprechen, am kommenden Wochenende wieder vorbeizuschauen.

Vor der Tür des kleinen Restaurants verabschiedet sich Marc per Handschlag von mir. Randy hingegen umarmt mich mit beiden Armen und klopft mir auf die Schultern. »Lass mich wissen, wie es gelaufen ist«, bittet er mich mit ernster Miene und entlässt mich damit in die Nacht, die ihre tiefste Schwärze bereits verloren hat.

***

Ich sitze still in meinem Wagen, nur mein Kiefer bewegt sich unentwegt. Als ich erneut nach der Packung mit den Kaugummis greife, gibt sie unter dem Druck meiner Finger nach. *Leer?*

Jetzt erst fällt mir auf, wie voll mein Mund ist. Mit einem

Schlag schmerzen auch meine Kiefermuskeln. Ich spucke den dicken, zähen Klumpen in die leere Packung und werfe sie in den Aschenbecher.

Jack schläft zusammengerollt auf meinem Schoß und kratzt von Zeit zu Zeit im Traum mit den Pfoten über meine Oberschenkel.

Die Uhr am Armaturenbrett meines alten Wagens tickt unaufhaltsam weiter. Mein banger Blick ruht auf dem langen Zeiger. Nur noch vier Minuten bis sechs Uhr. Gegen halb sieben, das hat Sarah mir einmal erzählt, steht sie für gewöhnlich auf. Sechs Uhr müsste also ausreichen, um ihr zuvorzukommen.

Nach dem Treffen mit Marc und Randy war ich noch einmal zu Hause, habe ausgiebig geduscht und mich rasiert. Dann bin ich in frische Klamotten geschlüpft und habe auf der Couch meinen Laptop aufgeklappt. Mit steifen Fingern rief ich die Homepage eines bekannten Klatsch-Magazins auf.

Und da war es bereits – eines von Christophers Fotos. Natürlich direkt als Titelbild. Mein Herz hämmerte mir wild gegen die Brust, als ich es betrachtete. Die Bearbeitung hatte Christopher gut hingekriegt, das musste man ihm lassen, denn Daniels Gesicht war eindeutig zu erkennen.

Sarahs Verlobter hielt diese Madelaine fest in seinen Armen und küsste sie. Es sah tatsächlich ziemlich innig aus.

Ich klickte auf den Link zu dem Artikel. Weitere Bilder, auf denen Daniels Hände Madelaines Körper streichelten, öffneten sich. Über ihrer Jacke zwar – in Paris scheint es schon recht kalt zu sein –, aber dennoch klar und deutlich erkennbar. Auf diesen Aufnahmen sah man das Gesicht der Schauspielerin klar und deutlich. Ich kannte sie aus einem der Liebesfilme, die Shirley und ich öfter zusammen angesehen hatten.

Diese Frau hat Daniel Sarah vorgezogen?

Natürlich war Madelaine hübsch, doch ich bezweifelte stark,

dass sie Sarah das Wasser reichen konnte. Ich kopierte den Text und die vier Bilder und verkabelte den Laptop mit meinem alten Tintenstrahldrucker. Während das Gerät neben mir ratterte, stützte ich meine Stirn in die Hände und schloss die Augen.

Ich stellte mir Sarah vor, wie sie genau in diesem Moment in ihrem Bett lag und schlief. So, wie sie nur wenige Wochen zuvor auf meinem Schoß geschlafen hatte. So, wie es sein sollte: tief und ruhig, ohne Sorgen.

Als das Rattern des Druckers verstummte, faltete ich die Papiere und verließ schweren Herzens mein Appartement.

Gedankenverloren kraule ich Jacks Ohren. Unter anderen Umständen könnte ich den frühen Morgen hier draußen durchaus genießen. Die Luft ist kühl und klar und schmeckt noch salziger als sonst. Normalerweise liebe ich es, Zeuge eines friedlich beginnenden Tages wie diesem zu werden, doch heute bin ich wie betäubt. Die Stille erscheint mir trügerisch, die Kälte hingegen entspricht der Situation.

Mein Wagen steht direkt vor dem großen Tor, das zu Sarahs Anwesen führt. Das weiße Haus wirkt noch lebloser als sonst.

Dann plötzlich ertönt ein weit entferntes, dennoch unverkennbares Scheppern und zerstört die Stille. Mein altes Fahrrad klang genauso, als ich früher Zeitungen austrug. Schon schießt ein Junge um die Ecke und holt zum Wurf aus. In einem gut bemessenen Bogen fliegt die Morgenpost weit über das Tor hinweg und landet mitten auf der langen Einfahrt.

Ich richte meinen Blick zurück auf die kleine Uhr und atme noch einmal tief durch, denn mittlerweile ist es sechs Uhr.

Der Motor meines alten Mercedes keucht und rödelt ein wenig, bevor er endlich anspringt, was Jack erwachen lässt. Ich bedeute ihm, sich auf den Beifahrersitz zu setzen, schaffe es beim vierten Versuch, mich durchzusetzen, und fahre dann langsam zu der Klingel am Torpfeiler vor. Eine blinkende Videokamera verfolgt mich. Jede Ecke des Anwesens wird videoüberwacht. Zögerlich betätige ich den kleinen Knopf der Freisprechanlage. Nichts.

Noch einmal. Nichts.

Dann, ein ›Klick‹, gefolgt von einem seltsamen Rauschen.

»'Allo, wer isse da?«

Ich atme auf – erleichtert, dass sie es ist.

»Alberta, hallo, ich bin es, Ben. Ben Todd. Es tut mir leid, so früh zu stören, aber ich muss … ähm … mit Ihnen reden. Kann ich reinkommen? … Bitte!«

»Si, certo. Uno momento«, erwidert Alberta. Sie klingt verschlafen und verfällt in ihre Muttersprache. Nur einen Augenblick später blinken die beiden Leuchten auf den Pfosten des Tores gelb auf. Langsam öffnen sich die Flügel und lassen mich ein.

Ich fahre die Einfahrt entlang, stoppe den Wagen auf halbem Wege und steige aus, um die Zeitung aufzuheben. Als ich die Folie aufreiße, entrollt sich das Papier und gibt den Blick auf ein weiteres von Christophers Fotos frei. Die riesige Schlagzeile darüber lautet: ›Wenige Monate vor ihrer Hochzeit: Bricht Daniel wirklich Sarahs Herz?‹

Ja, genau das tut er.

In diesem Moment erscheint Alberta in der Tür. Ich beeile mich, zurück in meinen Wagen zu steigen und die letzten zwanzig Meter zu ihr zu fahren.

»Isse alles in Ordenunge, Signore Todde?«, fragt sie mit besorgter Miene, sobald ich ausgestiegen bin.

Ich schlucke schwer und schüttele den Kopf. »Ist Sarah schon wach, Alberta?«

Die dunklen Augen der rundlichen Frau verengen sich in Sorge. Sie tut mir leid, wie sie hier vor mir steht – in ihrem türkisfarbenen Morgenmantel, die Haare noch vom Schlaf zerdrückt – und sich fragt, was wohl passiert ist, dass ich um diese Uhrzeit aufkreuze und so ein Gesicht ziehe.

»Sarah isse oben und schläfte. Signore Todde, bitte, was isse los? Sie mussene mir sagen!«

Ich zögere noch kurz, doch dann strecke ich meinen Arm aus und reiche Alberta schweigend die Zeitung.

Sie erkennt sofort das Motiv des Titelbildes und die lautlose Bewegung ihres Mundes lässt mich wissen, dass sie auch die Schlagzeile liest. Erschrocken, mit weit geöffnetem Mund, sieht sie zu mir auf. Ich bedeute ihr mit beschwichtigender Geste, Ruhe zu bewahren, doch Alberta ist in diesem Moment ohnehin sprachlos. Bevor sie die Möglichkeit hat, sich zu fassen und einem ihrer Temperamentsausbrüche zu verfallen, nehme ich sie bei den Schultern, drehe sie kurzerhand um und schiebe sie vor mir her in Richtung Küche.

»Das ist er, Signore Todde. Das iste Daniele«, stammelt sie schockiert, ihren Blick noch immer fest auf das Bild geheftet.

»Ja, ich weiß. Und ich will auf keinen Fall, dass Sarah es so erfährt wie Sie gerade, Alberta. Das wäre ein Alptraum, und ich bin hier, um das zu verhindern. Die Zeitungen sind voll davon, und auch sonst wird überall darüber berichtet. Es ist genau der Skandal, auf den die Presse so lange gewartet hat.«

Alberta sieht mich mit weit aufgerissenen Augen an. Sie steht tatsächlich unter Schock. Schließlich schlägt sie die Hände vor dem Mund zusammen. »Mamma mia!«

Ich ringe um Fassung. Es ist furchtbar, Alberta so zu sehen. Und wenn mir ihre Reaktion schon so nahe geht, wie soll ich Sarah dann erst auffangen? Für einige Sekunden bin ich der festen Überzeugung, die falsche Person für diese Aufgabe zu sein. Dann besinne ich mich und fasse die rundliche Frau vor mir erneut bei den Schultern.

»Bitte Alberta! Helfen Sie mir, ihr das schonend beizubringen. Ich möchte mit Sarah aus der Stadt fahren und es ihr erst dann erzählen. Würden Sie sich so lange um Josie kümmern? Sie sollte es nicht durch plappernde Spielkameraden oder deren Mütter erfahren. Und natürlich auf keinen Fall durch Zeitungsbilder, Radioberichte oder Fernsehreportagen. Am besten lassen Sie Josie heute zu Hause und spielen hier mit ihr.«

Alberta nickt. »Certo, certo.« Sie versteht den Druck, schnell handeln zu müssen, denn keiner von uns weiß, wie viel Zeit wir noch haben. Sarah hat das Klingeln an der Tür mit Sicherheit gehört und ist vielleicht schon auf dem Weg nach unten.

»Alora«, sagt Alberta und kämmt sich mit gespreizten Fingern die grauen Haare aus der Stirn. »Ische werde wohl am beste gehe und die arme Mädsche sage, dasse Sie sind 'ier, Signore Todde!«

»Ben! … Ich heiße Ben«, verbessere ich sie und strecke ihr meine Hand entgegen.

»Ben«, wiederholt Alberta und streicht mit ihrem Daumen über meine Finger, als wir uns die Hände geben.

Ich bleibe allein in der großen hellen Küche zurück. Nach einigen Sekunden in absoluter Stille fällt mein Blick auf die Titelseite der Zeitung. Ich reiße sie ab, falte sie zusammen und stecke sie zu dem ausgedruckten Artikel in die Gesäßtasche meiner Jeans.

Es vergehen keine drei Minuten, bis Sarah im Türrahmen erscheint.

»Sag mir sofort, dass alles in Ordnung ist!«, fordert sie ohne jede Begrüßung und stürmt mit besorgter Miene auf mich zu. Das Surren der Sprechanlage muss sie wirklich geweckt haben, denn sie ist bereits angezogen und sogar schon dezent geschminkt. Das Haar trägt sie offen, ihre Augen scheinen – der frühen Uhrzeit zum Trotz – noch größer zu sein als sonst. Fragend sieht sie mich an, während ich ihr meinen Blick entziehe, meine Schuhspitzen betrachte und weiter schweige. Zu lange.

»Ben, was ist passiert?«

Verflucht!

Behutsam streiche ich über ihren Arm, beuge mich zu ihr herab und setze einen zaghaften Kuss auf ihre Wange. »Guten Morgen, Sarah. Ich bin gekommen, um dich zu entführen. Zieh dir doch eine Jacke über, draußen ist es ziemlich kühl. Ich … ähm … nehme dich ein Stück mit, okay?«

»Du nimmst mich ein Stück mit?«, wiederholt Sarah verständnislos. »Wohin denn?«

Als ich ihr erneut meine Antwort schuldig bleibe und mich stattdessen nur unter ihrem eindringlichen Blick winde, wandelt sich dieser. Aus Skepsis wird blanke Sorge.

»Ben, bitte, du machst mir Angst. Was ist los? Ist alles okay? Antworte doch!«

Unfähig, sie mit einem ›Ja‹ anzulügen, unwillig, nach einem ›Nein‹ bereits jetzt und hier beginnen zu müssen, kann ich mich einfach nicht zu einer Antwort durchringen, also wende ich mich ab und senke erneut meinen Kopf.

»Bitte!«, flüstere ich und hoffe inständig, dass sie keine weiteren Fragen stellt. Zumindest noch nicht jetzt.

Sarah seufzt, lässt hörbar die Arme fallen und dreht sich auf dem Absatz um. Im Eingangsbereich des Hauses streift sie sich eilig ihre Jacke über und bittet Alberta, die stumm und blass am Fuß der Treppe steht, Josie zu wecken und anzuziehen. Ich warte bereits an der Haustür. Sobald Sarah ihre Tasche genommen hat, drücke ich die Klinke herab und lasse ihr, wie immer, den Vortritt.

Sarah zieht ihre Jacke zu und verschränkt die Arme fest vor der Brust.

Ja, dieser Morgen ist extrem kühl – in jederlei Hinsicht.

Ich öffne die Beifahrertür meines Wagens für sie und vergesse dabei, dass dieser Platz bereits besetzt ist. Jack springt aus dem Auto, schüttelt sich und begrüßt Sarah freudig. Lächelnd beugt sie sich zu ihm hinab und streichelt sein Fell, doch die Ablenkung währt nicht lange. Schnell fällt ihr wieder ein, dass hier etwas nicht zu stimmen scheint. Ich sehe es an dem Wandel ihres Gesichtsausdrucks, noch ehe sie sich aufrichtet.

»Wollen wir?«

Ich bedeute ihr einzusteigen und werfe die Tür hinter ihr zu. Als ich den Motor gestartet habe und über meine Schulter zurückblicke, um rückwärts aus der Auffahrt zu fahren, bemerke ich ihren Blick.

»Nur noch eines«, sagt sie. »Sag mir wenigstens, wohin es geht.«

»Ins Ungewisse«, brumme ich.

»Schurke!«, schimpft Sarah, die sich der Doppeldeutigkeit meiner Antwort nicht bewusst ist.

Schurke.

Das kleine Wort entfacht die wohlbekannte Wärme in meiner Brust. Es ist eine Bezeichnung aus ihrem Heimatland. Hier verwendet man das Wort wohl schon seit einem Jahrhundert nicht mehr. Ich liebe ihren britischen Akzent.

Ihre Beine wippen nervös, sie spielt mit ihren Händen. Ihre Nervosität springt auf mich über und lässt mich meine Pläne, sie weit aus der Stadt herauszuführen, umwerfen. Spontan fällt mir ein, wohin ich sie stattdessen bringen werde. Also lenke ich den Mercedes zielstrebig über die breite Palmenallee und biege nach ungefähr acht Meilen in eine unscheinbare Seitenstraße ab. Wir fahren an einer Bäckerei vorbei und an einem winzigen Blumenladen, der so urig und mediterran aussieht, dass er mich jedes Mal wieder an Italien erinnert. Der Straßenverlauf wird immer enger und holpriger. Sarah sucht Halt an dem Griff über ihrer Tür, aber ich fahre unbeirrt weiter, bis die Straße, die mittlerweile eigentlich kaum mehr als ein staubiger Weg ist, direkt über einer winzigen Bucht endet. Hier parke ich den Wagen.

Eine Weile sitzen wir noch schweigend nebeneinander und blicken auf den menschenleeren Strand vor uns.

Die Idylle dieser kleinen Bucht ist umwerfend. Der Pazifik breitet sich in all seiner frühmorgendlichen Schönheit vor uns aus. Um diese Uhrzeit erscheint das Wasser noch eher grau als blau, ähnlich wie das Nordmeer. Die Wellen rauschen mit schäumenden Kronen dem Ufer entgegen, bevor sie sich an den Felsen brechen, die hier und da klobig aus dem Wasser ragen. Eine einzelne Palme wächst am Rande des winzigen Strandes und überlässt ihre Wedel ergeben dem Spiel des Windes.

»Gefällt es dir?«, frage ich. Sarahs Gesichtsausdruck ist nur schwer zu deuten. »Ja«, haucht sie, schüttelt dann aber den Kopf. »Ich lebe seit fünfeinhalb Jahren hier … und wie lange sind wir gefahren? Zwanzig Minuten?«

»Nicht ganz.«

»Und ich kenne diesen wunderschönen Platz nicht. Als Josie noch ein Baby war, habe ich mir fest vorgenommen, viel Zeit mit ihr am Wasser zu verbringen. Aber sobald Daniel und ich mit ihr einen Fuß vor die Tür setzen, werden wir schon von einem Schwarm Paparazzi verfolgt. Es ist nahezu unmöglich, unbehelligt Zeit als Familie zu verbringen.«

Ich blicke über den Pazifik und lasse ihre Worte sacken. Die Paparazzi werden sich nach diesem Skandal erst recht auf Sarah stürzen, so viel steht fest.

»Ben«, sagt Sarah nach einem kurzen Moment in Stille. Unter zuckenden Lidern sehe ich sie an. *Es ist so weit.*

»Warum sind wir hier?«

Wie gerne würde ich noch hinauszögern, was doch unabwendbar ist. »Wir werden heute nicht drehen, Sarah«, beginne ich leise. Ein dumpfes Gefühl legt sich über mein Herz.

Erstaunt sieht sie mich an. »Werden wir nicht? Warum nicht?«

Als ich nicht sofort antworte, kehrt die Sorge in ihre Augen zurück und wandelt sich binnen eines Wimpernschlages zu Panik. »Ist Randy etwas zugestoßen? Oder einem der anderen? ... John vielleicht? Meine Güte, Ben, sprich doch endlich mit mir, bitte!«

Ich schüttele heftig den Kopf. »Niemandem ist etwas zugestoßen. Es geht allen gut. Ich nehme an, sie werden sich wohl eher um ... um dich sorgen.« Und das war es. Von hier aus gibt es kein Zurück mehr.

»Was. Ist. Los?« Drei kleine Worte, unter denen Sarahs sonst so zarte Stimme bebt. Ich spüre, dass ich nun für sofortige Klarheit sorgen muss, und da ich es nicht fertigbringe, die Worte auszusprechen, ändere ich meinen Plan.

Langsam ziehe ich die zusammengefalteten Papiere aus der Gesäßtasche meiner Jeans. Bevor ich sie Sarah reiche, sehe ich sie noch einmal tief an.

»Es ist ewig her, dass mir etwas so schwergefallen ist wie das hier. Es tut mir unglaublich leid, Sarah.«

Sie schluckt hart, greift zögernd nach dem Papier in meiner Hand, faltet es auseinander und betrachtet die erste Seite.

An ihrem Gesichtsausdruck kann ich erkennen, wie die Erkenntnis langsam ihr Bewusstsein erreicht und dort wie ein betäubendes Gift wirkt. Sarah scheint vor meinen Augen in Schock zu erstarren.

Dann, nach einer gefühlten Ewigkeit, bemerke ich, wie sich ihre Atmung beschleunigt und ihre Finger zu zittern beginnen.

Ich beobachte ihre Reaktion bis zu einem gewissen Punkt. Dann wende ich den Blick ab und bemühe mich vergeblich, den dicken Kloß in meinem Hals hinunterzuschlucken.

»Seit wann ... weißt du ...«, stammelt sie endlich.

»Randy hat mich mitten in der Nacht angerufen. Ich weiß es auch erst seit einigen Stunden.« Ich strecke meine Hand aus, um über ihre zu streichen, doch sie weicht meiner Berührung aus.

»Nicht, Ben! Jetzt nicht, bitte!«

Tränen fluten ihre Augen, laufen über und rollen ungehindert ihre Wangen hinab. Sarah wischt sie nicht weg, sie starrt einfach immer weiter auf dieses verdammte Bild in ihren Händen.

»Madelaine! ... Ausgerechnet Madelaine«, flüstert sie.

Ich bin mir nicht sicher, ob die Worte an mich gerichtet sind. »Was, du kennst sie?«

Ein bitteres Lachen verzerrt Sarahs Mund, und ihre Lippen beginnen zu zittern. »In England war sie meine beste Freundin. Wir waren ständig zusammen unterwegs. Diesen Schal ...« Ich folge ihrem Zeigefinger, der über das Bild fährt und auf Madelaines Schal liegen bleibt. »Den habe ich Dan für sie mitgegeben«, erklärt Sarah.

Und mit diesen Worten bricht die Starre von ihr. Ein tiefes Gefühl scheint sie zu überrollen und der Erkenntnis ein neues Gewicht zu verleihen, unter dem Sarah nun förmlich in sich zusammensackt.

Ein tiefes Schluchzen packt sie. Sie schlägt die Hände vor ihrem Gesicht zusammen und weint ungehemmt.

»Sarah!«, stoße ich hervor. Nie zuvor klang ihr Name verzweifelter. Hin- und hergerissen mache ich Anstalten, sie zu umarmen, und weiche in letzter Sekunde wieder zurück, als mir ihre Abweisung von zuvor einfällt. Allerdings schaffe ich es nicht, komplett an mich zu halten. Also strecke ich meinen Arm ein weiteres Mal nach ihr aus und begebe mich damit bewusst in die Gefahr, erneut zurückgewiesen zu werden. Das

Bedürfnis, ihr Halt zu geben, ist stärker als die Angst. Und dieses Mal beugt sie sich zur Seite und fällt direkt in meine Arme. Jeder Zentimeter ihres zierlichen Körpers vibriert und zuckt, während ich sie halte.

»Es tut mir so leid«, wispere ich und drücke einen Kuss auf ihr Haar.

Nach einer Weile weicht Sarah zurück und wischt sich die Tränen von den Wangen.

Dunkle Ränder liegen nun unter den geschwollenen Augen – die verschwommenen Überreste ihrer Wimperntusche.

»Oh, Ben, was mache ich denn jetzt?«, fragt sie schniefend.

Ich beuge mich vor, öffne das Handschuhfach und ziehe eine Packung Papiertaschentücher hervor. Reiche Sarah eines und beobachte stumm, wie sie sich Augen und Nase abtupft.

»Vielleicht gibt es eine Erklärung«, setze ich halbherzig an, aber sie wirft mir einen Blick zu, der mich schnell verstummen lässt.

Einige Minuten sitzen wir schweigend nebeneinander. Sarah nimmt die anderen Bilder zur Hand und betrachtet sie lange. Schließlich ertrage ich die Stille nicht mehr.

»Ich wollte nicht, dass Josie dich so sieht«, erkläre ich vorsichtig.

»Danke«, erwidert sie leise und stößt dann ein bitteres Lachen aus. »Du scheinst mehr an Josie zu denken als ihr eigener Vater.«

Sarah starrt auf den Pazifik, schüttelt von Zeit zu Zeit den Kopf und befindet sich im stillen Disput mit sich selbst. Ihre Finger zwirbeln das Taschentuch.

»Woher wusste Randy von den Bildern?«, will sie plötzlich wissen.

Ich hole tief Luft und erzähle Sarah von den Ereignissen der vergangenen Nacht. Sie stellt keine Fragen, sondern hört still und geduldig zu. Nur die unkontrollierbaren Schluchzer, von denen ihr zierlicher Körper hin und wieder geschüttelt wird, unterbrechen meinen Bericht in unregelmäßigen Abständen.

»Eine Sache habe ich mich immer wieder gefragt, Sarah«, sage ich schließlich. »Daniel und Madelaine sind doch Gegenspieler in dem neuen Film, richtig?«

Sarah nickt. In ihrem Blick erkenne ich, dass sie nicht versteht, worauf ich hinauswill.

»Gibt es keine Szene, in der sie sich einander annähern?«, verdeutliche ich.

Sarah sieht mich noch ein paar Sekunden lang an, dann stößt sie wieder dieses kleine bittere Lachen aus und senkt mit einem Kopfschütteln ihren Blick. »Du bist echt süß, Ben. Aber nein, solch eine Szene gibt es nicht. Ich habe das Skript gelesen. Sie spielen Erzfeinde, die jeweils letzten Angehörigen zweier seit Generationen verfeindeter Familien.« Sie schüttelt noch einmal vehement den Kopf. Eine einzelne Träne bahnt sich den Weg über ihre Wange und wird erst durch die Wölbung ihrer Oberlippe gebremst.

»Er betrügt mich, Ben. Punkt. Er … betrügt mich mit meiner Freundin.« Sie wischt diese letzte Träne energisch weg. Dann fischt sie ihre Tasche aus dem Fußraum und beginnt, darin zu kramen. »So ein Mist! Ausgerechnet jetzt liegt mein Handy zu Hause«, schimpft sie nach einer Weile und schmeißt die Tasche zurück. Ohne ein Wort zücke ich mein Smartphone und reiche es ihr.

»Ruf ihn an. Und lass dir die Zeit, die du brauchst.«

»Danke.« Sarah nimmt den Apparat entgegen, beugt sich vor und drückt mir einen schnellen Kuss auf die Wange. »Für alles«, sagt sie und sieht unter langen Wimpern zu mir auf. »Aber besonders dafür, dass du an Josie gedacht hast.« Dann richtet sie sich in ihrem Sitz auf, scheint dabei einen halben Meter zu wachsen, und wählt Daniels Nummer.

Ich weiß nicht, ob ich bleiben oder gehen soll, und fühle mich total fehl am Platz – aber Sarah, die meine Unruhe offenbar spürt, legt mir ihre Hand auf den Oberschenkel und erstickt damit jegliche Ambitionen, auszusteigen. Kurz darauf meldet sich Daniel. Ich kann ihn zwar nicht hören, sehe es aber an dem Zucken von Sarahs Mundwinkeln.

»Ich bin es, Daniel … Ja, ich höre dich gut, du mich auch? Dann hör genau zu! Ich gebe dir eine Woche, um deinen Kram zu packen und zu verschwinden. Eine Woche, dann will ich dich und *Madelaine* nie wieder sehen. Ihr seid echt das Letzte!«

Ich verkrampfe mich unter ihrer Hand.

So verzweifelt und gebrochen Sarah noch vor einer Minute schien, so wütend klingt sie jetzt. Mit einem Mal wird sie zynisch und beschimpft Daniel mit wüsten Ausdrücken. Je mehr sie in Rage gerät, desto stärker weiten sich meine Augen. Diese Sarah kannte ich bisher nicht … aber sie gefällt mir.

Neben mir sitzt absolut unverkennbar die Schwester dreier Brüder, die sich von klein auf hat durchsetzen müssen, um nicht untergebuttert zu werden. Eine starke Frau, die sich nichts bieten lässt.

»Wie bitte? Du verstehst nicht? Oh nein! … Nein, nein, ich kann das nicht nachvollziehen, du testosterongesteuerter Mistkerl! Ich sitze hier und warte auf dich, spreche bereits mit unserem Hochzeitsplaner und vertröste deine kleine Tochter jeden Abend damit, dass es nun nicht mehr lange dauert, bis sie ihren Daddy wiedersieht. Ist dir eigentlich klar, was hier auf dem Spiel steht, Daniel?«

Der Anfang seiner Antwort geht ins Leere. Sarah presst das Handy an ihre Schulter und wendet den Kopf mit zusammengekniffenen Augen ab. Ihr Gesicht wirkt schmerzverzerrt. Sie schluckt schwer, um den Schluchzer, der wohl durch ihre Brust zuckt, zu unterdrücken.

Als sie das Handy wieder gegen ihr Ohr drückt und Daniels Erklärungsversuchen lauscht, verwandelt sich ihr Kummer erneut in Wut. Ich erkenne es an ihrem Blick. Irgendwann sprudelt es nur so aus ihr hervor: »Wie konntest du nur so dumm sein, Dan? An einem öffentlichen Flussufer, ich bitte dich! Warum hast du es mir nicht wenigstens erzählt, dann hätten wir das sauber klären können. Jetzt zerreißt sich die halbe Welt das Maul über unsere privaten Angelegenheiten. Sie werden sich durch ihre fiesen kleinen Archive wühlen, schnell auf Bilder von Madelaine und mir in London stoßen und die ›guten alten Zeiten‹ gegen die schlechten von heute stellen. … Wie bitte? … Nein, ich werde mich nicht beruhigen, und schon gar nicht versuchen, dich zu verstehen. Du spinnst doch! Was redest du da überhaupt?«

Pause.

Sie stützt die Stirn in ihre Hand und fährt sich mit zittrigen Fingerspitzen über die geschlossenen Augenlider. »Es tut mir bloß um jede Sekunde leid, Daniel. Um jede Sekunde, die ich hier auf dich gewartet habe«, sagt sie ganz leise.

Ich fühle mich unwohl. Dieses Gespräch ist so intim, dass ich das Gefühl nicht loswerde, unerlaubterweise zu lauschen. Ich bin froh, als sich Jack, der bisher still auf der Rückbank saß, zwischen den Frontsitzen durchzwängt und über die Mittelkonsole zurück auf meinen Schoß klettert, um sich weiter kraulen zu lassen.

Mit einem Mal richtet sich Sarah auf. Ihr Gesicht ist eine Maske aus Fassung und Stolz.

»Eine Woche Daniel, ich meine es ernst. Ich bestelle den Container für kommenden Montag.« Mit diesen Worten beendet sie das Gespräch.

Sprachlos sehe ich sie an.

Tabula rasa, das war deutlich. Ob nun ernst gemeint oder nicht.

Aufrecht und stark sitzt sie neben mir; ihr Atem geht tief und regelmäßig.

Doch binnen Sekunden zerbirst das Bild dieser selbstbewussten Frau in tausend kleine Mosaiksteinchen. Mit einem herzzerreißenden Seufzer sackt Sarah erneut in sich zusammen und lässt die Tränen nun ungehindert laufen. Mit starrem Blick scheint sie ihrem vergangenen Glück nachzuschauen.

In meiner Hilflosigkeit springe ich aus dem Wagen und öffne ihre Tür.

»Komm her!«, fordere ich leise und reiche ihr meine Hand. »Lass dir vom Wind helfen.«

»Vom Wind?«, schluchzt sie, ergreift aber im selben Moment schon meine Hand. Sie kann nur noch sehr schwer atmen. Mit verzerrtem Gesicht presst sie die freie Hand gegen ihre Brust. Ich weiß, wie weh es tut. Denn ich kenne dieses Gefühl, etwas Schweres, Hartes läge direkt auf deinem Herzen, nur zu gut. »Was weiß der Wind denn schon?«, presst sie hervor.

Ich ziehe sie von ihrem Sitz in meine Arme. Die Zurückhaltung der vergangenen Wochen, die unseren Alltag nach dieser Nacht im *Pure* beherrscht hatte, ist vorerst vergessen. »Der Wind weiß eine Menge«, behaupte ich. »Er … zeigt dir neue Wege.«

Sarah schweigt.

Was mich herausfordert fortzufahren. »Stell dir eine lange Straße vor. Der Wind pfeift hindurch, mit voller Kraft. Doch dann, als er auf ein Hindernis stößt, teilt er sich, verästelt seinen Strom und sucht sich neue Wege. Und wenn das Hindernis überwunden ist, führen all seine Arme wieder zusammen und preschen gemeinsam über die breite Straße – viel stärker als zuvor.«

Vom Weinen sind Sarahs Augen rot und geschwollen. Dunkle Schlieren ziehen sich mittlerweile über die blassen Wangen bis hinunter zu ihrem Kinn, und ihre Nase läuft unaufhörlich. Doch als der Wind – wie zur Bestätigung meiner Worte – für einige Sekunden durch ihr offenes Haar weht und sie dabei zu mir aufblickt, als hätte ich das Meer für sie geteilt ... Schon lange habe ich nichts Schöneres gesehen.

»Komm!«, sage ich und ziehe sie mit mir.

Schweigend stapfen wir über die klobigen, abgeschliffenen Felsen hinab zum Strand. Der Sand unter unseren Schuhen ist fein und weich. Eigentlich zu fein und weich für die grobe Härte, die dieser Morgen gebracht hat.

Langsam gehen wir bis zur Brandung vor. Sarah bückt sich, hebt ein Stück angespültes Treibholz auf und wirft es so weit sie kann in die Wellen hinaus. Wie ein Pfeil schießt Jack hinterher.

Sarah sieht ihm nach und setzt sich dabei in den leicht feuchten Sand.

Ich stelle mich hinter sie und warte mit einem mulmigen Gefühl, was nun passieren wird. Gedankenverloren lege ich meine Hand auf ihre Schulter und drücke sie sanft. Bevor ich sie zurückziehen kann, greift Sarah danach und zieht sie nach vorne, zu ihrem Mund. Sie drückt ihre Lippen gegen meinen Handrücken und schmiegt dann ihre Wange an die feuchte Stelle. Eine leise Hoffnung kocht in mir hoch, doch ich schüttele sie ab, bevor sie mein Herz erreicht.

»Und die Wellen?«, fragt Sarah plötzlich.

»Hm?«

»Helfen mir die Wellen auch?«

Ich muss schmunzeln. »Und ob! Schließ deine Augen!« Von meiner Position aus sehe ich ihr Gesicht nicht, aber ich weiß, dass sie meiner Aufforderung folgt. Gemeinsam schweigen wir und lauschen dem Rauschen des Pazifiks. »Hörst du das?«, frage ich nach einer Weile. »Diesen Rhythmus? Mal ist er lauter, mal leiser, mal schneller, mal langsamer. Aber er ist immer da.«

»Und?«, fragt Sarah nach weiteren stillen Sekunden.

»Denk mal für einen Augenblick darüber nach, wie viele Menschen und Tiere diesem Rauschen schon gelauscht haben. Ich weiß nicht, wie es dir geht, aber damals, nach Shirleys Tod, war ich sehr oft hier. Die Weite des Ozeans, seine Wellen, diese Beständigkeit … all das hat mir geholfen, meine Proportionen zurechtzurücken. Das ist die Magie des fließenden Wassers. Wir sind so klein, unsere Probleme vergänglich. Auch wenn wir das anfangs nie für möglich halten. Eine Welle schlägt ans Ufer, aber ist das wirklich ihr Ende? Nein, es geht immer weiter. Und die Lösung wartet. Irgendwo da draußen.«

Sarah schweigt weiter.

»Ich bin so froh, dass du da bist«, flüstert sie endlich und küsst noch einmal meine Hand.

»Ich bleibe, solange du mich brauchst«, erwidere ich ungewohnt bestimmt.

Wir sitzen lange nebeneinander, beobachten gemeinsam, wie das Grau des Wassers zu einem tiefen Blau wird, und sehen Jack zu, der ohne jede Erfolgschance einigen Möwen hinterherjagt.

»Soll ich dich nach Hause bringen?«, biete ich schließlich an, als die Sonne bereits auf halber Höhe steht und goldene Funken über die Wellen streut.

Sarah sieht mich an, ihr Mund öffnet und schließt sich wieder, ohne dass sie eine Antwort hervorbringt. Sie blickt auf ihre Hände hinab, durch die sie den mittlerweile trockenen Sand rieseln lässt, und wirkt unentschlossen. »Was ist?«, frage ich und ernte ein Schulterzucken.

»Ich weiß nicht, ob ich Josie unter die Augen treten kann, ohne dabei wieder in Tränen auszubrechen«, gesteht sie. »Andererseits sehne ich mich nach meinem Bett. Ich fühle mich so erschöpft, ausgelaugt und leer … Aber es ist so schön hier. So friedlich und ruhig. Und ich meine nicht nur … das hier.« Ihr Zeigefinger kreist durch die Luft, bevor sie mich ansieht. »Du strahlst eine solche Ruhe aus. Und Gott weiß, was mich erwartet, wenn wir zurückkommen.«

Sie umfasst ihre Knie, legt ihr Kinn darauf und blickt über das Wasser. Dann seufzt sie, lässt die Arme fallen und erhebt sich. »Also los!«

Aus meinem alten Autoradio klingt Adeles *Someone like you*. Ich beschließe, es abzuschalten. Außerdem besteht die Gefahr, dass Daniels Affäre auch im Radio zum Thema wird. Sarah blickt stumm aus dem Seitenfenster und scheint doch nichts von dem zu sehen, was an ihr vorüberzieht. Vermutlich tragen sie ihre Gedanken in glücklichere Tage zurück und lassen sie immer wieder zwischen Wut und tiefer Kränkung schwanken. Ich überlasse sie sich selbst, denn ich glaube zu spüren, dass sie diese Ruhe jetzt braucht. Erst kurz vor unserer Ankunft klappt sie die Sonnenblende herab und betrachtet sich in dem kleinen Spiegel. Ihre Augen sind noch immer leicht gerötet, aber längst nicht mehr so verquollen wie zuvor.

Als ich in die Straße von Sarahs Haus einbiege, traue ich meinen Augen kaum. »Duck dich!«, rufe ich geistesgegenwärtig und drücke das Gaspedal durch, anstatt abzubremsen. Sarah reagiert so schnell, als hätte ich mit meinem Befehl einen Knopf an ihr betätigt. Zum Glück, denn vor dem großen Tor zu ihrer Einfahrt steht eine Horde Paparazzi. Auch Fernsehreporter, Fans und Schaulustige haben sich vor der Villa eingefunden. »Diese verdammten Aasgeier!«, motze ich vor mich hin, während wir unbemerkt an der Menschenmasse vorbeifahren. An der nächsten Kreuzung biege ich ab und fahre nun auf einer schmaleren Straße hinter Sarahs Anwesen entlang. »Habt ihr einen Hintereingang?«

»Nein«, antwortet sie im Hochkommen. Sie wischt sich eine Haarsträhne aus der Stirn und fährt dann mit dem Zeigefinger über mein Kinn. Erst als sie das tut, merke ich, wie stark ich die Zähne aufeinanderpresse.

»Nicht!«, sagt Sarah. »Es ist schon gut, Ben. Weißt du, ich habe kein Problem damit, denen zu begegnen. Früher oder später muss ich da sowieso durch. Besser, ich nehme ihnen so schnell wie möglich den Wind aus den Segeln und gehe in die Offensive. Aber so, wie ich im Moment aussehe … Nein danke! Ein bisschen Würde möchte ich mir schon noch bewahren. Wenn ich nur meinen Schminkkoffer bei mir hätte, dann …«

»Ich habe eine Idee«, verkünde ich, greife schnell nach meinem Handy und drücke eine der Kurzwahltasten. »Ben!«, ruft Maggie nach dem ersten Freizeichen. Sie weiß schon Bescheid, das ist ihrer besorgten Stimme deutlich anzuhören.

»Mag, wir brauchen dringend deine Hilfe!«

»Ihr?«

»Ja, Sarah und ich.«

***

Nur wenige Minuten später öffne ich die Tür zu meinem Appartement.

Der Schlafmangel macht sich mittlerweile in Form hämmernder Kopfschmerzen bemerkbar, in meinen Ohren dröhnt es, und Hunderte von Gedanken wirbeln wild durch meinen Kopf. Es ist das erste Mal, dass Sarah meine Wohnung betritt.

»Möchtest du etwas essen oder trinken?«

Sie antwortet nicht. Lächelt einfach und schiebt sich an mir vorbei ins Wohnzimmer. Ich sehe mich um und betrachte das Chaos, das ich vor dem Verlassen meines Appartements beseitigt hätte, wenn ich nur gewusst hätte, dass Sarah mich auf meinem Weg zurückbegleiten wird.

Auf dem Wohnzimmerboden liegt noch das Handtuch, das ich nach dem Duschen benutzte und danach achtlos fallenließ. Auf dem kleinen Couchtisch liegt das verknautschte Sofakissen, auf dem ich zuvor meine Füße abgelegt hatte, und benutzte Teller und Gläser stapeln sich bereits. Ich lasse noch schnell mein Schlafshirt verschwinden, aber Sarah scheint von alldem keine Notiz zu nehmen – oder sie sieht großzügig darüber hinweg. Sie schaut sich neugierig um und reibt dabei ihre Oberarme. »Sehr gemütlich!«, sagt sie endlich und scheint es sogar ernst zu meinen.

»Ich mache uns etwas zu essen und einen Tee«, beschließe ich verlegen. »Mach es dir währenddessen einfach bequem!«

Die Andeutung eines Lächelns umspielt ihre Mundwinkel. Sie nimmt auf der Couch Platz und beginnt, Jack zu streicheln, der das natürlich sofort als Aufforderung versteht, neben ihr auf die Sitzfläche springt und ihre Hand leckt.

Ich verschwinde in der Küche und versuche verzweifelt, aus dem kläglichen Inhalt meines Kühlschranks etwas Essbares zu zaubern. Es reicht gerade für Putenbrust-Sandwiches mit Remoulade und Tomatenscheiben. Während ich die Toasts belege, verfluche ich mich innerlich wohl zum tausendsten Mal, es immer noch nicht verlässlich zu schaffen, regelmäßig einzukaufen. Zu oft bestelle ich mir nach Feierabend etwas vom Chinesen oder gehe mit Mag oder Randy ins *Biaggio*. Als das aufgesetzte Wasser kocht, wühle ich in meiner Teebox und entscheide mich für die schwarze Mischung. Sarah trinkt ihren englisch, mit Milch und Zucker, also stelle ich beides zu den Tellern und Tassen auf das Tablett und trage schließlich alles zurück ins Wohnzimmer.

»Du hast es wirklich sehr schön hier«, empfängt mich Sarah. Sie steht vor meinem Klavier.

»Findest du?«

Nickend lässt sie ihren Blick noch einmal durch den Raum

wandern. »Warme Töne, etwas mehr Inventar als das Nötigste, aber weit entfernt von Prunk und Überfluss«, fasst sie ihre Eindrücke zusammen.

Skeptisch ziehe ich die Brauen zusammen und versuche, den Raum mit ihren Augen zu sehen.

Die Couchgarnitur, auf der sie anfangs Platz genommen hatte, ist zwar schon ein wenig älter, aber sehr bequem. Eine gestreifte Wolldecke aus unserer Zeit in Indien hängt über der Lehne, und an der Wand daneben steht ein riesiges Bücherregal.

Als hätte sie meinen Blick verfolgt, deutet nun auch Sarah darauf. »Du liest sehr viel, nicht wahr? Am Set greifst du in jeder Pause nach einem Buch.«

Ich nicke und senke meinen Kopf, weil ich ihrem offenen Blick nicht länger standhalten kann. Dass diese Bücher der Ablenkung dienen und ich sie am Set nur deshalb ständig zur Hand nehme, um mich von meiner Sehnsucht nach ihr abzulenken, kann Sarah schließlich nicht ahnen.

Sie geht ein paar Schritte durch den Raum, streicht dabei über den antiken Mahagoni-Sekretär und bleibt vor dem Bücherregal stehen. Einige Sekunden gleitet Sarahs Blick über die Buchrücken, dann wendet sie sich meinem Klavier zu. Es ist ein älteres Modell, klassisch schwarz. Darüber hängen Fotos – sehr viele Schwarzweißaufnahmen unterschiedlicher Größe.

Sie zeigen Menschen verschiedenster Herkunft, alte und junge, Frauen, Männer und Kinder. Dazwischen hängen Landschaftsaufnahmen und Bilder diverser Stadtszenen.

»Sehr stilvoll«, befindet Sarah, scheint aber kurz darauf schon hinter das Geheimnis dieser Fotos zu kommen. Sie deutet auf das Bild einer Frau vor der malerischen Kulisse einer kleinen Meeresbucht. Die enorme Größe der Gläser der Sonnenbrille, mit der die Frau ihre Haare zurückhält, spricht für die Zeit, in der die Aufnahme entstand.

Ich weiß, warum Sarah ausgerechnet bei diesem Bild stutzig wird. Sie ist der Frau auf dem Foto nie begegnet, aber sie erkennt ihr Lachen, ihre Nase, ihre Wangenknochen. Das Bild zeigt meine Mutter. Es stammt aus unserer Zeit in Italien. »Das ist deine Mom, oder?« Ich nicke. »Ben, diese Bilder sind … wunderschön.« Nun betrachtet sie auch die anderen Fotos genau.

Das Bild neben dem von meiner Mom zeigt den Ausschnitt eines Gesichtes. Nur Augen, die meinen sehr ähneln. »Dein Dad?«, fragt sie.

»Teile von ihm«, antworte ich schmunzelnd.

Sie hat sich schon wieder umgedreht. »Ja, unverkennbare Teile von ihm. Ihr beide habt genau die gleichen Augen.« Schon gleitet ihr Blick weiter, über chinesische Pagoden und junge Inderinnen. Über einen südafrikanischen Sonnenuntergang und die ihr wohlbekannten Londoner Taxis und Pubs. Enge süditalienische Gassen, über die sich schwer behangene Wäscheleinen spannen, den Hintereingang eines kleinen Theaters. Lange betrachtet sie eine junge Frau, die sich mit einem dicken Pinsel die Wangen pudert … und vieles mehr.

Zwischen diesen Motiven hängt ein weiteres Portrait, das Sarah offenbar besonders ins Auge sticht.

Es zeigt einen dunkelhaarigen Mann mit Strohhut. Die rauhe Arbeiterhand liegt, wie zum Gruß, an der Krempe seines Hutes. Er kaut auf einem trockenen Grashalm und grinst dabei ein wenig schief in die Kamera.

Jedes Mal, wenn ich dieses Bild bewusst betrachte, muss ich unwillkürlich lächeln. Denn dann höre ich die dazugehörige heisere Stimme und sein schallendes Lachen.

Ich schiebe die Teller auf dem Couchtisch mit der Kante des Tabletts zur Seite und stelle es ab.

»Total gemütlich, deine Wohnung«, bekräftigt Sarah noch einmal.

Verlegen kratze ich meinen Nacken. Mit den Ausmaßen ihrer Villa im Kopf, kommt mir mein Appartement ganz schön mickrig vor.

»Es reicht für Jack und mich. Der große Garten ist für ihn wichtig, weißt du? Außerdem haben wir hier absolute Ruhe, denn die Wohnung über uns ist eine Ferienwohnung, und ich habe dort noch nie jemanden gesehen. Außer meinem Schlafzimmer gibt es noch zwei weitere Räume und ein Bad. Meine Schwester und ihr Mann kommen häufig zu Besuch. Die Kids hassen Hotels.«

Sarah bringt ein mildes Lächeln zustande.

»Kann ich mir vorstellen. Josie schläft dort auch nicht gerne.«

Dann deutet sie auf ein weiteres Bild an meiner Wand. »Sind sie das, die Kinder deiner Schwester?«

Ich folge ihrem ausgestreckten Zeigefinger und muss grinsen. Das Bild zeigt die Nahaufnahme zweier lachender Kinder.

»Nein, das sind Caro und ich. Das war in England, glaube ich. Warte! … Das hier …«

Ich zeige auf das Foto eines nackten Babyfüßchens, dessen winzige Sohle gerade von einem gespitzten Kindermund geküsst wird.

»… das ist der Mund meines Neffen, und der Fuß gehört zu meiner kleinen Nichte.«

Sarah lächelt. Dann greift sie nach meiner Hand und drückt sie. »Wunderschön, Ben! Die Sammlung ist umwerfend. Auch dieses Bild hier …« Sie reckt sich auf die Zehenspitzen, stützt sich auf dem Klavier ab und deutet hoch oben an der Wand auf das Bild des Mannes mit dem breitkrempigen Strohhut. »Das ist fantastisch!«

Ich bin unglaublich dankbar, dass Sarah in meiner Fotowand eine kleine Ablenkung gefunden hat. In der Hoffnung, dass sie noch anhält, lehne ich mich ebenfalls über das Klavier, nehme das Bild von der Wand und reiche es ihr.

»Meine Mutter hat es gemacht, wie die meisten dieser Aufnahmen. Fotografie ist bis jetzt eines ihrer größten Hobbys. Das hier …«, ich klopfe auf das Glas des Bildes in Sarahs Hand, »… ist in Italien entstanden. Als wir das Haus bezogen, war meine Mutter über den Zustand des Gartens schockiert. Der war völlig verwildert, und meine Mom bestand darauf, einen Gärtner einzustellen. Sie ist sehr ordnungsliebend, musst du wissen.« Sarah zieht ihre Augenbrauen hoch. »Ja, ich weiß, es hat sich nicht vererbt«, gebe ich verlegen zu. Sie schmunzelt. »Das ist nicht das, was ich dachte. Zugegeben, du bist nicht der Ordentlichste, und Maggie schimpft oft, sie müsse dir deine Hosen zusammenlegen wie einem vierjährigen Kind, aber für einen alleinstehenden Mann ist es hier sehr sauber.«

Ich ziehe ein Gesicht und deute dann wieder auf das Bild in ihren Händen.

»Das war er jedenfalls, unser Gärtner«, erkläre ich schnell und krame in Gedanken nach seinem Namen. Erfolglos.

Giovanni, Giorgio, Giuliano … Ich weiß es nicht mehr.

»Wir Kinder waren verrückt nach ihm, weil er die ganze Zeit nur Blödsinn mit uns gemacht hat. Ein toller Kerl, an den ich mich bis heute gerne erinnere.«

Vielleicht erkennt Sarah die Wehmut hinter meinen Worten, denn ihr Blick wird zunehmend weicher, bis die Türklingel läutet und uns aus diesem Moment reißt.

»Wo ist sie?«, fragt Maggie ohne jede Begrüßung. Diese Art ist es, die ich so an ihr liebe. Auf Mag ist immer Verlass.

Noch bevor ich antworten kann, ertönt ein Klirren und lässt mich in meinen Bewegungen erstarren. Wie immer, wenn etwas zu Bruch geht, blitzen die Bilder der splitternden Frontscheibe vor meinen Augen auf – unmittelbar gefolgt von Shirleys schockiertem Gesicht.

Sarah, durchzuckt es mich im selben Augenblick.

Sofort bin ich bei ihr. Sie kniet am Boden vor dem Klavier, hält das Bild des Gärtners in ihren Händen und sammelt die Scherben des gesprungenen Glases auf.

»Es tut mir leid!«, stammelt sie. »Ich wollte es wieder aufhängen, da ist es plötzlich …«

Ich knie mich zu ihr und umschließe ihre Handgelenke mit meinen Fingern. »Sarah, du schneidest dich noch. Lass das! Ich hole einen Besen.«

»Aber das schöne Bild!«, jammert sie.

»Das Bild ist nicht kaputt, nur das Glas«, versichere ich ihr. »Und ich habe noch viele dieser Rahmen. Sieh mal!« Erst als sie die Scherben abgelegt hat und zu mir aufblickt, lasse ich ihre Hände los und öffne die Tür meines Sekretärs. Ich zeige auf einen Stapel gerahmter Bilder, die keinen Platz mehr an meiner Wand gefunden haben.

»Ich wechsele ab und zu«, erkläre ich auf ihren verdutzten Blick hin.

Und dann ist Maggie plötzlich da. Sie durchkreuzt mit wenigen Schritten den Raum, zieht Sarah zu sich hoch und schließt sie fest in ihre Arme. Es dauert nicht lange, bis Sarahs Schultern erneut zucken und frische Tränen über ihre Wangen laufen.

»Dieser verdammte Mistkerl!«, knurrt Mag voller Mitgefühl.

Ich weiß nicht, wie ich mit der Situation umgehen soll, fühle mich fehlplaziert, bis mir das kaputte Bild wieder einfällt.

Behutsam löse ich es aus Sarahs Griff, lege es auf den Stapel im Sekretär, ziehe darunter ein gerahmtes Foto von Jack hervor und hänge es an den frei gewordenen Nagel zu den anderen Bildern. Dann hole ich einen Handbesen und beseitige die restlichen Scherben und Glassplitter, bevor ich auch Maggie etwas zu trinken anbiete und ihr eine Tasse Tee bringe.

Sie hält Sarah noch immer im Arm. Nebeneinander sitzen sie auf der Couch. Ich nehme ihnen gegenüber auf einem Sitzkissen Platz und schiebe Sarahs Teller über den Tisch. Ihr Lächeln wirkt erschöpft, aber dankbar.

Tatsächlich beißt sie hin und wieder von ihrem Sandwich ab, während sie erzählt. Mit jedem Schluck Tee und mit jeder Minute, die Maggie und ich ihr stumm zuhören, öffnet sie sich dabei ein Stück weiter.

»Ich weiß nicht, ob Daniel und ich überhaupt so lange zusammengeblieben wären, wenn sich Josie nicht so schnell auf den Weg gemacht hätte«, gesteht sie schließlich.

Maggie spült ihren Bissen mit einem Schluck Tee hinunter und nickt. »Ich erinnere mich, wie überrascht ich von eurem Tempo war. Es gab nicht mal eine offizielle Bestätigung, dass ihr tatsächlich ein Paar wart, und plötzlich erschien dieses Bild von dir mit Babybauch.«

Sarah lächelt matt. Ihr Blick ist eindeutig: Ihre Gedanken sind weit weg. »Ja. Das kam alles völlig überstürzt. Ich hatte gerade für *Memories* unterschrieben und musste mich am Set ständig in diese engen Korsagenkleider zwängen. Und dann die Szenen auf diesem Dampfer. Kein Tag verging ohne Übelkeit und Erbrechen. Aber das Schlimmste war …« Sie zögert kurz, bevor sie mit einer Stimme fortfährt, die kaum mehr als ein Flüstern ist. »Ich habe ernsthaft mit dem Gedanken gespielt, das Baby abtreiben zu lassen. Ich danke Gott dafür, es nicht getan zu haben.«

Weder Maggie noch ich trauen uns, etwas zu entgegnen. Und so wirken Sarahs Worte für eine Weile in der Stille nach, bis sie selbst erneut das Schweigen durchbricht.

»Daniel versicherte mir, er würde hinter mir stehen. Egal, wie meine Entscheidung ausfiele. Ich wäre nicht allein, das hat er damals gesagt.«

Neue Tränen schimmern in ihren Augen, doch Sarah duldet sie nicht und wischt sie weg.

»Gab es denn schon einmal so eine Situation? Ich meine, ist Daniel schon mal …« Maggie bricht ihre Frage mit hochgezogenen Augenbrauen ab.

»… fremdgegangen?«, beendet Sarah. »Nein. Zumindest nicht, dass ich wüsste«, sagt sie mit einem gequälten Lächeln. »Ich vermute, es gab Gelegenheiten, denn die gibt es schließlich überall …« Bei diesen Worten streift mich ihr Blick und bleibt sekundenlang auf mir haften, bis sie sich losreißt und kaum wahrnehmbar den Kopf schüttelt. »Aber ich denke nicht, dass er sich zuvor schon einmal hat hinreißen lassen, nein.«

Eine Weile sitzen wir noch stumm beieinander. Dann steht Maggie auf und holt ihren Koffer mit den Schminkutensilien. Sie setzt sich wieder neben Sarah, deren Augen ins Leere starren und sich dabei immer wieder mit neuen Tränen füllen.

»Nicht mehr weinen, Süße«, fordert Maggie mit sanfter Bestimmtheit. »Du musst damit aufhören, wenn du der Presse nachher wirklich begegnen willst. Geschwollene Augen wären für die ein gefundenes Fressen. Wenn du zu ihnen gehst, dann mit Stolz. Und ohne Sonnenbrille. Komm, das kriegen wir hin!«

Die folgenden Minuten verstreichen in zwangloser und doch schwerer Stille. Jack hat sich auf meinen Schoß gelegt und genießt es, wie so oft, von mir gekrault zu werden.

Gedankenverloren lasse ich meine Finger durch sein Fell gleiten.

Sarah hat von Versuchung gesprochen. Unter niedergeschlagenen Wimpern hat sie zu mir herübergesehen und mit diesem Blick Tausende von Schmetterlingen aufgescheucht, die sich bis dahin relativ ruhig verhalten hatten. Nun jedoch flattern sie wie wild durch meinen Bauch. Ich reibe meine Schläfen.

Das ist alles so … falsch.

Ich bin ein miserabler Freund, und mein Kopf wird mich noch umbringen. Eine Schmerztablette muss her. *Dringend!*

Armer Ben …

… denkst du vielleicht. Da sitzt er nun und grübelt. Mal wieder. Seine beste Freundin beobachtet ihn genau und mit großer Skepsis.

Ich würde sie gerne mit einbeziehen. Also, lassen wir Maggie ein Stückchen weitererzählen, in Ordnung?

SIE und das, was du von ihr wissen solltest: Sie ist sehr klein und schlank, hat hellblond gefärbte, schulterlange Haare und wasserblaue Augen. Sie ist achtundzwanzig Jahre und zehn Monate alt, Schütze vom Sternzeichen und in der Liebe. Denn sie begibt sich ständig auf die Jagd nach Männern, die sie im Erfolgsfall häutet und genüsslich verspeist.

Außerdem liebt sie Salat mit Eiern und Thunfisch, durchtanzte Nächte in der Disco, kussfeste Lippenstifte und natürlich Schuhe.

Sie heißt Margaret, spießt jedoch jeden, der es wagt, sie auch nur einmal so zu nennen, mit ihren Blicken auf. Dem kühlen Tag zum Trotz trägt sie ein kurzes türkisfarbenes Kleid und farblich abgestimmte Schuhe mit enormen Absätzen.

Und, was wohl am wichtigsten ist: Wenn auch tief verborgen, glaubt sie im Grunde ihres Herzens noch immer an die wahre Liebe.

Ich gebe das Wort an Schützling No. 659.768.463.060 alias Margaret Banks …

Maggie

Während ich Sarah schminke, beobachtet sie Ben, der still hinter mir sitzt. Mit einem Seitenblick sehe ich, was sie so gefangennimmt. Ben hängt seinen Gedanken nach, während er einen zufrieden brummenden Jack krault. Immer wieder versinken die Kuppen seiner langen Finger dabei im Fell seines Hundes.

Vermutlich wünscht sich Sarah gerade, mit Jack zu tauschen. Die Idee lässt mich innerlich schmunzeln. Ja, Jack könnte die dämlichen Paparazzi einfach beißen, während Sarah ihre schmerzenden Augen unter Bens streichelnden Händen schließen würde. Der Gedanke ist nicht nur amüsant, sondern auch ziemlich erschreckend, sobald mir klarwird, dass dieser Schimmer in Sarahs abwesendem Blick tatsächlich eine gewisse, unverkennbare Sehnsucht widerspiegelt.

»Schließ die Augen!«, befehle ich im Moment meiner Erkenntnis. Sanft pudere ich über Sarahs gemarterte Lider und setze mit Kajalstift, Lidschatten und Wimperntusche gezielte Akzente. »Und wieder auf!« Noch während ich kritisch das Ergebnis begutachte, wandert Sarahs Blick wieder ab, doch er geht ins Leere. Ben sitzt nicht mehr an seinem Platz; er hat sich beinahe lautlos erhoben und den Raum verlassen.

Mit einem zufriedenen Nicken, das nicht unbeabsichtigt besonders heftig ausfällt, ziehe ich Sarahs Aufmerksamkeit zurück auf mich und reiche ihr einen Spiegel.

Ihr skeptischer Blick erhellt sich, als sie ihr Gesicht betrachtet.

»Wow, vielen Dank«, sagt sie bewundernd. »Falls dich irgendwann mal jemand fragen sollte, womit du dein Geld verdienst – verbinde ihn mit mir, ich kann es ihm erklären.«

Ich gehe nicht auf ihr Kompliment ein, denn gerade in diesem Moment kommt mir eine Idee. Mit dem Stil des großen Kosmetikpinsels klopfe ich gegen meinen Mund. Drehe und wälze den Gedanken noch ein wenig hin und her, prüfe ihn auf undichte Stellen und spreche ihn erst aus, als er meiner Grübelei standhält. Hm, ich verbringe eindeutig zu viel Zeit mit Ben!

»Sag mal, Sarah, heute Abend findet doch im *Bizz* diese Benefiz-Modenschau statt, nicht wahr?«

Sie nickt. »Ja, da wollte ich ursprünglich auch hin. Aber jetzt …« Wehmütig zuckt sie mit den Schultern.

Eine Welle der Euphorie überkommt mich und schwappt über mir zusammen. Ich richte mich auf.

»Siehst du, genau das meine ich. Ich nämlich auch. Und wenn du ein Paparazzo wärst, wo würdest du dich dann heute Abend aufhalten?«

Ihre Augen verengen sich ein wenig. Sie scheint noch nicht zu verstehen. »Vermutlich vor dem *Bizz*«, antwortet sie zögerlich.

»Richtig! Was ja auch kein Wunder ist, denn alles, was Rang und Namen hat, wird an diesem Abend dort erscheinen.«

»Worauf willst du hinaus?«, fragt Sarah.

»Na, wenn die Blutsauger alle vor dem *Bizz* abhängen, hat keiner von ihnen Zeit, dein Haus zu belagern. Heute Abend tut sich also ein Zeitfenster auf, das wir nutzen sollten. Wie wäre es also, wenn wir jetzt gleich zurück zu dir fahren und den Paparazzi ihre Bilder und ein paar Worte schenken? Gerade genug, um ihren ersten Hunger zu stillen. Wir retten sozusagen die nächsten Schlagzeilen. Und heute Abend, genau zu der Zeit, wenn die ersten Stars vor dem *Bizz* über den roten Teppich stolzieren, fahren wir Josie und dich in ein schönes Hotel. Dann könnt ihr ein paar Tage in Ruhe ausspannen, und die Aasgeier haben keine Ahnung, wo ihr steckt.«

Ich beende die Ausführung meiner Idee mit einem triumphierenden Grinsen, aber Sarah schüttelt nur den Kopf. »Der Gedanke, nicht zu Hause zu sein, wenn Daniel in den nächsten Tagen dort aufkreuzt, gefällt mir, keine Frage«, sagt sie, als sich Enttäuschung in mir breitmacht. »Es ist nur leider so, dass ich nicht einfach so abtauchen kann, denn spätestens dann sind die Fotografen sofort wieder da. Wir könnten keinen Fuß vor die Tür setzen. Abgesehen von dem einen oder anderen Pagen, der sein Gehalt durch ausgeplaudertes Insiderwissen aufstocken will. So was geht nie lange gut. Besonders nicht mit Josie, die ich da nicht mit hineinziehen will. Für sie sollte alles normal weitergehen.«

»Das wird es aber nicht, solange euer Haus komplett umlagert ist«, werfe ich ein und entlocke Sarah damit ein Schnauben.

Ja, es ist zum Verrücktwerden, ich weiß!

Doch dann hellt sich ihre Miene auf einmal auf. »Ich frage Ben!«, beschließt sie. »Bestimmt können wir für ein paar Tage bei ihm bleiben. Er hat schließlich auch einen großen Garten. Hier kann Josie in Ruhe mit Jack spielen. Vielleicht kann sogar Alberta mitkommen.« Nun wirkt sie fast euphorisch. »Er hat doch gesagt, dass er noch zwei Gästezimmer hat, oder?«

Zwar nicke ich, bin von der Idee aber alles andere als begeistert. Ich weiß, was Ben für Sarah empfindet und wie sehr er sich tagtäglich am Riemen reißt, um ihr seine Gefühle nicht zu offenbaren.

Ich will mir gar nicht ausmalen, wie schwer es da erst für ihn sein muss, Sarah rund um die Uhr um sich zu haben. In meinem Kopf baut sich das Bild eines hungrigen, angebundenen Esels auf, der den heißersehnten Haufen Möhren nur um Haaresbreite nicht erreicht.

So wird sich auch Ben fühlen – und dieser Gedanke widerstrebt mir zutiefst. Ich liebe Ben wie den Bruder, den ich nie hatte. Ich will, dass es ihm gutgeht, denn Ben ist heilig.

Sarahs schmachtendem Blick von vorhin nach zu urteilen, würde ich ihr in ihrer jetzigen Situation tatsächlich auch zutrauen, Ben als Trostpflaster zu missbrauchen. Nicht absichtlich, sondern einfach, weil sie in ihrer Kränkung vermutlich nach einer Bestätigung sucht, die der liebeskranke Mann hier ihr nur allzu bereitwillig liefern würde.

Und ich? Ich könnte es ihr nicht einmal verübeln. Schließlich fahre ich selbst schon seit Jahren auf dieser gut geölten Schiene und tröste mich mit anderen Männern, um über die Trennung von meinem Ex hinwegzukommen.

»Wo ist er überhaupt?«, fragt Sarah in diesem Moment.

Wir finden Ben in seinem Schlafzimmer, wo er mit dem zusammengerollten Jack auf dem Bauch auf dem Bett liegt. Beide schlafen tief und fest.

Ein Lächeln huscht über Sarahs Gesicht, als sie ihn so sieht.

»Weißt du«, flüstert sie, »Ben ist Ron so ähnlich. Nicht für eine Minute hat er mich heute aus den Augen gelassen.«

Oh, er ist nicht erst seit heute so nah an dir dran, Süße!

Ich verkneife mir den Kommentar, auch wenn es stimmt: Seit Monaten ist Ben wie Sarahs Schatten. Ständig unmittelbar hinter ihr, um sie aufzufangen, sollte sie fallen. Genauso, wie man sich einen Schutzengel eben vorstellt.

Sarah schleicht auf Ben zu und zieht behutsam die Bettdecke über ihn. Er atmet ruhig und regelmäßig. Sie beugt sich zu ihm hinunter und gibt ihm einen Kuss auf die Wange, doch da schreckt er zusammen, reißt die Augen auf und wendet sich ihr ruckartig zu. »Schhh«, macht Sarah. »Ich wollte dich nicht wecken, entschuldige bitte.« Ben reibt sich die Augen, will sich aufrichten, aber sie hindert ihn mit der flachen Hand auf seinem Brustkorb daran. »Ben? Ähm … Kann ich mit Josie und Berta vielleicht ein paar Tage bei dir bleiben?«

Er blickt ungläubig zu ihr auf. Dann, nach etlichen Sekunden, zieht sich ein Lächeln über sein Gesicht und lässt seine Augen strahlen. »So lange du willst«, erwidert er leise.

Mich sieht er nicht einmal, obwohl ich nur wenige Meter entfernt im Türrahmen lehne und den Drang, meine Augen zu verdrehen, nicht länger unterdrücken kann.

Sarah ergreift seine Hand. »Schlaf dich aus!«, flüstert sie und haucht noch einen Kuss auf seine Stirn. Bens Lider flattern. Schon schließt er sie wieder, noch ehe sie zurückweicht.

Die beiden sind so unglaublich süß, dass ich Gefahr laufe, wegen Überzuckerung zu kollabieren, wenn ich noch länger hier stehen bleibe und ihnen zusehe. Ich wünsche mir von ganzem Herzen, ihre Geschichte möge ein gutes Ende nehmen. In welcher Art auch immer. Doch bis jetzt hege ich große Zweifel daran.

Ben

Seitdem Sarah und Maggie am Nachmittag meine Wohnung verlassen haben, bin ich in Bewegung. Habe gründlich aufgeräumt, die Betten frisch bezogen und staubgesaugt. Dann bin ich endlich einkaufen gegangen und habe Randy angerufen, um ihm alles zu erzählen. Die letzte Stunde verbringe ich hibbelig und ungehalten, wie auf heißen Kohlen. Der große, runde Mond hat die Sonne schon abgelöst, als ich in Erwägung ziehe, etwas zu kochen. Da ich nicht weiß, ob die anderen schon zu Abend gegessen haben, beschließe ich, anzurufen und zu fragen, aber Maggie kommt mir zuvor. Das Handy klingelt in meiner Hand und lässt mich zusammenfahren.

Gott, bin ich ein Nervenbündel …

»Wir fahren jetzt los, Ben! Drück uns die Daumen, dass alle Blutsauger verschwunden sind. In zwanzig Minuten sind wir bei dir.«

Als Maggie nach dieser kurzen Ansage auflegt, weiß ich immer noch nicht, ob sie gegessen haben. Es vergeht nicht mal eine Viertelstunde, bis das Läuten der Türklingel durch die Wohnung schallt. Sarah tritt als Erste über die Schwelle und berichtet noch im Hereinkommen, dass Maggies Plan tatsächlich aufgegangen ist.

Nachmittags, bei ihrer Ankunft am Haus, schossen die Paparazzi ihre Fotos und stellten wie erwartet lästige, teilweise unverschämte Fragen, die Sarah nur teilweise beantwortete. Gegen Abend lichtete sich die Schar der Reporter vor ihrem Anwesen, und Maggie konnte Sarah, die Kleine und die italienische Nanny unbemerkt entführen.

Alberta hat in ihrer Verzweiflung den ganzen Tag gekocht.

Und so strömt, kaum dass sich meine Eingangstür öffnet, der wunderbare Geruch von Lasagne, frittiertem Gemüse, gefüllten Artischocken und sonstigen italienischen Köstlichkeiten in meine Wohnung.

Wir lassen es uns gemeinsam an meinem Esstisch schmecken, der nur für seltene Anlässe seine Daseinsberechtigung hat.

Sarah wirkt erschöpft. Da sie vor Josie natürlich nicht von den Details ihres Nachmittages berichten will, sind wir alle bemüht, die Themen möglichst leicht und locker zu halten. Die Frauen haben der Kleinen erzählt, dass sie gemeinsam bei mir Urlaub machen wollen.

Später, als Alberta Josie bettfertig macht, berichtet Maggie schnell, wie selbstbewusst Sarah den Paparazzi entgegengetreten ist. Dass sie sogar die Ruhe bewahrt hat, als einige mit höchst intimen und provokanten Fragen versucht haben, sie aus der Fassung zu bringen.

Nichts anderes habe ich erwartet, trotzdem verspüre ich einen gewissen Stolz. Sarah ist eine starke Frau, die sich von niemandem so leicht in die Enge treiben lässt.

Sie selbst lauscht dem Bericht und wirkt dabei so teilnahmslos, als würde Maggie von einer fremden Frau erzählen. Von einer, deren Leben an diesem Tag ins Schwanken gekommen ist. In diesen Minuten begreife ich, dass sie die Geschehnisse des Tages noch nicht so recht realisiert hat. Grübelnd sitzt sie an meinem Esstisch, während Maggie und ich die Spülmaschine einräumen. Schließlich erhebt sie sich. Ihr Stuhl schabt geräuschvoll über den Holzboden, bevor sie hinter mir erscheint und mir ihr Glas reicht.

»Bist du mir böse, wenn ich in mein Zimmer gehe und kurz meine Tasche ausräume?«

Ich schüttele den Kopf. Es ist an der Zeit, etwas klarzustellen. »Ich bin dir nur böse, wenn du jetzt andauernd fragst, ob das, was du tust, in Ordnung für mich ist. Du willst doch zur Ruhe kommen, oder? Dann fühl dich hier bitte wie zu Hause! Einverstanden?«

Sie antwortet nicht. Stattdessen schenkt sie mir nur einen dankbaren und zugleich erschöpften Blick, streichelt meinen Oberarm und geht aus der Küche.

Maggie verabschiedet sich wenig später.

»Nehme Esse mit!«, befiehlt Alberta, doch Maggie winkt ab und erklärt mit einem Augenzwinkern, sie müsse noch Platz für ein ›nettes Häppchen Frischfleisch‹ lassen. Alberta kann mit dieser Metapher nichts anfangen. Sofort springt die rundliche Frau auf und beginnt freudig, die dünnen Scheiben Rindfleisch in eine der nun leeren Aluschalen zu verpacken.

»Certo, isse ganze frische, die Fleische. Könnene Sie auck essene später, Signorina.«

Für zwei Sekunden bleibt es still, dann brechen Maggie und ich in schallendes Gelächter aus. »Oh Alberta!«, ruft Mag und schlingt ihre Arme um die verdutzte Frau.

Ich begleite Maggie noch zur Tür, bedanke mich bei ihr und drücke sie fest an mich. »Du hast etwas gut bei mir«, flüstere ich ihr zu.

»Bei *dir*?«, flüstert sie zurück.

»Ja, weil du sofort da warst. Wie immer.«

Sie sieht mich flehend an. »Versprich mir nur, dass du nichts Unüberlegtes tust.«

Ich komme nicht mehr dazu, sie zu fragen, was sie meint. Schon ist sie aus der Tür geschlüpft.

Vorsichtig klopfe ich an die Tür des Gästezimmers, um Sarah zu fragen, ob sie noch etwas braucht, erhalte jedoch keine Antwort. Vielleicht ist sie schon eingeschlafen.

Alberta steht im Wohnzimmer und sieht ein wenig verloren aus. Ich wechsele ein paar unbeholfene Sätze mit ihr und beobachte, wie sie sich dabei mindestens dreimal das Gähnen verkneift. Auch Josie rollt sich schon auf der Couch zusammen und bringt sich in eindeutige Schlafpose. Zu ihren Füßen schnarcht Jack bereits.

»Was hältst du davon, wenn ich Josie ins Bett bringe? Dann kannst du dich schon mal fertig machen, wenn du magst«, schlage ich Alberta vor, die das Angebot dankbar annimmt. Dieser Tag, mit seinen einschneidenden Ereignissen, hat uns alle geschafft.

Ich hebe Josie auf meinen Arm und trage sie in ihr Zimmer. Sie protestiert nicht einmal, so müde ist sie. Es verstreichen stille Minuten, bis sie mir mit einer kleinen Frage zeigt, dass es nicht nur ihre Müdigkeit war, die sie so lange schweigen ließ.

»Warum ist Mommy denn so traurig?« Ihren ständigen Begleiter, den dunkelbraunen Teddy, fest an sich gedrückt, lässt die Kleine offenbar den Tag Revue passieren. Sarahs ungewohnt trübe Augen scheinen ihr dabei nicht aus dem Kopf zu gehen.

Ich habe sie auf eines der Betten in dem größeren Gästezimmer abgesetzt. Dieser Raum ist kindgerecht gestaltet, da mein Neffe manchmal für mehrere Tage zu Besuch kommt und ich möchte, dass er sich bei mir wohl fühlt. Das ist sehr ungewöhnlich, ich weiß. Aber dadurch, dass ich nicht selbst Vater bin, habe ich ein ganz besonderes Verhältnis zu Caros Sprösslingen.

Deshalb gibt es hier große Spielzeugkisten, Bauklötze, Kuscheltiere und einige Kinderbücher. Eine Leine zieht sich diagonal von der einen Ecke zur anderen, an bunten Holzklammern hängen die zweifelhaften Kunstwerke meines Neffen und seiner kleinen Freundin daran. Die Tapeten sind im unteren Drittel in einem warmen Orangeton und darüber in Hellblau gestrichen. Es gibt einen Tisch mit zwei kleinen Stühlen, und in einer Ecke ziert ein großes Gemälde die Wand. Hier ist Maggie tätig geworden. Dank ihrer geschickten Pinselführung haben sich dort Löwe, Zebra und Krokodil an einem Wasserloch unter Palmen eingefunden.

Sarah wirkte recht überrascht, als ich ihr und der Kleinen das Zimmer zeigte. Ohne Zweifel oder weitere Fragen steuerte Josie auf ihr Bett zu und plazierte ihren Teddybären auf dem Kissen. »Hier schläfst du!«, verkündete sie mit dieser Bestimmtheit, die mich immer wieder zum Schmunzeln bringt. Dann ließ sie sich auf einem der Stühle nieder und begann zu malen.

Sarah atmete neben mir tief und erleichtert durch. »Danke für alles!«, flüsterte sie, wandte sich dann wieder ihrer Tochter zu und beobachtete sie noch eine Weile, bis ihr das andere Bett auffiel. »Ist deine Nichte nicht noch ein Baby? Kann sie denn schon in einem so großen Bett schlafen?«

Ich schüttelte den Kopf. »Nein, Eva ist erst fünf Monate alt. Sie war noch nie hier, aber wenn Caro das nächste Mal kommt, schläft die Kleine vermutlich bei ihr im großen Bett.«

»Und das hier ist schon für später?«, mutmaßte Sarah.

Ich kratzte mich am Nacken. »Nein. Ehrlich gesagt … Also, mein Neffe ist … ein kleiner Romantiker, befürchte ich.«

Sarah legte den Kopf schief. »Hm?«

»Er hat eine Freundin«, stellte ich klar.

»Wie alt ist er denn?«, hakte sie mit weit aufgerissenen Augen nach.

»Sechs«, erwiderte ich und beobachtete amüsiert, wie Sarahs Gesichtsausdruck endgültig entgleiste. »Ich weiß auch nicht, was mit ihm los ist, aber er und die Kleine sind schon immer unzertrennlich. Sie lagen schon gemeinsam auf der Krabbeldecke. Meine Schwester und ihr Mann haben es nur einmal gewagt, die beiden für die Dauer ihrer Reise zu trennen.«

»Und?«, fragte Sarah neugierig. Ich zuckte mit den Schultern. »Wie gesagt, das kam bisher nur einmal vor, aus gutem

Grund. Wir hatten hier vier Tage lang mit einem totunglücklichen Kind zu kämpfen, bis die drei vorzeitig abreisten.«

»Oh Gott, wie süß!«

»Wenn du es sagst. Ich finde es ein wenig übertrieben. Alberta kann ihm seine Hartnäckigkeit allerdings danken, denn das ist tatsächlich der Grund für dieses zweite große Bett.«

Sarah schmunzelte und zog im Rausgehen die Tür hinter sich zu.

»Die Romantik scheint in der Familie zu liegen«, sagte sie und ließ ihre Fingerspitzen dabei für einen kurzen Moment über meinen Oberkörper gleiten.

Sie schafft es immer wieder: Mit nur einer kleinen Geste oder wenigen Worten – von denen ich nie mit Bestimmtheit sagen kann, wie bewusst sie gewählt sind – bringt sie mich jedes Mal völlig aus der Fassung.

Josie blieb bis zum Abendessen im Zimmer und malte. Sie schien abgelenkt zu sein, wirkte fröhlich wie immer, doch nun sitzt sie nachdenklich und still vor mir.

»Mommys Augen waren ganz rot«, sagt sie mit Nachdruck. Sie wird das Thema nicht fallenlassen, das steht fest. Also lasse ich mich neben ihr auf der Bettkante nieder. »Weißt du, Josie, deine Mommy hat sich heute ziemlich geärgert. Kennst du das, wenn du dich mit einem Freund oder einer Freundin streitest? Dann bist du doch sicher auch traurig, nicht wahr?«

Josie sieht mit großen Augen zu mir empor. »Ja! Einmal, da habe ich mich ganz doll mit Allie gestritten, weil sie immer nur die Prinzessin sein wollte. Sie hat gesagt, ich bin dumm und darf nie wieder Prinzessin sein, immer nur die Dienerin.« Empört guckt sie mich an und rümpft dann ihre kleine Nase. »Aber ich hatte ein Kleid an und Allie nur 'ne blaue Hose. So was ziehen Prinzessinnen doch gar nicht an, stimmt's?«

Ich nicke und verkneife mir nur mit Mühe ein Schmunzeln.

Mit diesem Gesichtsausdruck, den winzigen blassen Sommersprossen und den wilden Löckchen sieht Josie tatsächlich wie eine Miniaturausgabe ihrer Mutter aus.

Sie kniet sich hin und lässt sich in meinen Schoß fallen. »Ich hab dich lieb, Ben«, sagt sie schlicht, schlingt ihre kleinen Arme um meinen Hals und ahnt dabei nicht, wie sehr sie mich damit ins Schwanken bringt. Dieses unschuldige Geständnis, Josies plötzliche Nähe und das Wissen, dass mein eigenes Kind auf den Monat genauso alt wäre wie sie … all das überfordert mich. Erst nach etlichen Sekunden lege auch ich meinen Arm um das kleine rosarote Bündel und drücke es an mich. Vermutlich ist es genau dieser Moment, in dem mir klarwird, dass ich mich nicht nur nach Sarah sehne, sondern auch nach einer Familie. Mit ihr. Und nie zuvor wirkte meine Sehnsucht egoistischer und unangebrachter als in diesem Augenblick.

»Magst du meine Mommy sehr?«, fragt Josie unverhofft, als ich kurz darauf die Bettdecke über ihr ausbreite.

»Ja, ich mag deine Mommy wirklich sehr«, gestehe ich.

»Sie dich auch. Sonst dürfte ich bestimmt nicht bei dir schlafen.«

»Na, dann hab ich ja noch mal Glück gehabt. So, und jetzt schlaf gut, Josie. Alberta kommt nachher zu dir. Sie schläft in dem anderen Bett, damit du nicht so allein bist. Ist das gut?«

Die Kleine nickt begeistert.

»Und mach dir keine Sorgen, hörst du? Deiner Mom geht es schon bald wieder besser. Sie war heute bloß sehr müde.«

Ich stecke den dunklen Teddy zu Josie unter die Decke. Dabei fällt mir auf, wie zerschlissen das heißgeliebte Kuscheltier bereits aussieht. Die beiden Knopfaugen sind unterschiedlich, an einem Ohr ist kaum noch Fell erkennbar, die Nase ist durchgewetzt und ein Flicken hält den ausgemergelten Bauch des Bären zusammen.

»Den Teddy hast du aber sehr lieb, oder?«

»Ja, der heißt Moe«, erklärt Josie. »Früher hat der schon mal Mommy gehört, aber sie hat ihn mir geschenkt, als ich aus ihrem Bauch rausgekommen bin. Und weißt du was? Mommy hat ihn gewonnen.« Josies Augen werden riesengroß, als sie das sagt. »Als sie noch ein kleines Mädchen war. Sie sagt, dass Moe das Einzige ist, was sie jeeemals gewonnen hat.«

»Wow! Das ist toll! Träum süß, Kleines.« Ich zögere noch einen Augenblick, doch dann beuge ich mich hinunter und gebe ihr einen Kuss auf die Stirn. »Ich lasse das kleine Licht neben der Tür an, ja?«

Josies Antwort kommt als herzhaftes Gähnen; schon dreht sie sich auf die Seite und schließt bereitwillig die Augen.

Als ich die Tür hinter mir zugezogen habe und mich umdrehe, steht Alberta, wie aus dem Nichts, direkt vor mir. Sie trägt ein langes Nachthemd und ein breites Haarband, ihr rundliches Gesicht glänzt von der Feuchtigkeitscreme, die sie offensichtlich in Massen aufgetragen hat.

»Lassene Sie, Senior Todde«, flüstert sie und verbessert sich auf meinen tadelnden Blick hin sofort. »Ah … Ben, si, Ben. Mussene misch erst daran gewohne.«

Nach diesem entscheidenden Morgen fühlt es sich tatsächlich richtiger an, dass mich Alberta mit meinem Vornamen anspricht. Ich fühle mich vertraut mit ihr und … ja, verbunden. »Ische gehe direkt mit Josie ins Bette. Morgen wirde harte Tag werde fure die Kleine. Und fure Sarah auck … povera Sarah!« Sie schüttelt den Kopf. Ich weiß, worauf sie anspielt, denn Sarah hat sich in den Kopf gesetzt, Josie schnellstmöglich aufzuklären. Alberta tätschelt meinen Oberarm. »Buona notte, Ben. Gotte segne Sie. Sie sind eine gute Mensche.«

Ich verabschiede mich mit einem verlegenen Murmeln, bevor ich mich umdrehe und in mein Wohnzimmer trotte.

Es ist eigenartig. Nun sitze ich hier wie jeden Abend allein mit Jack vor dem Fernseher, eine Dose Cola in der Hand und eine Schale mit Chips auf meinen Beinen. Und doch ist heute alles vollkommen anders. Denn obwohl die Wohnung so still ist wie immer, weiß ich, dass *sie* da ist. Meine Gedanken drehen sich um die Frau, die hinter der angrenzenden Wand in meinem Gästebett schläft. Ich denke so intensiv an Sarah, dass sich das Bild ihres schlafenden Gesichtes vor meinem geistigen Auge aufbaut.

Fast schuldbewusst stelle ich fest, wie schön ich das Gefühl finde, sie und ihre Familie bei mir zu wissen.

Ich fülle noch einmal frisches Wasser in Jacks Trinknapf, dann gehe auch ich ins Bad, stelle mich unter die Dusche, putze meine Zähne und schlüpfe in einen frischen Pyjama.

Zurück in meinem Wohnzimmer, bleibe ich nur kurz stehen, bevor ich – wie ferngesteuert – weiterlaufe. Als mein Bewusstsein zu mir aufschließt und ich mich auf halbem Wege zu Sarahs Zimmer ertappe, drehe ich sofort wieder um. *Mensch, Ben!*

Mit dem laufenden Fernseher im Hintergrund und einem meiner Lieblingsbücher in der Hand, versuche ich, das Verlangen, sie doch noch einmal aufzusuchen und für wenige Minuten beim Schlafen zu betrachten, zu bezwingen.

Nach einer Weile verschwimmen die Buchstaben immer wieder vor meinen Augen und werden zu Sarahs ruhendem Gesicht.

Irgendwann jedoch setzt die bleierne Müdigkeit ein. Dankbar heiße ich sie willkommen, obwohl ich mir schon oft vorgenommen habe, ihr auf der Couch nicht mehr nachzugeben. Denn so gemütlich diese auch sein mag, am Morgen danach erwache ich grundsätzlich mit einem steifen Nacken. Andererseits liegt mein Schlafraum am entgegengesetzten Ende zu Sarahs Zimmer – und die Idee, mich von ihr zu entfernen, behagt mir nicht besonders.

Also begehe ich den alten Fehler und ergebe mich dem tiefen, unverkennbaren Sog. Ich schließe die Augen.

Nur für eine Sekunde …

***

»Ben?«

Ich schlage die Augen auf … und blicke direkt auf Sarahs Mund.

»Danke«, flüstert sie. Ihr Gesicht ist nur wenige Zentimeter von meinem entfernt, sie kniet direkt vor der Couch.

»Hm?«, erwidere ich schlaftrunken.

»Einfach für alles, was du für mich tust«, sagt sie leise.

Als sich meine Sicht schärft, bemerke ich zufrieden, wie erholt sie aussieht. Der Schlaf hat ihr gutgetan. Ihre Augen sind abgeschwollen, ihr Lächeln wirkt natürlich und nicht mehr so aufgesetzt wie zuvor. Die Uhr auf dem Klavier hinter ihr zeigt kurz vor Mitternacht.

»Sehr gerne«, erwidere ich. Meine Stimme klingt tiefer als sonst und ist vom Schlaf noch ein wenig rauh. Ich kann meinen Blick nicht von ihrem Mund lösen.

Sarah mustert mich eingehend. Sie sieht vermutlich genau, wie krampfhaft ich versuche, ihr in die Augen zu schauen … und dabei jedes Mal scheitere. Wieder und wieder fixiere ich ihren Mund, und als sie unter meinem Blick ihre Unterlippe befeuchtet und sie leicht zwischen ihren Zähnen einklemmt, geht mein Atem unwillkürlich flacher und beschleunigt sich merklich.

Ich kämpfe mit mir, das muss sie doch spüren. Und plötzlich kommt in mir die leise Ahnung auf, dass sich Sarah vielleicht wünscht, ich möge diesen Kampf verlieren.

Sie lässt ihren Blick langsam von meinen Augen zu meiner Nase herabgleiten – und weiter, bis zu meinem Mund.

Sie sieht mich so tief, so herausfordernd, ja, so eindeutig an, dass ich schlucken muss. Meine Kehle ist schrecklich trocken, denn mit einem Mal beherrscht Hitze den Raum, und die Gerüche intensivieren sich. Jasmin und Orangenblüten fluten mein Bewusstsein – welch verführerische Mischung.

Ich kann nicht sagen, wessen Atmung zuerst aussetzt, doch für einige Sekunden verzichten wir wohl beide auf Luft, als Sarah das unsichtbare Band zwischen uns sprengt und sich, wie in Zeitlupe, auf mich zubewegt.

Ich weiß, ich sollte meine Sprache schleunigst wiederfinden; ich weiß, ich sollte sie eigentlich aufhalten. *Jetzt!*

Aber ich kann nicht.

Sarah zögert kurz, nur Millimeter entfernt, bevor sich ihre Lippen über meine legen. Es ist nur eine leichte, hauchzarte Berührung, aber sie hat nichts Unschuldiges an sich. Nichts Freundschaftliches.

Ich rühre mich nicht und empfange ihren Kuss mit einem leichten Zittern; fühle, wie meine Lider flattern … und letztlich zuklappen. Dieser Duft – *ihr* Duft – betört mich.

Als sich unsere Lippen voneinander lösen, bin ich noch nicht bereit, sie gehen zu lassen, also recke ich mein Kinn. Sofort ist sie wieder bei mir. Bestimmter dieses Mal, sicherer. Mit einem Seufzen vergräbt sie ihre Finger in meinen Haaren und verliert sich mit mir in unserem zweiten Kuss.

Ein unbeschreibliches Glücksgefühl durchströmt meinen Körper. Dass diese zärtliche Art, sich zu küssen, so intensiv sein kann – ich hatte es beinahe vergessen.

Doch dann, mit dem winzigen Augenblick der Erinnerung an Shirley, setzt mein Verstand ein, auch wenn ich mich dafür hasse. In meinem Kopf dreht sich alles, und meine Gedanken – Hunderte zur selben Zeit – schlagen Kapriolen.

Es ist falsch!, hämmert es irgendwo.

Sie vermisst ihren Verlobten!, direkt nebenan.

Nein, das ist doch schon lange mehr als nur Freundschaft!, auf der entgegengesetzten Seite.

Sarah bringt all diese Gedanken und Zweifel mit nur zwei kleinen Worten zum Schweigen: »Ben, bitte!«, haucht sie in meinen leicht geöffneten Mund … und ich vergesse schlagartig das Denken.

Stehe auf, umschlinge ihre Taille, hebe Sarah in meine Arme und trage sie in mein Schlafzimmer, während wir uns weiter küssen. Sarah klammert sich an mir fest, als hinge ihr Leben plötzlich von meiner unmittelbaren Nähe ab. Behutsam löse ich ihre Arme von meinem Hals und lege die zierliche Frau vor mir auf mein Bett. Ich streiche die Haare aus ihrem hübschen Gesicht und verharre atemlos, weil mich das Glück ihres Anblicks, verbunden mit all den Emotionen, die nun entfesselt in mir toben, fast erdrückt.

Mit ihren grünen Augen, die mir nie schöner und vertrauender erschienen, schaut Sarah zu mir auf. *So nah!*

Ihre Fingerspitzen gleiten federleicht über meine Wange zu meinem Kinn. Sarahs Blick taucht dabei tiefer in meinen ein als je zuvor.

Wie oft im Leben streifen wir etwas mit unseren Augen, ohne es wirklich anzusehen, geschweige denn wahrzunehmen? Nie war ich mir dessen so bewusst wie jetzt, als ich aus nächster Nähe auf Sarah herabschaue und sich das anfängliche Gefühl in die Gewissheit wandelt, dass auch sie mich … ja, wirklich *sieht*. Mit all meinen Hoffnungen und Ängsten, die diesen unglaublichen Moment ausmachen, ungeschönt und barrierefrei, vielleicht zum ersten Mal überhaupt.

Nicht nur mein Gesicht, die kleine Narbe auf meiner rechten Wange oder meine Lippen, die von unserem Kuss noch immer leicht feucht sind und unbeschreiblich kribbeln.

Nein, Sarahs Blick reicht tiefer. So viel tiefer.

Ich erwidere die Intensität ihrer Augen, lasse sie lesen und lese in ihr. Öffne mich und tauche gleichzeitig immer tiefer, je mehr auch sie sich mir offenbart.

Was ich dabei erkenne, kehrt meine anfänglichen Zweifel in einen Entschluss. Natürlich weiß ich, worum Sarah mich mit ihrem »Ben, bitte!« angefleht hat und warum sie sich so hilfesuchend an mich klammerte.

Aber ich kann es nicht.

Ich kann nicht ungeschehen machen, was Daniel ihr angetan hat. Ich könnte sie höchstens für die Dauer dieser Nacht vergessen lassen, aber jetzt, den Blick nach wie vor in ihre Augen gerichtet, weiß ich, dass sie im Grunde ihres Herzens noch nicht bereit dafür ist.

Dennoch biegt sie sich mit einem Mal unter mir ins Hohlkreuz und streift sich in einer fließenden Bewegung das Nachthemd vom Körper.

Mir stockt der Atem, so wunderschön ist sie. Die langen Haare liegen über mein Kissen drapiert, und ihre Hände halten noch kurz das Nachthemd über ihrem Kopf, bevor sie es loslässt und mich dabei wieder so vertrauensvoll anschaut, dass ich nicht mal mehr schlucken kann. »Sarah«, höre ich mich wispern. Es klingt heiser und genauso hilflos, wie ich mich beim Anblick ihres nackten Körpers fühle. »Schon gut«, flüstert sie, legt ihre Hände wieder an meine Wangen, zieht mich herab und streift mit ihrer Nasenspitze über meine, während sich ihre Finger im dichten Haar meines Hinterkopfs vergraben. Mit geschlossenen Augen liegen wir da und beschränken uns darauf, die Nähe und Zärtlichkeit des anderen zu genießen und die Wärme, die unsere Körper abstrahlen, in tiefen Atemzügen zu inhalieren.

Nun bin ich mir sicher, dass Sarah mein Flehen ebenso verstanden hat wie ich ihres. Denn wie könnte ich reinen Gewissens mit ihr schlafen, solange sie innerlich noch so zerrissen und verletzt ist?

Als sie nach dem Saum meines Schlafshirts tastet und es mir über den Kopf zieht, erscheint mir ihr Handeln nicht länger widersinnig. Ich habe verstanden, wonach sie sich wirklich sehnt. Und obwohl ich mich in dieser Situation fast schon schäbig fühlen würde, es zwischen uns zum Äußersten kommen zu lassen, bin ich dennoch glücklich, Sarah auf diese intime Weise wenigstens halten und streicheln zu dürfen.

Also ziehe ich Kopf und Arme ergeben aus meinem Shirt und lege es zu Sarahs abgestreiftem Nachthemd. Behutsam bringe ich die nackte Haut unserer Oberkörper zum ersten Mal in Kontakt.

Wir stöhnen beide leise auf, weil das Gefühl so überwältigend ist. Schmiegen uns aneinander, Bauch an Bauch, Brust an Brust, Wange an Wange. Und obwohl ich sie in dieser Position nicht mehr ansehen kann, weiß ich, dass Sarahs Gesicht ähnlich verzerrt – beinahe qualvoll – aussehen muss wie meines, so verzweifelt, wie wir uns nun umarmen und halten.

»Es könnte doch so einfach sein, nicht wahr?«, wispert Sarah an meinem Ohr. Sie stößt ein kleines bitteres Lachen aus. »Ich meine, Daniel und Madelaine hätten uns keinen triftigeren Grund liefern können, diese Beherrschung endlich fallenzulassen … Und, Gott hilf mir, Ben, ich will dich so sehr! Also, warum … fühle ich mich trotzdem nicht bereit dafür?«

»Es ist okay«, flüstere ich zurück und ziehe sie dabei noch enger an mich. »Wir haben alle Zeit der Welt.«

»Ja.« Das kleine Wort kommt als erleichtertes Seufzen über Sarahs Lippen. Sie umfasst meinen Kopf, zieht meinen Mund zurück auf ihren und küsst mich so lange und zärtlich, dass es sich wie die Besiegelung eines unschätzbaren Paktes anfühlt. Fast so, als würden wir durch diesen Kuss endgültig zu einem Paar verschmelzen.

Sarahs Fingerspitzen gleiten währenddessen an meinen Wangen herab, über meinen Hals, meine Seiten, meine Oberschenkel. Dort drücken sie sanft zu und hinterlassen das Prickeln eines verheißungsvollen Versprechens. *Irgendwann …*

Tausend kleine Schauder durchfahren mich. Hitze und Kälte, Lust und Schmerz … Nie lagen diese Gegensätze näher beieinander.

Wir geben unserer Erregung ein weiteres Stück nach, indem ich meine Daumen an den Seiten von Sarahs Brüsten entlangstreichen lasse. Sie umfasst meinen Unterarm und legt meine Finger direkt über ihr wild pochendes Herz. Mit jedem ihrer Atemzüge hebt sich die Rundung ihrer linken Brust nun stärker gegen die Innenfläche meiner Hand. Sanft beginne ich sie zu massieren. Auf Sarahs Stöhnen hin liebkose ich die zartbraunen Spitzen mit Mund und Zunge und bedenke jeden Zentimeter ihrer im Licht der kleinen Nachtleuchte schimmernden Haut mit ausgiebigen Streicheleinheiten.

Botschaften und Bekundungen, die keiner von uns auszusprechen wagt, liegen dabei in jeder stummen Berührung, in jedem zärtlichen Blick.

Schließlich, als das Verlangen droht zu mächtig zu werden, pressen wir uns erneut so eng aneinander, dass kein Blatt Papier mehr zwischen uns Platz finden würde. In verbundener Tapferkeit trotzen wir der Versuchung, um nichts zu schmälern, was im richtigen Augenblick so groß sein könnte.

»Bleib!«, wage ich dennoch zu bitten. »Bleib bei mir, bis der Morgen anbricht.«

Sarah gibt mir keine Antwort. Stattdessen küsst sie meine Brust, direkt über meinem Herzen, und schmiegt dann ihre Wange an die Stelle, die ihre Lippen befeuchtet haben.

***

Ihr Atem geht ruhig und gleichmäßig, ihre Mundwinkel zucken, zucken noch einmal, und dann, endlich, lächelt sie im Schlaf. Ich betrachte ihr Gesicht so lange, bis ihre Lippen vibrieren und ich merke, dass sie fröstelt.

Als ich die Bettdecke über ihr zurechtzupfe, fällt mein Blick für einen winzigen Moment auf meinen Wecker. ›Zack‹, genau in dieser Sekunde schlägt die Anzeige um. 01:27 Uhr.

Ich knipse das Licht aus, umschlinge Sarahs Mitte und grinse in die Dunkelheit.

Genau vor 24 Stunden saß ich aufrecht in meinem Bett, mit Panik im Blick, dem Handy in meiner Hand und Randys aufgeregter Stimme am Ohr.

Unvermittelt erklingt eine alte Melodie in meinem Kopf: *What a difference a day made, twenty-four little hours ...*

Und mit dieser imaginären Melodie im Ohr und Sarah in meinen Armen schlafe auch ich ein.

Irgendetwas zupft an mir. Ich höre leises Vogelzwitschern, fühle, dass ich angesehen werde, spüre einen sanften Luftzug ... Sarahs Atem ... und bin dennoch nicht bereit, die Augen zu öffnen.

Diese Nacht soll nicht vorbei sein. *Noch nicht!*

Als ich mich endlich ergebe und unter einem leisen Seufzen einen ersten Blick wage, ist das Grün ihrer Augen nur Zentimeter entfernt.

Sarah kniet, in eine Decke gehüllt, vor meinem Bett und sieht mich an.

Nein, eigentlich sieht sie durch mich hindurch.

Erst, als ich meine Hand ausstrecke und ihr sanft über die Wange streiche, schrickt sie zusammen und ist mit einem Blinzeln wieder hier ... bei mir.

»Alles in Ordnung?«, frage ich leise, die Zunge noch schwer vom Schlaf. »Du siehst aus, als hättest du einen Geist gesehen.«

Sarah lächelt milde und schüttelt den Kopf. »Nein, alles ist gut. Ich gehe nur in mein Zimmer zurück, damit …«

Ich nicke. »Josie.«

»Ja … und Alberta. Wir sollten es sehr langsam angehen lassen, denke ich.«

»Hm, langsam klingt gut«, flüstere ich und recke mein Kinn für einen Kuss, den Sarah bereitwillig erwidert.

Stumm beobachte ich, wie sie aufsteht, die Decke fallen lässt und ihr Nachthemd ebenso anmutig überzieht, wie sie es in der Nacht abgestreift hat. Bewunderung macht sich in mir breit.

Vor wenigen Stunden noch war sie einfach nur Frau in meinen Armen. Doch nun, da die ersten Sonnenstrahlen durch die dürftigen Vorhänge dringen und sich Sarah ihrer Verantwortung besonnen hat, ist sie wieder Josies fürsorgliche Mutter. Ich liebe beide Seiten an ihr gleichermaßen.

Sie beugt sich zu mir herab und küsst mich noch einmal auf den Mund.

Die sanfte Berührung ihrer Lippen gleicht der, die diese unglaubliche Nacht eingeläutet hat. Doch dieses Mal liegt nichts Elektrisierendes in der Luft.

Ihr Kuss ist liebevoll, zart und wieder völlig unschuldig.

»Hallo, Ben!«

Ich schnelle hoch, aus tiefem Schlaf gerissen, und blicke schon wieder direkt in ein Gesicht mit großen grünen Augen und unzähligen Sommersprossen um die Nase. Doch dieses Gesicht ist kleiner und runder. Nach dem ersten Schrecken erinnere ich mich vage daran, mein Pyjamashirt wieder angezogen zu haben, nachdem Sarah mein Zimmer verlassen hat.

»Josie! Guten Morgen!«

Schon ist sie auf mein Bett geklettert und kriecht mit ihren kleinen nackten Füßen voran unter meine Bettdecke. Wieder so eine unschuldige und selbstverständliche Geste, die mich kurz verwirrt. Doch dieses Mal fasse ich mich bedeutend schneller.

»Psst! Ich verstecke mich vor Alberta«, erklärt Josie. »Die will mir immer so blöde Zöpfe machen. Aber ich will die überhaupt nicht.«

»Na, dann komm her, ich helfe dir.« Ich ziehe die Bettdecke über ihren Lockenkopf. Kurz darauf schlurft Alberta über den Flur. »Josie Marie Pace, wo steckste du, eh? Komme soforte zu Nana, Zopfe macke«, ruft sie mit unterdrückter Stimmgewalt.

Ich schnalze mit der Zunge. Auf Albertas Blick hin winke ich sie durch die offene Tür zu mir herein und deute mit einem Zwinkern auf die große kichernde Wölbung unter meiner Bettdecke. »Suchst du Josie, Alberta?«, frage ich mit aufgesetzter Unschuldsmiene.

»Ja, iste nirgendewo zu finden, die fresche Mädsche.« Alberta zwinkert zurück, streift die verräterischen Sandalen von ihren Füßen und schleicht auf Zehenspitzen zu meinem Bett. Die Hände wie zwei Pranken einer Raubkatze zum Angriff erhoben, nickt sie mir zu. Ich ziehe die Decke zurück, stürze mich gemeinsam mit Alberta auf die Kleine und kitzele sie durch. Josie quietscht, lacht, schreit … und ergibt sich schließlich ihrer Nanny.

Sarah

Ich schnelle hoch, aus tiefem Schlaf gerissen, und starre in mein eigenes Gesicht. Der große Spiegel an der gegenüberliegenden Wand reflektiert meinen Schock. *Josie! Sie weint!*

Panik durchfährt mich, schon bin ich auf den Beinen. Doch nein!

Josie weint ja gar nicht, sie lacht höchstens Tränen.

Ich lausche noch einen Moment, dann bin ich mir sicher. Meiner Tochter geht es blendend. Ihrem Kreischen und Lachen folgend, verlasse ich das gemütlich eingerichtete Gästezimmer, durchquere den Wohnraum und schleiche über den schmalen Flur zu Bens Schlafzimmer. Neugierig spähe ich durch die halb geöffnete Tür.

Meine Tochter liegt rücklings auf dem Bett und windet sich unter Bens großen Händen, die sie liebevoll durchkitzeln. Alberta hält einen von Josies Füßen und nagt an der kleinen Sohle herum.

Unbemerkt beobachte ich das Treiben mit einem Lächeln auf dem Gesicht. Doch mit einem Mal ist mir, als läge eine Schlaufe um mein Herz, die sich mit jeder Sekunde, in der ich die Szene vor mir beobachte, weiter zuzieht.

Denn es sind die falschen drei Personen, die hier miteinander tollen. Ben hat quasi über Nacht den Platz eingenommen, den Daniel nun nicht mehr besetzt. Eigentlich schon lange nicht mehr besetzt hat.

Alberta ist so viel mehr als bloß Josies Nanny, und ich habe immer darauf gehofft, Daniel würde das irgendwann erkennen. Doch diese Erkenntnis blieb aus. Zwischen Dan und Berta ist niemals wirkliche Herzlichkeit aufgekommen. Mehr als »Alberta, könnten Sie bitte ...« und »Selbsteverständeliche, Mr. Johnson« ist zwischen den beiden nicht entstanden. Sie nannte ihn nicht einmal ›Signore Johnson‹, sondern tatsächlich ›Mr.‹.

Die wenigen Unterhaltungen, die zwischen den beiden stattfanden, verliefen höflich, aber immer distanziert. Der Hausherr und seine Angestellte.

Wie sehr habe ich mir immer ein richtiges Familienleben für meine Kinder gewünscht. Ein Familienleben, wie ich es selbst kennengelernt habe, trotz meines berühmten Daddys. Sobald er unser Elternhaus betrat, fungierte er ausschließlich als Vater und Ehemann. Er tollte mit uns Kindern auf dem Fußboden, schleppte uns huckepack durchs Haus und kitzelte uns genauso, wie Ben das nun mit Josie tut. Mein Dad besuchte die Elternabende unserer kleinen Dorfschule und brachte uns zum Arzt, wenn wir krank waren. Das Aufsehen, das er hervorrief, sobald er einen Fuß über die Schwelle nach draußen setzte, spielte er uns gegenüber stets in typisch derber britischer Art herunter.

»Diese Leute verstehen einfach nicht, dass die Menschen, die sie ›Stars‹ nennen, genauso aufs Klo gehen müssen wie jeder andere auch.«

Ein Schmunzeln bildet sich auf meinem Gesicht, als ich mich an einen bestimmten Nachmittag mit meiner Familie erinnere, der mir bis heute als ein besonderer im Gedächtnis geblieben ist. Mein Vater verkündete an jenem Morgen am Frühstückstisch, wir sollten uns beeilen, er wolle einen Tagesausflug nach London unternehmen. Ich war damals gerade sechs Jahre alt geworden und besuchte erst seit wenigen Wochen die Schule. Es war ein sonniger Tag. Wir aßen in einem kleinen Restaurant im Herzen der Stadt zu Mittag und bekamen nach unserem Besuch in *Madame Tussauds* ein Eis spendiert.

Ein nahe gelegener Werbestand mit vielen bunten Luftballons lockte meine Brüder und mich an. Dort gab es ein spannendes Gewinnspiel, und so füllten wir Postkarten aus, bemalten sie sorgfältig und ließen sie, an Gasluftballons befestigt, in die Lüfte steigen. Ich erinnere mich, dass ich meinem knallroten Luftballon so lange hinterherblickte, bis er hinter den hohen Gebäuden der Stadt verschwand – ahnungslos, auf welch lange Reise ich meine im Wind trudelnde Karte geschickt hatte. Meine Brüder standen längst schon wieder vor dem Eisstand und bettelten meine Mutter um ein weiteres Eis an, als ich noch immer wie festgewachsen verharrte, in den wolkenverhangenen Himmel blickte und mich immer wieder fragte, wo mein roter Ballon wohl landen würde.

Erst als einige Touristen meinen Daddy erkannten und stehen blieben, gelang es mir, mich loszureißen. Die Passanten starrten ungeniert auf meinen berühmten Vater und fackelten auch nicht lange, ihre Kameras zu zücken und aufblitzen zu lassen. Da Menschen bekanntlich Herdentiere sind, wurden durch das bald schon einsetzende Blitzlichtgewitter immer mehr Schaulustige angelockt. Ich spüre das schrecklich beklemmende Gefühl bis heute, wenn ich daran zurückdenke. Ich fühlte mich wie ein Affe im Käfig und versteckte mich eingeschüchtert hinter den Beinen meines Dads. Der beugte sich zu mir herab, nahm mich bei der Hand und flüsterte: »Komm, Löckchen, ich zeige dir, wie man mit solchen Leuten umgeht.« Er steuerte mit mir direkt auf die Touristen zu, setzte dabei sein freundlichstes Lächeln auf und bat einen Mann aus der Menge um dessen Stadtplan. Sofort ließ das Blitzlichtgewitter nach, und neugierige Blicke begleiteten die Bewegungen meines berühmten Vaters. Der zückte in aller Ruhe seinen Kugelschreiber und zog damit große Kreise um den Big Ben, den Hyde Park, den Buckingham Palast und um viele weitere Sehenswürdigkeiten der Stadt.

Dann reichte er die Karte zurück an ihren verdutzten Besitzer und sagte so laut, dass es alle Umstehenden gut hören konnten: »Ich habe mir die Freiheit genommen, Ihnen alle Sehenswürdigkeiten der Stadt zu markieren, werter Herr. Denn was Sie hier momentan vor sich sehen, ist lediglich ein Ehemann und Vater, der seinen freien Tag gerne in aller Ruhe mit seiner Familie verbringen würde. Vielen Dank!«

Damit hob er mich auf seine Arme, legte die Hand zum Gruß an seinen Hut und drehte sich auf dem Absatz um. Nicht ein einziges Blitzlicht flackerte mehr auf, niemand bat ihn um ein weiteres Autogramm. Unter dem Gemurmel von Entschuldigungen und guten Wünschen verteilte sich die Menge der Passanten innerhalb weniger Sekunden in alle Himmelsrichtungen, und wir konnten erleichtert aufatmen.

In meinen Augen, und mit Sicherheit auch in denen meiner Brüder, war diese Rolle unseres Vaters die wohl größte seines Lebens.

Wir wuchsen auf einem alten Landhof auf, den unsere Eltern auch heute noch bewohnen. Weite Grünflächen umsäumen das gemütliche Haus, dessen Innenhof immer an einen Streichelzoo erinnert. Gänse, Hühner, Hunde und Katzen laufen dort bis heute frei herum, Kaninchen sind in großen Ställen untergebracht, und meine heißgeliebten Pferde standen auch damals schon in den angrenzenden Ställen. Mit sieben Jahren bekam ich mein erstes Pony und musste es fortan auch selbst pflegen. Mein Dad konnte sehr ärgerlich und streng reagieren, wenn die Tiere nachlässig versorgt wurden. Georgie, mein zweitältester Bruder, musste einmal sogar ohne Abendessen auf sein Zimmer gehen, weil er vergaß, seinen Tieren ihr Futter zu bringen, bevor er selbst zu Tisch erschien.

»Die Tiere gehen immer vor. Sie sind auf uns angewiesen«, hatte mein Dad mit strenger Miene erklärt. Bis jetzt kann ich mich gut an seinen durchdringenden Blick erinnern. Ich habe ihn nie vergessen – ebenso wenig wie die Pflicht, meine Tiere immer pünktlich zu füttern.

Meine Eltern schafften es auch, die Presse, die selbst damals und sogar bereits in England penetrant genug war, immer wieder zurück in ihre Schranken zu weisen, so dass wir Kinder nahezu unbehelligt aufwachsen konnten. Später schnupperten meine Brüder und ich alle in das Showgeschäft hinein, einer nach dem anderen, doch nur Robert und ich entschieden uns schließlich auch dafür, unser Geld im Rampenlicht zu verdienen. Während Rob einer der bekanntesten Sportreporter Englands ist, arbeitet Georgie als Rechtsanwalt, und Ian befindet sich auf dem besten Weg, ein großartiger Tierarzt zu werden.

Unsere Eltern haben jeden von uns unterstützt und gefördert, manchmal auch ein wenig angetrieben, jedoch niemals zu etwas gezwungen. Bis jetzt habe ich, trotz der schwer überbrückbaren Distanz Tausender Kilometer, ein wunderbar enges Verhältnis zu meiner Familie.

Ich schlucke, weil meine Sehnsucht durch diesen Gedanken beinahe unerträglich stark wird und mein Herz schmerzhaft anschwellen lässt. Mit einem Mal fehlen mir meine Brüder und Eltern sehr. Mittlerweile sind sie über die Situation zwischen Daniel und mir informiert. In ihrer Empörung sind die Jungs sofort zu unseren Eltern gefahren. Georgie und Ian leben ohnehin in unmittelbarer Nähe zu unserem Elternhaus, und Rob ist aus Manchester angereist, als er erfuhr, dass die anderen dort sind.

Als ich anrief, wussten sie bereits Bescheid. Der Reihe nach schimpften die Jungs in den Hörer und wünschten Daniel die Pest an den Hals. So, wie ich es erwartet hatte. Brüder können ein Fluch, hin und wieder aber auch ein wahrer Segen sein. »Ich habe Zugang zu Mitteln, mit denen man Elefanten betäubt«, drohte Ian, während Georgie empfahl, ich solle mir schnellstmöglich einen guten Anwalt nehmen – am besten ihn –, um die Höhe von Josies Unterhaltszahlung zu steigern. Rob, unser ältester Bruder, schlug Georgie für den dämlichen Kommentar auf den Hinterkopf und erkundigte sich besorgt nach meinem Befinden.

Tränen flossen erst, als meine Mum das Telefon übernahm.

»Komm doch für eine Weile nach Hause«, schlug sie immer wieder vor, doch ich erklärte ihr, dass das unmöglich sei.

Schließlich stecke ich mitten in den zeitgebundenen Dreharbeiten zu *Das Leben in meinem Sinn* und habe von Randy nur einige Tage Auszeit vom Set bekommen.

›Nach Hause‹, hatte sie gesagt. Ja, meine Eltern waren wirklich schon immer ein tolles Team und sind es bis heute. Gemeinsam bieten sie uns auch jetzt noch ein Zuhause, wie Kinder es sich nur wünschen können.

Warum haben Daniel und ich es nicht geschafft, unserer Tochter etwas Vergleichbares zu bieten?

Josie hat mittlerweile Schluckauf.

»So, stopp! Ich glaube, das reicht erst mal!«, ruft Ben. Als er sich aufsetzt, bemerkt er mich. Ich lehne nur wenige Meter vom Bett entfernt im Türrahmen.

»Hey! Sieh mal, wer uns da ausspioniert«, ruft er und hievt Josie in seinen Schoß.

»Morgen – hick – Mommy«, gluckst meine Tochter.

»Guten Morgen, meine Süße«, erwidere ich, gehe auf das Bett zu und gebe Josie einen Kuss auf die Stirn. Meine Hand stütze ich dabei auf Bens Oberschenkel ab und drücke ihn ein wenig verstohlen.

Der Tag verläuft ruhig. Nach dem Frühstück gehen wir in den großen Garten, wo Josie und Jack ausgelassen in der Sonne spielen. Das Wetter zeigt sich an diesem Tag noch einmal von seiner besten Seite, denn die Sonne scheint so warm wie schon lange nicht mehr. Als Ben Wasser in Jacks großen Trog füllt, dauert es nicht lange, bis Josie damit herumspritzt.

Mein Handy klingelt unentwegt. Wie schon am Tag zuvor, versuchen mich meine Agenten Holly und Rick zu erreichen. Und natürlich ruft Daniel immer wieder an. Da ich mich in keiner Weise bereitfühle, mit ihm zu sprechen, und das ewige Klingeln meine Nerven überstrapaziert, beschließe ich, mein Handy einfach auszuschalten. Schließlich wissen alle wirklich wichtigen Menschen ja, wo sie mich finden können. Auch meiner Mum habe ich sicherheitshalber Bens Handynummer gegeben.

Gegen Mittag geht Alberta einkaufen und besorgt alles, was sie für die Zubereitung ihres Essens braucht. Während sie kocht, decken Ben und ich den Tisch. Sogar Josie beteiligt sich, indem sie die Servietten faltet und in die Gläser steckt. Wir essen gemeinsam und räumen anschließend auch zusammen ab. Dieses Zusammensein hat etwas Natürliches und Ungezwungenes an sich. Etwas, das ich mir so lange schon gewünscht, aber nie wirklich gefunden habe. Und genau diese Tatsache beginnt langsam, mir Angst zu machen.

Wann immer sich Bens und meine Blicke treffen, lächeln wir uns an – es geschieht völlig automatisch. Endlich lasse ich das Gefühl bewusst zu, das ich so lange vergeblich verdrängt habe.

Ja, ich habe mich in Ben verliebt! Und das nicht erst gestern.

Natürlich habe ich mir geschworen, Daniel treu zu sein – eisern und unbeugsam –, doch mein Herz gehört schon lange Ben.

Nein, zwischen Daniel und mir hat es dieses prickelnde, aufregende Gefühl, das sich von Beginn an zwischen Ben und mir eingestellt und sich – entgegen jeder Vernunft – unaufhaltsam ausgebreitet hat, nie gegeben. Der Gedanke verletzt mich, aber er ist wahr.

Daniel war unglaublich höflich, akkurat und erwachsen, als ich ihn damals kennenlernte.

Er ist zehn Jahre älter als ich und war auch zu dieser Zeit bereits ein gestandener, sehr bekannter Schauspieler, zu dem ich beruflich mit großen staunenden Augen aufblickte und den ich privat vermutlich deshalb so anziehend fand, weil er vieles von dem verkörperte, wonach ich mich so sehr sehnte.

Das, was Daniel mir immer gegeben hat, war ein tiefes Gefühl von Sicherheit. Trotz des mir immer noch fremden Landes und trotz meiner einsamen Mission, die mich von meiner Familie weg hierhergeführt hat, war ich mit ihm an meiner Seite nie allein.

Vielleicht habe ich dieses Gefühl der Sicherheit am Ende mit Liebe verwechselt. Vielleicht war es auch wirklich Liebe, nur eine andere Art.

Denn mit dem, was ich seit geraumer Zeit schon für Ben empfinde, hatte all das nie etwas zu tun.

Am Nachmittag liege ich mit Josie in Bens Hängematte und lese ihr aus einem Märchenbuch vor. Als ich umblättere und dabei zu Ben herüberschaue, der seine Beine hochgelegt hat und ebenfalls in einem Buch liest, begegne ich wieder einmal seinem Blick. Und der ist so weich, zärtlich und ... ja, so liebevoll, dass ich mich sekundenlang nicht losreißen kann. Viel zu lange sehe ich ihn an. Vielleicht ist es die Liebe, die überdeutlich in seinen Augen steht, oder die Tatsache, dass er in diesem enganliegenden, weißen T-Shirt und den verwaschenen Jeans einfach umwerfend aussieht. Was auch immer es tatsächlich ist – in diesem Moment wünsche ich mir nichts mehr, als Ben zu küssen und durch seine weichen, herrlich verstrubbelten Haare zu fahren.

»Mommy?« Josie, deren Geschichte ich von jetzt auf gleich

unterbrochen habe, reißt mich aus meiner Versunkenheit. Schnell lese ich weiter, bemerke aber noch, wie Ben schmunzelt und Alberta zwischen ihm und mir hin und her blickt. Als er kurz darauf aufsteht und ich meinen Kopf erneut hebe, entgeht ihr das nicht.

»Ich hole mir etwas zu trinken, möchtest du auch etwas?«, fragt Ben. Ich schüttele hastig den Kopf und sauge an der Innenseite meiner Unterlippe. Dieses dämliche Grinsen lässt sich kaum unterbinden, und Alberta sieht uns mittlerweile so intensiv an, als wisse sie genau, was da zwischen uns läuft. Ausgerechnet sie, die Frau, die ihr Leben lang allein geblieben ist, nachdem ihr Verlobter so jung verstarb.

Was damals genau geschah, hat sie mir nie erzählt, und ich habe auch nicht weiter nachgebohrt. Ich weiß nur, dass sie Italien nach diesem schrecklichen Ereignis verließ, mit Hilfe einer Greencard zu ihrem Cousin nach L. A. zog und hier vollkommen neu begann. Was würde diese Frau, die ihrer ersten und einzigen großen Liebe ein Leben lang im Herzen treu geblieben ist, wohl von mir halten, wenn sie wirklich wüsste, was zwischen mir und Ben geschehen ist?

Gedankenverloren sehe ich Josie nach, die hinter Ben und Alberta quer durch den langen Garten und über die Terrasse hüpft und schließlich in der Wohnung verschwindet, um eine Limo zu trinken. Endlich finde ich die Zeit, mich einem Buch zu widmen, das ich auf Bens überfülltem Regal gefunden habe und dessen Klappentext mich sofort angesprochen hat. Jeff Noon, ein Autor, von dem ich nie zuvor gehört oder gelesen habe, schafft es mit seinem Schreibstil dankenswerterweise, mich binnen weniger Seiten in eine vollkommen andere Welt zu entführen, in der meine Probleme und mein schlechtes Gewissen keine Rolle mehr spielen. Das eigene Leben auszublenden mag keine dauerhafte Lösung sein, aber wenigstens tut es für den Moment extrem gut.

Ben

Viel zu früh neigt sich die Sonne und taucht den Himmel in ein leuchtendes Orange. Beinahe schlagartig wird es kühler. Mit viel Geduld überredet Alberta Josie, eine Strickjacke überzuziehen, während Sarah noch immer barfuß im Schatten der hohen Bäume und Lorbeersträucher im hinteren Teil des Gartens liegt. Versunken liest sie in einem meiner Bücher, stößt sich dabei immer mal wieder mit der großen Zehe vom Boden ab und versetzt der Hängematte auf diese Weise einen regelmäßigen Schwung. Ich beobachte sie eine Weile lang, dann gehe ich zu ihr und lehne mich an den Baumstamm zu ihren Füßen. Hier hinten sieht uns niemand; Josie und Alberta spielen auf der Terrasse Memory. »Hi«, flüstere ich trotzdem.

Sarah blickt hinter dem Buch hervor. »Hallo.«

Ich erkenne ihr Grinsen, auch wenn nur ihre Augen sichtbar sind. Verlegen schaue ich auf sie hinunter. »Gute Story?«

»Brillant, ja. Wirklich sehr, sehr schön! Es handelt von einer besonderen Freundschaft zwischen einem farbigen US-Soldaten und einem kleinen deutschen Mädchen, das im Zweiten Weltkrieg schwer verwundet wurde. Die beiden begegnen sich später, Ende der Sechziger in den Staaten wieder und …« Sarahs Stirn legt sich mit einem Mal in Falten. »Sag mal, kennst du es noch nicht?«

»Nein, ich bin noch nicht dazugekommen, es zu lesen«, gestehe ich. »Werde ich nachholen, sobald du damit durch bist, in Ordnung?«

Sarah nickt, ihre Augen strahlen vor Begeisterung. »Ja, das musst du auf jeden Fall!«

Die Idee, dass wir ab jetzt öfter so lesen könnten, gefällt mir.

Sie löst etwas in mir aus, das meine Brust zum Schwellen und mich zum Schmunzeln bringt. Dennoch ist es ehrlich gesagt nicht das Buch, das mich momentan am meisten interessiert, so spannend es auch sein mag.

»Geht es dir gut, Sarah? Ich meine … nach …«

»… letzter Nacht?«, beendet sie meinen Satz. »Es geht mir gut, ja. Den Umständen entsprechend, würde ich sagen. Wobei die … mir heute nicht mehr so düster erscheinen wie gestern noch.«

Langsam lässt sie das aufgeschlagene Buch sinken und beobachtet, wie ich von einem Bein auf das andere trete, die Hände tief in meinen Hosentaschen. »Das ist unglaublich!«, wispert sie nach einer Weile. »Wie kannst du jetzt wieder so schüchtern sein, nach allem, was zwischen uns passiert ist?«

Diese Erinnerung hilft nicht, im Gegenteil – nun glühen meine Ohren erst recht.

Sarah atmet tief durch. »Wirklich, Ben, es geht mir gut. Außer, dass ich mich in einer Ecke meines Herzens schrecklich fühle, weil ich das Gefühl nicht loswerde, meine Tochter zu hintergehen. Ich meine, mein Entschluss, Daniel zu verlassen, steht fest. Ich sehe keine Möglichkeit und vor allem keinen Sinn darin, diese Beziehung fortzuführen, nach allem, was vorgefallen ist. Also sollte ich es ihr sagen, oder?« Sie lässt mir keine Zeit zu reagieren. »Aber ich kann es einfach nicht. Ich will ihr nicht weh tun, Ben.«

Ich presse meine Lippen zusammen und nicke. Wirklich, ich verstehe ihr Dilemma. Sarah blickt eine Weile ins Leere, dann schüttelt sie den Kopf. »Heute Abend werde ich mit ihr reden. Wenn ich sie ins Bett bringe, muss ich es tun«, beschließt sie und sieht mich dann wieder an. »Daniel hat heute bestimmt schon dreißig Mal angerufen. Ich bin nicht drangegangen, um gar nicht erst in die Versuchung zu kommen, mich am Telefon mit ihm zu streiten. Nicht, wenn Josie mich vielleicht hören könnte. Irgendwann habe ich das Handy dann ausgeschaltet.«

Durch ihre eigenen Worte erinnert, zückt sie das kleine Gerät und drückt darauf herum.

»Und was tust du jetzt?«

»Ich sehe nur nach, ob sonst noch jemand angerufen hat.«

»Und?«

»Hm, ein paar Anrufe von Rick, einer von Holly, aber sonst … Nein, Daniel hat sich nicht mehr gemeldet.«

Sie legt das Handy neben sich auf die Hängematte und sieht mich eine Weile lang an, bis ihre nachdenkliche Miene plötzlich von einem dieser süßen Blicke abgelöst wird, die mich jedes Mal wieder aus der Fassung bringen.

»Und heute Abend?«, fragt sie, nun selbst beinahe schüchtern.

Ich halte ihrem Lächeln nicht lange stand und senke meinen Blick auf ihre Füße, denen ich ein verschämtes Grinsen schenke.

»Komm doch zu mir, wenn du bei Josie warst und Alberta schläft. Dann können wir in Ruhe … reden.«

Sarah lacht kurz auf, verschränkt dann ein Bein unter ihrem Po und setzt sich auf. Mit beiden Händen fährt sie über ihr Gesicht, reibt sich die Augen. »Du hast vollkommen recht, genau das sollten wir tun, nichts anderes«, murmelt sie dabei. »Es gibt so viel zu besprechen. Und all diese Fettnäpfchen, die es zu beachten gilt! Ich wette, Rick und Holly reißen mir den Kopf dafür ab, dass ich sie ausgerechnet jetzt ausgeblendet habe.«

»Hey!« Mit nur einem Schritt schließe ich die letzte Distanz zu Sarah und umfasse ihre Handgelenke so lange, bis die Anspannung aus ihren Schultern weicht und sie ihre Augen wieder freigibt. Sie wirkt fast mädchenhaft, als sie mich so anblinzelt.

»Wir schaffen das schon, in Ordnung?«

In diesem Moment – noch ehe sich Sarahs zaghaftes Lächeln vollständig auf ihrem Gesicht entfalten kann – ertönt das Klingeln ihres Handys.

Sie entzieht mir ihre Hände, ergreift erneut den kleinen Apparat und starrt sekundenlang auf das Display. »Diese Nummer kenne ich nicht«, erklärt sie schließlich.

»Willst du den Anruf nicht annehmen?«

Sie sieht mich an, ihre Augen verengen sich in offensichtlicher Unentschlossenheit, doch dann, erst beim vierten Klingeln, schüttelt sie den Kopf.

»Dann gib es mir«, schlage ich vor und strecke ihr meine Hand entgegen. Sie reicht mir ihr Handy. Unsere Blicke verschmelzen ... und so halte ich ihren noch immer, als ich mich melde.

»Ja, hallo?«

»Hier spricht das Kindred Hospital. Sir, bin ich richtig verbunden mit dem Anschluss von Ms. Pace?«

»Ja, das sind Sie.«

»Ähm ... Ich müsste Ms. Pace dringend persönlich sprechen, wenn das möglich ist.«

Etwas in dem Tonfall der jungen Frau lässt mich aufhorchen. Sie klingt nervös, aber entschlossen. »Einen Moment«, entgegne ich und verdecke das Mikro mit meiner Hand.

»Es ist das Kindred Hospital. Sie wollen mit dir sprechen.«

Sarah neigt den Kopf zur Seite, schürzt die Lippen leicht und streckt dann ihre Hand aus.

»Ja, bitte?«, meldet sie sich zögerlich.

Ihre in Skepsis verengten Augen weiten sich, werden größer und größer und lassen bald schon einen tiefen Schock erkennen, noch bevor sie ein schwaches »Oh Gott!« in das kleine Gerät haucht und die Hand vor den Mund schlägt. »Nein, nein, ... ich ... komme sofort. Ja, sicher, ich ... bin in etwa zwanzig Minuten da.« Damit beendet sie das Gespräch.

»Was ist passiert?«

»Daniel«, antwortet sie, als wäre der Name ihres Verlobten Erklärung genug.

»Was ist mit ihm?«, frage ich alarmiert.

»Er … ist hier, in L. A.« Sarah sieht aus, als würde sie jetzt erst realisieren, dass das eigentlich nicht sein kann. Ihr Gesicht hat über die kurze Dauer des Telefonats jegliche Farbe eingebüßt, sie wirkt aschfahl.

»Er hatte einen Autounfall und liegt im Krankenhaus.«

»Oh!« Meine Kehle ist schlagartig so trocken, dass ich krächze.

Sarah erhebt sich langsam und etwas wackelig. Sie ist wie benommen. »Warum ist er überhaupt hier? Er muss … sofort abgereist sein, trotz der laufenden Dreharbeiten.«

»Und, was jetzt? Willst du zu ihm?«

Ihr Blick schweift zu mir, sie blinzelt einige Male hintereinander. »Natürlich«, sagt sie dann, klingt dabei aber alles andere als entschlossen. »Ich muss doch wissen, was geschehen ist.«

Einen Moment lang schockiert mich der beinahe mechanische Klang ihrer Stimme, dann nicke ich hastig. »Ist gut, ich fahre dich!«

»Nein!«, ruft sie, kaum dass ich meinen Vorschlag ausgesprochen habe. »Nein, ich fahre selbst. Aber … du könntest mir deinen Wagen leihen. Ginge das?«

Ich will sie fragen, warum ich sie nicht fahren darf, beschließe aber nur einen Wimpernschlag später, dass jetzt nicht der rechte Zeitpunkt ist, mit ihr darüber zu diskutieren. »Sicher. Komm, ich gebe dir die Schlüssel.«

Gemeinsam durchkreuzen wir den Garten. Auf der Terrasse beugt sich Sarah zu Josie hinunter und gibt ihr einen Kuss auf den Kopf. »Ich muss kurz weg, Liebling. Einkaufen.«

Alberta hebt den Kopf. Sarah erwidert ihren Blick mit einem kaum wahrnehmbaren Kopfschütteln, das die Fragen der Italienerin im Keim erstickt. »Ich bin bald wieder da. Sei lieb, Josie, hörst du?«

»Ich bin immer lieb!«, erwidert die Kleine im Brustton der Überzeugung und widmet sich dann wieder ihrem Memory-Spiel mit Alberta. Die muss sich sichtlich zusammenreißen, nicht weiter nachzuhaken, denn dass hier etwas nicht stimmt, hat sie sofort erkannt.

Ich begleite Sarah durch mein Wohnzimmer in den schmalen Flur und durchforste dort vergeblich die Taschen meiner Jacke nach meinem Autoschlüssel. Schließlich finde ich ihn in der Obstschüssel im Wohnzimmer. Sarah ist in der Zwischenzeit in ihrem Zimmer verschwunden und kommt in Jacke und mit einer riesigen Sonnenbrille in den Händen zurück.

»Und du willst da jetzt wirklich alleine hinfahren?«, frage ich leise.

Nun sieht sie mich beinahe entschuldigend an. Klarer als noch vor wenigen Minuten im Garten, unmittelbar nach dem Telefonat.

»Ben, ich weiß nicht, wie es Daniel geht und in welcher Verfassung er ist. Ob wir reden werden oder nicht, ich habe keine Ahnung. Ich weiß nur, dass ich mich, kämst du jetzt mit mir, vollkommen befangen fühlen würde. Ich meine, das alles ist ohnehin total verrückt. Mein Leben hat sich komplett auf links gedreht, und das in nur zwei Tagen. Aber das ist momentan zweitrangig. Zunächst einmal geht es jetzt nur um Daniel, nicht um mich und meine Verwirrung. Er … ist Josies Vater, und nur das zählt.« Sie sagt das fast so, als müsse sie mich an diese Tatsache erinnern.

»Das meinte ich doch nicht … Ich wollte nur …«, stammele ich, ohne die Aussicht, auch nur einen meiner tausend Gedanken in einen klar formulierten Satz zu packen.

»Das weiß ich doch«, versichert mir Sarah dennoch. Mit erschöpftem Blick hält sie ihre Hand auf und beobachtet, wie ich den Autoschlüssel hineinlege.

»Bis später«, flüstert sie und streicht noch einmal kurz über meine Wange. Dann versteckt sie ihre schönen hellgrünen Augen hinter den dunklen Gläsern ihrer Sonnenbrille.

Die Tür schließt sich hinter ihr mit einem metallenen ›Klack‹, das ungewöhnlich lang in meinen Ohren nachhallt.

Sarah

Die Landschaft rauscht an mir vorbei, als befände ich mich in Trance.

Meine Gedanken sind bei Daniel. Hätte mir jemand vor einem Tag erzählt, er würde in einen Autounfall geraten und dabei verletzt werden, hätte ich vermutlich trotzig behauptet, dass mich das kaltließe.

Doch nun bin ich völlig aufgewühlt. Minutenlang kann ich an nichts anderes denken als an die Frage, wie schwer er sich wohl verletzt hat und was eigentlich passiert ist.

Was macht er auf einmal in L. A.?

Und ich habe Schuldgefühle, das kann ich nicht länger leugnen.

Ich hätte in Ruhe mit ihm sprechen müssen, das wird mir nun klar, als mir unser Telefonat und all die derben Beschimpfungen, die ich ihm dabei an den Kopf geschmissen habe, einfallen. Wahrscheinlich ist er danach Hals über Kopf aufgebrochen, um sich mir und meinem Temperament hier vor Ort persönlich zu stellen, und auf dem Weg verunglückt. Auch wenn ich zu dem Unfall selbst noch keine genauen Informationen habe, außer dass Daniel zum Glück zu keiner Zeit in ernsthafter Gefahr schwebte und es ihm momentan ›den Umständen entsprechend gut‹ geht.

Aber was für Umstände sind das?

Vor mir fährt ein schwarzer BMW, den ich erst bewusst wahrnehme, als mir seine Bremsleuchten vor einer roten Ampel abrupt und sehr bedrohlich nahe kommen. Nur wenige Zentimeter vor der lackierten Stoßstange bringe ich Bens alten Mercedes zum Stehen. Nein, diese Bremsen haben nichts mit denen des Cayennes gemeinsam.

Konzentrier dich, Sarah!

Was bringt es, jetzt unachtsam zu sein und eventuell selbst noch einen Unfall zu verursachen? Und das mit Bens Auto.

Ben!

Bei dem Gedanken an ihn wird mir noch seltsamer zumute.

Diese vergangene Nacht … Nie zuvor habe ich auch nur etwas halbwegs vergleichbar Intensives erlebt. Unter der Erinnerung löst sich meine rechte Hand wie von selbst vom Lenkrad. Federleicht fahre ich mir mit den Fingerspitzen über die Lippen, die Ben so sanft geküsst hat.

Schnell rufe ich mich wieder zu Besinnung. Ich bin erschrocken über mich selbst und die Erkenntnis, dass vieles von dem, worauf sich mein Leben bis vor kurzem noch stützte, offenbar reine Illusion war: Daniels und meine Liebe, unsere Hochzeitspläne und der Wunsch, unser Leben ›in guten wie in schlechten Zeiten‹ gemeinsam zu verbringen. Nun ist das alles passé. Nur noch wenige Monate, dann hätten wir diese Worte allerdings ausgesprochen, und bis vor wenigen Wochen fühlte sich das alles auch noch absolut richtig an. Momentan erscheint mir die Idee hingegen völlig grotesk.

Die Ampel schaltet auf Grün, ich versuche, vorsichtig anzufahren … und würge den Motor dabei ab. Fluchend drehe ich den Schlüssel im Schloss und starte erneut. Diesmal klappt es. Kaum habe ich es in den dritten Gang geschafft, driften meine Gedanken erneut ab. Zurück zu Ben.

Allein das mentale Bild von ihm – diesem sensiblen großen Mann mit den silberblauen Augen und dem bezaubernd schüchternen Lächeln – berührt eine andere, vollkommen neue und sehr tiefliegende Stelle meines Herzens. Und diese unbekannte Tiefe beginnt mich zunehmend zu ängstigen, denn langsam wird mir klar, wie mächtig dieses Band zwischen uns ist und wie wenig ich in meinem Leben auf eine Liebe wie die seine gefasst war.

Vielleicht ist es gerade die momentane Situation mit Daniel – in der ich mir meines verletzten Stolzes noch so schmerzhaft bewusst bin –, die mich in Bezug auf Ben dermaßen beunruhigt. Nicht auszumalen, wie weh er mir erst tun könnte.

Als ich aus meinen Gedanken auftauche, habe ich den Mercedes bereits auf dem großen Parkplatz vor dem Krankenhaus abgestellt. Was mich ziemlich verwirrt, denn ich habe beim besten Willen keine Ahnung, wie ich überhaupt hierhergefunden habe. Das Unterbewusstsein eines Menschen kann wirklich angsteinflößend sein.

Ich schüttele den Kopf, streife mir hastig meine Sonnenbrille über und verlasse Bens Auto. Sobald mich sein Duft, der dem Innenraum des Wagens anhaftete, nicht mehr umgibt und ich stattdessen die leicht stickige Stadtluft inhaliere, fällt es mir wesentlich leichter, mich auf das jetzt Wesentliche zu konzentrieren.

Auf Daniel und seinen Unfall.

Ich schlage mir ein dünnes Tuch um Kopf und Hals, wie die Hollywood-Diven vergangener Zeiten in ihren Cabrios, und gelange auf diese Weise unerkannt bis zur Rezeption des Krankenhauses. Die Schwester an der Information erkennt mich dennoch, was wiederum gut ist, denn sie ist bereits informiert und schickt mir einen jungen Kollegen, der mich unauffällig zu Daniels Zimmer im zweiten Stock führt.

Gerade habe ich leise angeklopft, die Hand bereits auf der Türklinke, als sich diese herabdrückt. Eine junge Ärztin erscheint im Türrahmen und winkt mich herein. »Bitte, Ms. Pace, kommen Sie!«

Sie bedeutet mir mit einer Geste, dass Daniel schläft. Von meiner Position aus kann ich ihn nicht sehen, also bitte ich die fremde Frau, einen Moment zu warten, und schiebe mich an ihr vorbei.

Ich muss ihn sehen! Muss wissen, wie schlimm es wirklich ist …

Daniel liegt mit leicht aufgestelltem Kopfteil und zur Seite gedrehtem Kopf da und schläft. Die dunklen Haare sind kurz geschnitten, wie es der letzte Teil des Drehbuches für seinen Charakter vorschreibt. Auf seiner Wange und der Schläfe sind großflächige, aber – soweit ich das beurteilen kann – nur oberflächliche Schürfwunden erkennbar. Ein kleiner Schnitt, der zwar gesäubert und offensichtlich desinfiziert, nicht aber genäht oder geklebt wurde, kreuzt die Nasenwurzel. Über seiner linken Augenbraue hingegen klebt ein größeres Pflaster.

Erst, als ich meine Hand nach ihm ausstrecke, bemerke ich, wie stark ich zittere. Schnell ziehe ich meine Finger wieder zurück. Daniels Oberlippe ist aufgesprungen und glänzt von der Fettcreme, die man ihm auf die Wunde geschmiert hat. Sein Anblick schockiert mich zutiefst.

Ist es meine Schuld, dass er hier liegt?

Tränen tropfen aus meinen Augen auf die weiße Bettdecke hinunter. Ich spüre eine zarte Berührung an meiner Schulter, drehe mich um und blicke in das mitfühlende Gesicht der jungen Ärztin.

»Es sieht schlimmer aus, als es wirklich ist«, tröstet sie mich flüsternd und deutet dann in Richtung Tür. Ich folge ihr mit wackeligen Knien.

»Wir haben ihn geröntgt und seine inneren Organe gecheckt. Bis auf den Bruch zweier Rippen und die Fraktur im Handgelenk ist ihm nichts weiter geschehen. Er hatte wirklich Glück im Unglück, Ms. Pace«, versichert mir die Ärztin, kaum, dass ich die Tür hinter mir zugezogen habe.

Ich schüttele ungläubig den Kopf. »Wie ist das nur passiert?«

Ihre Augen verengen sich.

»Ihr Verlo… ähm … Mr. Johnson wurde angefahren. Ein Taxi hat ihn vor dem *Four Seasons*-Hotel erfasst.«

Meine Hand schnellt vor meinen Mund. »Man sagte mir, es sei ein Autounfall gewesen. Ich … war davon ausgegangen, er habe selbst in einem Wagen gesessen.«

Ich ernte einen bedauernden Blick. »Leider nicht, nein. Aber wie gesagt, er wird sich gut erholen. Er hatte großes Glück.« Die junge Ärztin streicht mir noch einmal etwas unbeholfen über den Oberarm. »Sie können zu ihm gehen und bei ihm warten, bis er aufwacht, wenn Sie möchten.«

Ich nicke sofort heftig. Sie lächelt mir ein letztes Mal zu, was vermutlich ermutigend wirken soll, aber man sieht ihr an, wie unsicher sie sich in dieser gesamten Situation fühlt. Und das liegt nicht allein an meiner Anwesenheit – oder an Daniels –, sondern vor allem daran, dass Gott und die Welt bereits über die Missstände unserer Beziehung Bescheid wissen.

Ich verlasse den kleinen Zwischenflur, auf dem unsere Unterhaltung stattgefunden hat, und betrete Daniels Zimmer erneut so leise wie möglich. Trage einen Stuhl an sein Bett und nehme beinahe lautlos neben ihm Platz.

Das Piepen der Überwachungsmonitore und Daniels sanftes Brummen, das er im Schlaf so oft von sich gibt und das weder ein Seufzen noch ein richtiges Schnarchen ist, sind die einzigen Geräusche, die den hellen Raum beherrschen.

Warum? Warum hast du uns das angetan, Daniel?

Und dann, nur einen Augenblick später, pocht es auf der anderen Seite meines Kopfes, als würde mein schlechtes Gewissen anklopfen.

Was er *getan hat? Warst nicht* du *diejenige, die dem Drang, Ben zu küssen, schon vor Monaten nachgeben wollte? Ist es nicht einfach nur sehr leicht, Daniel nun die Schuld in die Schuhe zu schieben?*

Diese Gedanken lasse ich nicht lange zu. Ich schiebe sie zur Seite und betrachte stattdessen Daniels schlafendes Gesicht. Irgendwann halte ich es nicht mehr aus und schiebe meine Hand behutsam unter seine eingegipste Linke. Sanft schließen sich meine Finger um seine frei liegenden Fingerspitzen, während sich neue Tränen ihren Weg bahnen und ungehindert über meine Wangen herablaufen.

Kann ich das wirklich?

Kann ich Daniel für Ben verlassen und mich zusammen mit Josie auf völlig neues Terrain begeben? Oder wäre es richtig, zu Daniel zu stehen und die Krise, in die wir uns wohl beide manövriert haben, tapfer durchzustehen?

Er hat sich immerhin schnellstmöglich auf den Weg zu mir gemacht und …

»Sarah«, brummt Daniel in diesem Moment – nur eine Sekunde, bevor er sich mir zuwendet. Sofort entziehe ich ihm meine Hand und frage mich im selben Moment, warum ich das tue.

Ich bin so schrecklich verwirrt.

»Schhh«, mache ich nur und schüttele meinen Kopf. »Die Ärzte sagen, du brauchst Ruhe. Also schlaf, Daniel! Wir … können später reden.«

»Du bist hier«, stellt er fest. Und dieser schlichte Satz versetzt mir einen tiefen Stich. Oder ist es der ungläubige Blick, der seine Worte begleitet?

»Natürlich. Wo … sollte ich denn sonst sein?« Nein, nun weiß ich, was es ist: Mein schlechtes Gewissen. Schon werde ich mir meiner Tränen erneut bewusst, denn nun brennen sie auf meinen Wangen. Ich schaffe es nicht schnell genug, sie wegzuwischen.

»Nicht weinen, Sarah! Es ist … nicht so schlimm, wirklich«, versichert mir Daniel. Nicht sehr überzeugend, denn sein Gesicht verzieht sich qualvoll, als er versucht, sich ein wenig aufzurichten. Sofort greife ich nach der kleinen Fernbedienung auf seinem Bett und lasse das Kopfteil ein Stück weiter hochfahren.

Die folgenden Minuten verbringen wir schweigend. Ein schweres, sehr drückendes Gefühl legt sich über uns und umhüllt uns mit Unbehagen.

»Was ist passiert?«, presse ich schließlich hervor.

»Ein Taxi hat mich erwischt«, erwidert er, als würde dieser eine kurze Satz alles erklären.

»Ja, das hat mir die Ärztin auch schon erzählt. Vor dem *Four Seasons*. Aber … was hast du überhaupt vor dem Hotel gemacht? Ich habe unser Haus verlassen, du hättest dort schlafen können.«

»Ich weiß«, sagt er und senkt seinen Blick. Er sieht so unglaublich verletzt aus und so … beschämt. Es bricht mir das Herz, Daniel so zu sehen, ist er doch sonst immer derjenige, der alles unter Kontrolle hat und niemals die Fassung verliert. Dann wiederum spüre ich die Wut in mir aufkochen, denn sollte ich wirklich ein schlechtes Gewissen haben, nach dem, was Daniel und Madelaine getan haben? Versuchung hin oder her, ich habe ihr schließlich nicht nachgegeben, sondern er.

Aber was wäre gewesen, hätte Ben dich in dieser Nacht in seinem Auto nicht gestoppt? Du hättest ihn geküsst, Sarah, das weißt du genau! … Und was ist mit letzter Nacht? Nur, weil ihr um ein Haar nicht miteinander geschlafen habt, kannst du nicht einfach so tun, als wäre überhaupt nichts passiert.

Wieder wische ich die unliebsamen Gedanken weg und warte schweigend auf Daniels Antwort.

»Dan?«, hake ich nach, als sie zu lange ausbleibt.

Er windet sich noch eine Weile unter meinem Blick, dann atmet er tief durch und sieht mir fest in die Augen. Entschlossenheit blitzt mir nun entgegen. Der feste Wille, den ich stets so an ihm bewundert habe.

Und dann gibt er mir seine Antwort. Zwar nicht die, um die ich ihn gebeten habe, dafür aber die auf meine eigentliche, bislang unausgesprochene Frage, um die ich schon seit seinem Erwachen herumtänzele: »Sarah, ich werde nicht versuchen, irgendetwas zu leugnen. Die Aufnahmen sind echt, wir haben uns geküsst.« Bevor ich etwas entgegnen kann, fährt er fort. Doch sein Tonfall hat sich verändert, er scheint seine Schmerzen ausgeblendet zu haben und klingt jetzt viel weniger gebrechlich als noch vor einer Minute. »Ich möchte ehrlich zu dir sein, was die Sache mit Madelaine angeht, Sarah.«

Ich höre seine Worte, als läge ich unter einer dicken Decke. Das Blut rauscht in meinen Ohren, und mein Brustkorb hebt und senkt sich zu schnell und flach, während meine Lippen immer wieder unkontrolliert zucken. *Ehrlich? Pah!*

Nur Sekunden später, als ich Daniels mitleidigem Blick begegne, platzt es aus mir heraus. »Die Sache mit Madelaine?«, wiederhole ich leise. »Die Sache, Daniel, wirklich? Hab doch wenigstens die Größe, es zu benennen. Ihr habt eine *Affäre*.«

Er wendet seinen Blick ab und kratzt mit den Fingern seiner rechten Hand über den Gips an seiner linken.

»Und überhaupt, was soll es nun noch ändern, dass du jetzt endlich ehrlich zu mir sein willst, Dan? Denkst du wirklich, dadurch tut es weniger weh?« Habe ich wirklich das Recht dazu, ihn so anzugehen und mich dermaßen gekränkt zu fühlen? Daniel gegenüber vielleicht schon, aber was ist mit Ben? Nach dieser vergangenen Nacht müsste ich versöhnt sein, oder nicht?

Dennoch fahre ich fort, dem Mann, der mein Leben so lange begleitet und mich immer wieder aufgefangen hat, weiterhin Vorhaltungen zu machen, ohne dabei den Mumm aufzubringen, auch aufrichtig zu ihm zu sein.

»Vor allem mit Madelaine, Daniel! Warum ausgerechnet mit ihr?«

Ich schaffe es nicht, ihn weiter anzusehen, und wende den

Kopf ab. Ja, die Tatsache, dass er mich mit meiner Freundin betrogen hat, wiegt schwer. Und wieder werden mir meine falschen Motive für die erneut aufsteigenden Tränen bewusst.

Du bist eine solche Heuchlerin, Sarah! Es ist nichts weiter als verletzter Stolz.

Daniel streckt seine Hand nach meiner aus, doch ich ziehe meine Finger zurück, ehe er sie berühren kann. Mein Blick fällt dabei erneut auf seinen dicken Gipsverband. Prompt zieht sich die Schlaufe, die sich um mein Herz gelegt hat, weiter zu.

»Sarah!« Daniel seufzt zerknirscht. »Ich will nur, dass du weißt, dass mir diese dämlichen Bilder lediglich zuvorkamen. Ich habe noch am selben Abend, nach der Entstehung dieser Aufnahmen, mit Jacques gesprochen und das Flugticket für heute gebucht. Ich wollte dich niemals so demütigen, glaub mir. Ich hätte dir alles erzählt.«

»Und *was* hättest du mir erzählt?«, presse ich irgendwann mühsam hervor und durchbreche damit eine neue minutenlange Stille.

Daniel blickt auf, sieht mir in die Augen und scheint zu bereuen, dass er nicht weiß, was ich hören will.

»Ich meine, hättest du mir erzählt, dass du eine Affäre mit *ihr* hast? Mit Madelaine?«, verdeutliche ich.

Er hält meinem Blick stand, doch sein Kinn zuckt, und er presst die Zähne so fest aufeinander, dass die Kieferknochen einige Male kurz hervortreten, bevor er endlich ein Kopfschütteln zustande kriegt. Zweifellos ist er ehrlich, aber …

»Nein?«, entfährt es mir viel zu laut. »Warum nicht? Hätte dir tatsächlich der Mut dazu gefehlt, mir zu beichten, dass du mich mit meiner ehemals besten Freundin betrogen hast?«

Sein Kopfschütteln hört gar nicht mehr auf, aber ich denke nicht daran, ihn zu Wort kommen zu lassen. So niederträchtig und oberflächlich meine Beweggründe auch sein mögen, momentan ist es mir egal. Mittlerweile habe ich mich in Rage geredet, und das tut unglaublich gut, denn es ist intuitiv und wirkt befreiend. Wir hätten schon vor langer Zeit so ehrlich miteinander sprechen müssen.

»Hast du mit ihr geschlafen, Dan?« Neue Tränen fließen. Ich wische sie wütend weg.

Was ist bloß mit uns passiert?

Daniel versucht erneut, sich aufzurichten, doch seine gebrochenen Rippen machen ihm einen Strich durch die Rechnung. Als er laut aufstöhnt und sich mit dem eingegipsten Arm die Seite hält, ist mein schlechtes Gewissen schlagartig zurück.

Daniels Gesichtsausdruck entspannt sich nur langsam, aber er strengt sich an und sieht mir Sekunden später schon wieder fest in die Augen. »Ich wünschte, ich könnte vor dir in die Knie gehen, Sarah. Das hätte ich schon bei meinem Antrag machen sollen, weißt du? Ich hätte vor dir niederknien sollen, wie du es verdient hast, anstatt dich zu fragen, ob wir ›unserer Beziehung auf die nächste Ebene verhelfen sollen‹.« Er stößt ein humorloses Lachen aus. »Ich meine, welcher Vollidiot fragt so etwas? Ich war erstaunt, dass du auf diese seltsame Frage überhaupt geantwortet hast.«

»Hör auf!«, rufe ich wütend, denn es fühlt sich falsch an, dass er seinen Antrag im Nachhinein noch entweiht. *Und außerdem …*

»Ich verstehe nicht, was du mir sagen willst. Warum würdest du am liebsten vor mir auf die Knie gehen?«

»Um dir zu verdeutlichen, wie leid mir das, was ich dir jetzt sagen werde, wirklich tut«, erklärt er leise. Und dann greift er nach meinen Händen. Behutsam legt er seine eingegipste Hand auf meine rechte, und ich bringe es nicht fertig, mich ihm ein weiteres Mal zu entziehen. Daniel wartet, bis ich ihn ansehe, was mir wirklich nicht leichtfällt. Seine grünbraunen Augen bekennen nur eines: tiefes, aufrichtiges Bedauern.

Mich hingegen durchfährt immer wieder ein einziger banger Gedanke, wie in einer Endlosschleife: *Was, um alles in der Welt, tust du, wenn er sich nun bei dir entschuldigt und um eine neue Chance bittet?*

Daniel atmet währenddessen ein letztes Mal tief durch. »Ich hätte dir nicht sagen können, dass ich eine Affäre mit Madelaine habe, Sarah. Weil das nicht der Wahrheit entsprochen hätte. Ich bin aber gekommen, um dir die Wahrheit zu sagen. Die volle Wahrheit. Und die ist, dass Madelaine und ich … Wir lieben uns, Sarah. Es ist keine Affäre. Es ist endgültig.«

Endgültig.

Das Wort ist raus, hallt in meinen Ohren wider und schwebt für lange Sekunden flirrend zwischen uns. Mein Gesichtsausdruck entgleist; ich spüre förmlich, wie fassungslos ich ihn ansehe.

Vermutlich ist es nur allzu offensichtlich, dass ich diese Möglichkeit nicht für eine Sekunde in Betracht gezogen habe. Und auch jetzt sickert die Erkenntnis nur langsam und tröpfchenweise zu mir durch. Scham breitet sich in mir aus, frisst sich wie ein Lavastrom durch meine Adern. Endlich rege ich mich, ziehe meine Hände aus seinem Griff und stehe auf. Nicht hastig oder ruckartig – sondern langsam und so würdevoll wie irgend möglich.

In meinem Inneren hingegen schlagen die Gefühle Kapriolen. So stark, dass mir schwindelig wird, also ergreife ich das Fensterbrett und halte mich mit verkrampften Fingern daran fest.

»Und um deine Frage zu beantworten«, fährt Daniel hinter mir leise fort, »ja, wir haben miteinander geschlafen. Wir waren lange damit beschäftigt, gegen unsere Gefühle anzukämpfen, und es tut mir aufrichtig leid, dich so hintergangen zu haben. Auch Madelaine ist totunglücklich, das kannst du mir glauben.

Wir haben in den vergangenen Wochen mehr geweint als gelacht, denn es wurde immer deutlicher, dass wir es nicht schaffen, das mit uns einfach totzuschweigen und abzuhaken. Wir … lieben uns, Sarah.«

Seine letzten Worte klingen nahezu flehend, als würde er meine Erlaubnis erbitten.

»Madelaine ist … Sie wollte …« Die Frage, was Daniel so sehr zum Stammeln bringt, verleiht mir die Kraft, mich ihm erneut zuzuwenden. Er fummelt an seinem Gips herum und schafft es nicht, zu mir aufzublicken. »Was wollte sie?«

Nun sieht er mich an. »Sie wollte unbedingt mitkommen, Sarah. Ich habe ihr gesagt, es sei eine Sache zwischen dir und mir, aber dem wollte sie partout nicht zustimmen. Sie sagte, ihr kennt euch schon seit Ewigkeiten, und dass sie nicht in Frankreich bleiben würde, während ich dir alles gestehe. Sie hat im *Four Seasons* eingecheckt. Deswegen war ich dort.«

Ich schlucke. *Madelaine ist hier.*

Daniel schüttelt seinen Kopf und schaut erneut betrübt auf seine verletzte Hand hinunter. »Könnte ich mein Leben planen, Sarah, dann würde ich es an deiner Seite verbringen«, erklärt er aufrichtig. »Ich habe mit dir die glücklichsten Jahre meines Lebens verbracht. Du bist einfach wunderbar, und ich hasse mich für das, was ich dir antue. Aber glaub mir bitte, ich wollte nicht, dass es so kommt. Wir haben doch Josie. Können wir nicht eine Einigung finden, Sarah? Mir ist klar, dass du verletzt bist, aber bitte denke an Josie. Ich will keinen Rosenkrieg. … Sarah, bitte, sag doch was!«

Nicht länger fähig ihn anzusehen, senke ich meinen Kopf.

Was er von mir verlangt, ist unmöglich. Ich kann jetzt keine Entscheidung wie »In Ordnung, jedes zweite Wochenende gehört dir« treffen. Wie auch?

Stattdessen höre ich nur tief in mich hinein, suche nach Enttäuschung, Wut, schlechtem Gewissen, gekränktem Stolz und all den anderen Gefühlen, die wenige Sekunden zuvor noch so prominent mein Herz erfüllt hatten. Aber da ist nichts.

Nichts, als eine große Leere, ein tiefes Loch, über dem ich baumele.

Und obwohl ich irgendwie erwarte, dass mich der Gedanke an Ben auffängt, geschieht nichts dergleichen, als ich ihn zulasse. Im Gegenteil, das Loch scheint sich nur noch zu vertiefen.

In meiner Verwirrung sehe ich Daniel an, nach wie vor unfähig, etwas zu erwidern. Er hält meinen Blick ebenso stumm und verzweifelt wie ich seinen. Und in diesem Moment wird mir klar, dass er recht hat.

Es ist endgültig. Daniel und ich, wir sind Geschichte.

Wenige Sekunden später ertönt ein leises Klopfen an der Tür. Die Klinke wird herabgedrückt – wie in Zeitlupe, so kommt es mir zumindest vor –, und ich blicke in warme, bernsteinfarbene Augen, die mir nach wie vor so vertraut vorkommen. Sie flackern nur kurz in Sorge zu Daniel, dann fixieren sie mich wieder und bleiben unsicher, aber tapfer auf mir haften.

»Hallo Sarah!«, sagt Madelaine.

Ben

Ich sitze auf meiner Couch und versuche angestrengt, dem laufenden Fernsehprogramm zu folgen. Dabei sehe und höre ich nichts von dem, was sich vor meinen Augen auf dem flackernden Bildschirm abspielt.

Alberta, die ich unmittelbar nach Sarahs Aufbruch zum Krankenhaus aufgeklärt habe und die sich mittlerweile schon bettfertig gemacht hat, erhebt sich neben mir und holt sich ein Glas Wasser aus der Küche.

»Wir werde sehe!«, sagt sie, als sie erneut neben mir Platz nimmt, und tätschelt dabei meinen Oberschenkel. Auch sie ist ungewöhnlich still, obwohl ich beschwören könnte, dass sie genau weiß, was sich in der vergangenen Nacht zwischen Sarah und mir abgespielt hat. Es ist zwar nur ein Gefühl, aber ich bin mir leider ziemlich sicher.

Ich schenke ihr im Vorbeugen ein kurzes Lächeln, nehme meinen Laptop und beginne in meiner Verzweiflung, nach Neuigkeiten in der Klatschpresse zu suchen. Fehlanzeige. Daniels Unfall scheint den Papparazzi tatsächlich entgangen zu sein. Ein Blick auf die Uhr am oberen Bildschirmrand verrät mir, dass Sarah schon seit drei Stunden weg ist. Drei Stunden ohne ein Wort von ihr.

Josie hatte sich widerstandslos von mir ins Bett bringen lassen, aber auch sie schien gespürt zu haben, dass etwas nicht stimmte.

»Warum ist Mommy noch nicht zurück? Das Einkaufen dauert aber lange.«

Ich wusste nicht, was ich darauf entgegnen sollte, und war der Kleinen eine Antwort schuldig geblieben. Mit dem Vorlesen etlicher Prinzessinnengeschichten lenkte ich sie so lange ab, bis ihre großen grünen Augen nur noch Schlitze waren und eine einzige Streichelbewegung über ihre Lider ausreichte, sie für die Nacht zu schließen.

Nun schläft sie schon beinahe zwei Stunden lang, und von Sarah gibt es nach wie vor keine Spur.

Endlich höre ich, wie sich der Schlüssel im Schloss dreht. Für einen Moment fahre ich zusammen, doch dann fällt mir ein, dass Sarah ja mit meinem Auto unterwegs war und der Wohnungsschlüssel mit an dem Bund hängt.

Im selben Moment springe ich schon auf und laufe ihr entgegen.

Sie blickt nur kurz zu mir auf, schenkt mir den vagen Anflug eines erschöpften Lächelns und streift sich dann sofort ihre Schuhe von den Füßen. »Schläft Josie schon?«

»Sicher, es ist zehn Uhr.«

»Gut, danke!«

Ich warte einige Sekunden, ob sie von sich aus etwas erzählt, doch als das nicht geschieht, halte ich die Anspannung nicht länger aus. »Und? Was ist passiert?«

»Er … ist von einem Taxi erfasst worden. Zwei Rippen sind gebrochen und sein Mittelhandknochen ist angeknackst, aber im Prinzip hatte er großes Glück.«

Das beantwortet zwar längst nicht alle meiner Fragen, aber ich lasse es vorerst dabei bewenden.

»Sarah, komme, esse was!«, fordert Alberta, die sich ebenfalls erhoben hat und sich nun in größter Selbstverständlichkeit an mir vorbei in meine Küche schiebt. Ich suche nach Sarahs Blick, doch sie weicht mir aus und folgt Alberta ohne ein Wort des Widerspruchs. *Was …?*

Sarah isst in absoluter Stille. Wie mechanisch schiebt sie sich eine Gabel nach der anderen in den Mund. Es wirkt, als würde sie kauen und schlucken, ohne zu schmecken. Ein mulmiges Gefühl überkommt mich, als ich sie so sehe, und obwohl ich hinter ihr im Türrahmen lehne und mehr als nur einmal mit dem Gedanken spiele, mich zu ihr zu setzen, tue ich es letztlich doch nicht. Ich weiß nicht, warum, aber Sarah strahlt plötzlich eine solche Unnahbarkeit aus, dass ich automatisch die Distanz zu ihr halte.

Alberta scheint es nicht anders zu gehen. Sie steht nur eine Armlänge von mir entfernt, blickt ebenso starr auf Sarah wie ich und räumt ihren leeren Teller anschließend wortlos ab, ohne zu fragen, ob sie etwas vom zweiten Gang essen will.

Sarah erhebt sich und scheint erst, als sie sich mir zuwendet, zu realisieren, dass ich die gesamte Zeit über hinter ihr stand. Sie wirft mir einen kurzen undefinierbaren Blick zu. Dann entschuldigt sie sich mit der Erklärung, sie sei müde, und verschwindet in ihrem Zimmer.

Kurz darauf, Alberta und ich haben wieder vor dem laufenden Fernseher Platz genommen, höre ich das Plätschern der Dusche. Das Geräusch reicht aus, tausend Bilder der vergangenen Nacht wachzurufen und wild durch meinen Kopf blitzen zu lassen. Ich stelle mir vor, wie Sarah das Wasser genießt und ihren Körper einseift. Die schlanke Taille, den tiefen Bauchnabel, ihre perfekten Brüste …

Zur Ablenkung rufe ich schnell nach Jack, der sich neben mich legt und dankbar kraulen lässt.

Eine halbe Stunde verstreicht schleichend und zäh, bis Sarah mit einem Handtuch um den Kopf aus dem Bad kommt und uns eine »Gute Nacht« wünscht.

Alberta nimmt das zum Anlass, sich ebenfalls zurückzuziehen, und auch ich schalte den Fernseher kurz darauf ab und gehe mit pochendem Herzen in mein Zimmer.

»Komm doch zu mir«, bat ich Sarah nachmittags, und sie willigte ein. Hoffentlich steht unsere Verabredung nach dem Besuch bei Daniel noch.

Als sich eine halbe Ewigkeit später endlich die Klinke meiner Schlafzimmertür nach unten bewegt, setze ich mich blitzschnell in meinem Bett auf.

Sie ist da!

Sarah tritt ein, mit noch feuchtem Haar, verschließt die Tür hinter sich und wendet sich mir langsam zu. Ein eisiger Schauder erfasst mich und löscht die Wärme meiner Freude, sobald unsere Blicke aufeinandertreffen. *Nein, bitte nicht!*

Doch da ist er schon, der Satz, den ich so fürchtete: »Ben, wir müssen reden.«

Was habe ich auch geglaubt?

Sarah setzt sich neben mich auf die Bettkante, knetet ihre Hände, auf die sie unablässig hinabstarrt, und erzählt mir alles, was sich zwischen Daniel, Madelaine und ihr im Krankenhaus zugetragen hat.

Ich rücke näher zu ihr, streiche über ihren Rücken und versuche, sie sanft zu mir zu ziehen, aber Sarah versteift sich in meiner Umarmung und bleibt aufrecht sitzen.

»Madelaine und er … sie lieben sich«, sagt sie schließlich. Ich verstehe die letzten Worte kaum, weil ihre Stimme darunter versagt. Dennoch packt mich der kalte Schauder von zuvor erneut. »Oh!«, ist wieder einmal alles, was ich erwidern kann.

Nun sieht sie mich an. Zum ersten Mal an diesem Abend länger als für ein paar Sekunden. Und dieser Blick geht mir durch und durch, denn er wischt jegliche Zweifel weg. Oder sollte ich sagen, jegliche Hoffnung? Denn mit einem Mal weiß ich genau, wo dieses Gespräch enden wird.

»Es war ein Fehler, Ben.«

»Letzte Nacht? Mit … uns?«, frage ich halb erstickt.

Sarah antwortet nicht, blickt nur wieder auf ihre Hände hinab und knetet sie noch fester als zuvor. »Vielleicht hätten wir es langsamer angehen sollen. Vielleicht hätte sich dann alles gefügt. Aber so … weiß ich momentan gar nichts mehr. Nur, dass es eine Illusion war.«

»Das mit uns?«, frage ich wieder, dieses Mal fester, und ziehe meine Hände dabei weg. Weiche zurück.

»Zu denken, dass ich all das, was zwischen Daniel und mir war, einfach so zur Seite legen, abhaken und mit dir neu beginnen kann«, erklärt sie.

Ihre Worte bleiben in der Stille hängen – schwer und unwiderruflich – und wirken schmerzhaft nach. Ich ziehe die Knie an und umschlinge sie mit meinen Armen. Habe das Gefühl, etwas dicht an meine Brust drücken zu müssen, denn plötzlich ist da wieder dieses brennende Loch, das sich so lange schon nicht mehr gemeldet hat.

»Im Moment fühlt sich alles einfach nur … falsch an«, sagt Sarah irgendwann. »Dass ich es zugelassen habe, dir so schnell so nahezukommen, dass niemand etwas davon weiß und alle Daniel für den Übeltäter halten. Alles.«

»Aber wir …«, werfe ich ein.

»Was?« Sarah blickt mir fest in die Augen. »Nur weil wir nicht miteinander geschlafen haben? Madelaine und er haben auch versucht, ihre Gefühle zu unterdrücken. Genau wie wir. Und dann ist er nicht länger dagegen angekommen, ja.« Ihre Brauen heben sich. »Ben, hättest du mich nicht davon abgehalten und zur Vernunft gebracht, hätte ich dich schon nach unserem Abend im *Pure* geküsst. Ich bin eigentlich keinen Deut besser als Daniel. Du warst da, hast mich zur Besinnung gerufen, und wir hatten in diesem Augenblick keinen Zeugen mit einer Kamera. Sonst hätte es schon viel eher diese erniedrigenden Titelbilder gegeben, allerdings mit uns beiden in den Hauptrollen.«

Da ich nicht weiß, was ich darauf erwidern soll, schweige ich und blicke auf meine nach wie vor angewinkelten Knie.

»Aber, du hast gesagt, dass Daniel und Madelaine jetzt zusammen sind. Dass … sie sich lieben. Warum …?«

Sie schüttelt vehement den Kopf, springt dann auf und läuft im Zimmer auf und ab, als könne sie die Wahrheit nur so ertragen.

»Nein! Ben, so einfach ist das nicht. Ich … bin keine siebzehn mehr, verstehst du? Ich bin eine erwachsene Frau und Mutter. Ich kann mich nicht kopflos von einer Beziehung in die nächste stürzen und Josie einfach mitziehen. Das wäre ihr gegenüber so unfair.«

Ich scheitere an dem Versuch, den dicken Klumpen in meinem Hals hinunterzuschlucken. *Bitte! … Bitte nicht!*

»Meine Eltern …«, fährt Sarah irgendwann fort, »… waren großartig miteinander. Sie sind es bis heute. Meine Mum war immer so eine Art rettender Anker für meinen Dad. Sie war daheim, kümmerte sich darum, dass unser Alltag geregelt ablief, und baute ihm das Nest, das er brauchte, um sich wohl zu fühlen. Ich bin nicht so!

Momentan fühle ich mich eher, als hätte ich als Mutter auf der gesamten Linie versagt. Ich habe es ja nicht mal geschafft, Daniels Haus ein wenig Gemütlichkeit einzuhauchen. In all den Jahren nicht.« Sie schüttelt den Kopf und dreht ihre langen Haare mit bebenden Fingern zu einem dicken Zopf. »Daniel und ich … wir konnten uns nie gegenseitig bieten, was wir wirklich gebraucht hätten. Wir hatten keinen rettenden Anker, im Gegenteil. Wir waren wie … wie zwei Schiffe, die haltlos auf offener See herumtrieben. Eine Zeitlang nebeneinander, aber dann erfassten uns unterschiedliche Wellen und trieben uns endgültig auseinander.«

Der Vergleich ist so bildlich, dass ich die beiden Schiffe förmlich vor mir sehe. Verloren, jedes für sich, schaukeln sie auf hoher See.

»Und uns beiden…« Nun bleibt Sarah endlich stehen und schaut mir tief in die Augen. » … uns würde es doch genauso ergehen, Ben. Weil wir genau in derselben Situation sind. Im Moment sehen wir uns zwar täglich, weil wir zusammen arbeiten. Aber was wird, wenn *Das Leben in meinem Sinn* ein Ende findet und wir beruflich getrennte Wege gehen?«

»Können wir das nicht einfach abwarten und sehen, was dann kommt?«

Sie schüttelt den Kopf. »Nein. Das könnten wir, wenn ich noch alleine wäre. Wenn es nur um uns beide ginge. Aber ich habe Josie. Und die hat dich jetzt schon sehr lieb.«

»Ich sie doch auch«, gestehe ich verzweifelt.

Sarah kneift die Augen zusammen und wendet sich ab, als hätte ich ihr einen Schlag verpasst. »Ich weiß! Aber … sollten wir scheitern, Ben … Ich habe nicht die Kraft dazu, all das noch einmal durchzustehen, was jetzt mit Daniel auf mich zukommt. Und vor allem will ich es Josie nicht noch einmal antun. Auf keinen Fall! Vielleicht … Gott, ich hoffe es so sehr, dass Daniel und ich die Trennung jetzt einigermaßen unblutig geregelt bekommen, aber sollten wir beide, Ben, in ein, zwei Jahren merken, dass es mit uns doch nicht funktioniert, wäre sie schon älter und bekäme viel mehr davon mit. Nein!«

Ich richte mich noch einmal auf, versuche, ihre Hände zu fassen, aber Sarah zieht sie zurück, bevor ich sie ergreifen kann. Sie ist auf einmal so abweisend. »Du tust so, als wäre es vorprogrammiert, dass wir scheitern«, werfe ich in meiner unaufhaltsam wachsenden Panik ein.

Sie senkt ihren Blick; eine einzelne Träne tropft auf den Parkettboden. »In meinen Augen ist es das, tut mir leid«, erklärt sie mit einem rauhen Flüstern.

»Aber … es gibt Paare wie uns, die das auch alles irgendwie hinkriegen«, starte ich einen letzten verzweifelten Versuch.

»Das reicht nicht«, sagt sie, ohne zu mir aufzublicken.

Ich weiche zurück, kralle die Finger in meine Bettdecke und blicke sekundenlang an die Zimmerdecke. Es ist wie damals, als ich noch ein Junge war und immer wieder fremde Räume bezog: Plötzlich kommt mir mein Leben genauso unbeschrieben und leer vor wie der weiße Putz. Ich schließe die Augen bei diesem Gedanken. *Es ist hoffnungslos!*

Immer wieder geschieht dasselbe. Es scheint so, als würde irgendjemand – oder etwas – das Scheitern einer neuen Liebe in dem Moment festlegen, in dem sich mein zögerliches Herz gerade darauf eingelassen hat.

»Es ist noch etwas anderes, oder?«, höre ich mich sagen, ohne mir der Frage zuvor bewusst gewesen zu sein.

»Was meinst du?«

»Es gibt noch etwas. Irgendetwas ist im Krankenhaus geschehen, das dich verunsichert hat.«

Erst als ich mich die Worte aussprechen höre, wird mir klar, dass es so gewesen sein muss.

Sarah sieht mich lange an, bevor sie wieder ihren Blick senkt und ihre Finger miteinander verschränkt. Sie windet sich.

»Ich bin so gekränkt«, gesteht sie schließlich. »Daniel so wiederzusehen, nach all den Wochen … Wie er dalag, mit diesen Verbänden und den Monitoren, die seine Körperfunktionen überwachten. Auf der einen Seite tat er mir entsetzlich leid und ich verstehe nicht, wie es so weit kommen konnte, andererseits war ich auch so wütend und verletzt. Und Madelaine dann zu sehen, wie sie sich um ihn sorgte, als sei es das Selbstverständlichste der Welt. Sie hat einfach meinen Platz eingenommen, Ben. Dabei kann ich ihr nicht einmal böse sein, und Daniel auch nicht, denn ich habe ihn nie richtig ausgefüllt.«

Minuten vergehen ohne ein weiteres Wort. Ich verstehe Sarahs Verwirrung, ich verstehe, dass sie gekränkt ist, aber ich verstehe nicht, warum alles, was sie sagt, so absolut endgültig klingt. Warum sie uns einfach keine Chance geben will.

»Sag etwas!«, fordert sie irgendwann und beendet unser Schweigen damit.

Ich fühle mich taub, leer und auf einmal sehr erschöpft. »Was soll ich denn sagen, deine Entscheidung ist doch offenbar gefallen.«

»Und das ist alles?«, erwidert sie.

Wut kocht in mir hoch. Schnell und unaufhaltsam. Sie verleiht mir neue Kraft, lässt mich aufspringen. Meine Stimme überschlägt sich fast. »Was willst du von mir, Sarah? Ich verstehe überhaupt nichts mehr! Wir verbringen diese … diese unglaubliche Nacht miteinander, und am nächsten Tag beendest du alles wieder und ziehst dich zurück. Was glaubst du eigentlich, wie viel ich noch ertragen kann?«

Als ich ihren erschrockenen Blick sehe, gehe ich instinktiv einen Schritt auf sie zu; mein Ton wird wieder sanfter. Spürt sie denn nicht, wie ich auf sie eingehe? Auf jede ihrer Regungen?

»Seitdem wir uns kennen, liebe ich dich, Sarah. Jede Sekunde mehr. Ich habe es lange verdrängt, aber es stimmt. Warum habe ich dich wohl damals in meinem Wagen gebeten, mich nicht zu küssen, obwohl es das war, was ich am meisten wollte? Ich hätte auch weiter geschwiegen, wie bisher, und dich weiterhin heimlich geliebt. Ohne die letzte Nacht wäre all das möglich gewesen. Aber jetzt …«

Sarah schaut mich mit großen Augen, in denen nun Tränen stehen, an. Müde und erschöpft schmeiße ich mich zurück auf mein Bett. Erst nach einer kleinen Ewigkeit spreche ich weiter. »Und, wie soll es jetzt weitergehen? Mit uns, am Set … und überhaupt?« Wieder blicke ich an die Zimmerdecke.

Sarah weint leise vor sich hin. »Es tut mir leid«, beteuert sie zwischendurch immer wieder, bleibt mir jedoch die Antworten auf meine Fragen schuldig.

Tränen brennen nun auch hinter meinen Augen. So weit ich die Lider aufreiße, so hoch ich meinen Blick auch halte – ich kann sie nicht zurückblinzeln. Irgendwann, Minuten später, dreht sich Sarah um, erkennt das volle Ausmaß meiner Verzweiflung und stürmt schluchzend aus dem Zimmer. Mit dem ›Klack‹ der zufallenden Tür stürzt schlagartig alles in mir ein.

Am nächsten Morgen, nach einer schrecklich langen Nacht, klopft sie schon früh an meine Tür. Beim Anblick ihrer verquollenen Augen keimt Hoffnung in mir auf, denn offensichtlich war ihre Nacht genauso hart wie meine. Vielleicht bereut sie ihren Entschluss, vielleicht gibt sie uns doch eine Chance. Vielleicht bittet sie mich, ihr die Zeit zu lassen, das Erlebte zu verarbeiten. Alles wäre besser als die bittere Endgültigkeit des vergangenen Abends. Alles, außer Sarahs folgende Worte: »Ich wollte mich nur verabschieden, Ben. Ich habe einen Chauffeur bestellt, der uns gleich abholt und zurück nach Hause bringt.«

Ich höre ihre Worte, doch ich verstehe sie nicht. Nichts ergibt mehr einen Sinn. Nur eine halbe Stunde später lehne ich stumm im Rahmen der Haustür und beobachte, wie Sarah, Josie und Alberta meine Wohnung verlassen und zu dem fremden Fahrer ins Auto steigen.

***

Wie betäubt trinke ich meinen Kaffee. Als mich Jacks Gewimmer erreicht, ist es schon fast Mittag. Ich fahre mit ihm zu der kleinen Bucht, zu der ich auch Sarah nur zwei Tage zuvor gebracht habe. Im Nachhinein betrachtet – jetzt, wo ich weiß, welchen Ausgang Sarahs und meine Geschichte offenbar gefunden hat – komme ich mir so vor, als hätte ich Shirleys und meinen geheimen Platz entehrt. Diese Bucht war unser Rückzugsort; bis heute kann ich hier ihre Nähe spüren, wenn ich auf den Klippen sitze, die Augen schließe und meine Sinne auf das Rauschen des Ozeans fixiere. Doch an diesem Morgen kann nicht einmal der unendliche Rhythmus der heranrollenden Wellen die gewünschte Erleichterung meines Herzens bewirken.

Ich hole meine alte Gitarre aus dem Wagen, setze mich in den weichen Sand und spiele seit langer Zeit wieder.

Der Wind raschelt über meinem Kopf durch die Wedel der einsamen Palme. Er scheint mir etwas zuflüstern zu wollen. Etwas, das ich nicht verstehe. Dabei sehne ich mich so sehr nach einem Zeichen. Irgendetwas, das mir den richtigen Weg weist und mich wieder hoffen lässt.

Am Abend schlafe ich auf dem Bett in meinem Gästezimmer ein – auf Sarahs Bett –, nachdem ich bei dem Versuch, die Bettwäsche zu wechseln, kläglich gescheitert bin. Alles roch noch nach ihr, und so konnte ich mich einfach nicht dazu bringen, den Raum zu verlassen.

Es gibt keinen weiteren Kontakt, bis wir drei Tage später erneut am Set zusammenkommen.

Sarah begrüßt mich nüchtern, mit einem Lächeln, das so steif und aufgesetzt ausfällt, dass ich nicht einmal versuche, es zu erwidern. Ich murre nur eine kurze Begrüßung und verschwinde dann auf direktem Weg in meiner Garderobe.

Maggie umarmt mich, merkt aber sofort, dass es mir nicht gutgeht. Ich übe mich weiterhin im Schweigen, und sie akzeptiert das so ergeben, dass ich mich frage, ob sie etwas weiß. Zumindest bin ich mir sicher, dass sie eine Ahnung hat. Sie hakt nur nicht nach, und ich bin froh darüber, denn auf Kommentare wie

»Habe ich es dir nicht gesagt?« kann ich momentan wirklich verzichten.

Wie an jedem Morgen liegt eine Zeitschrift auf der Ablage unter meinem Spiegel. Ich nehme sie und lege sie erleichtert wieder weg, als mich weder Sarahs noch Daniels Gesicht von der Titelseite aus ansieht.

Die Magazine haben inzwischen ausgiebig über Daniels Treuebruch mit Madelaine und den anschließenden Unfall berichtet. Momentan vergeht keine Stunde, ohne dass sich neue Gerüchte zu all den bislang geschriebenen gesellen, aber schon bald werden sich die Medien wieder auf ein neues Thema stürzen. Kein anderes Geschäft ist so schnelllebig wie das unsere.

Außerdem haben es Daniels und Sarahs Manager geschafft, den Unfall komplett herunterzuspielen. Dass Madelaine in L. A. ist, konnte durch Fotos bislang nicht bewiesen werden, und das ehemalige Traumpaar Hollywoods scheint sich sogar während seiner Trennung noch einig zu sein. Wie langweilig! Nein, es gibt Drogenexzesse und Sexskandale unter den Promis, die sich weitaus besser verkaufen lassen.

Randy ist über die Fakten, die Daniel, Sarah und Madelaine betreffen, aufgeklärt, aber vermutlich hat Sarah im Vorfeld klargestellt, dass sie am Set nicht über ihr Privatleben sprechen will. Zumindest ist Randy wieder der Alte. Zurück in seiner Rolle als Regisseur und weniger in der des guten Freundes hastet er nun seinem eigenen Zeitplan hinterher. Irgendetwas scheint ihn momentan besonders zu drängen – und das hat nichts mit dem Versäumnis der vergangenen Tage zu tun.

Randy weiß noch nicht, was zwischen Sarah und mir geschehen ist, aber ich wäre verrückt zu glauben, dass er die Stimmungswandlung zwischen uns nicht bemerkt. Sarah und ich sehen einander kaum noch an und halten immer so viel Abstand zueinander, wie es der Raum und die jeweiligen Umstände gerade zulassen. Das ist für alle ungewohnt, aber niemand sagt etwas.

Vom ersten Drehtag an waren wir stets Seite an Seite, egal ob vor oder hinter der Kamera. Der Gedanke, das nun verloren zu haben, schmerzt unglaublich.

Emotional völlig verwirrt, begeben Sarah und ich uns zurück an die gemeinsame Arbeit. Gerade heute ist der Dreh besonders anstrengend.

Denn da der Sender bereits eine zweite Staffel der Serie gekauft hat, erklärt Randy in einer allgemeinen Teamrunde, er wolle nun schnellstmöglich die letzten drei Folgen der ersten Staffel abdrehen.

Dann gibt er uns einen inhaltlichen Überblick darüber, was unsere Charaktere in der zweiten Staffel erwartet: »Wir machen einen Zeitsprung von etwa einem halben Jahr. Es wird bedeutend ernster zwischen Ron und Lea, das läuten wir ja bereits in der letzten Folge der ersten Staffel ein. Nachdem die beiden sich so unsterblich ineinander verliebt haben und in ihrem frischen Enthusiasmus zunächst noch bereit waren, alle Schwierigkeiten ihrer Beziehung in Kauf zu nehmen, wird das Verlangen zwischen ihnen nun immer größer und nimmt langsam richtig qualvolle Ausmaße an. Für euch, Sarah und Ben, heißt das, ihr könnt eure Gesichtsmuskeln erst einmal entspannen. Das ewige Grinsen ist bald schon passé.«

Wie passend, denke ich bitter und sehe mit einem schnellen Seitenblick auf Sarah, dass auch sie sich nicht wohl in ihrer Haut fühlt. So enttäuscht ich auch bin, im Grunde will ich nichts mehr, als meine Arme um sie schließen und ihr versichern, dass alles wieder gut wird.

»Ben? Alles klar?«

Erst, als Randy mich anspricht, erwache ich wieder aus meinen Gedanken. Alle anderen um uns herum sind aufgestanden und bereits unterwegs zu ihren Plätzen. Nur ich sitze noch mitten in dem großen Raum und starre gedankenverloren durch die Gegend.

Randy fuchtelt mit dem zusammengerollten Skript vor meinem Gesicht herum.

»Ben, hallo? Bitte sag mir jetzt nicht, dass du dich nicht wohl fühlst. ... Oder doch, warte! Wenn es so ist, dann sag es mir, damit ich dir besser jetzt als gleich so viel Aspirin in den Hintern schießen kann, dass du hier durchhältst. Wir haben eine Menge Arbeit vor uns, also bitte mach jetzt nicht schlapp, verdammt!«

»Nein, es ist alles okay. Mir fehlt nichts«, versichere ich ihm.

»Na, dann beweg dich endlich!«, erwidert Randy und schüttelt genervt den Kopf.

Sarah und ich finden uns schließlich auf unseren Plätzen ein. Unbeholfen stehen wir einander gegenüber und schaffen es nicht, uns in die Augen zu schauen.

Requisiteure wirbeln um uns herum und rücken riesige Bücherregale an ihre Plätze. Randy nutzt die Zeit des Umbaus, um uns noch einmal zu erklären, wie er sich die nächste Sequenz vorstellt.

»Also, Sarah, du bist in der Stadtbücherei, auf der Suche nach Hinweisen zu deinem Stalker. Du drehst dich um, blickst auf deine Notizen ... Hallo, Notizen? ... Requisite, wo ist der verdammte blaue Zettel? ... Aha, danke! ... Jedenfalls guckst du auf deine Notizen und läufst dabei gedankenverloren mit dem rechten Fuß gegen das Bücherregal. An dieser Stelle wechseln wir die Kameraperspektive. Weitwinkel, linke Seite, Froschperspektive.« Hektisch weist er Josh, den Kameramann, an, bevor er sich wieder Sarah zuwendet. »Also, du stolperst. Ben schiebt geistesgegenwärtig die lange Leiter zu dir herüber, und du schaffst es so gerade noch, dich daran aufzufangen. Und dann kommt der heißersehnte Kuss, mit dem du dich bedankst. Alles klar?«

Oh nein, der Kuss!

Mein Kopf schnellt hoch, und auch Sarahs Blick schweift kurz erschrocken zu mir, bevor sie Randy hastig zunickt. Dieser Kuss ist der erste zwischen Ron und Lea und soll den romantischen Höhepunkt der ersten Staffel darstellen. Das hat Randy uns schon lange eindringlich erklärt. Vor einer Woche noch konnte ich den Dreh dieser Szene kaum abwarten, doch jetzt möchte ich am liebsten nur noch nach Hause. Genau diese peinlichen Situationen wollte ich Sarah und mir von Anfang an ersparen.

Viel zu schnell ist die Stolper-Szene abgedreht; nun gibt es kein Zurück mehr. Randy ist bereits bei seinen letzten Anweisungen: »Eure Lippen dürfen sich nur sehr sanft berühren. Ihr wisst, wir müssen diesen digitalen Kribbeleffekt noch darüberlegen. Dafür dürfen sie auf keinen Fall aufeinandergepresst wirken, denn ihr fühlt euch ja nicht. Der Kuss ist eher ein Symbol, also auch die Arme lediglich aufeinanderlegen. Bitte alles … ganz … behutsam.«

Er dirigiert seine letzten Worte und zieht sich im Rückwärtsgang zurück. Sarah und ich stehen einander starr gegenüber und lassen Randy nicht aus den Augen.

»Ruhe bitte! Position … und Action!«, ruft er.

Ich wende mich Sarah zu und sehe sie direkt und tief an – so, wie es das Drehbuch von Ron verlangt. Unwillkürlich muss ich schlucken. Sie erwidert meinen Blick aus diesen großen grünen Augen, die in dem grellen Licht der Scheinwerfer noch viel heller schimmern als sonst und mich innerlich dahinschmelzen lassen.

Sarah blinzelt auffällig oft. Auch ihr fällt es offensichtlich nicht leicht, mich so direkt anzusehen.

Wieso musste es bloß so kommen? Hätte ich ihr mehr Zeit lassen sollen? Hätte sie mir dann eine Chance gegeben?

Kurz flackert noch einmal die Hoffnung in mir auf, dass Sarah einfach überfordert ist. Dass es schlichtweg zu früh für eine neue Beziehung ist.

Nein!, sage ich mir dann in aller Bestimmtheit. Nein, davon hat sie nichts gesagt. Es gab kein ›erst einmal‹ oder ›vielleicht später‹ in ihrem Beschluss. Nur eine Bestimmtheit, die sich erschreckend endgültig anfühlte.

»Schnitt!«, ruft Randy und kommt wieder auf uns zu. »Hallo, Erde an Ben und Sarah! Ihr solltet euch jetzt schon irgendwie langsam mal …« Mit einer Handbewegung deutet er an, uns im Nacken zu packen und gegeneinanderzupressen.

»… küssen. Ihr wisst doch, wie das geht, oder? Also los, noch einmal. Position … und … Action!«

Sarah besinnt sich nun offenbar ihrer Professionalität. Sie strafft ihre Schultern und schaut mich, beziehungsweise Ron, lächelnd an. Dann hält sie die Luft an, stellt sich auf die Zehenspitzen, schließt ihre Augen und küsst mich.

So sanft.

Meine Augen schließen sich unter ihrem Kuss ebenfalls wie von selbst. Ein Gewicht löst sich von meiner Brust und gibt mein Herz wieder frei. *Diese Lippen!*

Meine Arme gleiten an ihren entlang – mit aller Behutsamkeit, die ich aufbringen kann und …

»Schnitt! Perfekt, sofort kopieren! Und direkt noch einmal aus der anderen …«

Sarah fühlt sich so vertraut an, als hätte es unser letztes privates Gespräch nicht gegeben.

Josh mag ungläubig hinter seiner Kamera hervorschauen … und ich meine zu spüren, dass der warme Lichtkegel des Spots abwandert. Auch das plüschüberzogene Mikrofon, das während der Aufnahmen über uns schwebt, sinkt plötzlich so tief, dass ich es für einen kurzen Moment an meinen Haarspitzen fühle.

Doch all das nehme ich nur am Rande meines Bewusstseins wahr.

Denn in dem Moment, als Randy ›Schnitt‹ rief und sich Sarah aus unserem Kuss zurückziehen wollte, durchfuhr mich ein tiefer Impuls.

Nein, noch nicht!

Instinktiv griff ich auf die rettende Methode zurück, die sich bei unserem ersten Kuss bereits bewährt hatte: Ich reckte mein Kinn vor und setzte nach. Mit leicht geteilten Lippen fing ich Sarahs Mund wieder ein und zog sie diesmal auch dichter an mich heran, weil sie meiner stummen Bitte sofort ergeben nachkam.

Mit dieser Umarmung streifen wir Rons und Leas Charaktere, die sich nicht fühlen können, endgültig von uns. Übrig bleiben nur Sarah, ich … und dieser Kuss.

Ich selbst beende ihn schließlich. Lasse meine Nasenspitze sanft über ihre hinweggleiten, bis sich unsere Lippen voneinander lösen.

Zunächst sind Sarahs Lider noch geschlossen. Sie wirkt benommen und wankt sogar ein wenig, als ich ihre Taille freigebe. Schnell umfasse ich ihre Ellbogen und gebe ihr den Halt, den sie offenbar noch braucht. Nach einem Augenaufschlag, der sich wie in Zeitlupe vor mir abspielt, sieht sie schließlich zu mir auf.

»Sarah«, flüstere ich.

In den folgenden Sekunden beobachte ich hilflos, wie sich ihr Blick wieder verändert.

Ich sehe die Panik, die in ihr aufkocht, und erahne die Tränen hinter ihren Augen, noch bevor sie dem sanften Grün zu einem eindeutigen Schimmer verhelfen.

Schon wendet Sarah den Kopf ab und schluchzt unterdrückt auf. Weinend macht sie sich los und läuft in ihre Garderobe.

Randy findet seine Sprache als Erster wieder. »Maggie!«, ruft er. Die erwacht wie auf ein Startsignal hin aus ihrer Starre und läuft hinter Sarah her.

»Pause für alle!«, brüllt Randy. »Los, verschwindet hier! Ben, du bleibst!«

Als alle anderen außer Hörweite sind, kommt er auf mich zu und drückt mich in den nächstbesten Stuhl. »Kannst du mir bitte mal erklären, was hier gerade passiert ist? Ich verstehe nämlich langsam überhaupt nichts mehr«, zischt er.

Ich schweige und starre auf meine Schuhspitzen hinunter, was Randy zum Überschäumen bringt. Er packt mich fest bei den Oberarmen und schüttelt mich. »Du redest jetzt sofort mit mir, Ben Todd! Mit Randy, deinem guten Freund. Verdammt noch mal, Ben, wie lange läuft das schon?«

Wie soll ich auf diese Frage antworten? Dass ich mich schon zu Beginn des Drehs in Sarah verliebt habe? Allerdings hoffnungslos, da sie mir inzwischen klipp und klar erklärt hat, dass sie keine Chance für uns sieht?

Randy seufzt. »Ben, glaub mir, ich sehe mehr, als du denkst.«

»Und, was siehst du?«, frage ich in dem Versuch, noch ein wenig Zeit zu schinden.

Aber Randy ist am Ende seiner ohnehin schon überstrapazierten Geduld. Er verlangt nach sofortiger Aufklärung. In der für ihn typischen Art. »Oh, was ich sehe, willst du wissen? Ich sehe ein verdammt kurzes Leben. Deins! Wenn du mir nicht sofort erzählst, was ihr hier spielt. Und ich rede nicht von meinem Skript, also wage es nicht, mir mit Wortspielereien zu kommen!«

Ich sehe ihn an, atme tief durch … und erzähle ihm endlich alles.

Randy traut seinen Ohren kaum.

»Du bist echt der verflucht beste Schauspieler, der mir je untergekommen ist. Und der mit Abstand mieseste Freund!«, schimpft er, als ich meinen minutenlangen Monolog beende. Er gesteht, schon lange geahnt zu haben, dass es zwischen Sarah und mir knistert. Aber dass es mir bereits so ernst war, hätte er nicht vermutet.

»Warum hast du mir das denn nicht schon viel früher erzählt? Alles frisst du in dich rein. Haben wir denn nicht genug zusammen durchgemacht, verdammt?«

Randy mustert mich halb mitfühlend, halb wütend. »Mensch Ben, so ein Mist!«, flucht er dann und rauft sich die Haare. »Wir müssen heute weitermachen, es geht nicht anders. Noch einen Aufschub können wir uns nicht leisten. Nach der letzten Woche hängen wir ohnehin schon meilenweit hinterher. Außerdem gibt es etwas, das mir noch größere Sorgen bereitet.«

Ich sehe ihn nur stumm an – zu ausgelaugt, um ihn aufzufordern, mir davon zu erzählen. Randy versteht mich auch so. »Es wird einen Streik geben, da bin ich mir ziemlich sicher. Es wäre nicht das erste Mal. Und jedes Mal zuvor war es verheerend.«

»Einen Streik?«, frage ich müde.

Er nickt. »Die Drehbuchautoren müssen mal wieder um ihr Gehalt kämpfen. Sie versuchen schon seit langem, eine Einigung zu erwirken. Ohne Erfolg. Ich beobachte das kritisch, denn eigentlich könnte es mir egal sein, da ich ja schreibe und den Stoff selbst produziere. Aber ... ich weiß noch sehr genau, wie hart die Zeiten waren, als ich nur geschrieben habe.«

»Du meinst ...«

»Kommt es zu einem Streik, bin ich dabei, ja. Dann liegt hier alles für unbestimmte Zeit auf Eis. Und dafür sollten wir uns wappnen. Daher meine Eile. Ich versuche vorzuarbeiten, quasi zu hamstern, damit wir gut über den möglichen Leerlauf hinwegkommen. Ich will die nächsten Folgen in trockenen Tüchern wissen – für den Fall, dass es tatsächlich zum Äußersten kommt.«

»Hm«, brumme ich. Ehrlich gesagt, so wie sich die Sache zwischen Sarah und mir gerade entwickelt, hätte ich nichts gegen eine Auszeit einzuwenden. Ich spreche den Gedanken zwar nicht aus, aber Randy scheint ihn auch so lesen zu können. Er schlägt mir auf den Oberschenkel und sieht mich eindringlich an. »Ich schätze, da müsst ihr jetzt durch.«

Natürlich verstehe ich ihn. Und ich weiß, dass das gesamte Team an Sarah und mir hängt. Außerdem, was würde ein Aufschub der Dreharbeiten auch bringen? Randy hat ja recht. Wenn der Autorenstreik immer wahrscheinlicher wird und die Film- und Fernsehindustrie Hollywoods den kommenden Wochen entgegenbangt, müssen wir vorsorgen.

»Ihr müsst jetzt einfach professionell sein, es tut mir leid«, sagt Randy. »Und nachher, Ben, solltet ihr euch dringend zusammensetzen und ein paar eindeutige Worte wechseln. Klärt das, okay?«

Genau in diesem Moment taucht Sarah unvermittelt vor uns auf. Ihr Gesicht wirkt wie eine Maske, als sie sich bei Randy entschuldigt.

»So etwas kommt nicht mehr vor, versprochen. Von mir aus kann es weitergehen.« Damit wendet sie sich ab und geht auf ihren Platz.

»Sie hat kein Wort gesagt, nur geweint. Dann hat sie sich plötzlich gefasst, und ich konnte sie nachschminken«, raunt Maggie Randy zu und bedenkt mich mit einem ›Was zum Henker‹-Blick, dem ich schnell ausweiche.

Ab diesem Tag gibt es die fröhliche und lockere Sarah, die wir alle so mögen und in die ich mich verliebt habe, an diesem Set nicht mehr. Morgens kommt sie oft unbemerkt, ohne dass ihr Lachen oder das schnelle Klackern ihrer Stöckelschuhe durch die Halle schallt. Den gesamten Tag über bleibt sie ruhig und in sich gekehrt. Sobald sie nicht mehr gefragt ist, setzt sie sich in Rufweite auf einen Stuhl und tippt meist abwesend mit bewegungsloser Miene auf ihrem Handy herum. Wenn sie spielt, ist sie nach wie vor professionell und perfekt vorbereitet. Private Momente zwischen uns lässt sie allerdings nicht mehr zu.

Nach Drehschluss verlässt Sarah das Set genauso still, wie sie am Morgen kam.

Es bricht mir das Herz, sie so zu erleben. Ich verstehe nicht, warum sie nicht mit mir spricht, denn augenscheinlich leidet sie genauso wie ich.

Obwohl … Ich bin mir nicht sicher, ob ich mich diesbezüglich einer Illusion hingebe. Ob sie nicht doch nur Daniel hinterhertrauert – und mit ihm ihrem alten Leben. Denn Daniel hat tatsächlich einen Schlussstrich unter Sarahs und seine Beziehung gezogen. Ich hasse es, die Details aus einem Klatschblatt erfahren zu haben, das Bilder eines Umzugslasters vor Sarahs Haus veröffentlicht hat. Woher auch immer, aber Maggie wusste außerdem zu berichten, dass sich Madelaine und Daniel, nach Abschluss ihrer gemeinsamen Dreharbeiten, hier in L. A. ein Haus suchen wollen.

Wie muss Sarah sich bei alldem fühlen? Und wie erklärt sie es Josie?

Was uns angeht, erwische ich mich oft bei dem Wunsch, alles ungeschehen machen zu können. Denn nun ist genau das eingetroffen, was ich befürchtet habe. Sarah blockt sämtliche meiner Versuche, sich ihr wieder behutsam anzunähern und zumindest höflich mit ihr umzugehen, schon im leisesten Ansatz ab. Nach einer Weile gebe ich auf und falle in mein altbewährtes Verhaltensmuster zurück. Verschanze mich wieder hinter meinen selbsterrichteten hohen Mauern und versuche, meine Enttäuschung zu verdrängen.

Um dem Dilemma noch die Krone aufzusetzen, klingelt eines Abends, sechs Tage nach diesem einschneidenden Kusserlebnis am Set, mein Telefon.

Ich sitze auf meiner Couch, werfe einen Blick auf das Display und beschließe, den Anruf nur deshalb anzunehmen, weil Maggies Name darauf blinkt.

»Ben, bist du gerade online?« Mag schreit fast, so aufgeregt ist sie. »Gib mal bei YouTube deinen und Sarahs Namen ein und sortiere die Ergebnisse oben in der Leiste nach dem Erscheinungsdatum ... Hast du? Das oberste!«

Ich erwidere kein Wort, stelle keine Fragen. Schon bei Maggies erstem Wort war klar, dass hier etwas nicht stimmt. Eine bittere Vorahnung steigt nun in mir auf, während ich die Anweisungen meiner besten Freundin befolge.

Und da sind sie, öffentlich und unwiderruflich der gesamten Welt zugänglich gemacht: Die Rohaufnahmen unseres Kusses im Internet, offenbar mit einem Handy aufgezeichnet. Darunter steht die genaue Beschreibung dessen, was sich an jenem Vormittag am Set abgespielt hat. So schlecht und verwackelt die Aufnahme auch ist, man hört Randys lautes »Schnitt!« und erkennt deutlich, dass Sarah und ich uns danach dennoch weiterküssen. Dass dieser Kuss offenbar kürzer andauerte, als er mir erschien, ist mir dabei kein wirklicher Trost.

Meine Hand verkrampft sich in dem Sofakissen, bevor ich es mit voller Wucht gegen die Wand pfeffere und Jack damit einen Höllenschrecken einjage. Maggie hört mich fluchen, wie sie es mir vermutlich niemals zugetraut hätte.

»Ich fange an, dieses gesamte Filmbusiness zu hassen, wirklich!«, erkläre ich ihr atemlos, als ich mich wieder einigermaßen beruhigt habe.

Ein weiteres Mal beweist sich Maggie als wahre Freundin, als sie nicht nachhakt, was bei diesem Kuss überhaupt in mich gefahren war. »Es muss einer der Statisten gewesen sein. Irgendein Idiot, der sich emotional nicht so mit der Serie verbunden fühlt wie wir anderen«, mutmaßt sie. »Jedenfalls tobt Randy vor Wut. Besonders, weil es bei den Ausstrahlungen noch nicht zu diesem Kuss gekommen ist. Er meint, es wäre, als hätte man *Darth Vader* schon lange im Voraus beim Liften seines Helms gefilmt. ... So, und jetzt mach dich fertig, wir lassen uns volllaufen!«

»Ich kann nicht! Noch eine Schlagzeile ist wirklich das Letzte, was ich jetzt brauche«, murre ich.

»Es muss ja kein Club sein«, hält Mag dagegen. »Ich komme einfach zu dir.« Und schon hat sie aufgelegt.

Am kommenden Morgen brummt mir der Schädel dermaßen, dass ich nicht mal vernünftig geradeausblicken kann. Maggie geht es nicht viel besser. Heute Nacht hat sie es nicht einmal mehr nach Hause geschafft und in meinem Gästezimmer übernachtet. Dafür habe ich ihr endlich alles erzählt. Es ist gut zu wissen, dass sie nun Bescheid weiß und ich mich vor ihr nicht mehr verstellen muss.

Und dass das Bett endlich nicht mehr nach Sarah riecht ...

Auf meinem Handy finde ich eine neue Nachricht von Randy: Er hat bereits unsere Anwälte eingeschaltet, damit der Beitrag so schnell wie möglich aus dem Internet verschwindet. Der Dreh beginnt heute erst um zwölf.

»Siehst du, habe ich doch gesagt. Morgen haben es alle schon wieder vergessen«, meint Maggie, als ich ihr die SMS vorlese. Mit einem matten Lächeln gießt sie mir frischen Kaffee nach. Ich nehme neben ihr auf meiner Couch Platz und frage mich wohl zum hundertsten Mal, wie sich Sarah fühlen muss.

***

»Das hast du ja wirklich toll hinbekommen!« Zornig stürmt sie auf mich zu. Natürlich habe ich mit Sarahs Unmut gerechnet. Aber jetzt, als ich mich so unmittelbar mit ihrem lange unterdrückten Temperament konfrontiert sehe, kocht etwas in mir über, von dem ich nicht mal wusste, dass es dort – tief in meinem Inneren – vor sich hin brodelte.

Es reicht!

Seit Tagen weicht sie mir aus und behandelt mich wie Luft, dabei beginne ich langsam zu akzeptieren, dass sie meine Gefühle nicht erwidert. Nur lässt sie mir ja überhaupt keine Chance, normal mit ihr umzugehen. Und jetzt auch noch diese Anschuldigungen …

»Komm mit!«, befehle ich barsch, packe sie am Handgelenk und bahne uns den Weg zu meiner Garderobe. Als Sarah sich von dem sekundenlangen Schock erholt, den meine ungewohnte Bestimmtheit in ihr ausgelöst hat, folgt sie mir tatsächlich, wenn auch zeternd. Doch ihr Protest wirkt halbherzig – sie zieht nicht mal an meiner Hand –, und so ignoriere ich ihn.

Randy ruft mir nach; sein Blick bekennt Sorge. Als er jedoch sieht, was ich fühle – meine verengten Augen und das Zucken meines Kinns verraten, dass auch ich mittlerweile nur noch wütend bin –, winkt er ab. Ein weiterer Blick dieser Art und Maggie verlässt wortlos meine Garderobe.

Nein, dieses eine Mal werde ich nicht ergeben das tun, was Sarah zu brauchen mir vorgaukelt. Dieses Mal werde ich herausfinden, was sie wirklich braucht, denn dafür scheint sie blind geworden zu sein.

Sarah

Ben zieht die Tür hinter uns zu und lässt erst dann von mir ab, als er sich von innen dagegengelehnt hat. So sehr es mir auch widerstrebt, hier für den Moment von ihm festgehalten zu werden, seine Befürchtung, ich könnte erneut die Flucht ergreifen, ist nicht unbegründet. Allein mit der Art, wie er mich packte und hinter sich herzog, war ich schon überfordert, ganz zu schweigen von seiner jetzigen Nähe und seinem frischen Duft. Ich liebe diesen Geruch nach Schokolade, Minze, Leder und Meer.

Doch gerade jetzt ist Ben so unglaublich aufgebracht, dass der vertrauten Mischung noch etwas anderes anhaftet, das ich nicht benennen kann.

Duftet Entschlossenheit? Oder Adrenalin?

Den sanften Mann, der er sonst ist, kann ich hinter den bebenden Nasenflügeln und den tief herabgezogenen Augenbrauen jedenfalls kaum noch erkennen, so wütend schaut Ben mich nun an. Nie zuvor empfand ich unseren Größenunterschied extremer.

Zumindest scheint ihn meine zornige Miene ebenso zu irritieren wie umgekehrt. Sekundenlang kämpfen wir in einem stummen Duell um Dominanz.

»Was ist?«, fragt Ben dann scharf. »Wolltest du etwa draußen weiterdiskutieren, vor der versammelten Mannschaft, um mich dann im Anschluss für das nächste unfreiwillig veröffentlichte Video verantwortlich zu machen?«

»Also, was willst du?«, frage ich, überrumpelt von diesem neuen Ben, der mir nach wie vor entschlossen gegenübersteht und nun ein humorloses kleines Lachen ausstößt.

»Was ich will? Respekt, Sarah! Zumindest das bist du mir schuldig.« Vermutlich sehe ich ihn genauso verblüfft an, wie es sich anfühlt, denn sobald meine Auflehnung so offensichtlich unterbrochen ist, findet Ben in einen deutlich ruhigeren, versöhnlicheren Ton zurück. Traurig schüttelt er den Kopf. »Ich weiß genau, dass es nicht richtig oder gut war, was ich getan habe. Aber das beruht doch auf Gegenseitigkeit, denkst du nicht? Ich meine, du kennst meine Vorgeschichte, Sarah, und ich habe dir schon am Abend nach dem *Pure*, in meinem Wagen, so deutlich zu verstehen gegeben, wie es bereits damals um mich stand. Wenn du also wirklich gewollt hättest, dass ich weiterhin den Beherrschten gebe, dann hätte ich das wahrscheinlich sogar hinbekommen. Aber nicht nach unserer Nacht, Sarah. Nicht nach dieser Nacht! ... Bei dem Kuss am Set habe ich einfach nur aus einem tiefen Gefühl heraus gehandelt, was zugegebenermaßen kopflos, unüberlegt und bestimmt nicht richtig war. Aber wenigstens war es aufrichtig.«

Mein Blick fällt von Bens Augen zu seinem Mund und verweilt dort. Hilflos hänge ich an seinen Lippen, im wahrsten Sinne des Wortes. Jegliche Wut zwischen uns scheint in diesen Sekunden zu verpuffen und sämtliche Argumente, nicht mit ihm zusammen zu sein, rücken weit hinter das wilde Klopfen meines flehenden Herzens.

Es gab Gründe für meine Entscheidung, Ben nicht näher an mich heranzulassen, das weiß ich noch. Und sie waren triftig. Aber das ist momentan nichts weiter als belanglose Theorie, die ich fast schon wieder vergessen habe. Und Ben spürt, dass ich wanke. Natürlich spürt er es.

»Allerdings bezweifle ich, dass du wirklich aufrichtig zu dir bist, wenn du dir weiterhin vormachst, wir könnten glücklich ohne einander werden«, wispert er eindringlich.

Die Luft zwischen uns scheint mit einem Mal in Flammen zu

stehen und spürbar zu flirren. Ich schlucke schwer, wende blinzelnd meinen Blick ab und rufe mich mit aller Kraft zur Besinnung.

Du musst dich erinnern. Es gab Gründe.

»Ben, das mit uns kann nicht funktionieren«, behaupte ich schwach.

»Und warum nicht?« Seine Stimme ist so tief. Sie löst das Bedürfnis in mir aus, mich gegen ihn zu lehnen und an ihn zu schmiegen.

Ja, warum eigentlich nicht?

Ich schüttele den Kopf und weiche in meiner Verzweiflung mit einem lahmen »Verstehst du das denn wirklich nicht?« aus.

Ben verdreht die Augen und rauft sich mit beiden Händen die Haare. »Wie soll ich denn, Sarah? Würdest du an meiner Stelle verstehen, was hier los ist? Ich kann es nicht, das ist wohl wahr.« Er atmet tief durch, dann erst sieht er mich wieder an. Seine Stimme wird sanfter und dabei sogar noch tiefer; die großen Hände gleiten langsam an meinen Armen empor und umfassen meine Schultern. Ohne mein Gesicht zu berühren, zwingt er mich auf diese Weise dazu, ihm direkt in die schwimmend blauen Augen zu sehen. *Ich bin verloren.*

»Warum passt nichts von dem, was du sagst, zu dem, was ich in dieser Nacht gefühlt habe – oder auch danach wieder, bei ebendiesem Kuss? Ich verstehe nicht, warum wir uns nicht einig sein können, wenn du dir offenbar mit Daniel und sogar mit Madelaine einig geworden bist, und warum du dich nicht wenigstens bereit zeigst, uns eine Chance zu geben. Aber vor allem, Sarah, verstehe ich nicht, dass ich mich so sehr in dir getäuscht habe. Ich dachte, ich kenne dich. Ich dachte, wir …«

Ich schnalze mit der Zunge wie ein störrisches Kind, streife seine Hände ab und betrachte angestrengt unsere Schuhspitzen. Die Intensität seiner Worte und die tiefe Verletzlichkeit, die dabei in seiner Stimme mitschwingt, sind einfach zu viel für mich. Nun legt er zu allem Überfluss auch noch seinen Zeigefinger unter mein Kinn und versucht es wieder anzuheben. Ich schüttele den Kopf.

»Nicht, Ben!« Obwohl das wie ein harscher Befehl klingt, ist es im Grunde nicht mehr als ein verzweifeltes Flehen. Worum ich ihn bitte, ist mir dabei selbst nicht so ganz klar. Nicht weiterzusprechen, mich nicht länger so zu berühren, so anzusehen? Oder alles zusammen?

»Ich weiß ja nicht einmal, ob wir das Ganze nicht einfach … überbewerten«, höre ich mich sagen.

»Überbewerten?«, wiederholt er verständnislos. »Warte! Du meinst, unsere Gefühle füreinander?«

»Dieses Verlangen!«, platzt es aus mir hervor.

Ben öffnet seinen Mund und schließt ihn wieder, ohne auch nur einen Laut hervorzubringen. Dann räuspert er sich und gibt sich einen sichtbaren Ruck. »Du glaubst doch nicht etwa, dass es nur etwas Körperliches ist?! Aber …« Er wirkt vollkommen aus der Bahn geworfen. »Wie kannst du das nur denken? Dann hätten wir wohl kaum gezögert, miteinander zu schlafen, Sarah.«

Zum Henker, das weiß ich doch auch!

Ich weiß, dass ich Unsinn rede und dass nichts von dem, was ich so artikuliere, einen Sinn für ihn ergibt. Aber …

»Ich kann es zumindest nicht ausschließen, okay?«, entfährt es mir heftiger als angebracht.

Das ist eine blanke Lüge, ich kann es sehr wohl ausschließen. Das, was ich für Ben empfinde, ist so viel mehr als körperliches Verlangen.

Doch die eigentlichen Gründe, die mir nach und nach alle wieder einfallen, wären um einiges komplexer und schwieriger zu erklären. Was ist mit meiner Angst, unsere Liebe könnte scheitern, weil uns das Leben, das wir führen, zu sehr aufwühlt und herumschleudert, als dass wir jemals Seite an Seite zur Ruhe kommen könnten? Die jüngsten Ereignisse – die Trennung von Daniel, all die Medienberichte und nicht zuletzt auch dieses verfluchte Kussvideo – belegen genau das.

Und was ist mit meiner Befürchtung, daran zu zerbrechen, wenn es tatsächlich so weit kommt und Ben und ich wieder getrennte Wege gehen? Was ist mit meinem Beschluss, mich vorerst nur auf Josie zu konzentrieren, und der Gewissheit, damit das Richtige zu tun?

Ich weiß, dass Ben alle diese Überlegungen mühelos zunichtemachen könnte, wenn es mir nicht bald gelingt, wieder mehr Abstand zwischen uns zu bringen.

Und würde ich ihm auch nur einen Teil all dessen gestehen, wüsste er fortan genau, welche Macht er auf mich ausüben könnte.

So jedoch steht er mir nach wie vor vollkommen ratlos gegenüber. Ein Zustand, der mir bedeutend lieber ist.

»Du kannst … es nicht ausschließen, dass es nur ein körperliches …« Kopfschüttelnd lässt er den Satz fallen und starrt mich sekundenlang fassungslos an. Ich schmore unter der Intensität seiner Augen.

»Na schön!«, sagt er dann. Und plötzlich sehe ich, wie sich sein Blick wandelt. Etwas, das als leise Andeutung schon immer im tiefen Blau seiner sonst so sanften Augen schimmerte, lodert jetzt, binnen eines Wimpernschlages, erschreckend plötzlich darin auf.

Ehe mir auch nur die Chance auf Erkenntnis bleibt, was es ist, stößt sich Ben von der Tür in seinem Rücken ab, zieht mich an sich und küsst mich. Nicht sanft, nicht zärtlich, sondern impulsiv und leidenschaftlich.

Das war das Flackern in seinen Augen und die unbekannte Nuance, die seinem Duft anhaftete – Leidenschaft.

»Was tust du?«, entfährt es mir erschrocken und ein wenig

zittrig, sobald Bens Lippen meinen Mund verlassen und er sich über mein Kinn zu meinem Hals herabküsst. Ich widerstehe nur mit Mühe dem Drang, meinen Kopf zurückzulegen und ihm besseren Zugang zu gewähren.

»Finden wir es heraus!«, wispert er und beißt leicht in den Übergang zu meiner Schulter. Als er mit der Zungenspitze den Abdruck seiner Zähne nachzeichnet, seufze ich, ohne es zu wollen.

»Was?« Mit aller Gewalt verbiete ich mir, mich gehenzulassen, und stoße ihn zurück. »Wovon redest du, Ben? Was ist denn nur in dich gefahren?«

Immer noch liegt dieses seltsame Funkeln in seinen Augen. Er umrahmt mein Gesicht mit seinen riesigen Händen und sieht mich fest an. »Wenn es das ist, was du befürchtest, dann … lass mich dieser Spannung, die dich so verwirrt, die Spitze nehmen, Sarah. Danach … weißt du, ob es nur das war.«

Ich reiße die Augen auf, als ich begreife, was er da sagt. »Nein, Ben!«, rufe ich erschrocken, doch nur einen Herzschlag später liegen seine warmen, weichen Lippen erneut auf meinen.

Ja, küss mich!

Wie von selbst finden meine Hände zu seinem Nacken, vergraben sich meine Fingerspitzen in seinem dichten, weichen Haar. Sanft ziehe ich daran und entlocke Ben damit ein Stöhnen, das wie ein Echo durch meinen kompletten Körper vibriert. Ich ahne, dass er meine Reaktion als Zustimmung deutet, weiß, dass ich schleunigst ernsthaft protestieren sollte … und lasse den Moment verstreichen. Schon dreht sich Ben mit mir in seinen Armen und lehnt mich behutsam gegen die Stelle der Garderobentür, die von seinem Rücken noch ganz warm ist.

»Ben«, hauche ich noch einmal schwach, doch als er sich gegen mich presst und mich seine Erregung spüren lässt, erstickt er auch diesen kläglichen Versuch meines Einwands im Keim.

Mein Körper handelt wieder einmal vollkommen eigenmächtig, indem sich meine rechte Hand zwischen uns hinabstiehlt. An entscheidender Stelle schabe ich mit den Fingernägeln über den dicken Stoff seiner Jeans. Ein kurzes Schaudern packt Ben und lässt ihn unkontrolliert zucken. Er atmet stoßartig gegen meinen Hals und lehnt sich für einen Moment in meine Berührung. Doch dann umfasst er meine Unterarme und verschränkt in einem tiefen Blick unsere Finger miteinander. »Nicht!« Der kleine Befehl kommt als unterdrücktes Seufzen über seine Lippen. Langsam führt er meine Hände hoch über meinem Kopf zusammen, umschließt beide Gelenke mit seinen langen Fingern und drückt meine Arme sanft, aber bestimmt gegen die Tür. Mit seiner anderen Hand streichelt er meine Wange. »Ich weiß genau, was ich für dich empfinde, Sarah. Hierbei geht es um dich. … Nur um dich.«

Ich suche verzweifelt nach meiner Stimme und schaffe es – in der Tiefe seines Blickes versunken – nicht einmal, einzuatmen.

Nicht für eine Sekunde entlassen sie mich aus ihrem Bann, diese silberblauen Augen, während Bens Hand von meinem Gesicht über meinen Hals und Oberkörper herabgleitet zu meinen Oberschenkeln und dort nach dem Saum meines Kleides tastet. Ohne Umschweife zieht er es hinauf.

»Ich werde nicht mit dir schlafen, Sarah«, stellt er flüsternd klar und streift dann mit der Nase über meine Ohrmuschel. »Nicht, solange du dir so unsicher bist.«

Seine Handinnenfläche legt sich flach und warm auf meine Hüfte. Ich zucke zusammen, doch Ben küsst meine Schläfe. »Aber ich möchte trotzdem versuchen, dir zu mehr Klarheit zu verhelfen.« Und damit schiebt er seine Finger unter mein Höschen.

Die angehaltene Luft entweicht mir in einem gepressten Atemstoß, als er so direkt zu meiner intimsten Stelle findet.

Für einen kurzen Moment sehe ich sein Erstaunen und dann die Genugtuung, die sich im Ansatz eines Lächelns in seinem schönen Gesicht widerspiegelt. Denn ja, mein Körper verrät mich schamlos vor Ben. Nun weiß er, dass selbst meine anfängliche vage Ablehnung nur geheuchelt war.

»Warum versuchst du nur, mich zu täuschen?«, flüstert er gegen meine Wange. Verschämt schließe ich die Augen, während Ben beginnt, mich vorsichtig zu streicheln.

»Sieh mich an! ... Bitte!«, fordert er, doch ich schüttele nur den Kopf und beiße mir auf die Lippe, um nicht laut aufzustöhnen. Ben nagt leicht an den Unterseiten meiner noch immer hochgestreckten Arme, dann spüre ich seinen Mund erneut auf meinem. Er küsst mich nun noch leidenschaftlicher als zuvor und streichelt mich dabei so direkt und effektiv, dass mir immer wieder die Knie wegsacken und er mich stützen muss.

»Ich hab dich«, flüstert er an meinem Ohr.

Über unseren Köpfen lösen sich seine Finger von meinen Handgelenken. Während meine Arme schlaff herabsinken, zieht Ben den elastischen Stoff meines Kleides über meine Schultern und Brüste und öffnet meinen BH.

»Du bist so unfassbar schön«, wispert er gegen mein Dekolleté. Seine Zeige- und Mittelfinger gleiten über meine Unterlippe, erbitten Einlass. Ich befeuchte die Kuppen und genieße es, wie intensiv Ben dabei meinen Mund fixiert. Mittlerweile atmen wir beide rhythmisch und zittrig, während Bilder von Ben am Flügel durch meinen Kopf blitzen. Ja, er spielt mich so sicher, so mühelos, wie eines seiner Instrumente.

Als er nun auch noch die Spitzen meiner Brüste mit seiner Zunge liebkost, kann ich die bittersüße Folter, der er mich aussetzt, kaum noch ertragen. Ich stemme beide Hände gegen seine Schultern und schiebe ihn von mir, nur um im nächsten Augenblick büschelweise die Haare an seinem Hinterkopf zu packen und ihn wieder an mich zu ziehen. Mein Handeln ist absolut widersinnig … und entspricht doch so voll und ganz meinen Gefühlen.

»Du kämpfst, Sarah«, flüstert Ben atemlos, während er mich unbeirrt weiterstreichelt. »Hör auf damit! Du musst nicht gegen mich kämpfen, ich halte dich doch. … Und ich lasse dich nicht los.«

Seine Worte treiben mir die Tränen in die Augen, sagen sie doch so viel mehr. Ich stehe kurz vor dem Punkt, von dem aus es kein Zurück mehr gibt, in so vielerlei Hinsicht. Und Ben weiß das, er hofft, dass ich es wage. Aber ich erreiche diesen Punkt nicht, bremse mich immer wieder selbst aus. Verbissen klammere ich mich an seiner Schulter fest, vergrabe mein Gesicht an seinem Hals, keuche gegen seine erhitzte Haut. Versuche krampfhaft, leise zu sein, während alles in mir aufschreit.

Nicht nur vor Lust und Erregung, sondern hauptsächlich aus Verzweiflung.

»Es ist okay. Lass einfach los, ich habe dich«, haucht Ben in mein Haar. Seine verschwitzte Wange presst sich gegen meine.

Mein Atem geht immer flacher, immer stoßartiger, bis sich der Widerstand in mir endlich auflöst und mich dem freien Fall überlässt.

»Ben! Oh, mein Gott, Beeen!« Nun bin ich laut.

Wieder und wieder rufe ich seinen Namen, zittere, stöhne, bäume mich auf, ziehe haltsuchend an seinen Haaren.

Nur sehr langsam ebbt das unglaubliche Gefühl wieder ab. Ben begleitet mein Auftauchen zärtlich, indem er mich streichelt und küsst und mir die langen Haarsträhnen aus der schweißfeuchten Stirn wischt. Als ich ihn endlich wieder ansehe, ist sein Gesicht nur wenige Zentimeter von meinem entfernt. Er lächelt. »Siehst du«, sagt er leise. »Es ist so viel mehr als nur Sex, Sarah. Wir gehören zusammen, sogar im Zorn.«

Damit küsst er noch einmal meinen Mund ... und weicht dann wieder ein wenig zurück, um mich erneut anzusehen. Völlig erschöpft hänge ich in seinen Armen. Ben schmunzelt amüsiert, stützt einen Arm gegen die Tür und überlässt mich behutsam meinem eigenen Gewicht.

Halt- und widerstandslos gleite ich an der Tür herab. Meine Beine zittern immer noch, das bemerke ich erst jetzt. Ben stützt mich, bis ich sicher vor ihm auf dem Boden sitze. Dann erst zupft er den Saum meines Kleides wieder herab und den Ausschnitt hoch. Bedeckt meine Blöße, ehe ich weit genug zu mir komme und sie mir peinlich werden kann.

Bens Wangen sind nach wie vor gerötet. Mit einem Mal wirkt er wieder schüchtern, fast ein wenig unbeholfen. So, wie ich ihn kenne. Als wisse er nicht so recht, was er nun tun soll. Eine Weile hockt er noch vor mir, dann streicht er ein letztes Mal über meine Wange, löst meine Hand von seiner Schulter und küsst meine Fingerspitzen, jede einzelne. Die Intimität dieser Geste überfordert mich.

Dabei waren wir uns gerade so viel näher ...

Wieder deutlich klarer in meiner Wahrnehmung, weiche ich seinem eindringlichen Blick aus und wende meinen Kopf auf einmal beschämt ab.

Ben spürt mein Unbehagen. Er legt meine Hand in meinen Schoß und steht auf. Geht zu seinem Schminktisch und bringt damit ein wenig Abstand zwischen uns. Dennoch wirft er mir ab und zu hoffnungsvolle Blicke über seinen Spiegel zu. *»Lass mich dieser Spannung, die dich so verwirrt, die Spitze nehmen. Danach ... weißt du, ob es nur das war«*, hallen seine Worte in mir nach.

Nur sehr schleichend realisiere ich, was hier gerade geschehen ist. Mit Schrecken erinnere ich mich daran, wie laut ich war und wie dünn die Wände hier sind. Alle müssen uns gehört haben. *Nein, nicht uns. Nur mich.*

Die Scham vertieft sich immer mehr. Ich frage mich, wie ich Randy und all den anderen je wieder unter die Augen treten soll. *Und nun?*

Mühsam rappele ich mich auf und ordne meine Erscheinung so gut es eben geht. Streiche den Stoff meines Kleides sorgfältig glatt, schließe meinen BH und fahre mit gespreizten Fingern durch meine hoffnungslos zerzausten Haare. Mit nach wie vor bebenden Fingern bündele ich sie zu einem Zopf und lege ihn über meine Schulter nach vorne. Erst als mein Atem wieder ruhig geht und ich meine Besinnung vollständig wiedererlangt habe, sehe ich zu Ben auf. Unsere Blicke treffen sich in seinem Spiegel.

Langsam dreht er sich zu mir um. Seine Augen wirken mit einem Mal furchtbar traurig.

»Sag jetzt nichts, Sarah! Ich möchte, dass du dir zumindest sicher bist, wenn du mir das nächste Mal verkündest, dass wir keine Zukunft haben.«

»Ben!« Ihn so zu sehen, bricht mir das Herz. Aber jetzt, wo mein Kopf wieder klar ist und der räumliche Abstand zu Ben ausreichend, muss ich feststellen, dass sich tatsächlich nichts an meinem Zwiespalt geändert hat.

Ben nickt wissend … und senkt dann den Kopf.

Beschämt und auf wackeligen Beinen verlasse ich seine Garderobe und überquere nur kurz den schmalen Korridor, um in meiner eigenen wieder zu verschwinden.

Minuten später kommt Maggie herein. Sie wechselt kein einziges Wort mit mir. Nicht einmal, als sie mein verschwitztes Gesicht mit lauwarmem Wasser abwäscht. Schweigend schminkt sie mich und reicht mir das Kleid für die anstehende Szene. Dann verlässt sie meine Garderobe wieder und klopft an Bens Tür. Ich weiß nicht, ob sie wütend auf mich ist. Ich bin es jedenfalls.

Wie konntest du es nur so weit kommen lassen, Sarah?

Von diesem Morgen an herrscht betretenes Schweigen zwischen Ben und mir. Überfordert mit dem, was in seiner Garderobe zwischen uns geschehen ist, ziehe ich mich erneut zurück. Und diesmal lässt er mich.

Obwohl Ben bis zu diesem Zeitpunkt relativ unbehelligt gelebt hat, kann er sich seit der Veröffentlichung unseres Kusses kaum noch vor den Fragen der Paparazzi und Klatschreporter retten. Diese beweisen erschreckend große Kreativität, indem sie ein haltloses Gerücht nach dem anderen über uns in die Welt setzen und die ohnehin schon erhitzte Fangemeinde damit in regelrechten Aufruhr versetzen. Im Internet gibt es mittlerweile haufenweise Foren und Blogs, die sich einzig und allein mit dem Thema beschäftigen, ob Amerikas derzeit beliebtestes Fernsehpaar nun tatsächlich real geworden ist.

Ben kommt mit alledem nicht gut klar. Es ist schrecklich, ihn so gestresst und dauernervös zu erleben, zumal ich ja genau weiß, wie sehr er diese falsche, überzogene Art öffentlicher Aufmerksamkeit hasst. Allerdings geht es mir nicht viel besser, ganz im Gegenteil. Ich benötige eine Zeitlang sogar Bodyguards, um dem Ansturm auch nur halbwegs gewachsen zu sein.

Kurzum: Es ist die pure Hölle!

Innerlich ringe ich tagtäglich mit mir, das Dementi abzugeben, zu dem Rick und Holly mich drängen wollen. Ein knackiges, wohlbemessenes Statement, das die Gerüchte rund um Bens und meinen Kuss als lächerlich darstellt und gleichzeitig eine völlig andere, handlungsgebundene Erklärung für die veröffentlichte Szene liefert. Es wäre so leicht. Dennoch äußere ich mich letztendlich nicht zu den Geschehnissen, ebenso wenig wie Ben. Wir schweigen – zumindest das verbindet uns noch.

Randys Miene wird von Tag zu Tag immer finsterer – und Ben und ich sind nur ein Grund dafür. Wir alle kämpfen uns durch harte Drehtage, bis geschieht, was Randy schon lange verfolgt und als unabwendbar vorhergesehen hatte: Mitte November, an einem stürmischen Dienstagmorgen, stehen wir vor verschlossenen Studiotüren.

»Randy unterstützt den Streik der Autoren«, erklärt Ben von der obersten Stufe der metallenen Treppe, die zu der Eingangstür des Studios führt.

Zusammen mit den knapp dreißig weiteren Crew-Mitgliedern starre auch ich ihn ungläubig an, als er uns eröffnet, wir könnten für heute wieder nach Hause fahren.

»Gestern ist der Tarifvertrag der Drehbuchautoren ausgelaufen, ohne dass es zu einer Einigung mit den Produzenten kam.«

»Aber Randy produziert doch auch!«, ruft Sam, einer unserer Lichttechniker.

»Ja, aber im Herzen ist er Autor«, entgegnet Ben. Ein Raunen geht durch die Gruppe der Mitarbeiter und lässt ihn seine Hände in einer beschwichtigenden Geste heben. »Hey! Er fühlt sich mit seinen Kollegen verbunden, und das kann ich gut verstehen. Natürlich fiel ihm diese Entscheidung nicht leicht, aber er hat sich entschieden und das Ergebnis lautet: Auf unbestimmte Zeit, bis es zu einer Einigung zwischen den Parteien kommt, bleiben die Türen dieses Studios geschlossen.«

»Wird es eine Sendepause geben?«, fragt Josh, der Kameramann.

Ben zuckt mit den Schultern. Ich kann mir vorstellen, wie sehr ihm diese Rolle des großen Verkünders widerstrebt. Nur allzu deutlich erinnere ich mich noch an unsere erste gemeinsame Pressekonferenz und seine damalige Nervosität. Er war so unglaublich süß in seiner Schüchternheit.

»Wir haben einiges in petto, also hoffentlich nicht«, meint er nun. »Aber so genau kann das niemand vorhersagen. Es kommt darauf an, wie schnell der Streik vorbei ist.«

Wieder ein Raunen, noch mürrischer dieses Mal.

Wie lange werden wir uns wohl nicht sehen?, frage ich mich in diesem Moment. Und als hätte Ben meinen Gedanken erfasst, sieht er mich plötzlich an. So geknickt, dass ich meinen Blick reflexartig abwende.

Du benimmst dich wie ein zwölfjähriges Mädchen, es ist unfassbar!

»Ähm … Wichtig ist, dass wir nun alle erreichbar bleiben«, fährt Ben fort. »Innerhalb eines Tages muss der Dreh wieder aufgenommen werden können. Haltet euch in der Nähe auf, checkt eure E-Mails zumindest zweimal täglich und informiert euch regelmäßig über den Stand der Dinge. … Also, wir sehen uns.«

Ich bleibe reglos stehen, während sich die Traube unserer Kollegen um mich herum zerstreut. Stumm und mit pochendem Herzen beobachte ich, wie Ben die Stufen herabsteigt. Der Weg zu seinem Auto führt ihn unweigerlich an mir vorbei, wenn ich mich weiterhin nicht rühre.

Na, dann bleib doch nicht einfach stehen wie angewurzelt, was willst du ihm denn sagen?

Schon ist er nur noch eine Armlänge entfernt. »Wir sehen uns?«, höre ich mich flüstern. So leise, dass es ihn eigentlich nicht erreichen dürfte. Dennoch bleibt Ben abrupt stehen und wendet sich mir langsam zu. »Ja … sicher!«

Ich versuche mich gerade an einem zaghaften Lächeln, als mich das Klingeln meines Handys zur Besinnung ruft.

»Ja, Rick? … Nein, wir drehen nicht. Ich bin in zehn Minuten bei dir im Büro.«

Schnell lege ich wieder auf und sehe mich um, doch Ben ist bereits weitergegangen. Gerade steigt er in seinen Mercedes und wirft den Motor an. Vorbei die Zeiten, in denen wir aufeinander warteten, zur gleichen Zeit in unsere Wagen stiegen und uns zuwinkten, bevor wir an der dritten Kreuzung in verschiedene Richtungen abbogen.

Traurig bleibe ich zurück und frage mich für die nächsten Tage und Wochen, wie diese wunderbare Freundschaft, die uns anfangs miteinander verband, zu etwas derartig Verkorkstem verkommen konnte.

Ben

Nichts in der Welt hatte sich natürlicher angefühlt als Sarahs Nähe. Es war … ja, wie atmen … oder lachen. Es geschah einfach und fühlte sich gut an. Mühelos und harmonisch.

Und nun?

Nun können wir einander nicht einmal mehr in die Augen schauen. Ich wünschte, es wäre nie so weit gekommen.

»Wir sehen uns?«, hatte sie gefragt. Hoffnungsvoll oder doch nur höflich? Ich weiß gar nichts mehr und zermartere mir schon seit Tagen das Hirn über diesen winzigen Satz. *War es ein Zeichen?*

Ein Wink, den ich hätte aufgreifen sollen? Irgendwann, nach einer weiteren durchzechten Nacht mit Maggie, wird mir bewusst, dass ich schlichtweg verrückt bin. Es war nur eine simple Frage und ein kleines Lächeln. Beides vermutlich vollkommen belanglos. Ich muss mich wirklich zusammenreißen, denn so kann es nicht mehr weitergehen.

Der Streik und die damit verbundene momentane Arbeitslosigkeit bekommen mir nicht gut. Und es ist kein Ende in Sicht. Die Fronten sind total festgefahren. Jeder Tag mehr scheint es nur noch schlimmer zu machen. Die Autoren verlangen nach wie vor bessere Beteiligungen an den Verwertungen ihrer Rechte, die Produzenten zeigen sich immer noch uneinsichtig, und Randy hängt zwischen den Stühlen, weil niemand verstehen will, dass er Partei für seine Autorenkollegen ergriffen hat.

Vier Tage vor Weihnachten ruft er mich an. »Ich wünsche dir schöne Feiertage, Ben!« Er klingt erstaunlich ruhig. Ich glaube, der Streik bekommt auch ihm nicht gut.

»Warum? Fährst du weg?«

Er schnaubt. »Nein, aber du! Fahr zu deiner Schwester und verbring ein paar schöne Tage mit ihr und den Kids. Sarah ist in England. Sie ist heute früh geflogen. Und John fährt mit seiner Frau in die Berge. Ich fürchte, wir sehen uns erst im neuen Jahr wieder.«

Als wir auflegen, behalte ich das Telefon direkt in der Hand. Ich grübele noch eine Weile lang stumm vor mich hin, dann wähle ich die Nummer meiner Schwester. »Ben!«, ruft sie freudig.

»Hi!«, erwidere ich. »Geht es dir gut?«

»Mir schon, ja. Was ist mit dir?«

»Ging schon mal besser.«

»Oh, Benny!« Caro seufzt. »Komm über die Feiertage zu uns, ja? Fred und die Kinder würden sich auch freuen. Wirklich Ben, es wird Zeit, dass wir uns wiedersehen. Wir erwarten dich.«

***

»Guten Morgen!« Ich lehne im Türrahmen zu der kleinen Küche und reibe verschlafen über meine Augen.

Caro steht am Herd. Sie trägt einen rosafarbenen Morgenmantel und dicke Plüschsocken. »Morgen, Benny. Siehst du, so ändern sich die Zeiten. Früher warst du der Frühaufsteher von uns beiden.«

Mit einem Lachen wendet sie die Eier in der Pfanne und streicht sich die blonden Haare hinter die Ohren.

Ich gehe ein paar Schritte bis zum Laufstall in der Ecke der Küche und hebe Eva auf meine Arme.

»Pass auf, dass sie dir nicht auf dein T-Shirt sabbert«, warnt Caro.

»Macht nichts. Tun wir in ein paar Jahren auch wieder. Und dann kriegst du alles zurück«, sage ich zu meiner Nichte, die es tatsächlich geschafft hat, sich die komplette kleine Faust in den Mund zu schieben.

»Kommst du nachher mit in die Stadt?«, fragt Caro. »Ich habe noch ein paar Besorgungen zu erledigen.«

»Klar, gerne!«

In diesem Moment ertönt ein herzhaftes Gähnen hinter uns. »Morgen, Mommy! Hallo, Onkel Ben!«

Matty steht im Türrahmen und reibt sich die Augen. Seine blonden Haare stehen in alle Richtungen ab.

»Hey, mein Großer!«, begrüßt ihn Carolyn und schenkt ihm ein breites Lächeln, das mich an das unserer Mutter erinnert.

Matty schlappt auf mich zu und legt seinen Arm um meine Schulter. »Pass auf, Eva sabbert«, sagt er nüchtern.

Ich muss lächeln. Randy hatte recht. Es war richtig, wieder einmal rauszukommen und die letzten anstrengenden Wochen voller Gefühlschaos hinter mir zu lassen. Caros Welt ist eine ganz eigene, in der ich mich geborgen und aufgehoben fühle.

»Matty, gehst du mit Daddy nachher den Baum schlagen?«, fragt sie ihren Sohn.

Er grübelt einen Moment mit geschürzten Lippen, dann zuckt er mit den Schultern. »Wenn Julie mitkommen kann. Sie braucht doch auch einen Baum.«

Carolyn verdreht die Augen. »Bestimmt kommt Julie mit. Ruf sie doch mal an. Amy ist mit Sicherheit auch schon wach.«

Sofort stürmt Matty aus dem Raum und holt das Telefon.

»Hängen die beiden immer noch so aneinander?«, frage ich leise, damit er mich nicht hört.

Caro schnaubt. »Kletten lernen von ihnen, glaub mir! Sie kleben förmlich aneinander. Ich weiß nicht, was wir machen sollen, wenn sie erst mal in die Pubertät kommen, ganz ehrlich.«

»Lass sie doch!«, murmelt Fred, der in diesem Moment die Küche betritt, mir zur Begrüßung auf die Schultern klopft und meiner Schwester einen Kuss auf die Schläfe drückt. »Die Männer in dieser Familie sind nun mal Romantiker.«

Und schon wieder verdreht Caro die Augen. »Ich lasse sie ja! Was bleibt mir auch anderes übrig?«

»Amy?«, ruft Matt in den Telefonhörer. »Guten Morgen! ... Mein Dad und ich gehen gleich einen Baum erschlagen, darf Julie mitkommen? ... Super! Ich hole sie ab.« Schon hat er wieder aufgelegt. »Wo sind meine Schuhe?«, ruft er nur einen Augenblick später.

»Junger Mann!« Mit einem amüsierten Grinsen verlässt Fred den Raum. »Du hast noch deinen Pyjama an und draußen ist es bitterkalt. Außerdem ...« Er legt seinem Sechsjährigen beide Hände auf die Schultern und schiebt ihn vor sich her, zurück in die Küche. »... wird jetzt erst einmal gefrühstückt. Eines nach dem anderen. Ihr habt noch den ganzen Tag zum Spielen.«

»Und jeden danach.« Caro stellt die Pfanne mit den Eiern auf den gedeckten Tisch.

Wir frühstücken gemeinsam. Matty merkt man seine Aufregung an, denn er plappert munter immer weiter. Begeistert erzählt er von dem Dinosaurier, den er sich wünscht, und von seinem Wunschzettel, den Santa tatsächlich gefunden und mitgenommen hat. Alles ist wie jedes Jahr am Tag vor Weihnachten im Haus meiner Schwester.

Nach dem Frühstück ziehen Fred und Matty los.

Caro wickelt Eva noch einmal und verpackt sie in einen dieser gefütterten Schneeanzüge. Die Kleine ist so dick angezogen, dass ich die Gurte ihres Kindersitzes verstellen muss, um sie festzuschnallen. Sie sieht aus wie die Mini-Ausgabe eines Teletubbies.

Man merkt deutlich, dass die Feiertage bevorstehen. Die Einwohner der sonst so verschlafenen kleinen Stadt an der kanadischen Grenze drängen sich auf den Bürgersteigen. Es riecht nach Schnee und heißen Maronen, nach Holzkohle und Glühwein. Ausgelassene Weihnachtsstimmung, der ich mich kaum entziehen kann, beherrscht die Straßen.

Es ist klirrend kalt, daher trage ich einen Strickpullover und eine dicke Jacke. Meinen Schal habe ich mir bis über den Mund gezogen, eine warme Mütze schützt meine empfindlichen Ohren. Aber die Kälte stört mich nicht. Zum ersten Mal seit Wochen kann ich mich frei bewegen, denn durch die dicke Kleidung erkennt mich hier niemand.

»Wollen wir uns nachher in ein Café setzen und etwas Heißes trinken?«

Caro nickt. »Gute Idee! Wir kaufen nur noch schnell dieses Lernspiel für Matty, dann sind wir mit der Liste durch.«

Gesagt, getan. Nur etwa anderthalb Stunden, eine Stoffpuppe, einen Schal, zwei Mützen, zwei neue Schnuller, ein Paket Babywindeln, ein Feuerwehrauto und *kein* Lernspiel für Matty später sitzen wir uns in einem gemütlichen Eck-Café gegenüber. Der Raum erinnert mich an das Café unserer Serie. Schnell wische ich den Gedanken weg.

Den Trubel und Vorweihnachtsstress haben wir draußen gelassen. Hier herrscht entspannende Ruhe. Auch Eva schläft friedlich in ihrem Kinderwagen, was mir die Gelegenheit gibt, endlich in Ruhe mit Carolyn zu sprechen.

Noch einmal inhaliere ich den Dampf meines Cappuccinos, bevor ich ihr meine Entscheidung mitteile.

»Ich hänge meine Karriere an den Nagel, Caro. Jedenfalls den Teil, der vor den Kameras stattgefunden hat«, beginne ich ohne weitere Umschweife.

Meine Schwester mustert mich eingehend. Ihren kritischen

Gesichtsausdruck kenne ich nur allzu gut von mir selbst. Sie prüft, ob nicht doch etwas Wankelmütiges in meiner Mimik liegt, und stellt ihre Tasse vor sich ab, als sie nichts entdeckt. »Du bist dir sicher.«

»Absolut!«, bestätige ich. »Ich gehöre nicht zu denen, Caro. Ich bin kein Star, der glitzert und glänzt und es liebt, sich in der Öffentlichkeit zu präsentieren. Nicht in dem enormen Stil der vergangenen Wochen.« Mein Blick verfinstert sich unter den Erinnerungen diverser Begegnungen mit den Paparazzi. »Das war furchtbar! Und daran könnte ich mich nie gewöhnen. Nein, ich möchte zurück ans Theater gehen. Definitiv.« Nach einer Weile des Schweigens füge ich hinzu: »Ich habe großartige Rollen angeboten bekommen, an Bühnen, von denen ich vor ein paar Jahren noch nicht einmal zu träumen gewagt hätte. Dieser ganze Trubel momentan ist mir zu viel. Das alles ist nicht in meinem Sinn und belastet mich nur.«

Carolyn betrachtet mich. Sie weiß, was ich in den vergangenen Monaten mitgemacht habe. Ich selbst habe ihr nicht allzu viel erzählt; das meiste hat sie, wie alle anderen auch, durch die Presse erfahren.

Aber sie kennt mich. Sie sieht den Kummer, der in meinem Herzen wühlt und den ich vergeblich vor ihr zu verbergen suche. Unter ihrem Blick verspüre ich bald schon den Drang, ihr genau zu erklären, was mich zu meiner Entscheidung bewogen hat.

»Weißt du, ich liebe es, in fremde Rollen zu schlüpfen, mich mit dem Denken anderer Menschen zu beschäftigen und die Anerkennung meiner Leistung in Form von Applaus entgegenzunehmen. Aber alles aus der Distanz. Als meine eigene Person, als Ben Todd, hasse ich diese überzogene öffentliche Aufmerksamkeit, die mir besonders während der letzten Wochen zuteilgeworden ist. Und die reinere Art des Schauspiels – ohne dieses ganze Drumherum – finde ich nur am Theater.«

Caro nickt lange, während sie an dem Griff ihrer Tasse spielt.

»Ich bin mir sicher, dass dein Entschluss richtig ist«, sagt sie schließlich. »Es gibt nur eine Sache, die ich noch wissen muss, Ben.« Nun sieht sie mich wieder an – und zwar so direkt und tief, wie es nur meine Schwester kann. »Ist es ihretwegen?«

Ich weiche nicht aus, auch wenn Caro mit Sicherheit sieht, wie schwer mir die Antwort fällt. Schließlich schüttele ich den Kopf. »Nein! Es ist allein meine Entscheidung. Sarah weiß es nicht einmal.«

Meine Schwester streckt ihre Hand aus und legt sie auf meine. »Dann tu, was dein Herz dir sagt, Ben. Du bist ein fantastischer Schauspieler, egal, ob vor der Kamera oder auf der Bühne.«

Der darauffolgende Weihnachtstag verläuft genauso, wie ich ihn noch aus meinen Kindheitstagen in Erinnerung habe.

Matty ist bereits um halb sechs auf den Beinen. Mit dem Läuten des Glöckchens stürmt er jubelnd ins Wohnzimmer. Der riesige Weihnachtsbaum ist hell erleuchtet, die mit Namen bestickten Strümpfe hängen prall gefüllt über dem Kamin, in dem ein gemütliches Feuer prasselt. Matty checkt, ob Santa die selbstgebackenen Kekse geschmeckt haben, und freut sich wie ein Schneekönig, dass sogar das Glas mit der warmen Milch leer ist.

Caro grinst zufrieden und zwinkert mir zu. Unmittelbar vor Mattys Sturm aufs Wohnzimmer hat sie mir noch schnell meinen verräterischen Milchbart weggewischt und mit einem liebevollen Klaps auf Freds Bauch die Kekskrümel von dessen Pyjama gewischt.

Wir singen ein paar Weihnachtslieder, die Caro und ich gemeinsam am Klavier begleiten. Vierhändig – das können wir noch immer. Als der letzte Akkord von *Stille Nacht* verhallt, erklärt Fred die Bescherung für eröffnet. Es dauert nur wenige Minuten, dann ist der Boden bereits mit kleinen Geschenkpapierfetzen übersät.

Ich beobachte Matty, der mit seinem neuen Dino spielt und dabei ziemlich beeindruckende Geräusche von sich gibt. Und Eva, die unter den Weihnachtsbaum robbt, sich auf den Rücken rollt und mit großen Augen ihr verzerrtes Spiegelbild in einer der Christbaumkugeln betrachtet.

»Möchtest du auch einen Tee, Ben?«, fragt Fred, der sich aus seinem Sessel erhebt und mir im Vorbeigehen wieder einmal auf die Schulter klopft.

»Ja, sehr gerne, danke!«

Mit der dampfenden Tasse in der Hand, vor der Hitze des flackernden Kamins, verspüre ich auf einmal das Bedürfnis, nach draußen zu gehen und mich ein wenig abzukühlen.

Jack ist sofort an meiner Seite. Ich öffne die Tür und atme tief durch. Nirgendwo ist die Luft klarer als hier.

Und dieser Ausblick …

Umrahmt von hohen Tannen und Kiefern, liegt der zugefrorene See wie ein Spiegel vor mir. Ich liebe es, Zeit bei meiner Schwester zu verbringen, doch dieses Mal bin ich mit meinen Gedanken weit weg. Ich stelle mir vor, wie Sarah jetzt mit ihrer Familie in England zusammensitzt, und male mir aus, wie sie und Josie ihre Feiertage verbringen.

Ich gehe einige Schritte über die unter der Kälte und meinem Gewicht ächzenden Verandadielen, nehme in einem der Schaukelstühle aus Korbgeflecht Platz und ziehe meinen Schal noch höher als zuvor. Dann festige ich meinen Griff um die heiße Tasse und genieße die Stille des Morgens, bis sie von einem hellen Kichern durchschnitten wird. Jack, der sich zwischen meine Beine gequetscht hat, horcht auf, dann bellt er zweimal.

Schon schießt ein Mädchen mit welligen dunklen Haaren

zwischen den schneebedeckten Zweigen der angrenzenden Nadelbäume hervor und rennt auf uns zu.

»Hallo Ben!«, ruft Mattys Freundin.

»Hey Julie!«, erwidere ich und umarme die Kleine, als sie die Veranda erreicht und direkt auf mich zustürmt.

»Sieh mal, ich habe einen Dino gekriegt«, berichtet sie aufgeregt und streckt mir mit weit aufgerissenen Augen das Ungetüm entgegen.

»Toll!«, erwidere ich. »Matty hat auch einen bekommen, aber einen anderen.«

»Den Bronto, oder? Den hat er sich auch gewünscht.« Sie grinst mich an. Sehr süß, denn ihre oberen Frontzähne fehlen bereits. Eine Tatsache, die Matty echt ärgert, zumal seine noch bombenfest sitzen. Und das, obwohl er ein paar Monate älter ist.

»Julie!«, ertönt eine vertraute Stimme hinter uns. Es ist Amy, die Nachbarin – Julies Mom. »Hast du nicht etwas vergessen?«, fragt sie, während sie die Stufen zur Veranda hochsteigt.

Julie stutzt einen Augenblick. Nachdenklich zieht sie die Brauen zusammen; ihre dunklen Augen werden ganz klein. »Oh!«, sagt sie dann und lächelt mich verlegen an. »Frohe Weihnachten, Ben.«

»Das wünsche ich dir auch.«

»Frohe Weihnachten«, wünscht mir nun auch Amy und schließt mich in ihre Arme.

Sie trägt eine große Stofftasche, die sie zu meinen Füßen abstellt. Im selben Moment reißt Matty die Tür auf. »Hey, guten Morgen, Julie!«, ruft er. »Hallo Amy! Frohe Weihnachten!«

»Das wünsche ich dir auch, Matty.« Amy drückt ihm einen Kuss auf den Strubbelkopf und schenkt ihm ein liebevolles Lächeln. Dann greift sie in ihre Tasche und bringt ein großes Geschenk zum Vorschein. »Santa hat sich mit dem hier vertan, befürchte ich.«

»Wie jedes Jahr?«, fragt mein leicht begriffsstutziger Neffe.
Amy nickt. »Ja! … Hier steht jedenfalls dein Name drauf.«

»Cool, danke!«, erwidert Matty, ergreift mit der einen Hand das Geschenk, mit der anderen Julies Ärmel und verschwindet mit seiner Freundin im Haus. Jack folgt den beiden in letzter Sekunde, bevor die Tür hinter ihnen ins Schloss fällt. Amy und ich bleiben allein zurück.

Drehen wir die Zeit …

… doch ein wenig zurück – etwa anderthalb Stunden – und richten unseren Blick auf das Haus, das dem von Fred und Carolyn am nächsten steht.

Dicker Rauch quillt aus dem Schornstein, das Dach ist weiß bedeckt, und auf dem langen Holzsteg, der vom Haus aus über den zugefrorenen See führt, glitzern Eiskristalle.

So friedlich und besinnlich das Bild auch sein mag, im Inneren des Hauses geht es längst nicht so ruhig zu. Julie Andrews, sechs Jahre und vierunddreißig Tage alt, ist vor nicht einmal fünf Minuten erwacht, ins Wohnzimmer hinuntergelaufen … und dann wieder hinaufgestürmt, ins Schlafzimmer ihrer Mom.

Diese hat das alles gehört, tut aber nach wie vor so, als würde sie noch schlafen. Begleiten wir sie ein wenig, ja?

SIE und das, was du von ihr wissen solltest: Sie ist nicht sehr groß, schlank und mit einem blassen Teint. Lange, dunkle Haare fallen in großen Wellen über ihre Schultern herab. Die sanften, grünen Augen sind das Auffälligste in ihrem hübschen Gesicht.

Sie ist siebenundzwanzig Jahre und vier Monate alt, am letzten Tag des Löwen geboren und strahlt eine beinahe kindliche Unbefangenheit und Lebensfreude aus.

Sie ist die einzige Tochter einer Hausfrau und eines Architekten. Fast niemand erinnert sich heute noch daran, dass sie bis vor ein paar Jahren noch völlig isoliert lebte und sehr still war. Erst Julies Vater gelang es, ihr wahres Ich freizulegen und sie richtig mit dem Leben vertraut zu machen.

Heute liebt sie es zu malen, isst am liebsten Hackbraten und trinkt gerne heißen Tee. Außerdem verschlingt sie Bücher und liebt Musik, spielt leidenschaftlich gern Klavier und geht hin und wieder am Wochenende mit Freunden aus. Am meisten jedoch liebt sie ihre kleine Tochter und den Nachbarsjungen Matty, der Julies allerbester Freund ist und dessen Geheimnis nur sie kennt. Aber das ist eine andere Geschichte.

Und, was vielleicht am wichtigsten ist: Sie hat ein besonderes Verständnis für den jüngeren Bruder ihrer Nachbarin Caro, den sie seit dem Winter kennt, in dem ihre Tochter geboren wurde, und mit dem sie sich auf gewisse Weise schon immer verbunden fühlte. Denn genau wie er hat auch sie einen geliebten Menschen verloren.

Ich gebe das Wort an Schützling Nr. 791.100.231.755
alias Amy Marie Andrews …

Amy

»Mommy, Mommy, steh auf!« Julie zerrt an meiner Bettdecke und klettert auf meinen Bauch, als das nicht den erhofften Erfolg bringt. Ich bin zwar schon lange wach, aber dieses Spiel hat so was wie Tradition bei uns.

»Mommy«, mault sie. Mit beiden Daumen hebt sie meine geschlossenen Augenlider an. »Der Baum ist geschmückt, und darunter liegen ganz viele Geschenke. Darf ich eins aufmachen?«

Die Art, wie sie mich ansieht, mit diesen großen dunklen Augen und der Begeisterung, die dieser besondere Morgen mit sich bringt, bringt mich zum Lächeln. Ich umfasse ihre kleine Taille, drehe sie unter mich und kitzele sie durch. »Guten Morgen, meine Süße! Ich wünsche dir ein wunderschönes Weihnachtsfest. Und ja, natürlich gehen wir jetzt Geschenke auspacken. Und zwar nicht nur eins.«

Julie jubelt und drückt mir einen Kuss auf die Nase. »Juhu! Frohe Weihnachten auch für dich, Mommy!«

Ich streife mir meinen Morgenmantel und Julie dicke Socken über, dann gehen wir runter in den großen Wohnraum. Nur mit Mühe kann ich meine Tochter davon abhalten, sich sofort auf die Geschenke zu stürzen. Erst stochere ich die restliche Glut des Kaminfeuers an, lege neue Scheite auf und suche dann nach einer CD mit Weihnachtsliedern. Julie hüpft bereits ungeduldig auf und ab und lässt den Baum und die Geschenke dabei nicht für einen Moment aus den Augen.

»Die Hälfte!«, erinnere ich sie an unser Abkommen. »Wenn Omi und Opi nachher kommen, darfst du die anderen auspacken.«

Sie nickt eifrig, schmeißt sich auf die Knie und fängt sofort an. Natürlich mit dem größten, wie könnte es auch anders sein.

Die kommenden Minuten verbringe ich damit, ihr beim Auspacken zuzusehen. Es ist wie jedes Jahr: Ich beginne bereits an Thanksgiving, das eine oder andere Geschenk zu kaufen, verpacke sie nächtelang, knüpfe komplizierte Schleifen und falte mit Hilfe eines Origami-Buches aufwendige Sterne zur Verschönerung der Päckchen.

Und wie in jedem Jahr rupft Julie auch an diesem Morgen wieder als Erstes diese Verzierungen ab, bevor sie mit ein, zwei geschickt angesetzten Handbewegungen das restliche Papier zerreißt und sich somit Zugang zu dem heißersehnten Inhalt ihrer Geschenke verschafft.

Wie immer muss ich an all die Arbeit und die Vorbereitungen zurückdenken, die diesen wenigen Minuten des eigentlichen Geschehens zugrunde liegen. Dennoch komme ich schnell zu dem Schluss, dass sich der Aufwand wieder voll und ganz gelohnt hat.

Als Julie die vereinbarte Anzahl ihrer Geschenke ausgepackt hat, pickt sie sich schnell ihren Favoriten heraus: einen Tyrannosaurus Rex, der ganz oben auf ihrer Wunschliste stand.

»Ich hoffe, Matty hat seinen auch gekriegt, dann können wir endlich unseren Vulkan bauen und Urzeit spielen«, sinniert Julie, während sie ihren Dino genau betrachtet und immer wieder begeistert an sich drückt.

»Das wirst du schon bald rauskriegen. Wir frühstücken doch zusammen«, sage ich.

»Stimmt ja! Jetzt gleich?«, fragt Julie mit großen Augen.

Ich sehe auf die Uhr. Es ist erst kurz nach sieben. Eigentlich eine unmögliche Zeit für einen Feiertag, aber da Fred und Carolyn ihren Sohn genauso gut kennen wie ich meine Tochter, haben wir uns tatsächlich schon für halb acht zum Frühstück verabredet.

Ich nicke. »Du hast aber noch Zeit, dich in Ruhe anzuziehen und dir sehr, sehr gründlich die Zähne zu putzen. Zumindest das, was von ihnen übrig geblieben ist.«

Julie grinst mich an, zeigt stolz ihre breite Zahnlücke und hüpft dann fröhlich die Treppenstufen hoch. »Oh!«, sagt sie mittendrin und beschleunigt ihren Lauf. Kurz darauf kommt sie schon wieder zurück – nach wie vor im Pyjama. Sie trägt ein kleines Päckchen in der Hand, das weder von einer komplizierten Schleife noch von Origami-Sternen geschmückt ist. Dennoch wird es mit den folgenden Worten meiner Tochter zu dem schönsten von allen.

»Das ist von mir, Mommy. Für dich! Ich habe es selbst gemacht!«

Ich packe den beklebten Papierstern behutsam aus, bedanke mich überschwenglich und hänge ihn mitten an eine der großen Scheiben, die die Front unseres Hauses verglasen und uns einen uneingeschränkten Blick über den zugefrorenen See ermöglichen.

»Wunderschön«, sage ich noch einmal. Julie schenkt mir ein breites Lächeln und läuft dann endgültig die Stufen hinauf, um sich anzuziehen.

Zwischen unserem Haus und dem von Carolyn und Fred liegen etwa hundert Meter, die durch einen schmalen Ausläufer des Waldes führen. Es gibt auch einen Weg, der um die Nadelbäume herumführt, den wir aber nie benutzen. Stattdessen laufen wir auch an diesem Morgen zwischen dem dichten Geäst her, über Julies und Matts Geheimweg, der im Grunde nicht mehr als ein schmaler Trampelpfad und schon lange nicht mehr geheim ist.

Meine Tochter läuft vorneweg. Wie immer, wenn es in Richtung Matt geht, hat sie es sehr eilig. Ich kann es ihr nicht verdenken, ging es mir mit meinem besten Freund doch genauso, als wir Kinder waren. Dieser beste Freund ist Julies Vater und …

Ein Hundebellen ertönt und reißt mich aus meinen Gedanken.

»Hallo Ben!«, ruft Julie. Ich umfasse die Stofftasche mit den Geschenken, suche nach einem flachen Päckchen und atme tief durch, als ich es zwischen den anderen ertaste.

Hoffentlich tue ich das Richtige.

Als ich Ben erspähe, hält er Julie bereits im Arm und drückt sie an sich.

Sein eigenes Kind wäre nur zwei Jahre jünger als sie, durchfährt es mich bei diesem Anblick.

Ben scheint sich zu freuen, uns wiederzusehen. Wir haben uns gerade begrüßt, als Matty bereits seinen Kopf zur Tür herausstreckt. Er sieht Ben sehr ähnlich, hat die gleichen blonden Wuschelhaare, Augen, die so wasserblau sind, dass sie zu schwimmen scheinen, und einen schön gezeichneten Schmollmund. Ich kann mir gut vorstellen, dass Matty später einmal so aussieht wie sein Onkel jetzt.

Ich reiche ihm sein Geschenk, tische ihm die alte Story des verwirrten Santa auf, bemerke, mit welcher Selbstverständlichkeit er nach Julies Hand greift und, gefolgt von Bens Hund, mit ihr im Haus verschwindet.

Ben und ich bleiben allein auf der Veranda zurück.

Mattys Onkel nimmt erneut in einem der Schaukelstühle Platz, greift schnell wieder nach seiner wärmenden Tasse Tee und lächelt zu mir auf. Ich habe ihn schon lange nicht mehr so erschöpft gesehen wie an diesem Morgen.

»Geht es dir gut?«, frage ich automatisch, auch wenn ich die Antwort eigentlich schon kenne.

»Hm, willst du die Unbeschwerte-Weihnachten-Antwort, oder eine ehrliche?«, fragt er.

»Die ehrliche natürlich!« Ich nehme in dem anderen Schaukelstuhl neben ihm Platz.

»Ich an deiner Stelle hätte mich für die Unbeschwerte-Weihnachten-Nummer entschieden«, beharrt er, doch ich schüttele den Kopf.

»Carolyn sagt, ihr seid auch vom Streik betroffen?«, beginne ich unverfänglich. Er nickt. »Meinst du, er hält noch lange an?«

Nun zuckt er mit den Schultern. »Es sind jetzt schon fünf Wochen. Wir dachten anfangs nicht einmal, dass es zwei werden könnten. Also … warten wir ab.«

»Hm«, mache ich. »Und was bekümmert dich wirklich?«

Ben sieht mich sehr lange an. Es wirkt prüfend. Schließlich gibt er sich einen Ruck und atmet tief durch. »Das ist nicht so leicht zu erklären. Es ist … kompliziert.«

»Ich bin mir sicher, dass ich dir folgen kann«, erwidere ich.

Er grinst. »Ja, du bestimmt! … Es sind verschiedene Dinge, die mich gerade fertigmachen, ehrlich gesagt. Zum einen ist es so, dass ich mich immer an Shirleys und meine Anfangszeit erinnere, wenn ich hier bin.«

»Erzähl mir davon!« Ich halte Bens Blick stand, bis er ihn senkt, mit beiden Daumen über den Rand seiner Tasse fährt und sich schließlich räuspert.

»Ähm … Sie lag auf der Couch und schlief, als ich sie zum ersten Mal sah.«

Ich nicke. »Ja, ich erinnere mich. Matty war wenige Monate alt und Julie gerade auf der Welt. Es war unser erster Winter im eigenen Haus … Caro hat dich vom Flughafen abgeholt und Fred hatte Nachtschicht, nicht wahr?«

»Ja. Deshalb war Shirley da, um auf Matt aufzupassen. Wir kamen um halb drei an, mitten in der Nacht. Sie lag auf der Couch und schlief ruhig und entspannt. Sie … sah aus wie ein Engel. Ich werde mir nie verzeihen können, was ich ihr angetan habe.«

Wie von selbst legt sich meine Hand über seinen Oberschenkel. »Es war ein Unfall, Ben.«

Er nimmt meine Finger und drückt sie ein wenig. »Das macht Shirley auch nicht mehr lebendig. Ich vermisse sie so und fühle mich gleichzeitig unendlich schuldig. Nach all der Zeit frage ich mich immer noch, warum ich mich damals nicht anders verhalten habe. Ich werde diese Gedanken einfach nicht los.«

»Ja, ich weiß. Aber es gibt Dinge im Leben, mit denen wir klarkommen müssen, so schwer es auch ist. Wir müssen lernen, sie zu akzeptieren.«

Vielleicht ist es mein wehmütiger Tonfall, der seine Aufmerksamkeit auf mich und meine Geschichte lenkt.

»Was ist mit dir? Geht es dir gut?«, fragt er. Ben und ich teilen beide das Schicksal, unsere Partner verloren zu haben. Mein Verlobter starb am Unabhängigkeitstag vor genau sechs Jahren. Ben weiß das, wie jeder hier. Nun senke ich meinen Blick unter seinem und nicke.

»Ja, es geht mir gut. Ich versuche noch immer, mein Versprechen ihm gegenüber einzulösen und all das auszuschöpfen, was das Leben zu bieten hat. Doch es ist nicht immer leicht.«

»Es gibt also noch keinen neuen Mann?«, schlussfolgert Ben richtig.

»Nein, den gibt es nicht. Noch nicht. Aber zumindest bin ich mittlerweile an dem Punkt angelangt, an dem ich nicht mehr jeden Mann, den ich kennenlerne, automatisch mit ihm vergleiche.«

»Das ist doch schon ein großer Schritt. Mir ging es lange genauso. Niemand hätte Shirley ersetzen können, das hätte sich auch nie erzwingen lassen. Doch nun … ist es einfach passiert. Ganz anders als damals mit ihr. Viel schleichender …« Mit einem Mal bemerkt er, was er gesagt hat, und sieht mich erschrocken an.

»Deine Schauspielpartnerin?«, frage ich nur. Er presst die Lippen aufeinander und nickt einmal, aber mit Nachdruck.

»Ich sehe zwar nicht viel fern, aber eure Serie schaue ich gerne«, gestehe ich, um dem Moment die Schwere zu nehmen. »Sie ist so anders und erfrischend. Wirklich toll! Und natürlich bin ich maßlos stolz, dich zu kennen.« Mit einem Seitenblick auf ihn sehe ich, dass Ben schmunzelt.

»Sarah hat auch eine kleine Tochter«, sagt er nach einer Weile. »Josie.« Natürlich weiß ich das, aber ich tue so, als wäre die Frau, die Bens Leben auf den Kopf gestellt hat, nicht der berühmte Star, den Gott und die Welt aus der Presse kennen.

»Die Kleine ist ein echter Wildfang, aber zuckersüß«, sagt er gedankenverloren.

»War der Kuss echt?«, wage ich zu fragen.

Er verzieht das Gesicht. »Sogar du hast es gesehen?«

In einer entschuldigenden Geste ziehe ich Schultern und Augenbrauen hoch.

Ben stößt ein wenig Luft aus und fährt sich dann verschämt durch die Haare. »Ja, er war echt. Jedes Wort dieser dämlichen Beschreibung auf YouTube, Twitter, Facebook und wie dieser soziale Netzmist sonst noch heißen mag, stimmte.«

»Du liebst sie, nicht wahr?«

Er zögert sekundenlang, dann nickt er wieder. Ich atme tief durch und schließe die Augen. »Was ist?«, fragt er, augenscheinlich verwirrt durch meine Reaktion.

»Du glaubst nicht, wie sehr mir das Hoffnung gibt, Ben«, erkläre ich.

Mit zusammengezogenen Augenbrauen sieht er mich verständnislos an.

»Ich habe dich in deiner Anfangszeit mit Shirley erlebt. Ich habe gesehen, wie sehr du sie geliebt hast und wie viel sie dir bedeutet hat. Und ich habe gespürt, dass das mit euch etwas ganz Besonderes war.«

»Ja, ich weiß. Du warst die Einzige, die mir damals Mut zugesprochen hat. Alle anderen haben mir geraten, ich solle besser die Finger von ihr lassen, weil sie in einer festen Beziehung mit diesem Loser steckte.«

Ich verziehe das Gesicht bei der Erinnerung an den großen muskelbepackten Typen, der von Zeit zu Zeit mit seinem tiefergelegten Wagen vorfuhr und Shirley zum Babysitten absetzte. Er sah aus wie eine lebensgroße, prollige Version von Ken und verfügte vermutlich über ebenso viel Hirnmasse. Schnell schüttele ich sein Bild aus meinem Kopf und wende mich wieder Ben zu.

»Jedenfalls weiß ich, dass Shirley deine große Liebe war. Und hättest du mich vor ein paar Jahren gefragt, ich hätte geschworen, dass es so etwas nur einmal im Leben geben kann. Aber jetzt sitzt du hier, direkt neben mir, und ich spüre, wie viel dir Sarah bedeutet.«

»Das tut sie tatsächlich«, erwidert Ben. »Aber es fühlt sich diesmal völlig anders an. Es ist … Ich weiß es nicht, aber vielleicht ist es mit der Liebe zu zwei Kindern vergleichbar. Caro sagt, sie hätte immer gedacht, sie müsse ihre Liebe auf zwei Kinder verteilen, als Eva unterwegs war. Aber jetzt sagt sie, es sei vollkommen anders. Die Liebe sei einfach mitgewachsen. Wenn sie sich nur auf Matty oder nur auf Eva konzentriert, spürt sie das in unterschiedlichen Bereichen ihres Herzens, meint sie. Und genauso fühlt es sich auch bei mir an, wenn ich an Shirley oder an Sarah denke. Meine größte Angst war es immer, Shirley durch eine neue Beziehung zu entthronen, wenn du verstehst, was ich meine. Aber die Liebe zu ihr ist … ja, unangetastet geblieben, trotz Sarah.«

»Ich habe immer gehofft, dass so etwas möglich ist«, gestehe ich leise.

Ben sieht mich lange an. »Ist es«, sagt er dann bestimmt. »Zumindest bleibt mir das. Das Wissen, dass es möglich ist.«

Ich weiß, was er meint. Sarah ist schließlich nicht hier, bei ihm. Und der Ausdruck seiner traurigen Augen spricht Bände. Dennoch bin ich mir sicher, dass er sich irrt. Es gibt die Hoffnung auf ein Happy End ihrer Geschichte.

Es muss sie geben, denn wo wäre sonst der Sinn?

Ohne ein weiteres Wort beuge ich mich nach unten, ziehe das flache Geschenk aus meiner Tasche und reiche es Ben.

»Was …?«, fragt er.

Ich winke ab. »Nur eine Kleinigkeit. Pack es aus!«

»Ich habe aber nichts für dich!«, protestiert er verlegen und schiebt das Paket zurück, anstatt es zu nehmen.

Ich lache und lege es auf seine Oberschenkel. »Das ist völlig in Ordnung. Mach schon auf!«

Behutsam zieht er den Klebestreifen ab und öffnet das Papier. »Ein Bild?«, fragt er, als der Rahmen zum Vorschein kommt.

Dann zieht er es heraus, dreht es um … und erstarrt. Es ist ein selbstgemaltes Bild von Sarah und ihm. Darauf steht sie vor ihm, den Rücken gegen seine Brust gelehnt, und sieht ihn von der Seite aus an. Ihr Lächeln wirkt verschmitzt – und Ben erwidert es so strahlend, wie ich ihn nie zuvor gesehen habe.

Noch immer sitzt er stumm neben mir. Reglos, mit offenem Mund, starrt er auf das Bild in seinen Händen. Dann entdeckt er das Datum und fährt mit seinem Daumen darüber, als würde er seinen Augen allein nicht trauen. Als könne es sich durch seine Berührung noch verändern.

»Aber … du hast das noch vor der Ausstrahlung der ersten Folge gemalt? Woher wusstest du denn …?« Er beendet sein Gestammel mit einem tiefen Blick aus seinen wasserblauen Augen, die nun wirklich in Tränen schwimmen.

»Ich habe das Bild, das mir zur Vorlage diente, in meiner Fernsehzeitung entdeckt«, erkläre ich. »Es war das Titelbild zu einer Art Vorausblick auf die Serie. Frag mich nicht warum, aber ich hatte sofort so ein Gefühl, als ich euch beide sah. Als ich eure Gesichter malte, den Ausdruck eurer Augen und dieses Lachen, bekam dieses Gefühl eine neue Tiefe. Und als ich euch dann zusammen spielen sah, wusste ich einfach, dass da mehr ist.«

»Aber damals …«, flüstert er.

»… war alles genauso wie jetzt«, beende ich seinen Satz, denn davon bin ich überzeugt.

»Das Foto, das du abgemalt hast, entstand an unserem zweiten Tag am Set«, hält Ben dagegen.

Ich zucke mit den Schultern. *Zeit … was sagt denn schon Zeit?*

»Wenn ich euch so sehe, Ben, bin ich mir sicher, dass ihr füreinander bestimmt seid. Sarah und du, ihr gehört zusammen. Das wusste ich, als ich dieses Bild in der Zeitung entdeckte. Lange vor eurem berühmten Kuss, vor Sarahs Trennung von ihrem Verlobten und sehr lange vor diesem Gespräch. Deshalb wollte ich dir dieses Bild schenken. Wärst du nicht gekommen, hätte ich es dir geschickt. Ich weiß, dass es hart ist, aber du darfst jetzt nicht aufgeben, Ben! Denn wenn ich eines in meinem Leben gelernt habe, dann, dass es sich immer lohnt, für die Liebe zu kämpfen.«

Einmal um die halbe Welt …

… führt uns diese Reise nun. Weg von Ben, denn ihn lassen wir erst einmal auf der Veranda zurück. Er muss die Gefühle und Gedanken verarbeiten, die Amy mit ihrem Bild ausgelöst hat.

Stattdessen werfen wir einen näheren Blick auf das Treiben in dem englischen Gutshof, der etwa eine Dreiviertelstunde Fahrtzeit von London entfernt steht und die Gemütlichkeit eines gelungenen Weihnachtskartenmotivs ausstrahlt.

Jonathan Pace steht am Fenster seiner Küche und blickt hinaus. Alberta gesellt sich zu ihm, verfolgt seinen Blick und nickt ihm traurig zu. Die beiden wechseln kein einziges Wort miteinander. Nein, sie verstehen sich auch so – vereint in ihrer Sorge um Sarah.

Jonathan beobachtet seine Tochter schon eine geraume Zeit vom Küchenfenster aus, während sich der Rest der Familie nach wie vor im angrenzenden Wohnraum aufhält. Es ist ein wildes Treiben, denn in diesem Jahr sind sie wirklich alle gekommen.

Das ausgelassene Kinderlachen seiner Enkel und der Geruch von Marshmallows erinnern ihn an längst vergangene Zeiten. Fröhlich-turbulente Tage, als seine eigenen Kinder noch klein waren.

Jonathan liebt es, wenn all seine Nachkommen beisammen sind und das große, alte Haus mit ihrem frischen Wind durchströmen. Nichts macht ihn glücklicher, als in seinem bequemen Ohrensessel zu sitzen, meist mit einem seiner Enkelkinder auf dem Schoß, und das quietschfidele Treiben um sich herum zu beobachten.

Schon am Tag zuvor strömte eine perfekte Weihnachtsgeruchsmischung aus Truthahn, Bratapfeltee, Kaminholz, frisch gebackenen Plätzchen und Tannengrün durch die Räume und erschwerte den Kleinen das Warten noch zusätzlich. Die Bescherung fiel, wie in jedem Jahr, sehr üppig aus, und das Weih-

nachtsfest verging durch die gemeinsame Zeit mit den Kindern förmlich wie im Fluge.

Nach dem Abendessen holte Jonathan sein Schifferklavier aus dem Schrank und die Familie sang gemeinsam, wie es am Weihnachtsabend bei ihnen Tradition war. Seine Enkelsöhne sagten Gedichte auf, seine älteste Enkeltochter spielte furchtbar schief auf der Blockflöte und Josie sang – bedeutend talentierter – Jingle Bells.

Ian hob Sarahs Kleine spontan auf seinen Arm und verpasste ihr einen dicken Kuss, als sie nichts ahnend unter dem Mistelzweig vor dem flackernden Kamin spielte. Georgie fand – zum ersten Mal in seinem Leben – das glückbringende Geldstück in seinem Pudding ... und verschluckte es vor Schreck.

Alles in allem ein wirklich perfekter Weihnachtsabend.

Doch mittendrin stellte Jonathan auf einmal fest, dass seine Tochter fehlte. Er suchte überall nach ihr und fand sie schließlich draußen in der eisigen Kälte – wo sie ganz allein auf der Bank vor dem Haus saß und ihren Gedanken nachhing.

Alberta seufzt neben ihm auf und reißt Jonathan damit aus seinen Gedanken.

Er mag die pummelige Nanny seiner Enkeltochter sehr, aber er hatte beobachtet, dass sich ein wehmütiger Glanz über ihren Blick legte, wenn sie im Kreise seiner großen Familie saß. Vermutlich, so sagte er sich, wünschte sich Alberta nach wie vor eine eigene.

»Es ist wegen diesem Jungen, mit dem sie in der Fantasy-Serie spielt, nicht wahr?« Jonathan deutet mit der Nasenspitze auf Sarah, die nach wie vor reglos auf ihrer Bank sitzt und die Pferde beobachtet.

Die Italienerin nickt. »Si, Signore! Iste wegen Ben. Er iste eine gute Mensch, wissene Sie!«

»Ja, vielleicht«, antwortet Sarahs Dad. »Aber ich denke, sie ist noch nicht bereit. Sie ist zu verletzt nach der Sache mit Dani-

el und will sich nicht auf eine neue Beziehung einlassen. Josie zuliebe, vermute ich.«

Alberta schüttelt den Kopf. »Iste eine Fehler!«

»Tja!« Jonathan wiegt den Kopf hin und her. »Wahrscheinlich. Zumindest habe sie noch nie so traurig erlebt. Aber was können wir tun?«

Alberta bleibt lange still neben ihm stehen. Dann stellt sie ihr Wasserglas zur Seite und sagt entschlossen: »Ische kann probiere eine Sacke …«

SIE und das, was du von ihr wissen solltest: Sie ist ziemlich klein und rundlich, hat graugelockte Haare und warme, haselnussbraune Augen. Sie ist fünfundfünfzig Jahre und acht Monate alt, im Sternzeichen des Widders geboren. Temperamentvoll und hitzköpfig, aber sehr gerecht.

Sie liebt Lasagne und selbst gemachte Tortellini, schnulzige Liebesromane, das kleine italienische Dorf, in dem sie geboren wurde, klassische Musik und hin und wieder einen deftigen Streit, »der die Lufte wieder reinigte«.

Am meisten jedoch liebt sie noch immer den Mann, dem bis heute ihr Herz gehört, obwohl sie ihn vor über dreißig Jahren zum letzten Mal sah.

Über ihrem grünen Wollkleid trägt sie einen braunen Mantel, der ihr – angesichts der hier herrschenden Kälte – nicht dick genug erscheint, ein schwarzes Haarband und gefütterte Lederstiefel.

Und, was wohl am wichtigsten ist: Sie schleppt seit Jahren ein Geheimnis mit sich herum, das sie nun lüften will.

Gerne würde ich das Wort an Schützling Nr. 433.493.594.888 alias Alberta Maria Rosalia Tipaldi abgeben, nur würdest du dann vermutlich kein Wort mehr verstehen. In Albertas Kopf geht es schließlich schwer italienisch zu.

Darum …

Sarah

Albertas Schlurfen ertönt hinter mir. Sogar in ihren Stiefeln bekommt sie dieses Geräusch zustande. Schweigend tritt sie an mich heran und legt mir von hinten ihre Hände auf die Schultern. Liebevoll drückt sie mir einen Kuss auf die Haare.

»Hallo, Berta!«, sage ich, greife nach ihren Händen und drücke sie.

Ich bin so froh, dass sie mit zu meinen Eltern gekommen ist. Normalerweise verbringt Alberta die Weihnachtstage mit ihrem Cousin und dessen Familie, aber in diesem Jahr wollte sie nicht von meiner Seite weichen. Alberta war immer mehr für mich als nur Josies Nanny. In den vergangenen Wochen, in denen sie sich noch intensiver um meine Tochter kümmerte als sonst und mir somit ganz selbstverständlich zu der Auszeit verhalf, um die ich zwar nie gebeten, die ich in meiner nach wie vor abwesenden Verfassung aber bis jetzt noch so nötig habe, ist sie endgültig zu einer Art mütterlicher Freundin geworden. Auch hier, in England, stellt sie eine unglaubliche Unterstützung für mich dar.

»Sarah, isch musse rede mit dir.« Sie geht um die Bank herum und setzt sich neben mich. »Du mackste eine große Fehler.«

»Berta, nicht!«, erwidere ich müde und winke ab. »Es gibt nichts mehr zu besprechen. Meine Entscheidung steht.«

Alberta schüttelt den Kopf. »No, ascolta! 'Öre mir zu, Sarah! … Isch 'abe dir nie erzählt von Pino und mir, oder?«

Damit hat sie meine Aufmerksamkeit. »Von deinem Verlobten? Nein, das hast du nicht. … Was ist mit ihm?«

»Er iste nicht gestorbe damals«, sagt Alberta ohne weitere Umschweife. Ich traue meinen Ohren kaum.

»Aber … Was? … Pino ist nicht tot? Was ist dann passiert?«

Sie hebt die Hände und bringt mich mit der Geste wieder zum Schweigen. »Er iste nicht gestorbe *damals*. Damals … isch 'abe ihn verlasse.«

»Warum?«, entgegne ich postwendend, vollkommen entsetzt. Albertas komplette Geschichte fällt gerade vor meinem inneren Auge wie ein Kartenhaus zusammen. Ich kann nur hoffen, dass wenigstens mein Bild von ihr am Ende noch unversehrt stehen bleibt.

»Pino ware verruckte nack Kinder, Sarah. Er wollte immer große Familie und viele eigene Kinder. Ware seine große Traum. Und wir ware nischt mehr sehr jung, wir beide. Isch ware schon uber dreißig Jahre alt.«

»Ja und?«, frage ich verständnislos.

»Wir ware zwei Monate vor 'Eirat, als mir meine Frauenarzt sagte, isch kanne keine Kinder kriege. Keine Moglichkeite!«

»Oh!«, erwidere ich platt. Das erklärt so einiges. »Und … du wolltest nicht, dass er seinen Traum aufgibt?«, mutmaße ich.

Sie nickt und blickt auf das Taschentuch hinunter, das sie zwischen ihren knubbeligen Fingern zwirbelt. »Si! … Ware … falsche. Oder rischtig, keine Ahnung! Aber so oder so, Sarah, isch 'ätte rede musse Klartext mit Pino. Isch 'ätte nicht einfach entscheide durfe, ohne ihn.«

»Was, du hast ihm nicht gesagt, dass du keine Kinder kriegen kannst?«, frage ich entsetzt.

Alberta sackt neben mir zusammen wie ein Häufchen Elend. Sie schüttelt ihren hängenden Kopf. »Nein! Konnte es nischt. In diese Monate vor die 'Ockzeit, Pino 'ate nur nock geredet von Kinder. Bambini 'ier, bambini da. … Bin isch einfack gefahre. Hatte Geld genug und diese Greencarta, die ische dann 'abe alleine genutzt, ohne Pino nackkomme zu lasse, um damit zu arbeite in Amerika.«

»Bei deinem Cousin«, sage ich, noch immer geschockt.

»Si. Da Mario, in Pizzeria.«

»Aber … wusste Pino denn nicht, wo du bist?«

»Vielleickt, ja! Aber ’atte er nix ge’abt Adresse von Mario und auck keine Geld. Und meine Eltern ware beide schon tot. Niemand wusste, wo isch war ’ingegange. Er wusste nur – Amerika. Und er konnte nix folge, weil keine Carta ’atte und wir nix ware ver’eiratet.«

»Und du hast ihm nicht einmal erklärt, warum?«, hake ich nach. Ich kann das alles noch immer nicht begreifen.

»Dock!«, sagt Alberta. »’Abe isch geschriebe eine lange Brief fur die Abschied. Darin ’abe alles erklärt. Und ’abe nie wieder ge’orte von Pino eine einzige Wort.«

»Oh nein, das ist ja furchtbar!«, entgegne ich entsetzt. »Vielleicht … hätte er auf Kinder verzichtet, wenn du es ihm nur erklärt hättest. Oder ihr hättet welche adoptieren können. Aber so …«

Alberta nickt. »Si. Ware großte Fehler von meine Lebe. ’Abe ische nie wieder eine Mann gefunde wie meine Pino.«

»Hast du denn nie versucht, wieder Kontakt zu ihm aufzunehmen?«, frage ich.

»Certo, ’abe besukte einmal unsere alte Dorf. Ware aber zu spät. Pino ’ate nix mehr gelebt. Eine Nakbarin ’ate mir erzählt, sie ’abene damals Policia gerufe, weil wochenlang nix mehr gesehe Pino. Sie kamen in Wohnung … ware leer, aber alle Sacke nock da. Sie ware sischer, Pino iste ertrunke. Er iste immer zu weit geschwomme in die Meer.« Alberta sucht meinen Blick und sieht mich fast flehend an. »Dasse ist passiert nur wenige Monate nach meine Abreise. ’Abe es erfahre erst viele Jahre später.«

Erschrocken realisiere ich, was sie da gerade gesagt hat. »Denkst du, Pino hat sich das Leben ge…« Ich schaffe es nicht, meinen Satz zu beenden. Alberta zuckt mit den Schultern und lässt den Kopf hängen.

»Oh, Berta!«, flüstere ich voller Mitleid. Sicher, sie hat einen großen Fehler gemacht, aber verständlicherweise konnte sie damals nicht ahnen, dass sie aufgrund dieser Entscheidung den Rest ihres Lebens in Sehnsucht nach ihm verbringen würde. Abgesehen von den tiefen Schuldgefühlen, die zweifellos an ihr zehren.

Und mit einem Mal wird mir klar, warum sie ausgerechnet jetzt mit der Wahrheit rausrückt.

»Macke nischt dieselbe Fehler wie isch, Sarah!«, bittet sie im selben Moment. »Isch 'abe mir immer gefragte, wie unsere Lebe gegange wäre, wenn ische Pino gegebe 'ätte eine Chance. Und Ben liebte disch, Sarah. So wie misch 'at geliebt meine Pino. Von ganze 'Erze!«

Kurz nach diesem Gespräch geht Alberta zurück ins Haus. Die Arme muss komplett durchgefroren sein. Ich bleibe noch ein bisschen auf meiner Bank zurück und versuche zu verarbeiten, was sie mir gerade offenbart hat.

Die Anwesenheit meines Vaters bemerke ich erst, als seine Stimme dicht hinter mir ertönt. »Komm Kleines, hilf mir die Pferde in den Stall zu bringen. Es wird zu feucht hier draußen, und Nora ist jetzt schon ein altes Mädchen. Sie verträgt die Nachtfeuchte nicht mehr so gut.«

Ich nicke und stelle meine Tasse neben mir auf der kleinen Holzbank ab, bevor ich mich erhebe. Ich nehme eines der Halfter, die über dem Zaun bereithängen, und lege es Aramis, einem jungen Araber-Hengst, an.

Schweigend führen wir die Pferde zu den Stallungen. Dort nehmen wir die Decken von ihren Rücken. Mein Dad ersetzt Noras durch einen leichteren Überwurf, während ich Aramis' Mähne striegele.

Die Bewegungen und Abläufe sind tief in mir verankert und sitzen bis heute perfekt.

»Warum bist du so unglücklich, Sarah?« Sorge steht meinem Vater ins Gesicht geschrieben. Ich sehe ihn über den Rücken des Hengstes hinweg an und spüre die Tränen in meinen Augen aufsteigen. Krampfhaft versuche ich, sie wieder hinunterzuschlucken, aber ich kann sie nicht aufhalten. In dünnen Bächen rinnen sie bereits meine Wangen hinunter.

»Ich sehe mir das nun schon seit deiner Ankunft an und werde einfach nicht schlau aus dir. Die Angelegenheit mit Daniel ist natürlich schlimm, aber es ist endlich alles geklärt, nicht wahr? Ihr versteht euch doch sogar noch gut, und Josie macht mir einen glücklichen Eindruck. Was ist also los mit dir, Kind?«

»Es geht ja gar nicht um Dan, Daddy!« Ich schluchze verzweifelt.

Nun atmet er tief durch. Es klingt beinahe erleichtert. Und als ich zu ihm aufblicke … lächelt er.

»Lachst du mich aus?«, frage ich empört.

»Blödsinn! Ich freue mich nur, dass du anscheinend endlich bereit bist, mit mir zu sprechen, Sarah.«

Er geht um die beiden Pferde herum und schließt mich in seine Arme. »Löckchen, weißt du noch, was eure Mutter dir und deinen Brüdern damals erklärt hat, als sie eure ständigen Streitereien leid war?«

Ich brauche nur einen Moment, um dem Gedankengang meines Vaters folgen zu können. »Die Stöcke, meinst du? Ja, ich erinnere mich sehr gut.«

Rob und ich hatten uns an diesem Tag vor nahezu zwanzig Jahren wieder einmal über irgendeine Nichtigkeit gestritten. An sich war das nichts Ungewöhnliches in einem Haus mit vier Kindern. Die Toleranzgrenze unserer Eltern war entsprechend hoch. Sie griffen nicht häufig ein, doch dieses Mal uferte der Streit aus. Als ich bereits am Boden lag und Rob, der über mir kniete, plötzlich vor Schmerzen aufschrie, weil ich ihn in den Oberarm gebissen hatte, ging meine Mutter dazwischen. Ian und Georgie standen neben uns. Sie hatten uns angefeuert. Immer den, der gerade oben lag.

Nachdem uns unsere Mutter auseinandergezogen und ausgeschimpft hatte, schickte sie uns alle los, wir sollten Zweige suchen, jeder einen. Etwa so dick wie ihr Daumen sollten sie sein, erklärte sie und begab sich ebenfalls auf die Suche. Als wir wieder zusammenkamen, beugte sie sich zu Ian vor und reichte ihm ihren Zweig.

»Zerbrich ihn, Liebling«, verlangte sie, und der dreijährige Knirps zerknackte das Holz ohne Probleme. Mächtig stolz auf sich und seine Leistung, hielt er unserer Mum beide Stücke mit den zersplitterten Enden entgegen. Sie lobte Ian und sammelte daraufhin unsere vier Stöcke ein, bündelte sie und legte sie in Robs Hände. Mit seinen neun Jahren war er mit Abstand der größte und stärkste von uns.

»Und jetzt zerbricht Robert die Stöcke«, kündigte sie an.

Rob bemühte sich so sehr, dass er bei seinem Versuch, die vier Zweige auf einmal durchzubrechen, tiefrot anlief. Doch es gelang ihm einfach nicht. Ian und Georgie behaupteten, sie könnten es besser, scheiterten aber natürlich genauso wie er.

»Seht ihr? Und genauso ist das auch mit euch«, erklärte unsere Mutter. »Jeder Einzelne von euch mag schwach und zerbrechlich sein. Wenn ihr aber zusammenhaltet und euch gegenseitig unterstützt, dann kann euch so schnell niemand etwas antun, denn gemeinsam seid ihr kräftig und stark. Auch der Schwächste und Kleinste unter euch findet Schutz durch die anderen. Ihr seid Geschwister. Selbst wenn sich all eure Freunde gegen euch stellen, habt ihr immer noch einander. Deshalb möchte ich, dass ihr zusammenhaltet. Und ihr geht nicht aufeinander los und verletzt euch gegenseitig. Haben wir uns verstanden?«

Mein Dad weicht zurück und sieht mich an. »Deine Mum ist eine sehr kluge Frau, Sarah. Damals war ich ähnlich fasziniert darüber wie ihr. Und ich musste jetzt gerade an ihr Beispiel mit den Stöckchen denken, weil du mir momentan selbst wie ein kleiner geknickter Ast vorkommst.« Er vertieft seinen liebevollen Blick. »Und ohne den Jungen zu kennen, kann ich mir sehr gut vorstellen, dass Ben genau jetzt irgendwo auf der anderen Seite der Welt sitzt und sich genauso gebrochen fühlt wie du.« Sanft streicht er mir eine Haarsträhne aus dem Gesicht. »Schatz, ich kann deine Vorbehalte gut nachvollziehen. Du bist gerade noch dabei, die Trennung von Daniel zu verarbeiten und vor allem die Schmach, dass er sich ausgerechnet in Madelaine verliebt hat. Vermutlich hast du ein schlechtes Gewissen Josie gegenüber, dass du dich so schnell von ihrem Daddy ab- und einem neuen Mann zugewandt hast. Und auch beruflich läufst du im Moment jeden Tag ins Ungewisse, nicht wahr? Glaub mir, Sarah, ich weiß nur zu gut, wie das ist. Auch bei deiner Mutter und mir gab es nicht immer nur rosige Zeiten. Aber so ist das Leben, Kind.

Es ist kein Drehbuch, das man so einfach umschreiben kann, wenn es nicht mehr gutläuft. Diese Geschichte mit Daniel, Madelaine, Josie, Ben und dir, das ist das wahre Leben. Und das Schicksal gibt dir nur sehr selten ein Zeichen zur Entscheidungshilfe. Wer weiß, ob Ben wirklich der Richtige ist? Ich kann dir diese Frage nicht beantworten, niemand kann das mit Gewissheit. Aber es ist klar, dass du Josie keinen Gefallen tust, indem du sie vor dem Leben versteckst und dich so einigelst, Sarah!«

Ich sehe ihn schweigend an, dann schmiege ich den Kopf an seine Schulter. In seinen Armen werde ich ewig das kleine Mädchen von damals sein, und in diesem Moment genieße ich das Gefühl wie selten zuvor.

Nach einer Weile schüttele ich den Kopf. »Daddy, ich will Josie eine gute Mutter sein. Und das kann ich nicht, wenn ich mich Hals über Kopf in eine neue Beziehung stürze. Ben und ich … das wäre doch von vorneherein zum Scheitern verurteilt. Es würde nicht funktionieren. Wie könnte es auch, bei dem Leben, das wir beide führen? Dass so etwas nicht klappen kann, habe ich mir selbst doch schon eindrucksvoll bewiesen, und es gibt tausend Gründe dafür, warum die Scheidungsrate ausgerechnet unter Schauspielern so unglaublich hoch ist. Wenn ich … diese *Dummheit* also trotzdem wage, setze ich auch Josies Glück waghalsig aufs Spiel, nicht nur mein eigenes. So würde es sich zumindest anfühlen.«

Mein Dad schüttelt den Kopf und grummelt undefinierbar vor sich hin. »Du hast nicht nur meine Augen geerbt, Sarah. Du hast auch meinen verfluchten Dickschädel abbekommen«, brummt er schließlich.

»Würdest du es an meiner Stelle denn wagen?«, frage ich. »Trotzdem und … gegen jede Vernunft?«

»Bedeutet er dir denn etwas?«, erwidert er leise und zieht mich dabei noch näher an sich. Meine Antwort kommt als ein zittriges Flüstern über meine Lippen: »Aber natürlich tut er das.«

Mein Vater seufzt tief und schwer. »Dass man sich verliebt und wiedergeliebt wird … so etwas geschieht im Leben nur sehr selten. Also wenn es sein muss, entscheide dich auch gegen jede Vernunft, ja. Am Ende sollte immer nur zählen, was dein Herz dir sagt.«

Drei Monate und wenige Tage später

Ben

April, denke ich immer wieder. *April …*

Heute früh setzte ich mich auf meine Couch, die Kaffeetasse in der Hand, wie jeden Morgen, und klappte meinen Laptop auf. Und hier sitze ich noch immer und starre fassungslos auf die kleine Datumsanzeige am oberen Bildschirmrand. Sie zeigt den 1. April.

Wo sind bloß die letzten Monate geblieben?

Entschlossen trinke ich meinen Kaffee aus, streife mir auf dem Weg ins Bad den Pyjama vom Leib und stelle das Wasser der Dusche an.

»Schluss mit der Grübelei, Ben!«, befehle ich mir laut, drehe den Temperaturregler auf Blau, fast bis zum Anschlag, und stütze mich mit flachen Händen an der Wand ab, um nicht frühzeitig nachzugeben und die Temperatur wieder hochzuregeln. Ich brauche diese Abkühlung dringend. Auch noch nach Monaten ständig deprimierende Gedanken zu haben, das ist eindeutig nicht normal.

Nach dieser selbstgewählten Folter stolpere ich auf meinem Weg ins Schlafzimmer über eine auf dem Boden liegende Jeans und streife sie mir über. Schnell schlüpfe ich in ein beliebiges T-Shirt, rufe nach Jack, der im Garten unter den Lorbeerbüschen gescharrt hat und eher einem Erdferkel als einem Hund gleicht, als er Sekunden später auf mich zurast. Ich schlage eine alte Decke um den Schmutzfink, klemme ihn mir unter den Arm und hole meine Gitarre. Dann packe ich beides – Hund und Instrument – in den Mercedes und laufe noch einmal zurück, um mir eine große Flasche Wasser mitzunehmen.

Über drei Stunden wandere ich durch die Berge, verdränge erfolgreich die trüben Gedanken, sobald sie auch nur vage aufflackern, und zwinge mich, zur Mittagszeit eine vernünftige Mahlzeit in einem kleinen Restaurant einzunehmen. Danach fahre ich mit Jack zu meiner Bucht, setze mich auf die Klippen und spiele nach langer Zeit mal wieder ausgiebig Gitarre.

Dabei gestatte ich mir, auf die vergangenen Monate zurückzublicken, und beschließe, dass es nun genug ist. Dass es reicht. Dass ich mein Leben nicht in Sehnsucht und wehmütigen Erinnerungen verbringen werde. Dass es Zeit ist, etwas Neues anzugehen – wieder zu leben, mit allem, was dazugehört. Ich sehe mich immer wieder um, ertappe mich auf der Suche nach einem Zeichen, einem Wink, dem ich folgen kann, und drifte dabei doch wieder mit meinen Gedanken ab.

Unsere Crew von *Das Leben in meinem Sinn* war nach diesem Morgen, an dem ich das komplette Team nach Hause geschickt hatte, nur noch einmal zusammengekommen.

Achtundfünfzig Tage lang dauerte der Streik insgesamt. Als Randy Ende Januar einen Rundruf startete, um uns wieder zusammenzutrommeln, sah die Situation in Hollywood allgemein ziemlich chaotisch aus. Filmstarts mussten verschoben werden, Serien und Shows wurden abgesetzt, neue schienen wie Pilze aus dem Boden zu schießen.

Da uns allen bewusst war, dass wir mit der Serie an einem Wendepunkt standen, bangten wir der Entscheidung des Senders entgegen.

Die dreizehn Folgen der ersten Staffel wurden komplett ausgestrahlt. Auch sehr erfolgreich – bis Anfang Dezember. Dann, ohne jede Ankündigung und als Auswirkung des laufenden

Streiks, wurde der Sendeplatz der Serie völlig unvermittelt verschoben. Plötzlich lief sie eine Stunde später als zuvor. Die Einschaltquote sank dementsprechend … und blieb für die letzten Folgen der Staffel im Keller.

Zwei Episoden der zweiten Staffel waren zu diesem Zeitpunkt bereits im Kasten, fertig abgedreht und geschnitten. Allerdings wurden sie nicht gesendet, da man zwischen den beiden Staffeln eine Pause einbaute, die es auch ohne den Streik gegeben hätte. Wir atmeten durch und hofften, diese Unterbrechung würde uns genug Zeit einräumen, die Versäumnisse der letzten Wochen aufzuarbeiten. Vielleicht konnte Randy in der Zwischenzeit sogar wieder einen besseren Sendeplatz für die Serie aushandeln, das hofften wir wohl alle. Und so war der Stand der Dinge, als wir erneut am Set zusammenkamen. Nur ich brach an diesem Morgen mit gemischten Gefühlen auf, da ich mich wie ein mieser Verräter fühlte.

Denn was außer Mag keiner der Kollegen wissen konnte: Ungeachtet der herrschenden Umstände hatte ich Randy bereits meine Entscheidung mitgeteilt, nach der zweiten Staffel auszusteigen.

Wir saßen an diesem Abend, Mitte Januar – der Streik neigte sich spürbar seinem Ende entgegen, denn die Parteien gingen endlich schrittweise aufeinander zu –, wieder einmal im *Biaggio* und aßen Marios herrliche Pizza.

»Leider habe ich das bereits erwartet«, gestand Randy sehr gefasst, als ich ihm meinen Entschluss mit schwitzenden Händen und rasendem Herzen verkündete. Seine Ruhe versetzte mir einen Stich. Mit Randys Hyperaktivität konnte ich umgehen, ebenso wie mit seinem Perfektionismus und den Ansätzen einer gewissen Herrschsucht, die ihn manchmal packte. Aber diese Ruhe – das war nicht er.

»Es tut mir so leid. Ehrlich! Ich wünschte, ich könnte professioneller mit der gesamten Situation umgehen«, gestand ich entschuldigend.

»Mit Sarah?«, fragte er.

Bei ihrem Namen schüttelte ich fast automatisch den Kopf, hielt dann aber inne. »Doch, auch. Aber hauptsächlich mit dem Trubel, den wir in der Öffentlichkeit ausgelöst haben.«

»Da wird bald schon Gras drübergewachsen sein«, versicherte mir Randy.

»Vielleicht, ja. Aber mal ehrlich, so wie wir zuletzt miteinander gearbeitet haben, Sarah und ich …« Ich musste gar nicht weitersprechen.

»Das war die Hölle, ja!« Randy seufzte schwermütig. Sein Blick wirkte abwesend. »Ich hatte ständig das Gefühl, auf hauchdünnem Eis zwischen euch hin- und herzulaufen. Ohne die geringste Ahnung, wie lange es uns noch trägt.« Dann sah er mich über den Rand seiner Brille hinweg eindringlich an. »An diesem einen Morgen, als du Sarah in deine Garderobe geschleppt hast … da hast du uns allen eine Scheißangst eingejagt, Ben! Ich hätte um ein Haar den Sicherheitsdienst gerufen.«

Ich senkte den Kopf in Scham. »Ich habe ihr nicht weh getan. Das könnte ich nie tun«, sagte ich leise.

Randy nickte. »Ja. Dieses Wissen war das Einzige, was mich davon abgehalten hat, es zu tun. Na ja, das und dann … Sarahs Lustschreie«, fügte er unter einem breiten Grinsen hinzu. Entsetzt sah ich ihn an, aber er winkte ab und griff nach seinem Bier. »Ach, komm schon, ihr wusstet doch genau, dass wir euch hören.«

Nach einer Weile, in der er schweigend über den Hals seiner Flasche gestrichen hatte, stellte er sie schulterzuckend auf den Tisch und sah mich erneut fest an. »Ohne dich macht die Serie keinen Sinn, Ben. Ich habe Ron für dich geschrieben. Du bist er.« Seine Worte verpassten mir einen tiefen Schlag. Schuldgefühle schwappten über mir zusammen wie eine große Welle. »Randy, ich …«

Wieder hob er die Hände. »Nein, Ben, ich bin dir nicht böse. Vielleicht hätte ich sogar damit rechnen müssen. Lea und Ron haben so perfekt miteinander funktioniert, dass es eigentlich vorprogrammiert war.«

Ich verstehe nicht, was er meint, aber mir bleibt auch nicht die Zeit, um nachzuhaken. Randy zuckt mit den Schultern. »Tja, c'est la vie. Es läuft eben nicht immer so, wie ich es plane, aber das ist okay. Es ist halt nicht *Das Leben in meinem Sinn*. Wir werden den anderen mitteilen, dass es keine dritte Staffel gibt, basta! Ich plane, wie wir die Serie auslaufen lassen. Mit einem schönen, befriedigenden Ende, das die Zuschauer verdient haben. Und dann widmen wir uns alle etwas Neuem.«

Ich wunderte mich ein wenig, dass ich keine Erleichterung verspürte, denn wann immer ich mir Randys Worte ins Gedächtnis zurückrief, klangen sie absolut schlüssig und vernünftig. Sie stellten die Idee einer sanften Beendigung von etwas dar, das eigentlich nicht mal richtig begonnen hatte – in jederlei Hinsicht.

Nur eine Woche später, an einem Mittwochmorgen Ende Januar, war der Streik endlich Geschichte, und Randy trommelte das komplette Team am Set zusammen.

Als ich das Studio betrat, sah ich bereits an seinem Blick, dass es vorbei war. Das sanfte Ende, von dem er gesprochen hatte, würde es nicht geben. Wir wechselten kaum zwei private Sätze miteinander, bis er über sein Megafon ausrief, dass alle zusammenkommen sollten.

Sarah, die ich zu diesem Zeitpunkt mehr als zwei Monate nicht gesehen hatte, kam aus ihrer Garderobe – bildschön wie immer – und setzte sich ohne ein einziges Wort des Grußes auf ihren Stuhl.

Überhaupt herrschte eine eigenartige Stimmung am Set. Wiedersehensfreude, Hoffnung und Enthusiasmus wurden von der Enttäuschung über die schlechten Quoten der letzten Folgen und von der Ungewissheit über die Zukunft der Serie verdrängt.

»Es ist so schön, euch alle wiederzusehen«, begann Randy ungewohnt sanft. »Das waren harte Wochen, die …« Er stockte. Inmitten der kompletten Runde sprang er plötzlich auf, raufte sich die Haare und sah uns an. Von einem zum anderen. Sein Kinn zuckte, so angespannt war er. »Verdammt! Es gibt einfach keinen Weg, das schonend zu verpacken«, murmelte er schließlich. »*Das Leben in meinem Sinn* wird abgesetzt, Leute. Der Sender hat die Serie gecancelt. Sie wollen die zweite Staffel nicht mehr. Der Streik hat uns den Hals gebrochen. Ich … habe uns den Hals gebrochen.«

Ein erschrecktes Raunen ging durch die Gruppe der Crew. Nur Sarah, Maggie und ich blieben still. Ich kannte Randy zu gut und hatte schon vor seinem kleinen Monolog gespürt, was er sagen würde.

»Werden sie die beiden fertigen Folgen noch zeigen?«, fragte Cathy, eine Stilistin, leise.

Randy schüttelte den Kopf. »Nein. Keine einzige Folge mehr.«

»Aber sie haben die zweite Staffel doch geordert«, gab John in seiner tiefen Bassstimme zu bedenken.

»Ja, nur gibt es dummerweise eine verdammte Klausel in diesem Vertrag, die Streiksituationen behandelt«, erklärte Randy.

»Das heißt im Klartext?«, hakte John nüchtern nach.

»Jeder von euch, der nicht unmittelbar vor den Kameras steht, bekommt sein Geld weiter, als würden wir drehen. So lange, bis ihr einen neuen Job findet, aber maximal für die fünf Monate, die wir zum Dreh der zweiten Staffel benötigt hätten. Findet ihr in der Zwischenzeit etwas Neues und verdient dort weniger, bekommt ihr für die verbleibende Zeit – also auch für maximal fünf Monate – den Ausgleich. Alles klar?« Die Crew-Mitglieder nickten stumm vor sich hin. Was blieb ihnen auch anderes übrig?

»Ihr …«, fuhr Randy fort und deutete dabei auf Sarah, John und mich, »… bekommt nur einen gewissen Prozentanteil eurer Gage – ich glaube, es waren fünfzig Prozent – als Abfindung. Aber natürlich seid ihr ab sofort für neue Projekte frei.«

Frei!, hallte es in meinem Kopf wider. Eigenartigerweise klang auch das keineswegs so verheißungsvoll, wie ich es mir ausgemalt hatte.

»Ich werde eine Pressekonferenz für Freitag einberufen«, sagte Randy. »Ben und Sarah, wenn ihr mir noch einmal den Gefallen tun würdet …«

Schon fühlte ich mich nicken. »Natürlich!«

Nur an Randys Blick erkannte ich, dass sich auch Sarah dazu bereit erklärt hatte, den Reportern gemeinsam mit mir Rede und Antwort zu stehen. »Gut, vielen Dank!«, sagte er nüchtern. Und dann, nach einer sekundenlangen Pause. »So, meine Lieben, das war's dann wohl!«

Niemand rührte sich. Wir blieben betreten in dem großen Stuhlkreis sitzen und starrten uns gegenseitig an. Mit diesem abrupten Ende der Serie hatte niemand von uns gerechnet.

Erst als sich Pete aus der Runde erhob und wortlos in seinem Schnittraum verschwand, regten auch wir uns. Wir standen auf, drehten uns zu unseren Nachbarn um, schüttelten Hände und umarmten einander – egal, wer gerade neben uns stand.

Nur wenige Sekunden verstrichen, bis die Titelmusik, die Marc für die Serie geschrieben hatte, durch die riesige Halle tönte. Wie alle anderen auch, wandte ich mich um, blickte empor und sah, dass Pete hinter der Scheibe des Schnittraums zu uns herabblickte und beide Daumen emporstreckte. Die Geste hatte etwas so Rührendes, dass er damit sämtliche Dämme der Beherrschung durchbrach. Mit einem Mal flossen überall Tränen. Randy heulte wie ein Schlosshund, und auch Maggie ließ sich weinend in meine Arme fallen. Während ich sie hielt, ertappte ich mich dabei, nach Sarah zu suchen. Erfolglos. Sie war offenbar getürmt und bereits in ihrer Garderobe verschwunden. In der Hoffnung, sie noch einmal zu sehen, zögerte ich meinen Abschied lange hinaus, aber sie zeigte sich nicht mehr. Irgendwann beschloss auch ich, nach Hause zu fahren. Wir hatten schließlich noch die Pressekonferenz vor uns.

Diese fand im selben Saal statt wie damals unsere erste, die bereits ein halbes Jahr zurücklag.

Ich stand schon seit Minuten in dem schmalen Gang bereit, konzentrierte mich auf eine halbwegs regelmäßige Atmung und rieb meine schweißnassen Handinnenflächen immer wieder über die Seiten meiner Jeans. Die Symptome meiner Nervosität waren dieselben wie Monate zuvor, doch die Auslöser unterschieden sich deutlich.

Damals hatte es mir vor dem öffentlichen Auftritt und der medialen Aufmerksamkeit gegraut, nun erwartete ich in höchster Anspannung, Sarah wieder zu begegnen.

Als das Stöckeln ihrer Schuhe vom entgegengelegenen Ende des Gangs zu mir herüberhallte, hielt ich die Luft an.

»Hallo!«, sagte sie leise, als uns nur noch wenige Meter voneinander trennten.

»Hallo Sarah!«, erwiderte ich mit zittriger Stimme. Beinahe erwartete ich, dass sie Abstand halten würde, doch sie kam so dicht an mich heran, dass mich ihr vertrauter Duft erreichte. Orangenblüten und Jasmin.

Nur einen Augenblick später öffnete sich schon die Tür vor uns. »Also los!«, flüsterte Sarah.

Dieses Mal betraten wir den Saal gemeinsam. Wir verzichteten auf eine gestenreiche Begrüßung, obwohl neben den Reportern auch wieder etliche Fans anwesend waren.

Auf unseren Plätzen angekommen, erläuterten wir sachlich, wie es zu dem jähen Ende der Produktion gekommen war. Natürlich versuchten wir, gute Miene zum bösen Spiel zu machen, indem wir alle Fragen mit einem Lächeln beantworteten.

»Wir werden euch so sehr vermissen!«, rief plötzlich ein Mädchen aus dem Publikum.

»Ihr seid das süßeste Paar aller Zeiten!«, ein anderes.

Schlagartig senkte Sarah ihren Blick. Ich lächelte tapfer, konnte sie aber gut verstehen, denn jede dieser beiläufigen Bemerkungen, jeder Zuruf, traf auch mein Herz wie eine Pfeilspitze. Vielleicht, so dachte ich dann wieder, war es ihr aber auch einfach nur peinlich.

Nachdem die Neugier der Reporter gestillt war, durften einige Fans ihre Fragen loswerden. Sarah hatte sich schnell wieder gefasst und saß nun gewohnt würdevoll neben mir.

Alles lief gut, bis ein junges Mädchen namens Annie, mit Zahnspange und traurigen Augen, es mit ihrer Frage schaffte, Sarah aus dem Gleichgewicht zu bringen.

»Ihr beide habt euch doch von Anfang an so gut verstanden, und ich finde, ihr passt wahnsinnig gut zusammen. Wird es euch nicht sehr schwerfallen, dass ihr euch jetzt nicht mehr so oft seht?«

Erwartungsvoll blickte das Mädchen zwischen Sarah und mir hin und her. Die Sekunden verstrichen, und plötzlich wurde es sehr still in dem großen Saal. Obwohl ich bereits die vorangegangene Frage beantwortet hatte und zwischen Sarah und mir die Vereinbarung stand, immer abwechselnd zu antworten, kam kein Mucks von ihr. Wie eingefroren saß sie neben mir und starrte das Mädchen an. Schließlich räusperte ich mich und übernahm für sie. »Weißt du, Annie, ich erinnere mich sehr gut daran, dass Sarah am Anfang mal zu mir sagte, wir würden uns ab jetzt häufiger sehen als unsere Familien. Und genauso war es. Du hast recht, wir hatten eine fantastische Zeit miteinander, und es wird sicherlich nicht leicht werden, das einfach so hinter uns zu lassen. Aber das ist nun mal unser Job. Und vergesst nicht, dass die Serie für die *Your Choice Awards* nominiert ist. Also, vielleicht sehen wir uns ja alle am roten Teppich wieder.«

Jubel und Applaus zeigten uns, was die Fans von meinem Vorschlag hielten, bevor der Pressesprecher Sarahs und meinen letzten gemeinsamen Auftritt für beendet erklärte.

Winkend liefen wir durch den schmalen Gang, vorbei an den Fans und Pressevertretern, zu der doppelflügeligen Tür. Ich ließ Sarah den Vortritt, folgte ihr, und ›klack‹, schon fiel die Tür hinter uns ins Schloss.

Endgültig.

Ich hasse den Klang von Türen, die sich für immer hinter mir verschließen. Kindheitstrauma, befürchte ich.

Nach einigen stillen Sekunden drehte sich Sarah ruckartig um. Mit nur einem Schritt schloss sie die Distanz zu mir und umfasste meine Handgelenke. Ihre unerwartete Berührung ließ mich scharf die Luft einziehen und im Schock anhalten. *Was …?*

»Ben, können wir nicht wenigstens Freunde bleiben?«, brach es aus ihr heraus. »Das Mädchen hatte doch recht.« Sie schien den Tränen nahe zu sein, und ich konnte kaum begreifen, was da gerade geschah. Nach all der Zeit berührte sie mich wieder und sprach mit mir. Aber … nun schlug sie vor, wir sollten Freunde bleiben? Wie stellte sie sich das denn vor?

Ich hielt die Luft an und ließ Sarah ein wenig Zeit. Wartete darauf, dass sie ihre Gedanken so formulierte, dass ich darauf reagieren konnte, was jedoch nicht geschah. Als sie sich fasste, lockerte sich ihr Griff, ihre Arme fielen schlaff an ihr herab, und sie senkte den Blick.

»Sarah«, begann ich ruhig. Dieses Mal zitterte meine Stimme nicht. »Lass dieser Annie ruhig ihre Illusion. Ihr, den anderen Fans, den Medien, wem auch immer. Aber … wir wissen es doch besser, oder? Ernsthaft, ich war noch nie einfach nur ein Freund. Das war die Rolle, die ich verzweifelt spielte, um den liebeskranken Trottel zu verstecken, den du innerhalb weniger Wochen aus mir gemacht hast.« Ein bitteres Lachen folgte, bevor ich fortfuhr: »Ich will keine Show mehr, Sarah! Natürlich könnte ich dein Freund sein. Dein bester Freund, ein Leben lang – wenn ich nicht nur das wäre, sondern auch der Mann an deiner Seite sein dürfte. Denn ich kann meine Gefühle nicht einfach so abschalten. Wie soll das gehen?«

Ich streckte meine Hand aus und strich eine lange Haarsträhne hinter ihr Ohr zurück. Beobachtete, wie ihre Lider unter meiner Berührung flatterten, und fasste dadurch den Mut, nach ihren Händen zu greifen. Mein Herz tat einen Sprung, als sie es zuließ und meine Bewegung mit ihren Augen begleitete. »Sieh mich an und sag mir, dass du das wirklich willst. Sag mir, dass du willst, dass wir Freunde bleiben … und sonst nichts«, wisperte ich.

Sarah schluckte schwer und sah mich dann tatsächlich an. Ihr Blick flackerte von meinem Mund zu meinen Augen und wieder zurück, bis sie den Kopf neigte und erneut auf unsere Hände hinabsah. Sie schüttelte leicht den Kopf und kam ein wenig näher an mich heran. Nah genug, um mich mit ihrem unverwechselbaren Sarah-Duft zu umhüllen.

Und dann, als sich ihre Lippen gerade öffneten, um mir zu antworten, flog die zweiflügelige Tür hinter uns noch einmal auf, und ein Mann lief uns um ein Haar um.

Sofort, beinahe reflexartig, entriss mir Sarah ihre Hände und wich ein paar Schritte zurück. Mein Herz hätte nicht stärker stechen können, hätte sie ein Messer hineingestoßen.

Hinter dem Fremden erschien der Sicherheitsmann, der den Zugang bewacht hatte – offenbar nicht sehr gut – und legte dem schmächtigen Mann die breiten Hände auf die Schultern. »Hey, was tun Sie hier?«

Einige Fans, die den Saal gerade verließen, erhaschten einen kurzen Blick auf Sarah und mich und winkten uns aufgeregt zu, bevor sich die Tür erneut schloss.

»Ähm ... Ich ...«, stammelte der fremde Mann. »Ich wollte ... Ms. Pace, Mr. Todd, bitte entschuldigen Sie! Ms. Pace, hätten Sie nachher vielleicht eine Minute Zeit? Ich ... würde Ihnen gerne ein Skript übergeben und Ihnen etwas dazu erzählen.«

Sarah fasste sich sehr schnell wieder, während mich ihre erneute Ablehnung für etliche weitere Sekunden lähmte.

»Bitte, wenden Sie sich dafür an meine Agenten! Holly Baxter und Rick Mori...« Weiter kam sie nicht.

Der Mann, der etwa in meinem Alter sein musste, schüttelte vehement den Kopf und wehrte sich dagegen, von dem Sicherheitsmann weggeschleift zu werden. »Warten Sie!«, rief er. »Bitte! Das hat man ja bereits versucht, aber ... Bitte, Ms. Pace, lesen Sie es! Schauen Sie zumindest kurz rein. Nur die inhaltliche Zusammenfassung und ein paar Seiten, ich bitte Sie! Wenn es Ihnen nicht zusagt, dann ist das in Ordnung, aber ...«

»Oh, bitte!«, brummte der genervte Sicherheitsmann und drehte den kleinen Mann dabei so mühelos dem Ausgang zu, dass dieser wie eine übergroße Marionette in seinem Griff wirkte. »Glaubst du ernsthaft, Hollywood funktioniert so, Junge?«

Sarahs Blick wurde nachgiebig. »Na gut«, murmelte sie. »Es wäre schließlich nicht das erste Mal, dass Hollywood genau so funktioniert.«

Damit bedeutete sie dem Sicherheitsmann, zu warten, und winkte den schmächtigen Mann heran. »Geben Sie her, ich lese es direkt in der Garderobe. Ein gutes Skript erkenne ich auf maximal zwanzig Seiten.«

Die Augen des Fremden weiteten sich. »Ms. Pace, das ist toll! Vielen, vielen Dank!«

Der Sicherheitsmann rollte mit den Augen und ließ von ihm ab. Das Skript in der ausgestreckten Hand, ging der Mann auf Sarah zu und reichte es ihr. »Sie sind die Einzige, die ich mir in der weiblichen Hauptrolle vorstellen kann«, ließ er sie noch wissen.

Sarah schüttelte lächelnd den Kopf. Sie war bezaubernd, wenn sie so bescheiden lachte. »Sind Sie Produzent?«

»Nein, ich … ähm … bin der Autor«, erklärte der Mann. Damit hatte er Sarahs Aufmerksamkeit. Sie entrollte das Papier in ihren Händen und las den Titel. Ihre Lippen bewegten sich lautlos, dann weiteten sich ihre Augen. »*Sie* sind Jeff Noon?«, fragte sie ungläubig.

Er rückte seine Brille zurecht, straffte die schmalen Schultern und nickte.

»Sie haben *Beginnen wir mit gestern* geschrieben!«

Der Name des Autors, dieser Buchtitel … Irgendwie kam mir beides bekannt vor. Sarah geriet neben mir in Euphorie. »Oh Gott, ich liebe dieses Buch! Ich habe es erst vor wenigen Monaten gelesen. Eigentlich per Zufall, ehrlich gesagt.« Dabei drehte sie sich zu mir um. »In deinem Garten, Ben, erinnerst du dich?«

Sie war so begeistert, dass sie nicht einmal merkte, wie natürlich sie sich mir zuwandte und an meinem Ärmel zupfte. Nun wusste ich zumindest, warum mir der Name des Buches so bekannt vorkam. Ich hatte es am Abend vor dem ersten Drehtag von *Das Leben in meinem Sinn* gekauft, weil mich das Cover und der Titel irgendwie ansprachen, doch bis heute habe ich es nicht gelesen. Sarah hingegen hatte es am Morgen nach unserer Nacht zwischen meinen anderen Büchern entdeckt und mit in den Garten genommen. Sie hatte das Buch dieses Mannes also genau an dem Tag gelesen, als sie erfuhr, dass Daniel auf seinem Weg zu ihr in einen Unfall verwickelt worden war.

Mein Gott, diese Welt ist wirklich ein Dorf!

Sarah sah mich nach wie vor offen, mit ungebremster Euphorie an und zupfte weiter an meinem Hemdärmel. Erst einige Sekunden später – vermutlich erst, als auch sie sich an den schicksalsträchtigen Tag erinnerte – zogen sich ihre Brauen zusammen. Sie ließ abrupt von mir ab und wandte sich stattdessen wieder Jeff zu, dem ich kurz zunickte.

Er kratzte sich verlegen im Nacken. »Nun ja, jetzt soll das Buch jedenfalls verfilmt werden, und ... eigentlich ist dies Sache des Regisseurs, aber ... ich würde Sie so gerne in der Hauptrolle sehen und war deshalb nicht bereit, es bei der Absage Ihrer Agentur zu belassen.«

»Zu Recht!«, rief Sarah aus. Sie redete noch eine Weile mit Jeff, aber in meinen Ohren verschwammen ihre Worte zu einem undefinierbaren Brummen. Mit einem Mal fragte ich mich, warum ich überhaupt noch hier, neben ihr, stand. Wieder einmal fühlte ich mich vollkommen fehl am Platz.

Denn an Sarahs Entscheidung gegen uns würde sich auch in Zukunft nichts ändern, dessen war ich mir plötzlich sicher.

Egal, ob es nun Scham war, Angst oder was auch immer – Sarah war nach wie vor nicht bereit dazu, zu mir zu stehen. Sie wies mich von sich, schob mich zur Seite und brach mir damit jedes Mal wieder das Herz. Mit dieser bitteren Erkenntnis wandte ich mich ohne ein Wort ab und ließ sie mit dem fremden Mann im Halbdunkel des schmalen Gangs stehen, ohne mich noch einmal umzudrehen.

Vielleicht hoffte ich, dass sie mir nachlaufen oder zumindest nach mir rufen würde, aber natürlich geschah nichts dergleichen.

Weder Sarah noch ich erschienen zu der großen Preisverleihung der *Your Choice Awards*, die wenige Tage später stattfand. Randy und John nahmen die Trophäe entgegen, mit denen die Leistung des kompletten Teams ausgezeichnet wurde.

Post mortem, schoss es mir durch den Kopf, als ich die beiden auf dem Bildschirm meines Fernsehers sah. Ein kleines Trostpflaster für Randys geschundene Seele.

Ich habe Sarah seit dieser letzten Pressekonferenz nicht mehr gesehen. Das ist nun schon fast zwei Monate her.

Ein Regentropfen trifft meinen Arm und reißt mich aus meinen Gedanken. Verwirrt lasse ich meinen Blick über die kleine Bucht schweifen. Wolkenverhangener Himmel über tiefgrauem Ozean. Wann hat sich dieser Wandel vollzogen? Der Pazifik wirkt bedrohlich wütend, und wilde Wellen schlagen ans Ufer. Die Wedel der einsamen Palme stehen fast waagerecht im peitschenden Wind.

Verdammt Ben, es ist nicht normal, so tief abzudriften. Nicht nach all der Zeit!

Binnen Sekunden befinde ich mich in einem enormen Regenguss.

Für einen Moment spiele ich mit dem Gedanken, einfach sitzen zu bleiben und mich begießen zu lassen – zu der trübseligen Stimmung, die mein gedanklicher Ausflug hinterlassen hat, würde das durchaus passen. Außerdem wäre es eine gerechte Strafe für den Bruch meines neu gefassten Vorsatzes. Doch dann prescht Jack plötzlich auf mich zu und schüttelt sich direkt vor meinen Füßen.

»Schluss damit, Ben!«, sage ich energisch, packe meine arme alte Gitarre am Hals und rappele mich auf.

Als wir vor meiner Wohnung ankommen, regnet es noch immer wie aus Eimern. Auf den wenigen Metern bis zum Hauseingang beobachte ich mit gesenktem Kopf das Wasser der Pfützen, das unter meinen Schuhen aufspritzt.

›Plitsch-platsch, plitsch-platsch …‹

Mit einem Mal wird mir bewusst, wie ruhig und entspannt ich jetzt gehen kann. Dass niemand mehr vor der Haustür lungert und mich belästigt, dass ich wirklich nur noch meine eigenen Schritte höre. Niemand ist mehr hinter mir her, keiner schießt Fotos oder verlangt ein »kurzes Autogramm«. Endlich habe ich die Ruhe wiedergefunden, nach der ich mich so sehr sehnte.

›Plitsch-platsch, plitsch-platsch …‹

Doch jetzt, innerlich komplett leer, wünsche ich mir sehnlichst, noch einmal Sarahs Lachen neben mir zu hören.

So unbeschwert und fröhlich, wie sie an unserem ersten Drehtag klang. Würden die hochhackigen Schuhe an ihren Füßen wohl ähnliche Geräusche machen wie meine Chucks jetzt? Im Regen sind wir nie gemeinsam gelaufen. Und Josies Füßchen? Die würden fast doppelt so schnell zwischen unseren trappeln und meinen monotonen Rhythmus kräftig aufwirbeln. Ich vermisse Sarah so sehr. Und Josie. Und Alberta. Die Stunden, die wir gemeinsam in meinem Appartement verbracht haben, gehen mir einfach nicht mehr aus dem Kopf. Es waren zauberhafte Stunden, die mir deutlich machten, wonach ich mich am meisten sehne. Ich will Josies Geplapper, Albertas Temperament und Sarah bei mir haben – immer, ein Leben lang. Für sie würde ich sogar Galaveranstaltungen, rote Teppiche und die widerwärtigen Paparazzi in Kauf nehmen. Wenn ich sie doch nur bei mir hätte. Das wäre für immer genug.

Unter dem Vordach angekommen, vom Regen abgeschirmt, fließen meine Gedanken mit den Pfützen davon. »Schluss damit, Ben!«, ermahne ich mich zum endgültig letzten Mal und zücke meinen Schlüssel. Mit ihm ziehe ich auch einen Zeitungsausschnitt aus der Gesäßtasche meiner Jeans. Er segelt herab und bleibt auf meiner Schuhspitze liegen. Erst als ich ihn aufhebe, fällt mir wieder ein, dass ich ihn schon Wochen zuvor ausgeschnitten hatte. Der kleine Artikel bewirbt das Casting eines neuen, interessant klingenden Theaterstücks. Ich trage ihn seit Wochen mit mir herum, habe ihn bislang aber einfach vergessen.

Und wäre ich heute Morgen nicht ausgerechnet über diese am Boden liegende Jeans gestolpert, dann hätte ich ihn vermutlich nicht mehr rechtzeitig gefunden. Doch nun halte ich den schmalen Papierstreifen in meinen Händen und starre auf das Datum, an dem das Casting stattfinden soll: Samstag, der 2. April.

Das ist schon morgen … Mein Zeichen!

Ja, wäre dies und das nicht geschehen, dann …

Hand aufs Herz, wie oft hast auch du schon etwas Derartiges gesagt oder gedacht?

Fakt ist, dass keiner meiner Schützlinge weiß, was geschehen wäre, wenn eine gewisse Begebenheit in seinem Leben, so belanglos sie auch auf den ersten Blick erschienen sein mag, nicht stattgefunden hätte. Denn keiner von ihnen könnte jemals die Folgen abschätzen. Jeder hat nur sich und seinen eigenen Weg im Auge – und das ist auch vollkommen normal und richtig. Doch für mich gibt es eben ein wenig mehr zu bedenken.

Sarah hat bereits im Februar den Vertrag für die Hauptrolle in der Verfilmung von Jeff Noons Roman unterschrieben. Dass diese Entscheidung für ihren weiteren beruflichen Werdegang wahres Gold wert war, wird sie jedoch erst knappe zwei Jahre später erfahren, wenn sie mit zittrigen Händen und wild schlagendem Herzen ihren ersten Oscar entgegennimmt.

Ben hingegen ging an jenem besagten 2. April zu seinem Vorsprechen am Theater und bekam noch am selben Abend die Zusage eines überglücklichen Regisseurs.

Und so trennten sich die Wege meiner beiden Schützlinge, und die beiden sahen sich monatelang nicht mehr. Sicher, in Gedanken waren sie immer wieder miteinander verbunden, und dabei wäre es wohl geblieben, wäre Madelaine Pearson nicht an einem heißen Samstagmorgen Ende Mai wesentlich früher erwacht, als sonst an einem freien Tag.

An jenem Morgen wandte sie sich Daniel zu, der sich neben ihr unter den Schmerzen einer furchtbaren Migräne wand.

Die beiden lebten inzwischen zusammen in einem luxuriösen Haus am südöstlichen Rand der Stadt. Und wären sie nicht erst zehn Tage zuvor eingezogen und zwischenzeitlich mit der Promotion ihres gemeinsamen Filmes zu beschäftigt gewesen, um die wenigen Kartons mit ihren persönlichen Gegenständen auszupacken, hätte Madelaine an diesem Morgen mit Sicherheit die kleine kubanische Zigarrenkiste gefunden, in der Daniel schon seit Jahren seine extrastarken Kopfschmerztabletten aufbewahrte.

So jedoch blieb ihr nichts anderes übrig, als die Auskunft anzurufen, sich nach einer Notdienst-Apotheke in ihrer Nähe zu erkundigen und sich auf den Weg zu machen.

... Auf der östlichen Seite der Stadt schliefen Marc und Randy währenddessen engumschlungen in ihrem Bett. Und vermutlich hätte sich daran auch für die kommenden Stunden nichts geändert, hätte Randys Handy nicht in aller Herrgottsfrühe geklingelt, und wäre nicht ein Kollege am Apparat gewesen, den er während der nervenzehrenden Wochen des Streiks näher kennen- und dabei auch schätzen gelernt hatte.

Der junge New Yorker, der bei seinem Anruf die dreistündige Zeitverschiebung nach L. A. nicht bedacht hatte, unterbreitete Randy an diesem Morgen das Angebot für eine Zusammenarbeit an einem hochinteressanten Filmprojekt, das dieser sich nie hätte träumen lassen.

Wäre unser schlaksiger Regisseur nicht so begeisterungsfähig, dabei aber nur halb so weitsichtig, wäre er vermutlich auch nicht vor Freude aufgesprungen, hätte sich dabei nicht mit dem Fuß in dem Bettlaken verfangen und wäre auch nicht durch ein auf dem Parkettboden liegendes Buch ausgerutscht. Bestimmt hätte er sich den Knöchel also nicht verstaucht, wäre er in seiner Euphorie nur ein wenig vorsichtiger gewesen.

So jedoch beendete er das eigentlich durchaus erfreuliche Telefonat auf dem Boden kauernd, während er seinen Knöchel massierte und mit viel Mühe dem Drang widerstand, auf sein Handy zu beißen, um nicht laut aufzuschreien.

Hätte sich der dumpfe Schmerz in Randys Fuß schnell wieder gelegt oder wäre Marc nicht mittlerweile schon so an die Temperamentsausbrüche seines Freundes gewöhnt gewesen, dass er von diesem nicht einmal aufgewacht war, wäre er vermutlich zur Apotheke gefahren, um eine schmerzlindernde und kühlende Salbe für Randys Fuß zu besorgen. So humpelte dieser jedoch kurz darauf selbst zu seinem Wagen und fuhr los.

Nur so kam es auch dazu, dass sich Madelaine Pearson und Randy Stiller an jenem frühen Samstagmorgen in einer Notdienst-Apotheke im Herzen der Stadt über den Weg liefen.

Nun, wäre Randy ein etwas diskreterer Schützling, hätte er Madelaine vermutlich nicht einmal angesprochen, obwohl er sie sofort erkannte. Und wäre Madelaine nicht von Natur aus so offen und gutmütig, hätte sie sich wenn überhaupt nur sehr kurz mit Randy unterhalten. Da dieser aber nicht zurückhaltend und Madelaine keineswegs verschlossen war, entwickelte sich aus dem anfänglichen »Sie sind Madelaine Pearson, nicht wahr? Hallo, ich bin Randy Stiller, der Regisseur von Das Leben in meinem Sinn« *und einem ersten, noch leicht zaghaften Händeschütteln bald schon ein richtiges Gespräch.*

Wären sich die beiden – allen Umständen zum Trotz – nicht von Beginn an sympathisch gewesen, hätten sie das heikle Thema ›Sarah‹ mit Sicherheit umgangen. So jedoch zögerte Madelaine – in der Hoffnung und Annahme, Randy könne ihr etwas Neues berichten – nicht, sich nach ihrer ehemals besten Freundin zu erkundigen.

Und so erfuhren die beiden voneinander, dass es leider nichts Neues über Sarah zu berichten gab, außer, dass sie bis über die Ohren in den Vorbereitungen zu den Dreharbeiten eines neuen Films steckte.

Privat schien es ihr nach wie vor nicht gutzugehen, denn sie lebte noch immer so zurückgezogen, wie es eigentlich nie zuvor ihre Art gewesen war.

»Wenn sie Josie zu uns bringt, ist sie zwar höflich, aber sehr distanziert und … ja, immer kurz angebunden. Ich kann es ihr nicht verübeln, unser Verhältnis ist natürlich kaputt. Aber sie wirkt nur noch wie ein Schatten der Sarah, die ich kannte. Vermutlich haben wir sie sehr verletzt«, mutmaßte Madelaine geknickt.

Randy zog es ausnahmsweise einmal vor, nicht zu antworten. Nicht zuletzt, weil er sich keineswegs sicher war, dass Sarahs Kränkung den Grund für ihr neues Einsiedlerkrebs-Dasein darstellte.

Wäre er nun weniger hartnäckig und emotional gewesen, hätte er es vermutlich an dieser Stelle auf sich bewenden lassen, wäre zurück zu Marc gefahren und hätte zu Hause seinen pochenden Knöchel verarztet. Aber mit dem Häufchen Elend – zu dem sein Freund Ben binnen der vergangenen Monate mutiert war – vor Augen, ließ ihm die Unklarheit über Sarahs Zustand keine Ruhe.

»Ist Josie an diesem Wochenende bei euch?«, fragte er darum und erhielt ein Nicken.

»Ja, Daniel hat sie gestern Abend geholt. Sarah ist über das Wochenende im Studio, für die ersten Probeaufnahmen, und wir sind gerade mit der Promotion unseres Filmes fertig, daher bot sich das an«, erwiderte Madelaine und verabschiedete sich kurz darauf von Randy.

Zwanzig Minuten später und nur wenige Meilen entfernt, stand Alberta in der Küche des großen weißen Hauses und starrte auf einen Brief in ihren Händen. Hätte ihr der Postbote kurz zuvor nicht ein schmales Paket übergeben, das zwar an sie adressiert war, jedoch Gegenstände enthielt, deren Sinn sich ihr weder auf den ersten noch auf den zweiten Blick erschließen wollte, hätte sie den Brief von Sarahs Vater, der in dem Päckchen unter die-

sen Gegenständen lag, vielleicht nicht einmal entdeckt und somit auch nicht geöffnet.

So jedoch las sie die wenigen Zeilen, die er in seiner krakeligen Schrift und in italienischer Sprache an sie gerichtet hatte, nun bereits zum dritten Mal.

Es ist immer wieder die Liebe, nicht wahr, Alberta?

Sie macht aus uns Narren und Könige. Manchmal sogar beides zur selben Zeit.

Und meine Tochter scheint gerade an ihr zu zerbrechen.

Ich lese es in jeder Zeile, höre es bei jedem Telefonat. Bitte, finden Sie einen Weg, noch einmal mit ihr zu sprechen, Alberta. Sie muss sich in etwas verrannt haben, denn ja, das kenne ich sehr gut von mir selbst. Dass man sich selbst im Wege steht und aufgrund des eigenen Tunnelblicks auf der Stelle tritt. Wie oft hat mich meine Frau aus diesem selbstgebrauten Sumpf gezogen?

Und wenn Sie mit Sarah sprechen, meine Liebe, geben Sie ihr bitte dieses kleine Paket. Sie wird die Botschaft verstehen.

Ich danke Ihnen herzlich und grüße Sie aus dem frühlingshaften England,

Ihr Jonathan Pace

Wäre Alberta weniger einfühlsam veranlagt gewesen, wäre ihr vermutlich nicht bewusst geworden, wie wichtig Sarahs Dad diese Bitte sein musste, dass er sie sogar in ihre Muttersprache hatte übersetzen lassen. Und wäre Sarah an diesem Morgen zu Hause gewesen, hätte Alberta in ihrem Temperament mit Sicherheit keinen Augenblick gezögert, das Tabuthema »Ben«, das in diesem Haus schon seit Monaten mühevoll umgangen wurde, doch noch einmal anzugehen.

So jedoch blieb sie mit klopfendem Herzen in der Küche ste-

hen, den Blick auf den Brief in ihren Händen gerichtet, bis die Türschelle erklang und sie aus ihrer Starre riss.

Etliche hundert Meilen nordöstlich frühstückten, wie an jedem sonnigen Samstagmorgen im Frühling, Bens Schwester und ihre Nachbarin Amy gemeinsam auf der Terrasse vor Carolyns Haus.

Hätte Caro nicht am Abend zuvor aufgrund eines günstigen Sonderangebots spontan den Flug nach L. A. gebucht, um der Premiere von Bens Theaterstück beizuwohnen, hätte sie das Gespräch an diesem Morgen vermutlich nicht auf ihren Bruder gebracht.

Und wäre Amy nicht chronisch neugierig, dann hätte sie es wahrscheinlich auch nicht vertieft. So jedoch redeten die beiden Frauen zum ersten Mal seit langer Zeit ausgiebig über Ben, der seiner älteren Schwester in den vergangenen Monaten mehr als nur eine schlaflose Nacht bereitet hatte.

Tja, und wäre Amy nicht – aus nur halbwegs selbstlosen Gründen – so sehr an einem Happy End für Bens und Sarahs Liebesgeschichte interessiert, dann hätte sie ihre Freundin vermutlich nicht angestachelt, Ben doch noch einmal offensiv zum großen Kampf für die Liebe zu animieren.

Nie im Leben wäre Caro dann an diesem Vormittag die Idee gekommen, Bens beste Freundin Maggie anzurufen und sich bei ihr nach Bens Verfassung zu erkundigen. Sie erfuhr nichts Gutes. Schnell waren sich alle drei Frauen einig, dass man ihm endlich helfen müsse. Nur wie?

Nun, wäre Maggie nicht von Natur aus auch einfallsreich gewesen, wäre ihr vermutlich nicht die Idee gekommen, den kreativsten Kopf, den sie kannte, nämlich Randy, an dieser Stelle mit an Bord zu holen.

Dann hätte sie das Gespräch mit Carolyn wohl auch nicht

unterbrochen, um ihn anzurufen. Und dann hätte sie ihn auch nicht erwischt, während er bei Alberta in der Küche stand und sich bei ihr nach Sarahs Befinden erkundigte.

Denn wäre Randy nicht so durch und durch intuitiv gewesen, hätte er das Zusammentreffen mit Madelaine und das Wissen, dass weder Josie noch Sarah an diesem Samstagmorgen zu Hause waren, nicht zum Anlass genommen, der italienischen Nanny, von der er schon so viel Gutes gehört hatte, einen spontanen Besuch abzustatten.

Und wäre dieses Zusammentreffen von Madelaine, Randy, Alberta, Carolyn, Amy und Maggie an diesem Samstagmorgen Ende Mai nicht so unfassbar gebündelt und ja, irgendwie fast wie inszeniert abgelaufen, hätte sich vermutlich keiner der Beteiligten ernsthaft berufen gefühlt, zu handeln …

Einen Monat und acht Tage später

Ben

Es ist unerträglich heiß an diesem Premierentag Anfang Juli. Dunkle Wolken türmen sich über der Stadt. Die Luft ist schwül, zum Schneiden dick vom schweren Smog und scheint die Gerüche der Straße förmlich zu konservieren. Autoabgase, Kaffee, Schweiß und Benzin verschwimmen zu einer unangenehmen Mischung.

Die Menschen sehnen eine erlösende Abkühlung herbei, und nach den kurzen Schauern der vergangenen Abende, die der Hitze leider nichts anhaben konnten, ist es heute endlich so weit.

Das aufkommende Unwetter braut sich so bedrohlich und zugleich verheißungsvoll zusammen, dass ich keine Zweifel daran hege, dass es die Luft endlich reinigen wird.

Ich stehe währenddessen vor meinem Spiegel mit den gelben Glühbirnen. So elegant, in Smoking und Lackschuhen, die Haare streng zurückgekämmt, erkenne ich mich selbst kaum wieder. Doch so muss er wohl aussehen, *Der einsame Pianist*, als der ich in weniger als einer Stunde auf der Bühne dieses Theaters stehen werde, um mein Debüt in dem gleichnamigen Drama zu geben. Es ist ein großartiges Stück, das den Charme vergangener Tage in die heutige Zeit bringt. Ich habe es von der ersten Szene an geliebt.

Jack, der mich zur Feier des Tages begleiten darf, sitzt nun zu meinen Füßen und schaut zu mir auf, als würde er sich fragen, was hier eigentlich vor sich geht. Ich lege ihm seine Leine an, begebe mich mit ihm in den angrenzenden Proberaum und binde ihn dort an einem Heizkörper fest.

»Du bist brav, mein Großer, verstanden?« Ich tätschele Jacks Kopf und beginne damit, meine Finger zu beugen und zu strecken, als plötzlich die Tür auffliegt.

»Und, bist du bereit, Ben?«, fragt Marc.

»Ja, das bin ich«, erwidere ich ruhig. Es wundert mich selbst, aber so tief ich auch in mich hineinhöre, ich bin diesmal nicht aufgeregt und kann nicht einmal einen blassen Funken von Lampenfieber ausmachen. In mir ist nur Stille … und jede Menge Platz. Ich bin leer. Völlig leer.

Ich sehne meinen Auftritt sogar herbei, denn dann kann ich endlich wieder abtauchen. Solange ich auf der Bühne ein anderer sein darf, spüre ich das Leben in mir.

Ich setze mich auf den Hocker vor dem Piano und streiche dabei meinen Smoking glatt. Marc setzt sich neben mich und wartet geduldig, bis ich so weit bin.

Dass ausgerechnet Randys Freund die Musik zu diesem Stück geschrieben hat, erscheint mir nach wie vor wie ein unglaublicher Zufall. Sicher wusste ich, dass Marc für ein Theaterstück komponierte. Genauso wie er wusste, dass ich mich nach der Absetzung von *Das Leben in meinem Sinn* für keine weitere Fernseh- oder Filmproduktion verpflichten ließ.

Dennoch ging ich damals vollkommen ahnungslos zum Casting und traute meinen Augen kaum, als ich Marc dort direkt neben dem Regisseur erspähte.

Ich rolle meinen Kopf hin und her, lockere meinen Nacken und berühre dann endlich die Tasten. Mit geschlossenen Augen beginne ich zu spielen. Die Noten brauche ich schon lange nicht mehr. Ich weiß nicht, wie oft ich dieses und die vier anderen Stücke aus *Der einsame Pianist* schon gespielt habe, aber mit jedem Mal klingen die Melodien noch schöner in meinen Ohren.

Marc geht in seinen Bewegungen mit meinem Spiel mit, als

würde er selbst spielen. Er sagt kein Wort, denn das muss er nicht mehr.

Nach dem anfänglichen Erfolg von *Das Leben in meinem Sinn* schoss Marcs Karriere steil nach oben. So hat er inzwischen den kompletten Soundtrack zu einem unabhängigen Film geschrieben und die Verträge für ein Musical unterzeichnet, das im kommenden Frühjahr am Broadway Premiere feiern wird. Marc pendelt momentan ständig zwischen New York und Los Angeles hin und her.

Randy arbeitet zurzeit an einem Kinofilm. Die Vorbereitungen zu den ersten Dreharbeiten laufen bereits auf Hochtouren. Marc und er sehen sich deshalb zwar momentan nur selten, aber ihre Beziehung ist so intakt, dass sie das ohne Probleme schaffen werden. Das Glück der beiden beweist mir Tag für Tag, dass sich Sarahs Einwände und Befürchtungen nicht hätten bewahrheiten müssen.

Randy wird heute Abend, zur Feier der Premiere, im Publikum sitzen. Ich freue mich darauf, ihn wiederzusehen, denn unsere letzte Begegnung liegt schon etliche Wochen zurück.

Der Schlussakkord verklingt unter meinen Händen. »Das war sehr gut«, lobt Marc. »Du spielst es viel besser als ich. Also, Hals- und Beinbruch, Ben!«

»Drei Minuten noch!«, ruft die Regieassistentin von draußen und klopft dabei an die Tür.

Maggie, die mir sogar bis ins Theater gefolgt ist, stürmt in den Raum und pudert noch einmal über meine Stirn. »Hals- und Beinbruch!«, wünscht auch sie mir und spuckt – nur angedeutet natürlich, wie es in Theaterkreisen Tradition ist – dreimal über meine linke Schulter, bevor sie meine Wangen küsst.

Ich schenke ihr ein Lächeln und erhebe mich vom Klavier. Langsam und konzentriert steige ich die Stufen hinauf, die mich direkt hinter die Bühne führen, und gehe an den Lichttechnikern, Requisiteuren und anderen Schauspielern vorbei. Mit gedämpften Stimmen wünschen wir uns gegenseitig Glück.

Nur der schwere Vorhang und die dünnen Holzwände des Bühnenbildes trennen uns nun noch von den Zuschauern im Saal. Diese haben bereits ihre Plätze eingenommen. Es ist komplett ausverkauft. Ein erster Erfolg, der zugleich den Druck steigert, eine Glanzleistung abzuliefern.

Das Gemurmel des Publikums zeigt mir, dass das Deckenlicht im Zuschauerraum noch nicht gedimmt wurde. Ein Tontechniker bestückt die Sender mit frischen Akkus und überprüft den Sitz der Mikros. Mit meinem ist er nicht zufrieden. Eine Assistentin befestigt es mit Sicherheitsnadeln zusätzlich am Kragen meines Fracks. Den Sender steckt sie an meinem Hosenbund fest. Ich überprüfe noch schnell, ob mir die Kabel, die sie auf meiner Brust verklebt hat, ausreichend Bewegungsfreiheit lassen, dann ein kurzes Nicken, es ist alles in Ordnung.

Die Assistentin klopft mir auf die Schulter und wendet sich ab. Einige Schritte weiter reicht man mir ein Tuch, mit dem ich mir die Hände trocken reibe. Dann bekomme ich ein Glas mit Wasser, um meine Kehle zu befeuchten. Ich nehme einen Schluck und räuspere mich. In diesem Moment leuchtet ein rotes Licht über dem Zugang zur Bühne auf. Die Geräusche aus dem Zuschauerraum werden schlagartig leiser und verstummen kurz darauf völlig. Ich trete vorsichtig auf die Bühne vor, nehme den Platz und die entsprechende Haltung auf meiner Markierung ein und verharre in dieser Position.

Stille!

Der Vorhang öffnet sich, ein einzelner Lichtkegel scheint auf mich herab.

»Sehnsucht hat mich tief erfasst, zu spielen auf Tasten geliebte Sonaten. Doch ist es eine bittere Last, ewig und einsam auf mein Leben zu warten …«

Sarah

Ich traue meinen Augen nicht. *Ben!*
Ruckartig wende ich mich Alberta zu. Sie sitzt direkt neben mir und schaut starr geradeaus. Als stünde ein wildfremder Mann dort unten auf der Bühne.

»Alberta«, raune ich ihr zu. Ich öffne meinen Mund und schließe ihn wieder, ohne etwas gesagt zu haben. Es erfordert all meine Konzentration, nicht in Schnappatmung zu verfallen. »Das war mit Sicherheit kein Zufall, dass du ausgerechnet Karten für dieses Stück besorgt hast«, zische ich endlich.

Alberta dreht sich mit aufgesetzter Unschuldsmiene zu mir um. Ein lang gezogenes ›Pssst!‹ ist das Einzige, was sie hinter vorgehaltenem Zeigefinger erwidert.

Alberta äußerte bereits einige Wochen zuvor den Wunsch, ein Theaterstück anzusehen. Ich wunderte mich ein wenig, willigte jedoch sofort ein. Alberta ist bekennende Opernliebhaberin, für Theater hat sie sich eigentlich noch nie begeistert. Aufgrund ihrer Sprachschwierigkeiten fand ich das nie weiter verwunderlich. Umso mehr erstaunte mich ihre plötzliche Bitte.

»Isch ’abe die Karte«, hatte sie nur einen Abend zuvor erwähnt. Beiläufig, während sie mit einem Stahlschwamm den Boden des großen Nudeltopfes bearbeitete.

»Karten?«, fragte ich und sah für einen Moment von meiner Zeitung auf. Ehrlich gesagt hatte ich keine Ahnung, wovon Alberta sprach.

»Fure die Theatro. Morgen isse Premiere.«

»Oh! Schön, in Ordnung«, erwiderte ich schnell und blätterte die Seite um, ohne auf das Papier in meinen Händen zu sehen. Das schlechte Gewissen packte mich, weil ich mein Versprechen, Alberta zu begleiten, über die ersten Drehtage völlig vergessen hatte. Ihre Bitte klang damals sehr vage und nach meiner Zusage war kein Wort mehr über den anstehenden Theaterbesuch gefallen.

»Morgen ist Premiere, und du hast heute noch Karten bekommen?«, hakte ich nach einer Weile skeptisch nach. Alberta zuckte nur mit den Schultern, trocknete flüchtig ihre Hände ab und verließ dann, laut nach Josie rufend, den Raum. Den Topf ließ sie im Spülbecken stehen. Jetzt wird mir natürlich so einiges klar, aber ich hätte in diesem Moment schon stutzig werden müssen. Alberta lässt niemals einen schmutzigen Topf im Spülbecken stehen und geht dann einfach so aus der Küche.

Naiv wie ich manchmal bin, deutete ich die Tatsache, dass sie so spät noch Premierenkarten ergattert hatte, schlichtweg als schlechtes Zeichen. Es musste ein grottenlangweiliges Stück sein.

Das war allerdings ein großer Irrtum, denn jeder Platz des riesigen Theaters ist besetzt.

Fassungslos blicke ich sie an, doch Alberta sieht weiterhin stur geradeaus und ignoriert mein böses Zischen. Für einen Moment spiele ich mit dem Gedanken, einfach aufzustehen und den Saal zu verlassen. Allerdings sitzen wir im Rang, mitten in der ersten Reihe. Ich müsste mindestens zwanzig Besucher von ihren Stühlen aufscheuchen, um hier wieder herauszukommen. Ein unauffälliger Abgang würde mir so mit Sicherheit nicht gelingen.

Als die ersten, sanften Klänge eines wunderschönen Klavierstücks den hohen Raum erfüllen, drehe ich den Kopf wie von selbst zurück zur Bühne. Mein Entschluss, zu bleiben, fällt in diesem Moment.

Ben sitzt am Piano und spielt mit geschlossenen Augen. So sanft, so feinfühlig. Von der einen auf die andere Sekunde schmelze ich dahin.

Himmel, wie er spielt …

Ein Leben lang könnte ich so dasitzen und ihm nur zuhören.

Ich lasse mich ein wenig tiefer in meinen Stuhl sinken und atme tief durch. Beschließe, Alberta später weiterzuhassen.

Meine Gefühle für Ben sprudeln binnen weniger Sekunden wieder zurück an die Oberfläche. Laut, drängend, intensiv. Sie lassen mein Herz so schnell und stark pochen, dass ich mich schlagartig lebendig wie schon lange nicht mehr fühle.

Es gibt kein Entkommen vor der lange verdrängten Erkenntnis: Ich liebe Ben noch immer. *So sehr!*

Ich beobachte, wie er sich in seinem Spiel bewegt, und verfolge seine Hände mit meinem Blick. Unwillkürlich muss ich an unsere gemeinsame Nacht denken und schüttele schnell den Kopf, um die Bilder wieder loszuwerden.

Die Rolle des Pianisten ist großartig. Wie für Ben geschrieben. Aber habe ich nicht dasselbe auch immer von Ron behauptet?

Ben ist einfach ein verdammt guter Schauspieler. Es scheint, als streife er sich seine Charaktere förmlich über. Wie einen hautengen Ganzkörperanzug macht er sie sich zu eigen.

Ich hatte mir verboten, Bens Wege zu verfolgen. Wie leicht wäre es gewesen, auf dem Laufenden zu bleiben? Wie schwer war es hingegen – mit all den Medien, über die wir tagtäglich verfügen –, es nicht zu tun. Die Versuchung war immer präsent, stets unmittelbar greifbar und direkt vor meiner Nase. Wie oft hatte ich seinen Namen in meine Suchmaschine eingetippt und dann doch nicht auf die Enter-Taste gedrückt?

Nur Maggie hatte mich noch ein einziges Mal nach der Beendigung der Dreharbeiten angerufen und mir beiläufig mitgeteilt, Ben wolle sich bald einem neuen Projekt widmen. Einem Filmprojekt, hatte ich daraus geschlossen und das Thema schnell gewechselt. Auf ein Theaterstück war ich nicht gekommen.

An diesem einen Tag vor sechs Monaten, unmittelbar nach unserer letzten gemeinsamen Pressekonferenz, hatte alles auf Messers Schneide gestanden. Damals war ich so kurz davor, in seine Arme zu sinken und ihm alles zu gestehen. Dass es mich schon lange nicht mehr kümmerte, weshalb oder mit wem mich Daniel hintergangen hatte, weil ich ohnehin als Erste im Herzen untreu geworden war. Ich wollte Ben gestehen, dass ich nicht mehr wusste, wann genau der Wendepunkt stattgefunden hatte, an dem meine Blicke länger auf ihm verweilten, als es sich eigentlich gehört hätte, aber dass es sich schon lange so anfühlte, als hätte ich mein Leben lang nur auf ihn gewartet. Ich wollte ihm erklären, dass meine Gefühle für ihn so mächtig wurden, dass sie mir eine Höllenangst einjagten. Dass mir das Wissen, er könne mich unendlich verletzen, würde er mir eines Tages seine Liebe entziehen, etliche schlaflose Nächte bereitet hatte. Und ich wollte ihn anflehen, es trotz alledem dennoch mit mir zu versuchen. Am meisten jedoch wollte ich ihm sagen, dass ich bereit dazu wäre, dem *Uns*, das ich so lange vergeblich geleugnet hatte, endlich eine echte Chance zu geben.

Und dann war Jeff mit seinem Skript durch diese Tür gestürmt und hatte mich davor bewahrt, diese große Dummheit zu begehen. Denn sobald ich es schaffte, über das wilde Schlagen meines überschäumenden Herzens hinweg auf meinen Verstand zu hören, überzeugten mich die Fakten binnen Sekunden erneut davon, dass eine Beziehung zwischen Ben und mir einfach nicht funktionieren könnte, so sehr ich mir das auch wünschte. Wir waren beide ständig in Filmprojekte eingebunden, und Josie würde … *Moment!*

Verwirrt blicke ich auf den schönen Mann unter mir, der nach wie vor auf der Bühne am Piano sitzt und mich mit den sanften Tönen, die er dem riesigen Instrument entlockt, förmlich zu umhüllen scheint.

Nein, die Möglichkeit, er könne zum Theater zurückgegangen sein, war mir tatsächlich nie in den Sinn gekommen. Warum eigentlich nicht? Denn als ich ihn so sehe – allein auf dieser großen Bühne, die Blicke sämtlicher Zuschauer auf sich gerichtet –, weiß ich plötzlich, dass Ben genau an dem Platz ist, an den er gehört.

Kaum ist der letzte Ton seines Spiels unter der hohen Decke verhallt, setzt tosender Applaus ein. So unvermittelt, dass ich aus meiner Versunkenheit schrecke.

Die Handlung des Stücks ist gar nicht so traurig, wie der Titel und die Aufmachung der Plakate vermuten lassen.

Ben spielt einen reisenden Pianisten, einen echten Frauenhelden, der an jedem neuen Ort mindestens eine neue Liebschaft hat. Er gewinnt Eindrücke verschiedener Länder und Kulturen, ist anerkannt, wird überall gefeiert und umjubelt und genießt sein Leben in vollen Zügen. Nach einigen einschneidenden Erlebnissen wird ihm jedoch bewusst, dass er im Grunde seines Herzens sehr einsam ist. Am Ende eines jeden Abenteuers bleiben immer nur er und sein Piano zurück.

Für mich ist es eigenartig, Ben als selbstbewussten, extrovertierten Mann zu erleben. Ich erschrecke, als ich bemerke, wie sehr mir diese Rolle an ihm gefällt. Er sieht unglaublich sexy aus in seinem Frack, mit den streng zurückgekämmten Haaren und diesem Blick, mit dem er die Frauen des Stücks nacheinander um den Verstand bringt. Und nicht nur sie …

Es ist ein sehr unterhaltsames Stück, dessen Höhepunkte musikalische Einlagen bilden – in Form von Bens Pianospiel und den Gesangsstücken der weiblichen Hauptrolle, einer rothaarigen Sopranistin. Ebendiese Dame ist auch für die plötzliche Wendung des ersten Akts verantwortlich.

Ich schlucke, als Ben die Sängerin in seine Arme schließt. Er biegt sie zurück, beugt sich dabei weit über sie und küsst sie so, wie Rock Hudson es zu seinen besten Zeiten mit Doris Day tat. Ein leiser Schauder rieselt über meinen Rücken. Während der Rest der Zuschauer gebannt die Luft anhält, absolute Ruhe herrscht und die Luft zu vibrieren scheint, höre ich mich selbst schnauben. Halb entsetzt, halb … erregt?

So weiche Lippen!

Der Anblick des engumschlungenen Paares schürt die Eifersucht auf die Rothaarige und weckt zugleich Erinnerungen, die ich längst verdrängt habe.

Zum Beispiel unsere leidenschaftliche Begegnung in seiner Garderobe. Das war einer der Momente, in denen Ben seine Schüchternheit auch im wahren Leben abstreifte und ich mich ihm vollkommen hingegeben … ja, *musste*. Auch damals waren meine Gefühle so verworren, so widersinnig. Dennoch habe ich nie zuvor eine solch körperliche Erfüllung erfahren wie mit ihm. Meine Wangen erröten unter der Erinnerung an seine tiefe, rauhe Stimme. *»Wir gehören zusammen, sogar im Zorn.«*

Mit Alberta habe ich nach unserem Gespräch an Weihnachten nur noch einmal über Ben geredet. »Du willste immer nock nixe versuke?«, fragte sie an einem Tag Ende Januar, kurz nach der finalen Pressekonferenz. »Nein!«, erwiderte ich entschieden; innerlich jedoch war ich ein Häufchen Elend. »Mein Entschluss steht.«

Alberta stürmte gestenreich, mit einem lautstarken »Iste Verschwendung von die Nature!« aus dem Raum und schnitt das Thema ›Ben‹ mir gegenüber kein einziges Mal mehr an.

Das wird sich heute Abend, nach diesem Theaterbesuch, natürlich ändern, wenn ich ein Hühnchen mit ihr rupfe.

Nein, eher einen Truthahn!

Als ich nun allerdings mit ansehe, wie Ben diese Rothaarige küsst, muss ich gestehen, dass er nach wie vor große Gefühle in mir auslöst. Woher kommen meine Bedenken? Warum habe ich meinem Herz nicht einfach nachgegeben?

Du könntest längst eine glückliche Beziehung mit ihm führen, Sarah!

Ich fahre mir über die Stirn und versuche all diese Gedanken wegzuwischen, die ich längst überwunden zu haben glaubte. Doch sie bleiben.

In der Pause bleibe ich einfach sitzen und wechsele nicht ein Wort mit Alberta, die ihren Platz verlässt und ihn nach einer Viertelstunde wieder einnimmt. Ihr reicht vermutlich die Tatsache, dass ich die Pause nicht zur Flucht genutzt habe, als Signal dafür, das Richtige getan zu haben. Dennoch fühle ich mich hintergangen.

Für eine weitere Stunde tauche ich in die Welt des einsamen Pianisten und in die meiner verdrängten Sehnsüchte ab, dann beenden Standing Ovations und schallender Applaus die Premiere. Die Damen erhalten Blumen. *Anstandsgemüse*, denke ich und muss dabei unwillkürlich an Bens süße Geste zurückdenken, als er zu der Erstausstrahlung von *Das Leben in meinem Sinn* sogar Josie eine Rose mitgebracht hat. *Eine rosafarbene.*

Der Vorhang fällt. Ich bin innerlich vollkommen aufgewühlt. Der schwere Samt wird noch einige Male hochgezogen, und die Darsteller verbeugen sich. Ben sieht glücklich aus. Er schenkt dem Publikum sein umwerfendes Lachen, doch sein Blick wird wieder etwas schüchterner, als die Saalbeleuchtung angeht und die Masse der Zuschauer für ihn sichtbar macht.

Dann schließt sich der Vorhang ein letztes Mal. Ich fühle mich noch nicht bereit, zu gehen. Ich will Ben noch einmal sehen. *Bitte!*

Also bleibe ich weiter stehen und klatsche so kräftig, dass meine Hände bald schon schmerzen. Aber Ben zeigt sich nicht noch einmal.

Es ist vorbei!

Langsam verhallt der rhythmische Applaus, die ersten Zuschauer wenden sich zum Gehen. Ich selbst schleuse mich nur widerwillig hinter Alberta durch die Stuhlreihe und lasse mich resigniert im Strom der Masse über den breiten Korridor des Theaters, in Richtung Treppe, treiben. Wir steigen gerade die ersten Stufen hinab, als eine altbekannte Stimme hinter mir erklingt.

»Sarah? Was machst du denn hier? Bist du etwa wegen Ben da?«

Ich drehe mich herum. Tatsächlich, es ist …

»Randy! Du bist auch hier?«

Wir fallen uns stürmisch um den Hals, dann trete ich einen Schritt zurück und betrachte meinen ehemaligen Regisseur genauer. Gut sieht er aus, Gott sei Dank! Seit dem jähen Ende der Serie habe ich ihn nicht mehr gesehen. Damals war er wirklich ein Häufchen Elend. Das übereilte Ende seines Projekts war Randy fühlbar schwergefallen, und ich habe noch oft mit einem schlechten Gewissen an die letzten Wochen am Set zurückgedacht. Ben und ich haben die Dreharbeiten am Schluss ungemein erschwert, dessen bin ich mir durchaus bewusst.

Doch Randys strahlendes Lachen lässt mich mein schlechtes Gewissen schnell verdrängen. Auch er scheint sich aufrichtig zu freuen, mich zu sehen. »Ehrlich gesagt wusste ich überhaupt nicht, dass Ben hier spielt. Das war wohl eher ein Zufall«, erkläre ich mit einem finsteren Seitenblick auf Alberta, die wie ein Unschuldslamm neben mir steht.

Randy versteht offenbar sofort. Er nickt. »Ah, das muss die berühmte Signora sein, richtig? Ich bin der verhasste Regisseur, hallo!« Freundlich schüttelt er Albertas Hand. Sie erwidert sein Lächeln.

»Und, was führt dich hierher? Bist du wegen Ben hier?«, frage ich und versuche, dabei so gleichgültig wie nur möglich zu klingen.

»Auch, ja. Aber in erster Linie natürlich wegen Marc.«

»Wegen Marc?« Ich bin verwirrt.

»Na, er hat doch die Musik für das Stück geschrieben, wusstest du das nicht? Großartig, oder?«

Ich komme nicht dazu, meine Anerkennung in Worte zu fassen, denn Randy selbst verfällt vor lauter Begeisterung in einen seiner unaufhaltsamen Redeflüsse. »Ich bin so stolz auf ihn. Er schreibt wirklich brillante Stücke und hat es so verdient! Und Ben war wie immer einfach nur fantastisch. Hätte ich ihn nicht schon vor Jahren entdeckt, heute Abend hätte ich ihn von der Stelle weg engagiert. Er wird sich vor Angeboten wahrscheinlich nicht mehr retten können. Wird wohl verdammt schwer für ihn werden, den Kameras dauerhaft den Rücken zuzukehren.«

Ich traue meinen Ohren kaum. Er will wirklich nur noch Theater spielen? Keine Filme mehr, keine Serien?

In diesem Moment beginnt ein zunächst zögerlicher, sich aber schnell steigernder Applaus im Foyer unter uns.

Was …?

Ben

Ich erschrecke, als mir jemand um den Hals fliegt, bis ich erkenne, dass es meine Schwester ist. Caro drückt mich fest an sich. Keine Ahnung, wie sie hergefunden hat, aber sie erwartet mich unmittelbar hinter der Bühne. Sie ist so begeistert, dass ihr Gesicht förmlich zu glühen scheint.

»Du warst umwerfend, Ben. Absolut umwerfend! Ich wünschte, Mom und Dad wären hier. Sie wären so stolz auf dich.«

»Kommt schon, kommt schon, wir müssen raus! Der Sekt wird warm. Ab mit euch ins Foyer«, drängelt Marc ungeduldig.

»Hey, der klingt schon wie Randy«, flüstert Maggie, die mich ebenfalls beglückwünscht und mir einen dicken Kuss auf die Wange drückt. Ich nicke und hebe Jack, den Mag mit nach oben gebracht hat und der nun schwanzwedelnd zu meinen Füßen steht, auf meine Arme. Gemeinsam laufen wir über den langen, hellen Gang, der uns aus dem Backstage-Bereich zu der riesigen Eingangshalle führt.

Es war Marcs Vorschlag, dem Publikum direkt nach der Uraufführung des Stückes noch einmal die Ehre zu erweisen und zusammen mit den Besuchern auf den Erfolg anzustoßen. Alle waren sofort einverstanden, auch wenn ich dem bevorstehenden Trubel nun mit gemischten Gefühlen entgegensehe. Doch jetzt ist es zu spät für Bedenken dieser Art.

»Du schaffst das schon«, höre ich Sarahs Flüstern in meinem Kopf. Damals, als wir vor unserer ersten Pressekonferenz standen, hat sie mich mit genau diesen Worten ermutigt.

Ich atme tief durch. Die große Flügeltür zum Foyer öffnet sich und schleust uns mitten in die Masse der Zuschauer. Als die Ersten erkennen, dass es die Darsteller und Akteure des Stückes sind, die sich auf diesem Weg zu ihnen gesellen, bricht zunächst verhaltener Applaus aus, der sich jedoch innerhalb weniger Sekunden zu einem regelrechten Jubelsturm steigert.

Da ich nun nicht mehr der ›einsame Pianist‹ bin, sondern einfach nur Ben Todd, der es hasst, so im Mittelpunkt zu stehen, trete ich voller Unbehagen von einem Fuß auf den anderen und winke, einen Arm noch immer um Jack geschlungen, mit der freien Hand in die Menge. Steif und hölzern fühlt sich diese Bewegung an, die bei Claire, meiner Schauspielpartnerin, und bei allen anderen so natürlich wirkt. Mein Blick gleitet über die Menschen in der großen Halle, über die Treppe mit dem edel geschwungenen Geländer, bis hin zu der Empo…

Halt, wieder zurück!

Dort, auf der Treppe, war da nicht …?

Da, tatsächlich! *Sarah!*

Sie steht auf dem mittleren Treppenabsatz, direkt neben Randy und Alberta, und sieht auf mich herab. Unsere Blicke verschmelzen für Sekunden, bis sich meine Beine wie ferngesteuert in Bewegung setzen.

Unaufgefordert treten die Zuschauer zur Seite, als ich, der Hauptdarsteller des eben gesehenen Stückes, so strahlend an ihnen vorbeilaufe. Die meisten sehen mir verwundert nach – ich spüre ihre Blicke in meinem Nacken, aber ich blende sie einfach aus. Ich nehme nicht einmal richtig wahr, dass ich Sarah bereits entgegenlaufe, bis ich mit dem Fuß gegen die unterste Stufe der Treppe stoße. Mein Blick ist unverwandt auf sie gerichtet, eine unbeschreibliche Freude erfasst mich.

Sie ist hier!

Für einen Moment bleibe ich noch stehen, bevor ich Jack am Fuße der Treppe absetze und die ersten Stufen zu Sarah hinauflaufe. Erst als ich sehe, dass ihr Lächeln bröckelt und sie plötzlich erschrickt, während ich so auf sie zustürme, halte ich inne und bleibe erneut stehen. Langsam schließt mein Bewusstsein zu mir auf, und meine plötzliche Euphorie zerplatzt wie eine Seifenblase. All die Ängste, Zweifel und die Erinnerung an ihre bisherigen Zurückweisungen kehren hingegen schlagartig zurück. Starr wie eine Statue blicke ich sie an.

Sag etwas, sag etwas, sag etwas!!!

»Hallo Sarah!«, presse ich endlich hervor.

»Hallo Ben!«, erwidert sie so leise, dass ich es kaum höre. Vorsichtig geht sie bis an die Kante ihres Treppenabsatzes vor und streckt die Hand zur Begrüßung aus. »Du warst großartig heute Abend, ich gratuliere dir.«

Gott, das klingt nicht nur furchtbar förmlich, auch die Geste wirkt völlig fremd auf mich.

Nach allem, was war …

Sarah selbst sieht aus, als wünsche sie sich eine Schnur an ihre Worte, um sie zurückziehen zu können. Da ihre Hand weiterhin ausgestreckt einen halben Meter vor meiner Nasenspitze schwebt, steige ich die letzten zwei Stufen zu ihr hoch und schüttele sie kurz. »Danke.«

Wir stehen uns noch eine Weile gegenüber und starren einander schweigend an. Und dann, als die wertvollen Sekunden ungenutzt verstreichen, geschieht es. »Madonna mia!«

Alberta platzt der Kragen. Sie drängelt sich an Sarah vorbei und baut sich mit in die Hüfte gestützten Händen zwischen uns auf. Das Gesicht der rundlichen Frau ist so rot, dass ich mir für einen Moment ernsthafte Sorgen um ihre Gesundheit mache. Randy scheint es ähnlich zu gehen. Zumindest folgt er ihr und stellt sich neben sie. Ich spüre Schritte hinter mir, wende mich um und erblicke Caro, Marc und Maggie.

Passiert das gerade wirklich?

Alberta holt tief Luft, während alle Umstehenden im selben Moment auf das Atmen verzichten.

»Was iste uber'aupte los mit euch – eh?« Ihre Worte donnern durch die offene Empfangshalle.

Um uns herum herrscht schlagartig Stille. Nur die dezente Hintergrundmusik, die mir bislang nicht einmal aufgefallen ist, dudelt weiterhin aus den Lautsprechern in der Saaldecke und macht unser Schweigen nur noch deutlicher.

Sarah und mir bleibt keine Zeit für Scham.

»Seide ihr bisschene pleme-pleme in die Birne, oder wase? Ihr liebte euche, kanne sehe jedes kleine Kind. Jede von uns weiße das. Wo isse die Probleme – eh? Ihr quälte euch selber, ohne Grunde. Iste veruckte. Che miseria!«

Aufgebracht fuchteln Albertas knubbelige Arme zwischen Sarahs und meinem Gesicht herum.

Die übrigen Zuschauer haben inzwischen einen respektvollen Abstand zu dem lauten Geschehen gebildet. Albertas aufgebrachte Stimme schallt durch das Foyer; alle Umstehenden lauschen gespannt und wissen offenbar nicht so recht, was sie von dieser Darbietung halten sollen. Vermutlich fragen sie sich, ob das eine neumodische Form der Zugabe ist.

Alberta kümmert sich jedenfalls nicht im Geringsten darum, was um sie herum geschieht. Ihr italienisches Temperament geht gerade vollkommen mit ihr durch und fordert endlich das ersehnte ›Happy End‹ dieser Geschichte. Unserer Geschichte.

Immer, wenn Alberta aufgebracht ist, verfällt sie in ihre Muttersprache. So flucht sie auf Italienisch vor sich hin, packt mich an den Schultern und schüttelt mich, als wolle sie mich zur Besinnung bringen. Sarah beschimpft sie als »dumme Angste'ase, die verpasste all die schone Dinge von die kurze Lebe, nur wegene eine einzige schlechte Erfahrunge«.

»Iste dumme – eh! Pazza!«, ruft sie aufgebracht aus.

Wie zwei kleine Schulkinder, die etwas ausgefressen haben und nun vor der versammelten Klasse einen Tadel erteilt bekommen, stehen Sarah und ich auf der großen Treppe und treten mit gesenktem Blick von einem Fuß auf den anderen.

Langsam begreifen auch die letzten Zuschauer, dass die Szene, die sich hier so unmittelbar vor ihrer Nase abspielt, wohl doch nicht zu dem Stück gehört. Ich höre nur Bruchstücke ihres Flüsterns.

»Das ist doch Sarah Pace«, oder »Sind das nicht die beiden aus dieser Serie mit dem Schutzengel?«. Immer lauter, immer häufiger. Ein erstes Blitzlicht flackert auf.

Oh nein, bitte nicht!

»Ja, verdammt, Alberta hat recht!«, meldet sich nun auch noch Randy zu Wort. »Und soll ich euch mal etwas verraten? Wir sind alle dieser Meinung. Ihr gehört zusammen! Darum haben wir dieses Treffen arrangiert.«

Ich sehe entsetzt zu ihm auf. Randy hält meinem Blick trotzig stand. Im Gegensatz zu Marc und Maggie, die ihre Köpfe schnell senken, als ich mich zu ihnen umdrehe. Mein Blick bleibt auf meiner Schwester haften. »Du auch?«, frage ich ungläubig.

Caro nickt. »Keiner von uns hat es bisher geschafft, die Sache zwischen euch zu verdrängen. Ben, ich kann nicht zusehen, wie …«

Ich hebe meine Hand, blocke ihre Erklärungsversuche ab. Aber Randy schüttelt den Kopf. »Nein, hör es dir ruhig an! Ihr habt jetzt ein halbes Jahr lang versucht, eure Gefühle füreinander totzuschweigen. Vergeblich, möchte ich betonen!«

»Und das verschafft euch automatisch das Recht, euch einzumischen?«, fragt Sarah aufgebracht.

Mir fällt zwar auf, dass sie nicht widerspricht, aber sie wirkt sehr wütend.

»Die Tatsache, dass wir die Menschen sind, die euch am meisten lieben, verschafft uns dieses Recht, ja!«, erwidert Randy ebenso energisch. Als wir erneut die Köpfe senken, fährt er mit milderer Stimme fort. »Wir haben euer Wiedersehen geplant, stimmt. Bitte, hasst uns dafür. Oder aber ihr begrabt euren dämlichen Stolz endlich und nutzt die Chance.« Dann wendet er sich wieder mir zu. »Denn auch wenn du es nicht glaubst, einsamer Pianist, doch, du hast ein wenig Glück verdient.« Er deutet auf Sarah, zu der er sich nun auch wieder umdreht. »Und du! Er wird dich auf Händen tragen, ein Leben lang! Also hör auf, dir so viele Gedanken um jedes ›Vielleicht‹ und ›Wenn nun aber‹ zu machen, und gib ihm endlich die Chance, die er verdient.«

»Ah, uno momento! … Faste vergessene …« Alberta kramt in ihrer Handtasche und holt ein längliches Bündel Packpapier hervor. »Das soll ische dir geben unbedingte, Sarah. Von deine Pappa. Isch 'abe nichte verstandene die Sinn, aber prego.«

Aus zornigen Augen funkelt Sarah Alberta an und nimmt ihr das Päckchen aus der Hand. So ruckartig, dass das Papier zerreißt. Etwas Dünnes, Dunkles fällt heraus und rollt einige Stufen hinab. Wie ein Pfeil schießt Jack, der sich seinen Weg zu mir erkämpft hatte, hinterher und schnappt es. Schwanzwedelnd bleibt er vor mir stehen. Ich bücke mich und nehme den dünnen Stock aus dem Maul meines Hundes. Verdutzt schaue ich zu Sarah und sehe, dass sie einen zweiten, ähnlichen Stock aus dem Packpapier zieht.

Ihre Augen füllen sich augenblicklich mit Tränen.

»Oh Gott«, haucht sie. Ihre Atmung geht zu schnell und zu flach, und mit einem Mal wirkt sie völlig hilflos. Instinktiv gehe ich einen weiteren Schritt auf sie zu.

Randy und Alberta treten sofort zur Seite und geben den Weg frei. Nun stehe ich unmittelbar vor Sarah, mit diesem Stock in der Hand, dessen Symbolik sich mir nicht erschließen will. So dicht, dass ich sie riechen kann. Diesen vertrauten und so lange vermissten Geruch von Orangenblüten und Jasmin.

»Sarah ...«

Ich zögere noch kurz, doch dann strecke ich meine Hand nach ihr aus und kratze meinen letzten Mut zusammen. Hebe ihr Kinn an, ganz behutsam. Als sie endlich in meine Augen schaut, sieht sie so verletzlich aus wie nie zuvor.

Und ... *Gott, so blass!*

»Hey!« Ich beuge mich ein wenig vor. Mir ist klar, dass ich mich auf einem unglaublich schmalen Grat bewege. Sarahs Atmung, die sich umso mehr beschleunigt, je näher ich ihr komme, hält mir das überdeutlich vor Augen. Dennoch schließe ich langsam, Millimeter für Millimeter, die letzte Lücke zwischen uns.

»Ja, genießen wir es ...«, flüstere ich ihr zu. Ich weiß, sie wird ihren alten Lea-Text wiedererkennen.

Mit großen Augen blickt sie zu mir auf. Ihre Nase rümpft sich im selben Moment, als meine Mundwinkel zucken. Ein vorsichtiges Lächeln entfaltet sich – langsam ... sehr langsam – zu einem breiten Grinsen auf unseren Gesichtern. Ich bin mir sicher, dass meine Augen ebenso leuchten wie ihre. Schließlich strahlen wir uns an.

Das erfolgsverheißende Bild, das wir hier abliefern, weckt den Regisseur in Randy.

»Wenn du sie jetzt nicht sofort küsst, trete ich dir in den Arsch, verdammt. Ich schwöre, Ben, ich trete dich«, raunt er hinter mir. Ich ziehe die Augenbrauen hoch, genieße Sarahs Kichern und schüttele den Kopf.

»Ach, halt doch die Klappe, Randy!« Damit löse ich Sarahs Stock aus ihrer Hand und drücke ihn, zusammen mit meinem, in die Hand meines besten Freundes. »Hier, und das hältst du auch!«

Und dann schließe ich endlich meine Arme um Sarah und küsse sie.

Einen Wimpernschlag lang bleibt es völlig still, bis tosender Applaus heranrollt und wie eine riesige Welle über uns zusammenbricht.

Ich habe das Gefühl, endlich wieder frei atmen zu können, obwohl Sarahs Kuss mir für die nächsten Sekunden wirklich die Luft raubt. Ein zentnerschwerer Stein fällt von meinem Herzen, und mein Körper spielt völlig verrückt. Als ich langsam zurückweiche, umfasst Sarah mein Gesicht mit beiden Händen und setzt dann nach. Dieses Mal lässt sie *mich* nicht gehen. »Ich war so dumm. Es tut mir leid, Ben«, wispert sie gegen meine Lippen. Glücklich ziehe ich sie zurück in meine Arme.

Sarah

Um uns herum versinkt die Welt. Ich weiß, es klingt völlig verrückt, und ich kann kaum glauben, dass es wirklich passiert. Wie oft habe ich von einem solchen Moment geträumt? Kein Drehbuch der Welt hätte diese Szene besser beschreiben können.

Das Blitzlichtgewitter, die jubelnden Zuschauer, Marc, der seine Faust zu einer Gewinnergeste ballt und dann Randy um den Hals fällt, Caro und Alberta, die sich umarmen, und Maggie, die neben uns auf und ab springt und dabei mit den Armen in der Luft umherpaddelt, als wolle sie vor Freude abheben …

All das bemerke ich nur am Rand meiner Wahrnehmung.

Ben und ich, wir küssen uns, eng umschlungen, für eine gefühlte Ewigkeit. Und in diesen Minuten ist es mir absolut egal, wie viele Bilder von uns geschossen werden und ob sich die Zeitungen am kommenden Morgen gegenseitig mit Schlagzeilen über uns als Paar übertrumpfen werden.

Natürlich wird es so kommen. Na und?

Ben küsst mich und hält mich öffentlich in seinen Armen. Nichts anderes zählt. Kein Widerstand ist mehr in mir, kein Auflehnen, kein noch so leiser Zweifel. Nein, im Gegenteil.

Ich vergrabe meine Finger tief in seinem weichen Haar und ziehe ihn so eng an mich heran, dass ich kaum noch atmen kann.

»Ich lasse dich nicht mehr gehen«, flüstert er an meinem Ohr.

Ich lache auf, küsse seinen Hals … und weiche dann ein wenig zurück, um ihn direkt anzuschauen. »Das ist gut, denn ab jetzt wirst du mich auch nicht mehr los. Das ist dir doch hoffentlich klar, oder?«

Er nickt glücklich und das Blau seiner Augen strahlt, als wären meine Worte sein süßestes Versprechen.

Es ist fast wie im Märchen …

… findest Du nicht? Doch obwohl es kaum ein schöneres Ende gäbe, möchte ich noch einer Person das Wort übergeben.

Unsere Geschichte ist nämlich noch nicht ganz zu Ende erzählt. Was hätte die Reise an meiner Seite auch für einen Sinn für dich gehabt, wenn es so wäre?

Also, lassen wir noch jemanden erzählen.

ER und das, was du von ihm wissen solltest: Er ist mittelgroß, leicht untersetzt, jedoch nicht dick. Er hat graue Haare, grüngraue Augen, ist siebenundsechzig Jahre und elf Monate alt und somit im Sternzeichen des Widders geboren. Er liebt Pasteten und Roastbeef, die freie Natur, Tiere jeder Art, gute Drehbücher und ebenso gute Schauspieler. Besonders jedoch liebt er seine Frau, seine vier Kinder und die mittlerweile fünf Enkel. Er trägt Bermudas und ein weißes Poloshirt, denn dieses verrückte Kalifornien ist bereits im März ein einziger Brutkasten.

Und, was wohl am wichtigsten ist: er verfügt über das nötige Know-how, um seinem frischgebackenen Schwiegersohn bei der anstehenden Entscheidung mit seinem Rat zur Seite zu stehen.

Ich gebe das Wort an Schützling Nr. 298.543.665.007
alias Jonathan Edward Pace …

Neun Monate und wenige Tage nach der großen Premiere des ›einsamen Pianisten‹

Jonathan

Auch das ist ein wunderbares Pferd«, flüstere ich Ben zu, als er sich zu mir herabbeugt. Dabei versuche ich jedoch, recht kritisch zu schauen, und betaste mit ernster Miene die hinteren Sprunggelenke der Stute.

»Hm, ganz in Ordnung«, sage ich und richte mich wieder auf.

»Ganz in Ordnung?«, empört sich der Besitzer. »Das haben Sie bei dem Hengst auch schon gesagt. Nehmen Sie es mir nicht übel, Sir, aber ich dachte, Sie verstehen etwas von Pferden. Das sind wahre Rassepferde. Wir …«

»Schon gut.« Ben richtet sich auf. »Ich denke, wir können uns einigen.«

Sofort hellt sich die Miene des Züchters wieder auf. »Sehr schön. Wollen Sie mich dann ins Büro begleiten, Mr. Todd?«

Ben nickt. »Kommst du mit?«, fragt er mich, aber ich winke ab.

»Du machst das schon!« Dankbar lächelt er mir zu, dann wendet er sich ab.

Ein guter Junge!

Wir sind auf einer Pferdefarm. Den Termin hat Ben erst vereinbart, nachdem er wusste, dass Sarah an diesem Tag zu Promotionzwecken ihres neuen Films unterwegs sein würde. Offiziell unternehmen wir einen Ausflug mit Josie, was ja auch nicht gelogen ist. Unter Aufsicht striegelt die Kleine eines der Ponys, auf dem sie anschließend auch reiten darf. Ich bleibe währenddessen im Tor des riesigen Stalles stehen und beobachte meine jüngste Enkelin eine Weile lang. Sie sieht der kleinen Sarah aus meinen Erinnerungen so ähnlich.

Ein Arbeiter betritt den Stall und beginnt fröhlich pfeifend, eine der Boxen hinter mir auszumisten. »Niedlisch, die Kleine«, sagt er mit einem leichten Akzent, als er meinen Blick bemerkt.

»Ja, meine Enkeltochter. Wir sind hier, um ihr und ihrer Mom ein Pferd zu kaufen, aber davon weiß sie nichts.«

Ich wende mich um, sehe ihn an. Er ist nicht viel jünger als ich, vielleicht sieben oder acht Jahre, aber sein Leben war härter als meines, das ist seinem sonnengegerbten, faltigen Gesicht deutlich anzusehen.

Ich strecke meine Hand aus. »Jonathan Pace!«

»Isch weiß«, gibt er grinsend zurück und begrüßt mich mit einem kräftigen Handschütteln. »Giuseppe Grandi, freute misch, Sir!«

»Mich auch! … Arbeiten Sie schon lange hier?«

Eigentlich suche ich nach einer Möglichkeit, noch mehr über den Hof zu erfahren. Man kann nie vorsichtig genug sein. Giuseppe scheint mich zu durchschauen und grinst mich schief an. »Keine Bange, Sie könne nichts falsch mache. Isch arbeite seit funfzehn Jahre fur Mr. Jacobs. Er ist eine gute, ehrlische Mann, der die Pferde nie uberzuchtet hat. Die Tiere, die hier stehe, sind die letzten, die er verkauft. Er möschte nischt mehr zuchten.«

»Nicht?«, frage ich erstaunt.

Giuseppe schüttelt den Kopf. »Ehrlisch gesagt hat er es auch nischt mehr nötig.« Bedeutungsvoll reibt er Daumen, Zeige- und Mittelfinger aneinander.

»Verstehe«, sage ich.

Dann kommt mir ein Gedanke. Wenn ein Mann in Giuseppes Alter körperlich noch so schwer arbeitet, dann sicher nicht ohne triftigen Grund. Vermutlich braucht er das Geld sehr dringend. Viele Zuwanderer haben das Problem, bis ins hohe Alter arbeiten zu müssen.

»Und Sie? Was machen Sie dann?«, frage ich.

Er zuckt mit den Schultern. »Vielleischt arbeite isch wieder als Gärtner«, sagt er. »Vielleischt auf eine Friedhof, dort kann isch dann auch direkt bleibe.« Seine Worte klingen beinahe unbeschwert, doch die dunklen Augen verraten seine Sorge.

»Keine Familie?«, frage ich kurz.

»Nein! Keine Frau, keine Familie. Es sollte nischt sein.«

Einige Sekunden verbringen wir schweigend. Dieses Gespräch hat erstaunlich schnell eine Wendung genommen, die mich bedrückt innehalten lässt. Als mich ein Gedanke streift, der dem sympathischen Mann helfen könnte, zögere ich nicht lange. »Meine Tochter zieht in wenigen Monaten um. Sie werden die Pferde dann zu sich holen. Sie haben ein riesiges Grundstück gekauft, aber ich bezweifle, dass die beiden auch nur im Ansatz erahnen, wie viel Arbeit ein solches Anwesen mit sich bringt. Sie werden definitiv Hilfe brauchen.«

Giuseppe sieht mich mit großen Augen an. Dann legt er die Hand an seinen Strohhut und zieht ihn ab. »Isch werde die Pferde gerne selbst ausliefern und misch bei Ihrer Tochter um die Job bewerben, Sir.«

»Kann nicht schaden«, erwidere ich mit einem Zwinkern.

Giuseppe dankt mir für den Tipp, wendet sich ab und verschwindet pfeifend hinter einer der hinteren Türen des Stalles.

Ich geselle mich zu meiner Enkelin und führe sie auf ihrem Pony über den Hof. Wenig später kommt Ben. Er strahlt wie ein Honigkuchenpferd. Passend zu dem Deal, den er offenbar erfolgreich ausgehandelt hat. Ein guter Junge, ich sage es ja.

Zwei Monate und drei Wochen später

Ben

»Beeen!«

Mit einem schweren Pappkarton auf meinen Armen trete ich aus der Garage und blinzele gegen das grelle Licht der Mittagssonne. Josie rennt auf mich zu, gefolgt von Jack, der mit flatternden Ohren die Auffahrt emporflitzt.

»Ben, der Wagen kommt. Sie sind da!«, ruft Josie mit strahlenden Augen.

Ich werfe einen Blick auf die Uhr. Kurz vor elf. »Wirklich, jetzt schon? Gut, Süße, ich komme gleich. Ich trage nur noch diesen Karton ins Haus.«

Mit Mühe balanciere ich auf die Eingangstür zu und frage mich dabei, was dieses Pappmonster wohl beinhaltet. Es ist bleischwer, prall gefüllt und die Beschriftung weckt meine Neugier. ›Dinge, die ich mag‹, hat Sarah in roter Schrift auf das Klebeband geschrieben.

Nur mit Josies Hilfe gelingt es mir, die Tür zu unserem Haus zu öffnen, denn ich will den Karton möglichst wenig absetzen. Ein Duft von frischem Hefeteig steigt mir in die Nase; Alberta steckt bereits in den Vorbereitungen für das Mittagessen. Ich liebe dieses Haus. Es ist nicht übermäßig groß, aber es steht auf einem riesigen Grundstück. Viele Bäume und Palmen erheben sich auf der weiten Rasenfläche, und vor dem hohen Zaun wächst eine blickdichte Lorbeerhecke.

Das Haus selbst wirkt zwar etwas verloren auf diesem enormen Gelände, aber für uns ist es der perfekte Rückzugsort.

Die Entscheidung zum Kauf haben Sarah und ich per Blickkontakt getroffen – circa zwei Minuten, nachdem wir den ersten Fuß auf das Grundstück setzten.

In dem parkähnlich angelegten Garten kann Josie unbehelligt spielen, so viel sie nur will, ohne dass wir uns Sorgen machen müssen. Weit außerhalb der Stadt herrscht hier eine wohltuende Ruhe. Lauer Wind weht von der nahen Küste und trägt das Salz des Pazifiks mit sich. Die Luft ist klar und längst nicht so schwül wie in Los Angeles.

Als wir das leer stehende Gebäude betraten, wussten Sarah und ich sofort, dass diese Wände nur auf uns gewartet haben. Das Haus ist in einem für diese Gegend sehr unüblichen Stil erbaut. Es wirkt fast ein wenig wie ein gutbürgerliches englisches Landhaus. Das sei auch der Grund, gestand uns der Makler damals, dass es noch zu haben war. Der Bauherr war ein Engländer, der sein Alter in der kalifornischen Sonne verbringen wollte, doch leider konnte er sich diesen Wunsch nicht mehr erfüllen. Er verstarb wenige Tage vor seiner Abreise in die Staaten.

Vor uns hat niemand das Anwesen bewohnt. Die in England lebenden Erben hatten kein Interesse an dem Haus und wollten es einfach nur loswerden. Auch hier schien sich niemand für das gemütliche Heim auf dem riesigen Gelände zu interessieren. Sarah und ich hingegen überlegten nicht lange, sondern kauften es sofort.

»Mommy, sie sind da!«, schreit Josie, sobald sie die Haustür geöffnet hat.

»Ja, Liebling, ich hab es gerade gesehen. Ich komme!«

Sarah saust die Treppe hinunter, direkt auf ihre Tochter zu, die neben mir auf und ab hüpft. Ich stelle den großen Karton ab und sehe Sarah an.

Glücklich, wie ein kleines Mädchen, strahlt sie mich an und beißt sich vor lauter Vorfreude auf die Unterlippe. Stolz packt mich, wie so oft bei ihrem Anblick. *Meine Frau!*

Wir haben vor knapp drei Monaten geheiratet. Im engsten Familienkreis, ohne öffentliches Aufsehen zu erregen. Sarah hat unser wohlgehütetes Geheimnis erst vor zwei Wochen bekannt gegeben, als der Showmaster einer Talkshow sie direkt auf den Ring an ihrer Hand ansprach. »Ja, Ben und ich haben geheiratet«, erwiderte sie glücklich.

Und auch jetzt strahlt sie mich an. »Ich bin so aufgeregt.«

»Ach wirklich? Nun, ich würde sagen, das ist fast offensichtlich.«

Sarah klapst gegen meine Brust, bevor sie sich auf die Zehenspitzen hochstreckt und mich zärtlich küsst.

»Och nööö! Mommy, Ben, jetzt kommt doch endlich!«

Wir lösen unsere Lippen voneinander und blicken an uns herab … direkt in hellgrüne Augen unter tief herabgezogenen Augenbrauen. Ich nicke Josie zu. »Also los!«

Die wirren Locken reichen ihr mittlerweile bis zu den Schulterblättern und hüpfen fröhlich auf ihrem Kopf, als sie sich umdreht und jubelnd davonrennt. Jack prescht erneut hinter ihr her.

Sarah küsst mich noch einmal, bevor wir nebeneinander über die lange Einfahrt bis zu dem Landrover, der unmittelbar hinter dem Tor geparkt hat, schlendern. Der Fahrer ist bereits ausgestiegen und öffnet gerade die Klappe des Anhängers.

»So, ich denke, ich habe hier etwas für dich, junge Dame«, sagt er an Josie gewandt.

»Für sie und ihre Mom«, korrigiere ich lachend, während ich um den Anhänger herumgehe und ihm dabei helfe, die beiden Pferde rückwärts von der Ladefläche zu führen.

Mit Sarahs Kindheitserzählungen und dem Bild ihres Elternhauses in meinem Kopf fiel mein Blick sofort auf die großzügigen Stallungen, als wir das Gelände zum ersten Mal betraten.

Hier wäre genug Platz für Pferde, durchzuckte es mich, und schon war die Idee für das perfekte Hochzeitsgeschenk geboren.

Mein Schwiegervater begleitete Josie und mich vier Tage nach der Hochzeit auf meinem Weg zu einer Pferdefarm in Santa Barbara.

Jonathan hatte Stunden damit verbracht, im Internet nach einer Farm zu suchen, die seinen Ansprüchen gerecht wurde.

Bereits am Tag unserer Besichtigung unterschrieb ich den Kaufvertrag.

Als sich Josie nach etlichen Stunden des Reitvergnügens und einer ersten Einweisung in die Pflege der Tiere schließlich verabschieden musste, wären beinahe Tränen geflossen.

Auch abends, an ihrem Bett, war sie noch so traurig, dass ich es nicht länger aushielt und die Überraschung preisgab.

»Es war doch nur ein kurzer Abschied«, sagte ich und strich über ihren Lockenkopf.

Sofort wandelte sich Josies Miene, ihre Augen weiteten sich. »Fahren wir noch einmal da hin?«

»Dann nehmt ihr mich aber mit«, beschwerte sich Sarah, die neben mir an Josies Bettkante saß.

»Ich habe eine bessere Idee. Lassen wir die Pferde … doch einfach zu uns kommen«, schlug ich vor, innerlich triumphierend.

Vier riesige grüne Augen sahen mich ungläubig an. »Was …?«, fragte Sarah und schnappte nach Luft.

»Ich habe mir heute zwei Araber angesehen. Eine Stute und einen Hengst. Dein Dad hat sie begutachtet und für hervorragend befunden. Also habe ich sie gekauft. Sie kommen zu uns, wenn wir das Haus beziehen.«

Ich weiß nicht, welcher der beiden Schreie mein Gehör nun außer Gefecht setzte. Es dauerte auf jeden Fall einige Sekunden, bis sich das Pfeifen legte und ich den freudigen Geräuschpegel wieder klar wahrnahm. Josie stieß mich mit ihrer stürmischen Umarmung geradewegs um, und Sarah wusste lange nicht, was sie sagen sollte.

»Ben, du bist … Ach, komm her!«

Mit Freudentränen in den Augen küsste sie mich immer wieder. Ich beschloss, dass diese Art Tränen die einzigen sein sollten, die ich in ihren Augen akzeptieren würde. Sie auf so positive Art und Weise einmal sprachlos zu erleben, war die schönste Reaktion, die ich mir hätte ausmalen können.

Josie quietscht und springt vor Freude auf und ab. An Sarahs strahlendem Blick kann ich erkennen, dass sie es der Kleinen am liebsten gleichtun würde. Dennoch beugt sie sich zu Josie hinunter und legt einen Zeigefinger vor den Mund ihrer Tochter. »Psst, Süße. Es sind lebendige Tiere, vergiss das nicht. Sie fühlen so wie du auch. Und sie sind verunsichert, weil sie weder uns noch die Umgebung hier kennen. Ich weiß, du freust dich. Das tue ich auch, glaub mir. Trotzdem – den Pferden zuliebe müssen wir ruhig bleiben, in Ordnung?«

Josie nickt mit großen Augen.

Ich sehe Sarah und der Kleinen noch eine Weile lang zu, wie sie den Pferden die Möhren und Äpfel geben, die ihnen der junge Mann reicht. Sarah zeigt Josie, wie flach man die Hände beim Füttern halten muss, um nicht versehentlich gezwickt zu werden. Diese befolgt die Anweisungen ihrer Mutter gewissenhaft, ohne jede Furcht. Josie streichelt den Bauch der hellen Stute, Sarah die Nüstern des schwarzen Hengstes. Es ist ein süßes Bild.

»Wollt ihr den beiden nicht ihr neues Zuhause zeigen?«, frage ich schließlich.

»Oh ja!« Die Kleine klatscht begeistert in die Hände. Bevor ihre Mom sie tadeln kann, bemerkt Josie den Fehler und bleibt schlagartig wie angewurzelt stehen. »'Tschuldigung!«

Sarah nimmt die großen Tiere beim Halfter und führt sie, eines auf jeder Seite, über den schmalen Pfad zum Stall. Josie und Jack laufen neben ihnen. Ich bleibe neben dem Fahrer des Landrovers zurück und sehe ihnen zufrieden nach. Ja, genauso habe ich mir das vorgestellt. Dann fällt mir etwas ein. »Sie sind aber nicht der Gärtner, von dem mein Schwiegervater erzählt hat«, stelle ich fest, denn dieser Mann ist viel zu jung und spricht absolut akzentfrei.

Er lacht und schüttelt den Kopf. »Nein, bin ich nicht. Ich soll Ihnen aber ausrichten, dass er heute Nachmittag vorbeikommt und sich vorstellt. Er musste gestern ein Pferd in Washington ausliefern und ist noch nicht wieder zurück.«

Ich nicke. »In Ordnung. Wir werden ihn auf jeden Fall brauchen. Dieses Anwesen überfordert mich jetzt schon völlig.«

Der Mann blickt sich um und nickt. »Kann ich mir gut vorstellen, ja! Aber Giuseppe kriegt das hin. Er ist der Beste!«

Der Name lässt mich aufhorchen. Unvermittelt blitzt das Gesicht des Gärtners aus meiner Kindheit vor meinem geistigen Auge auf.

So hieß er!

»Giuseppe«, wiederhole ich. »Das ist bestimmt ein gutes Zeichen.«

»Na dann!« Der junge Mann schüttelt mir die Hand zum Abschied und winkt aus dem offenen Fenster des Landrovers, als er in der Einfahrt gewendet hat und hinter dem Tor um die Ecke biegt.

Auch ich setze mich langsam in Bewegung, gehe die lange Auffahrt entlang und betrete das Haus. Noch einmal hieve ich Sarahs riesigen Karton auf meine Arme. Es ist einer der letzten, bald haben wir den Umzug bewältigt. Der Gedanke versöhnt mich, während ich mich ächzend und schnaubend die Treppe emporkämpfe.

Diese Aufschrift ›Dinge, die ich mag‹ klingt so privat, dass ich mich für das Schlafzimmer entscheide.

Sarah kann sich von einigen Erinnerungen einfach nicht trennen. Sie packt Briefe, Fotos und kleine Andenken immer in große Boxen und bewahrt sie dort auf. Diese Andenken können Bierdeckel, Tickets zu besonderen Veranstaltungen, Steine oder Muscheln sein. Vermutlich steckt der Karton voll mit zweifelhaften Schätzen dieser Art. Gegenstände, die Sarah eben mag und die ihren Wert einzig und allein deshalb für sie besitzen, weil sie immer eine besondere Erinnerung verkörpern.

Mit dem Ellbogen drücke ich die Klinke der Tür herab, die zu unserem hellen, urgemütlichen Schlafraum führt. Ich stoße mit meinem Fuß gegen die Tür. Deutlich zu fest allerdings, denn sie fliegt auf, prallt gegen den Stopper – und kommt mit voller Wucht zurück. Ungebremst schlägt sie vor den großen Pappkarton. Ich versuche, den Aufprall noch abzufangen, aber die Kiste rutscht mir aus den Armen und knallt lautstark zu Boden.

»Ben? Isse alles klaro?«, ertönt Albertas besorgte Stimme aus dem Untergeschoss.

»Keine Sorge, es ist nichts passiert«, beruhige ich sie schnell, während ich mitten in dem großen Raum stehe, mich am Hinterkopf kratze und das volle Ausmaß der Misere betrachte. *Nichts passiert*, trifft es nämlich nicht so ganz. Vor mir liegt ein riesiger Papierhaufen, denn der Karton ist durch den Aufschlag gerissen und sein Inhalt hat sich über den Parkettboden des Zimmers verteilt. In diesem Moment strömt ein Windstoß durch das gekippte Fenster und bläht die hellen Vorhänge wie die Segel eines Schiffes auf. »Mist!«, schimpfe ich und schließe schnell die Tür hinter mir, als der Luftzug droht, einige der Papiere auf den Korridor zu wehen.

Mürrisch versuche ich, des Chaos wieder Herr zu werden.

Wahllos sammele ich alles ein, was ich zu fassen bekomme: Briefe, einen glitzernden Stein, Postkarten, alte Fotos, jede Menge Zeitungsartikel, Muscheln, einen Ring aus einem Kaugummi-Automaten, eine kleine Puppe, einen alten Schnuller, noch eine Postkarte …

Sarah

Ich platze fast vor Freude. Ein schöneres Geschenk hätte Ben Josie und mir wirklich nicht machen können. Ich muss unbedingt Alberta davon erzählen!

Sie sitzt in einem der bequemen Sessel im Wohnzimmer, vor Bens Sekretär, und ist damit beschäftigt, einen weiteren Karton auszupacken.

»Du hättest ihre Augen sehen sollen, Berta. Ich musste sie förmlich aus dem Stall zerren, so begeistert ist sie.«

Alberta blickt mit einem breiten Grinsen zu mir auf. »Kann ische mir gut vorstelle, Sarah. Iste ja auck aufregende fur die bambina. Aber gehe mir nur weit weg mit diese Riesentiere. Ho paura – 'abe Angste.«

Ich werfe ihr einen belustigten Blick zu. Um das Thema schnell zu wechseln, deutet Alberta auf den großen Karton vor ihr. »Das sinde die Sacke, die ware glaube isch in die Sekretäre von Ben. Mussene die wieder da einräume, ja?« Ich nicke. »Ja. Warte, ich helfe dir.«

Schnell streife ich meine Schuhe ab und knie mich auf den Fußboden, direkt neben die geöffnete Pappkiste.

Der Reihe nach reiche ich Alberta die Gegenstände, die ich dem Karton entnehme. Dabei erzähle ich begeistert von Shadow und Louise, den beiden Arabern, und von Josies Freude an ihnen. »Sie ist genauso verrückt nach den Pferden, wie ich es in ihrem Alter war«, sage ich lachend und greife erneut in den Karton.

Darin sind einige wenige Bilder, die wir noch nicht aufgehängt haben. Denn wie in Bens alter Wohnung haben auch wir über seinem Klavier eine wunderschöne Fotowand angebracht, an der die Bilder in einer ähnlichen Anordnung wie zuvor hängen, mit wenigen, aber entscheidenden Änderungen: Eine Aufnahme von Ben, der zwischen meinen Eltern vor deren Haus in England steht, ein Foto von Alberta mit Baby Eva im Arm und natürlich auch ein Bild von Josie haben Bens Fotowand – die nun unsere ist – erweitert. Die deutlichste Veränderung stellt jedoch das große Gemälde dar, das Carolyns Nachbarin Ben anderthalb Jahre zuvor zu Weihnachten schenkte. Es hängt genau mittig und bildet gleichzeitig den einzigen Farbklecks zwischen den Schwarzweißaufnahmen. Ich muss lächeln.

Nur einen Moment später verändert sich mein Gesichtsausdruck, als ich auf das Foto in meinen Händen hinunterblicke. Denn es ist die gerahmte Schwarzweißaufnahme, die den gutmütigen italienischen Gärtner mit dem breitkrempigen Strohhut aus Bens Kindheit zeigt. Das Glas vor seinem Gesicht ist gesprungen, eine große Ecke fehlt komplett. Ich erinnere mich nur allzu gut an den alles verändernden Tag, an dem es mir aus den Händen glitt.

»Oh nein, das schöne Bild! Wir müssen es unbedingt neu einrahmen und wieder mit aufhängen.«

Ich wende mich Alberta zu und reiche ihr die Aufnahme.

»Sieh mal, wie schön! Und ich habe es kaputt gemacht. Es ist mir heruntergefallen, als …« Weiter komme ich nicht. Alberta hat das Bild schon entgegengenommen. Sofort schnellt eine Hand vor ihren Mund; sie schnappt nach Luft. Bleich wie die Wand, lässt sie sich in den Sessel zurückfallen und sendet ein Stoßgebet gen Himmel.

»Santa maria, madre di dio …«, flüstert sie in ihre vorgehaltene Hand und bekreuzigt sich hastig. Sie starrt auf das Foto, als würde sie einen Geist sehen.

»Alberta! Was ist denn los, um Gottes willen?«, frage ich besorgt.

»Giuseppe … Das isse Giuseppe, Sarah. Meine Verlobte.«

»Was?« Ich traue meinen Ohren nicht. »Aber, ich dachte … Wie … Du hast doch gesagt, er hieß Pino!«, rufe ich, einfach, weil es das Erste ist, was mir zu dieser unbegreiflichen Situation einfällt.

»Giuseppe, Giuseppino, Pino … isse eine Abkurzung«, erklärt sie. »Wo'er hat Ben diese Bild?«

Nur Sekunden später stürze ich die Treppe empor.

»Ben!«, rufe ich immer wieder. »Beeen!«

Ich stürme auf unser Schlafzimmer zu und reiße die Tür auf.

Dort sitzt er.

»Ben, Schatz, warum antwortest du denn nicht? Ich habe … Du glaubst nicht … Dein Bild … Der Gärtner …«

Es nützt nichts, ich muss erst einmal tief durchatmen und meine Gedanken sortieren. Das tue ich … und sehe meinen Mann dabei genauer an. »Ben?«

Er sitzt auf dem dunklen Parkett, inmitten unseres Schlafzimmers, umrahmt von Hunderten Papieren und kleineren Gegenständen unterschiedlichster Herkunft und Art, die über den gesamten Fußboden verteilt liegen. Wie gebannt starrt er auf seine Hand hinab, in der er eine alte, leicht zerknickte Postkarte hält.

»Engel, was ist passiert?«, frage ich besorgt und lasse mich neben ihm nieder.

Langsam, wie in Zeitlupe, wendet er mir seinen Kopf zu und sieht mich an. Auch er ist kreidebleich – ähnlich wie Alberta zuvor – und beantwortet meine Frage nicht. Mit kalter, leicht zittriger Hand reicht er mir lediglich die Karte. Nun erst erkenne ich sie.

Es ist eine besondere Postkarte. Eine dicke Linie teilt die Ansichtsseite in zwei Hälften, die je eine Kinderzeichnung aufweisen.

Ben sagt noch immer nichts. Er sieht mich einfach weiter an, während er die Karte in meinen Händen umdreht und seinen zittrigen Zeigefinger bedeutungsvoll auf die fremde Briefmarke legt. Es verstreicht nur ein einziger weiterer Herzschlag, bis ich endlich verstehe.

»Nein!« Nicht mehr als dieses geflüsterte Wort kommt über meine plötzlich sehr trockenen Lippen.

»Und ob!«, wispert Ben und sieht mich so intensiv an wie nie zuvor.

In unseren Augen glitzern glückliche Tränen.

Etappen meiner Reise …

Wie eine Feder, getragen vom sanften Wind, gleite ich hoch über den Köpfen der Menschen dahin. Unsichtbar, unbemerkt, schwerelos.

Für die Geschichte von Sarah und Ben mag es ein gewöhnlicher, jedoch keineswegs belangloser Nachmittag gewesen sein, als Bens Vater vor genau sechsundzwanzig Jahren, zwei Monaten, fünf Tagen und viereinhalb Stunden seinen Gärtner Giuseppe Grandi in das Büro des großen gelben Hauses an der Amalfiküste rief.

Er teilte dem dunkelhaarigen Mann, den seine Kinder so liebten, damals mit, er habe seine diplomatischen Beziehungen spielen lassen, und verkündete stolz, der von Giuseppe so heiß ersehnten Auswanderung in die USA stünde nun nichts mehr im Wege.

Ja, die Welt ist klein. Und sie ist mein Spielplatz.

Was Bens Vater allerdings nicht wusste, war, dass Giuseppe nur wenige Wochen später mit nur einem Koffer ausreisen würde. Darin befanden sich sehr wenige Kleidungsstücke.

So wenige, dass die Beamten, die wenige Wochen später die Wohnung des zurückgezogen lebenden Mannes durchsuchten, nicht einmal auf die Idee kamen, er könne verreist sein.

Giuseppes Koffer beinhaltete jedoch Unmengen an Briefen und persönlichen Gegenständen, die den verzweifelten Mann an seine Verlobte erinnerten, die ihn ein halbes Jahr zuvor Hals über Kopf verlassen hatte. Wie hatte sie nur denken können, dass er ohne sie besser dran wäre? Selbst ohne die Aussicht auf eigene Kinder hätte er sein Leben glücklich an ihrer Seite verbracht.

Nur einen ihrer Briefe, ihren letzten, trug Giuseppe in der Innentasche seiner Jacke, direkt über seinem Herzen.

Wie groß konnte Amerika schon sein? Er würde sie wiederfinden, seine Alberta ... und wenn es sein ganzes Leben lang dauern würde.

Ein Wunsch, der sich in wenigen Stunden erfüllen wird, wenn ihm die Nanny des Hauses Todd die Tür öffnet und ihn herzlich zu seinem Vorstellungsgespräch begrüßt.

Es werden Sekunden verstreichen, bis sie sich wiedererkennen – Wochen, bis sie ihrem wiedergefundenen Glück trauen – und Jahrzehnte, die sie glücklich gemeinsam verbringen werden.

Fast auf den Tag genau vor drei Jahren, in einer heißen Juninacht am östlichen Ende der Stadt, steckte Randolph Stiller in einem kreativen Loch. Die Rolle des Ron war problembeladen und die Story wieder so düster, wie er sie eigentlich nicht hatte gestalten wollen. Irgendetwas Frisches und Fröhliches fehlte der Geschichte, etwas Entscheidendes, das spürte der junge Drehbuchautor genau. Er brauchte eine Art Gegenstück für den armen Ron. Jemanden, der die Kraft besaß, ihn aus seinem Trott zu reißen.

Randy sah sich hilfesuchend in seinem Wohnzimmer um; er brauchte dringend eine Inspiration. Sein Blick blieb an einer DVD hängen, die er sich, wie es der Zufall wollte, erst an diesem Tag gekauft hatte. Es war ein toller Film, in dem Sarah Pace die Hauptrolle spielte. In genau diesem Moment machte es bei Randy ›klick‹. Ja, Ron brauchte jemanden wie sie. Sarah war impulsiv, offen und eine der sympathischsten Personen Hollywoods, fand Randy.

Sie schien nahezu furchtlos und unbeirrbar zu sein. Plötzlich entstand vor seinem geistigen Auge die komplette Geschichte neu. Ron kam nicht auf die Welt zurück, um in jeder Folge der Serie einen neuen Menschen zu beschützen. Nein, er kam nur ihretwegen wieder. Für Lea, seine Jugendliebe.

Und so wurde eine Liebesgeschichte der besonderen Art aus Randys Idee. Außergewöhnlich, positiv und märchenhaft. So, wie es sein sollte.

Nach wie vor sah er seinen schüchternen, bisweilen sogar verklemmt wirkenden Freund Ben in der Rolle von Ron.

Und mit Sarahs Bild vor Augen gestaltete Randy Leas Charakter – lebenshungrig, wagemutig und bisweilen ziemlich stur. Ja, dieses Pärchen war großartig. Mit einem Mal rasselten die Ideen nur so aus seinem Kopf, über seine Lippen und ab in das Diktiergerät.

Das Bild von Ben und Sarah als Liebespaar wirkte dabei so vehement in seinem Kopf, dass er später sein Herz daran hängte, genau diese beiden Schauspieler für die Rollen zu gewinnen.

Der Fotograf Christopher Tale wird niemals müde werden, von den Schnappschüssen seines Lebens zu berichten. Und in diesem Zuge auch immer wieder von »dem dummen Zufall«, dem er jene Schnappschüsse zu verdanken hat. Denn eigentlich sah seine Urlaubsplanung zunächst vollkommen anders aus.

Er tobte und brüllte die arme asiatische Frau in dem kleinen Reisebüro wütend an, als sein Flug nach Südafrika aufgrund dort herrschender Unruhen kurzfristig von der Reisegesellschaft gecancelt wurde. Wütend buchte er eine günstige Last-Minute-Reise nach Paris, die sich allerdings bezahlt machen sollte.

Als Alberta Tipaldi berichtete, sie habe noch Karten für die Premiere von Der einsame Pianist *bekommen, strömte ein Windstoß durch den Spalt des gekippten Küchenfensters und bewirkte, dass Sarah ihren Blick von der Tageszeitung hob.*

Und zwar genau in dem Moment, als sie die Seite zu Bens großem Interview aufschlug.

Unter einem Bild, das ihn im Frack zeigte, stand ein ausführ-

licher Artikel, in dem er sich über seine Rolle des einsamen Pianisten äußerte. Doch diese Seite war die einzige der Zeitung, die Sarah ungesehen überblätterte.

Zufall?

Vielleicht.

Margaret Banks wird auf jeden Fall steif und fest behaupten, dass es schlichtweg Bestimmung war, die sie auf ihrem Weg zu dem neuen Haus ihrer besten Freunde in genau diesem Moment – in dem Sarah und Ben noch immer in ihrem Schlafzimmer sitzen und sich fassungslos ansehen – in den herabgeklappten Schminkspiegel ihres Beetles blicken lässt.

Die Tatsache, dass sie dabei die Vorfahrt missachtet und den Landrover rammt, der aufgrund des leeren Pferdeanhängers, den er zieht, nicht mehr rechtzeitig zum Stehen kommt und mit quietschenden Bremsen auf die Kreuzung rollt, wird Maggies Versicherungsbeitrag für einige Jahre schmerzlich erhöhen.

Die Liebe zu dem Fahrer des Landrovers, die sie sich zwei Monate und vier Tage später eingesteht, wird hingegen ein Leben lang halten.

Und Maggies Theorie der Bestimmung wird sich weiter erhärten, wenn ihr der junge Mann in vier Monaten und acht Tagen beichtet, dass er der Taxifahrer war, der Daniel Johnson vor dem Four Seasons *Hotel angefahren hat. Und dass er den Job bei seinem Onkel, dem Pferdezüchter, nur deshalb angenommen und fortan von Zeit zu Zeit dessen Pferde ausgeliefert oder von Weide zu Weide gefahren hat, weil ihm aufgrund dieses Unfalls seine Lizenz als Taxifahrer entzogen worden war.*

Hinter dem Jungen Ben Todd fiel vor genau zweiundzwanzig Jahren, neun Monaten, sechs Tagen und fünfzehn Stunden mal wieder eine Tür ins Schloss.

Endgültig.

Das Haus, das er seit knapp drei Jahren als sein Zuhause bezeichnete, war nun wieder leer, kahl und trostlos. Und genauso fühlte auch er sich.

Für ihn und seine Familie ging es weiter. Ein neues, unbekanntes Leben erwartete sie bereits, weit weg von seinen Freunden. Weg aus Barnes, dem schönen Stadtteil Londons, wo sie gewohnt hatten. Weg von alldem, was er hier lieben gelernt hatte.

Bens Mutter fasste ihn bei der Hand und stieg mit ihm die Treppe hinunter. In dem runden Buchsbäumchen, das in einem Blumentopf neben der Treppe stand, hatte sich die Schnur eines knallroten Luftballons verfangen. Eine Postkarte hing daran und wedelte im Wind, als würde sie ihm zuwinken. Ben befreite die Schnur aus dem dichten Busch und nahm die Karte an sich. In der Hektik der Abreise blieb ihm keine Zeit, sie zu lesen. Also steckte Ben die Karte in seinen Rucksack und ließ den Ballon wieder fliegen. Auf der Fahrt zum Flughafen sah er aus dem Seitenfenster des Autos und hoffte, seinen Ballon noch einmal zu sehen. Doch er war bereits weg.

Erst als er neben seiner Schwester im Flugzeug saß, fiel Ben die Karte wieder ein. Caro riss sie ihm aus der Hand und las laut vor:

> *Wenn du diese Postkarte findest, dann male doch ein schönes Bild auf die freie Hälfte, frankiere die Karte und schicke sie zurück. Jede Karte hat eine Nummer, und hinter dieser Nummer steckt das Kind, dem du damit eine große Freude bereiten kannst. Denn die Karte, die uns von dem am weitesten entfernten Ort aus erreicht, gewinnt einen tollen Preis.*

Ben zögerte nicht. Er hatte gerade von einer netten Stewardess Buntstifte geschenkt bekommen, und der Flug würde noch eine halbe Ewigkeit dauern.

Also machte er sich sofort daran, sein Bild auf die freie Hälfte der Karte zu malen. Direkt neben die kleine Prinzessin und das Pferd. Dieses Kunstwerk stammte eindeutig von einem Mädchen. Ihr Name stand über der Krone der Prinzessin: SARAH.

Ben malte ein Bild von sich selbst und von dem Hund, den er sich immer gewünscht, aber nie bekommen hatte. Er schickte die Karte nur zwei Tage, nachdem sie in seiner neuen Heimat angekommen waren, auf ihren Weg zurück nach London. Immer wieder fragte er sich, ob – und wenn ja, was – Sarah wohl gewonnen hatte. Sie eines Tages kennenzulernen, das wünschte er sich sehr …

Als die kleine Sarah Pace ein Paket bekam, wusste sie nicht, warum. Sie hatte weder Geburtstag noch war Weihnachten, doch dieses Paket war tatsächlich an sie adressiert.

Aufgeregt riss sie das Packpapier ab und öffnete den Karton. Ein wunderschöner Teddybär lag darin. Begeistert drückte Sarah ihn an sich und sah dabei, dass noch etwas unter dem Bären lag – die Karte, die sie nach dem Besuch von Madame Tussauds Wachsfigurenkabinett mit ihrem roten Luftballon auf die Reise geschickt hatte.

Sie hatte gewonnen!

Außer sich vor Freude zeigte sie allen ihren Teddy, den sie Moe nannte und der von diesem Tag an ihr ständiger Begleiter war.

Als sie sich ein wenig beruhigt hatte, nahm Sarah die Karte zur Hand. Wer hatte ihr geantwortet? Wem verdankte sie Moe? Ausgiebig betrachtete sie das Bild.

Das war ein Junge. Schön hatte er gemalt, bestimmt sich selbst mit seinem Hund. Stolz überreichte Sarah ihrer Nana die besondere Post. Diese bewunderte das Bild, wendete die Karte und brach augenblicklich in schallendes Gelächter aus. »Kein

Wunder, dass du diesen Wettbewerb gewonnen hast, mein Schatz«, prustete sie, nachdem ihr Blick auf die chinesische Briefmarke gefallen war.

Am Abend dieses Tages lehnte Sarah die Karte an ihre Nachttischlampe.

So sah sie Bens Bild jeden Morgen, wenn sie erwachte, und jeden Abend, bevor sie das Licht ausknipste. Immer wieder fragte sie sich, wie dieser Junge wohl wirklich aussah, wie sein Hund wohl hieß und ob ihr Luftballon tatsächlich bis nach China geflogen war. Sich eines Tages bei dem Jungen bedanken zu können, das wünschte sie sich sehr …

Viele Dinge und Begebenheiten im Alltag der Menschen – in jeder Stunde, Minute und bestimmt auch in genau diesem Moment eines manchen Lebens – mögen ihnen belanglos und nicht weiter erwähnenswert erscheinen. Zufall eben!

Andere, bedeutendere Momente werden gerne der Bestimmung zugeschrieben.

Nun, teilweise trifft das auch zu. Nicht aber in all den Fällen, die ich dir soeben geschildert habe. Für diese Fälle war ich zuständig.

ICH *und das, was du von mir wissen solltest: Ich bin genauso groß wie für dich bestimmt und erscheine in exakt der Gestalt, die ich für deine Geschichte benötige.*

Ich bin älter, als du es dir jemals vorstellen könntest, und verfüge über die Zeichen der Sterne, wie über Figuren in einem Spiel.

Ich schreibe Geschichten, in denen es keine Nebenfiguren gibt, sondern nur Protagonisten.

Ich habe viele Geschwister, wie den Zufall oder die Bestimmung, die mir – zugegebenermaßen – oft zum Verwechseln äh-

neln und die ebenfalls für die Menschen arbeiten, wenn auch völlig anders als ich.

Ich liebe die Wege, die du nicht erwartest, den Wind, der sich für mich teilt, um die Dinge zu wenden, die endlose Weite meines bedeutungsvollen Spiels und die Bezeichnungen, die mir dafür gegeben werden. Egal, ob ›höhere Macht‹ oder ›Fügung‹, ich höre auf alle Namen.

Ich bin nicht abhängig vom Glauben der Menschen, ich trage ihn.

Ich kenne weder Zeit noch Raum, denn dein Ziel liegt stets auf meinem Weg.

Und, was wohl am wichtigsten ist: Ich gestalte ›das Leben in meinem Sinn‹.

Wer ich bin?

Das Schicksal

Danke

Was ist denn bitte ein Geburtstag ohne Kuchen? …, Kein Geburtstag! Eine Premiere ohne Blumen? … Keine Premiere! Und was wäre ein Buch so ganz ohne Danksagung? …

In diesem Sinn:

Ich mag es geschrieben haben, aber das bedeutet nicht, dass dieses Buch allein »mein Baby« ist. So gibt es einige liebe Menschen, denen ich an dieser Stelle ganz herzlich danken möchte.

Zuerst ist da meine wunderbare Familie, allen voran mein Mann Oliver.

Schatz, Du hast mal im Scherz (zumindest hoffe ich das) gesagt: »Ja, meine Frau ist Autorin. Oder anders: Sie hat ein harmloses Ventil gefunden, mit ihrer Schizophrenie umzugehen.«

Und genauso locker handhabst Du nun schon seit Jahren meinen Tunnelblick und die Tatsache, dass ich Dir manche Fragen erst im fünften Anlauf beantworte und auch dann später oft noch steif und fest behaupte, wir hätten nie über dieses Thema gesprochen.

Ich werde häufig gefragt, wie ich es mit zwei Kindern und Halbtagsjob quasi nebenher schaffe, Bücher zu schreiben, und die Wahrheit ist, Du bist mein Schlüssel zu diesem Geheimnis. Keiner hält mir so wunderbar den Rücken frei wie Du. Und das Wichtigste: Du lässt mich aus Erfahrung schreiben. Mein ewiger Fels in der Brandung, ich danke Dir!

Ebenso möchte ich mich bei meinen beiden Kindern Giuliano und Mariella bedanken, die für ihr Alter schon erstaunliche Geduld bewiesen haben, wenn Mama mal wieder zwischen den Zeilen zu ihren »durchsichtigen Freunden« abgetaucht war.

Euch ist dieses Buch gewidmet, ihr Süßen. Auch, weil mir die Idee dazu kam, als ich vor ein paar Jahren mit Euch das Stadtfest besuchte und dort Dein schöner roter Ballon fortflog, Giuli. Damals flossen bittere Tränen, aber ich hoffe, dass Ihr eines Tages dennoch Eure Freude an diesem Buch haben werdet. Wenn es so weit ist, seht es als kleines Dankeschön für die Freude, die Ihr mir jeden Tag macht.

Auch meine Eltern und Geschwister waren wie immer sehr wichtig für mich und nicht unerheblich an der Entstehung dieses Buches beteiligt. Denn ob gemeinsames Brainstormen, Messe- oder Verlagsbesuche, das Planen einer Lesung oder nächtliches Anstoßen auf ein neues Buchprojekt: Eurer Unterstützung kann ich mir immer gewiss sein, auf Euch kann ich immer zählen. Und ich weiß, dass das keinesfalls selbstverständlich ist.

Einige Figuren haben ihre Paten und darum danke ich einem meiner besten und ältesten Freunde, Nico Pohl. Wofür? Na dafür, dass Du genauso bist, wie Du eben bist, mein Lieber! Denn so warst Du mir eine wunderbare Inspiration für dieses Buch.

Mit Sandra Budde, Beate Döring und Nicole Huppertz möchte ich drei von vielen tollen Bloggerfreundinnen erwähnen, die ich in den letzten Jahren gewonnen habe. Euer Urteil beim Vorablesen meiner Bücher und Eure spürbare Leidenschaft für das geschriebene Wort sind mir inzwischen nicht nur ein Mal Motivation gewesen. Danke, dass Ihr so begeisterte Leserinnen seid!

Auch Eliane Wurzer, meine Neobooks-Lektorin, darf unter keinen Umständen unerwähnt bleiben. Eliane, ich danke Dir für Deine Unterstützung in den vergangenen Jahren, für das Herzblut, das Du in unsere Zusammenarbeit hast fließen lassen, und natürlich dafür, dass Du mir geholfen hast, bessere Bücher aus meinen Ursprungswerken zu machen. Mir ist sehr bewusst, wie groß und entscheidend der Abschnitt meines bisherigen Autoren-Weges ist, den Du erst geebnet hast.

Last but not least danke ich Julia von Natzmer, meiner Printlektorin. Mit Dir habe ich in den vergangenen Monaten so intensiv zusammengearbeitet, dass ich schon das Gefühl hatte, Dich zu kennen, ehe es so weit war und wir uns wirklich treffen konnten. Für Dein Feingefühl im Umgang mit meinen Geschichten und Charakteren und für Deine stets so herzliche und liebenswerte Art kann ich Dir gar nicht genug danken – aber bitte, sieh diese Zeilen als einen kleinen, von Herzen kommenden Versuch.

D.A.N.K.E.
Eure Susanna